U0525247

YANGGUANG DE
SHENGYIN

阳光的声音

金 毅◎著

时代出版传媒股份有限公司
安徽文艺出版社

图书在版编目（CIP）数据

阳光的声音 / 金毅著． -- 合肥：安徽文艺出版社，2025.2
ISBN 978-7-5396-7842-9

Ⅰ．①阳… Ⅱ．①金… Ⅲ．①散文集－中国－当代 Ⅳ．①I267

中国国家版本馆 CIP 数据核字(2023)第 165602 号

出 版 人：姚　巍
责任编辑：汪爱武　　　　　　　装帧设计：张诚鑫

出版发行：安徽文艺出版社　　www.awpub.com
地　　址：合肥市翡翠路 1118 号　邮政编码：230071
营 销 部：(0551)63533889
印　　制：安徽联众印刷有限公司　(0551)65661327

开本：710×1010　1/16　印张：19　字数：295 千字
版次：2025 年 2 月第 1 版
印次：2025 年 2 月第 1 次印刷
定价：78.00 元

（如发现印装质量问题，影响阅读，请与出版社联系调换）
版权所有，侵权必究

目录

001/心怀乡愁寻故园 / 王德峰
002/自序

001/第一章　盛在盆里的人间烟火

002/我是大石人

011/兰桥市集

018/先祖骑在马背上

027/行走的灯

034/老宅

040/门前的大青石

045/花塘的花与花塘的塘

051/走在乡间的小路上

第二章 藏在深山里的花园/055
  探秘玉峰山月/056
  花塘沐月/063
  追春何不来岭景/067
  寻找野兰花/073
  树影婆娑/077
  百罗山看星/084
  又到采茶时/090
  燕子呢喃/096

第三章 美食在舌尖上舞蹈/102
  浇头面，亲情的味道/103
  山野零食/108
  乡宴/114
  戴眼镜的灶王爷/120
  尝得山野一口鲜/127
  有态度的芝麻丸/130
  吃茶/135
  臭花梗/140
  馒头"外交"/144
  骄傲的杨梅/149
  麦油脂/155

160/第四章　乡风撩起历史的衣角

161/千年猪队友

169/乡戏记趣

177/祖宗咋这么有才

184/草根医生

189/山野上成长

196/素心方正

199/善是一种景致

205/两位大爷

208/靓妹与虎仔

212/田之殇

219/乡事鸡毛

240/第五章　溪流鼓瑟向远方

241/唧唧复唧唧

248/阳光有多重

252/清明为谁哀

257/竹杯

260/淡秋

264/第二故乡

268/小溪坑的苦乐年华

271/溪坑今昔

276/民谣如歌

286/后记

心怀乡愁寻故园

都市的繁荣伴随着喧嚣,富有伴随着焦虑,秩序伴随着冷漠和隔阂,都市人由此而远离了大地,心无所依。

这是一种需要救治的现代性病症。如何救治?以哲思救治?今天的都市人如果还有哲思的话,那一定是:怀着乡愁寻找家园。

这种寻找不是理论的活动,而是亲切的回忆和无以言表的惆怅。曾经的乡村、故园还能重现吗?不可能。那就让故园作为我们心中的一种精神存在吧,以她的形象,以她的仪态,以她的质朴和风情,以她曾经有过的奋斗、痛苦和欢乐伴随着我们吧!故园因此被植入了文学作品,其中有一部便是金毅所作的《阳光的声音》,故园在这部作品中真实亲切,令人回味无穷。

王德峰

自　序

　　流年似水，逝者如斯，物是人非。
　　乡村叙事，千丝万缕，千头万绪。

　　受现代影像等片断式撷取，以及旅游民宿等点状描述影响，原本以为下笔会有许多的诗性与浪漫，比如黄昏里一幅温情的画面，家人闲坐，灯火可亲；比如一个诗意盎然的镜头，细雨蒙蒙，炊烟袅袅，一派"野旷天低树，江清月近人"的气象与生机。但写着写着便发现事与愿违，站在今天的历史节点上，回望20世纪六七十年代的人和事，都是关于生存的故事。所谓生活，就是生下来后如何活下去，日子像一件旧衣服，缀满补丁。
　　我写的浙东南岭下村，极其普通，像一张黑白照片，像王维描摹的那样："斜阳照墟落，穷巷牛羊归。"
　　离喧嚣很远，离宁静很近。

一

　　家乡的天空曾写满我少年梦想的草稿，现在均已被白云抹得一干二净，没有留下丝毫痕迹。
　　只记得曾将城市作为一切美好的代表。
　　城市与乡村不同。前者尽显人的智慧，构建繁华世界，现代科技进入每一条道路每一个家庭，连公园里的花草树木这些最接近山川的物种，都是种出来的,整整齐齐,在规定的地点按规定的模样抽枝发叶,然后身上被绑满电线和五光十色的灯管;而后者尽现自然魅力,花草树木是自然生长出来的,自由地长在人们的意念之外。生活也是如此,就像流水。乡村是野性的山泉,即兴、随意、清澈、活蹦乱跳地流下山来,发出欢快的声响;而城市生活如自来水,经过净化处理,规规矩矩而又漫不经心地流淌在被安排好的局促的管道里,听不见动静。

人到了一定的岁数,经历了半生的喧闹嘈杂,便喜欢乡村这种自在与随意。

与许多人一样,在最不安分的青春期,我被梦想之手牵着走进城市,衣服上沾满城市的灰尘,脑子里装满高楼大厦,但"少小离家老大回",又被另一只梦想之手牵着走回乡村,村前的那条道路,我用它出发,也用它回归。

年龄越大,却与童年越近,许多事物清晰地浮现出来,我知道它根本没有离开过我的脑海。

二

乡村像童话,却起码不是我的童话。

储存在我记忆里的乡村,被岁月过滤掉了灰色的沙尘,只剩下金子般的美好。从现实的生存条件来衡量,乡村生活至今仍不尽如人意,劳作依然辛苦,物质依然贫乏,娱乐依然欠缺,发展依然滞后,文明依然脆弱,等等,过去是,现在是,能预见的将来恐怕还是。

其实,我青少年时期在乡村经受的生活困苦,比后来半辈子所经受的生活困苦加起来都要多。

乡村就是一双手,农民青筋毕露的一双手,粘满泥土又与泥土同色的一双手,这双手的主要用途是劳动,所做的一切都是为了躲避成为穷困的人,但仅靠双手劳作一生,什么都改变不了,还是成了穷人。

乡村是诗和远方,但不是我的诗和远方。

乡村发展的落后,让它更接近原始生态,小桥流水人家,老牛黄狗鸡鸭,油菜稻浪菊花,看惯了霓虹闪烁的城市,到乡下呼吸一口新鲜空气,品尝一顿农家饭,成为一种休闲式的享受。换一种生活,在一山一水中调整情绪,在一花一草中放松心态，这大概就是大家所追求和向往的诗和远方。但是，无论一个人一生走多远，都是从家乡出发的，算不得到达，只能说是回归。

把家乡比作世外桃源，可不是我的世外桃源。

我的家乡政府有一条温暖的好政策，像我这样少小离开家乡且没有了土地的人，仍然可以申请到一处宅基地，说明故土没有忘记你，有一种情义和关怀在里边，超越了土地的价值。中国人念根，这项政策就是让我们这些漂泊外地的"老村民"回乡后有个安身之所，像给你一个人生的"后院"，等到退休了，盖间小屋，房前屋后，修篱种菊；呼朋唤友，喝茶聊天，高谈阔论；纵使孤身寂寞，也可看书写字，或触景生情，回忆幼年点滴，感叹往事如烟，享受清闲轻松的生活。

所谓"幽人清事，总在自适"，我不是"幽人"，但让我感到舒服的地方还是清楚的，那就是家乡。

可是，乡村毕竟是真实的存在，不是每一朵云都可以抒情，许多农民仍然套着生活的重轭，老黄牛似的活得步履维艰，家里储藏的物资甚至难以支撑好客的热情，全凭免疫力抵抗疾病，等等。顺逆交替，悲喜轮回，一些熟悉的人离开人世，尤其是一些不该在这个年龄离开的人离开，没有活到老年，让人唏嘘痛惜。

这里几乎可以种植任何庄稼，却难以培育富足的生活。

我知道翻开这片泥土，下边藏满了苦难。

爱在乡土，痛在乡土，这才是真实的乡土。

三

面对起伏的田野和绵延的群山，似乎什么都可以放弃，沉浸在如诗似画的风景里，世上没有放不下的东西。

只有生命需要倍加珍惜，我们都是一棵草，有什么都不如当下有阳光在上。

需要阳光的庄稼是这样想的，与庄稼息息相关、心心相通的农民也是这样想的，能想到庄稼和农民这样想，说明我也是这样想的，一种改不掉的实用主义习性，遵循着现实主义哲学。虽然，我在农村一无所有。老宅已出售给乡邻，自留地荒草萋萋，接着种就需要重新开荒，其实我没有这个精力和时间，我的生活基础仍然在城市。

乡村对我来说变成了一个抽象的概念，它离我很远，远得与生活无关，与生活质量无关，与生活中的喜怒哀乐更无关。也可以说，乡村是好是坏，是发展还是停滞，是富裕还是贫困，已经不能左右我的情绪，我仿佛已成为一个乡村的局外人。

可是不知道什么原因，乡村还会在我的梦里出现，醒来后仍然会对它牵肠挂肚，有了机会还会往村里跑，即使谈不上是圣地，也让我愿意再闻一闻它的气息。

对我来说，家乡是有趣的。

童年多有趣，家乡就多有趣。

我说的"有趣"，是在无趣中寻找到有趣，没有游乐场里的旋转木马，没有滑梯溜冰鞋，更没有锦衣玉食的生活，这些都太高大上，对一个乡村孩子来说都可望而不可即。我们玩的都来自大自然的慷慨赠予，比如一个洪水冲击出来的深潭，我们可以赤条条地在其中浮上半天；比如粘一只知了，绑上细线，让它在半空中不停盘旋；比如扑几只苍蝇，逗引蚂蚁来拖走，我们顺藤摸瓜，找到它们的巢穴；比如捅掉马蜂窝，被马蜂追得急了跳进水里，直到憋不住气才抬头；比如伙伴们一字排开，吹着口哨站在地头撒尿，比赛谁射得更远些；等等。另外，我们玩的陀螺、高跷、水枪等一应玩具，都是自己制造，不是我们易于满足，实在是商店里的玩具不是我们的"菜"，购买要钱，而我们囊空如洗。

现在想起来，童年的快乐是像音符一样跳跃着的，因为物资匮乏，所以一丁点细碎的野趣都足可娱乐我们的童心。

四

对我来说，家乡是教科书，其他地方都是作业。

那里是我人生的开端，忍饥挨饿，被老师罚站，被高年级的学生欺负，为得不到一颗糖果而哭泣，为得到一个橘子、一小段甘蔗而欣喜若狂，为能看到一场电影而彻夜不眠，青葱岁月里找不到多少闪光点，但她给了我一种耐受力、一些成长必需的养分。当我走出大山时，觉得吃一些苦实在不算什么，所有的不如意都像蚕一样化作破蛹的力量。

重山围困下，能让人过早地思考人生的出路，我知道头顶的星光无法照亮我要走的旅途，最圆满的月亮也不一定照亮的是最平坦宽阔的大道。

及至后来在城市落下脚，乡村离我很遥远，但我与城市似乎始终亲近不起来，再过几十年恐怕也难以融为一体，我发现自己的灵魂里铺着的是一条石子路，而城市不在里面。

单是进公园要买票，不用买票的公园，门口也会有保安守着，就让我感觉到自己永远是城市的客人。

城市无时无刻不在迅猛地扩张，已经车水马龙了，还在增添车水马龙；已经酒绿灯红了，还在添加酒绿灯红。夹在匆匆奔忙的人群里，走在高楼大厦中间，饭局上的聚会变成应酬，资本与利润聚在一起干杯，醉倒在桌子上的都是繁忙与浮躁。就是喧嚣的街道，脚下的砖块都可能是功利的，身边的绿化带是功利的。城市是功利的集合点，是功利的城堡，是功利的市场，纵使小心谨慎、左躲右闪，也许就在前面的转角处，仍会与一场是非撞个满怀。

乡村生产萝卜青菜，城市繁育风花雪月。

萝卜青菜是真俗，却不俗气。但是萝卜青菜非要裹一层风花雪月，那才叫附庸风雅装腔作势真俗气。俗与俗气，隔着一道真诚。

五

对我来说，家乡是生命的回响。

我不知道这算不算是年长了的怀旧，也不知道算不算是一种毛病。走进一个古村落，便想起家乡也应该受到同样的保护和修缮，留住历史的原来模样；看见一棵大树，便想起家乡也有这样的大树，也应该受到这样的敬重与呵护；发现一处能烧出家乡味的餐馆，便隔三岔五去品尝一下，重温舌尖上的味道……乡愁是一棵大树，在岁月的晨钟暮鼓里婆娑。

我在上高中时，曾将半饭盒吃不下的米饭倒在泔水缸里，被一位老师发现，他说："你爸也是农民出身哎！"一句话让我羞愧难当。我从小就看到大人会将掉在桌子上的一粒饭捡进嘴里吃掉，哪怕是一粒花生米落地上，也要捡起来吹一吹送进嘴里。这大概就是一种教育，让我见不得浪费粮食，饭店里吃不了的打包带走，毫不在意别人鄙夷的目光。我吃食堂里的自助餐，从来都是吃多少打多少，不会剩下一粒饭一片菜叶。我曾到机关食堂察看伙食，为浪费粮食现象大发雷霆，逼着某人把扔在桌子上的馒头吃下去。我的祖辈都是农民，知道一滴汗有多贵重，知道稻壳里包着的那粒米是农民的心头肉，知道浪费是一种罪孽，而这种罪孽，用我乡人的话说是要遭"天打雷劈"的，罪不可救赎。

农村不需要发起所谓的"光盘行动"，节与俭，乡人不会将其上升为美德，他们只是出于一种本能，出于对粮食前世今生的了解，以及对它来之不易的理解。

六

家乡是人生道路的起点，之后都是延续。

乡村看到我最小的时候，一种情愫浸进脚底，一直浸透到发梢。回到家乡，亲切得像从来没有离开过这个世界。

有一种恩叫乡恩。一山一幅画，一水一首诗，一路一支歌，一村一生情。

我有时会想，城市是应该当少女建设的，青春洋溢，活力四射，色彩缤纷，仪态万方，靓丽动人；而乡村需要当少妇建设，突出一个温馨，让留守在村里的老人温暖，让外出归来的年轻人温暖，甚至让路过的旅人、来寻找或体会山野情趣的旅客温暖，传递家的感觉、母亲的味道。

不要动辄提什么诗和远方，最该去的是祖辈生活过的村庄。就像所有的山泉都是河流的上游，所有的村庄都是城市的前辈。

老村是开在精神里的一朵花，清香袭人。时光素净，慢慢回味。

2022 年 8 月 22 日

第一章　盛在盆里的人间烟火

大石是个盆地,蛰伏在浙东南山区里的一个小小盆地。

四面青山作盆壁,准确地说是四分之三面,造物主留了一个豁口给溪流做出路,几平方公里的平原做盆底,作为盆沿的山峰,最高处是羊岩山和玉峰山,相峙而立。有白云每天擦拭,羊岩山葱翠如碧玉,绿意盈盈;而玉峰山剔透如白玉,银光闪闪。

盆壁和盆底散布着大大小小数十个村落,清晨炊烟升起,山岚浮于半空,若仙气飘飘。

最好看的是晚上,万家灯火齐放,宛若盛了一满盆的星星。

这就是人间烟火,时光在这里演绎多姿多彩的春夏秋冬。

后来这个盆地被我称为"故乡",出了台州,就很少有人知道她的名字,更无从知晓她的容颜,因为她实在太小了,小得只是天地之一隅,小得如沧海之一滴,小得无法放飞我的梦想。

但她一直存放着我的记忆,像一个聚宝盆,打开来五彩缤纷。

我是大石人

一

有一块石头，矗立在一条湍急的河流里。

河面上耸起一块石头，打哪儿都不稀罕，在"重岩窅不极"的长江三峡，比比皆是，艄公视其为舟楫的灾星，老远看见，知道惹不起，硬杠的结果难以预测，躲为上策。这样的石头，有麻烦制造者，也有美丽传说的演绎者，耸立于金沙江上的"虎跳石"，最为有名，急流冲撞，浪花排空，惊心动魄，老虎将其当作垫脚石，一跃而过，只是如今岸边立起一尊百兽之王的雕塑误导了游客，其实此景点表明的不是老虎有多威猛，而是石头有多强大。

与"虎跳石"类似，眼前这块石头也有资格嘚瑟。河水对于阻它去路的东西，都要较劲，但拿它没辙，不管河水如何总动员，上涨泛滥，石头总会倔强地露出头来，就是淹没不了，河水只得绕着走。这就怪了，水涨时石高，水落时石矬，似乎能上下浮动，游泳高手恐怕都得羡慕如此能耐。不仅如此，它似乎魅力无限，无论河水怎么干涸枯竭，周围总是聚集着一洼碧水，秋波荡漾，一副含情脉脉缠绵悱恻的样子，千百年不离不弃朝夕相伴至死不渝。能耐也好，神奇也罢，石头始终凌驾于河水之上，俯视潮起潮落，说它是中流砥柱，不如说它是当年挪亚方舟的桅杆遗落在这里。

这块"顶天立水"而又仿佛被赋予了生命的石头，屹立在我的家乡，奈何不了它的始丰溪，低眉顺眼地从它腰间汤汤流过。

站在岸边看，石头的长相峻拔，醒目地耸立在蓝汪汪的溪水中，孤零零黑黢黢冷冰冰的，像一柄利剑插入江中，剑柄露出水面，仿佛由万年寒铁锻铸而成，威势森森，雄风凛凛，镇压一江流水浩荡东去。

咱们先人的想象力总是出奇地丰富，不过也逃不脱一种固定的套路，最常规的操作,是用地理慰藉心理,或者是用心理诠释地理,反正总要说道点名堂出来,以证明此物不同凡响。这块石头所喻示的就很奇诡:河水佩剑,溪流带刀,河神水怪不敢兴风作浪,能够护佑来往舟楫、两岸生民的安全。这就让人觉得这块石头虽然来历不明,却意义非凡。

石头在我们的神话传说里,总能以最平凡的身份干出最不平凡的事迹,比如女娲用它补天,至今坚固,没再塌下来;比如它虽然不分雌雄,但蹦出过孙猴子等。现实中它确实也功德无量,最广泛的用途是筑墙铺路、砌坝护坎,有些长相巧妙的,人们舍不得毁,山里水里原野里,生动一方风景。

陪伴始丰溪的这块石头的,除了两岸青山的倒影,还有亲水的鸟类。它们成群结队地掠过水面,翩翩一收翅膀,便都站在小岛一样的石头上,黑压压一片。这样,石头就成了落脚点,或者是飞行途中的临时"服务区",或者是谈恋爱的小公园。长得最漂亮的是白鹭,像一生都穿着雪白的婚纱,遇上对眼的同类,随时成婚,它们在溪边的水草里吃饱了小鱼小虾,也飞过来,站立在石头上,将河水当镜子梳理羽毛臭美,直到收拾停当,足够一整天孤芳自赏或者顾影自怜,才走来走去,像个长脚模特。

乡民们谈不上爱鸟,但对其友善,能引来百鸟围绕飞翔与栖息的石头,自然非灵即善,被视为吉祥物。于是给它们起名,所赐的大号却让人不敢恭维,叫"鸟屙岩",直观形象也十分难听。当然责任在鸟,它们在解决"三急"的问题上过于任性,对任何地方走过路过都不能错过,十分愿意屙一泡屎再说,有些鸟还发挥飞行优势,实行"空投",地面上的所有设施都是它们的"靶场"。因此,"鸟屙岩"名副其实。农民起名与鸟类施粪,出发点都没有辱没或贬低的意思,就像自己的宝贝儿子出生了,传宗接代后继有人,农民都纯朴且热爱生活,取名也来源于生活反映生活,不企求他飞黄腾达,只期望他身体皮实,快乐成长,看见狗撅着屁股招摇而过,便起个"狗蛋"的小名;或者见其毛发旺盛,就唤作"毛头",阿狗阿猫,阿大阿二,据说这样易呼好养,可由着性子一身泥一身水地满地打滚,身体抗造,驱灾避祸,经得起磨难与折腾才是硬道理。

石头虽然造型奇特,像被哪位神仙插剑水中,实际上却完全是原生石,自然造化而成。露出水面的"剑柄",只是一角"露峥嵘",而藏在水底的身体到底有多大面积,谁也不清楚。老人口口相传,讲得煞有介事,在离其1500米开外的河头镇三角店直街上,露出石头的另一只角,叫作"上圆石"。如果真是如此,可以想象,这两块石头只是伸到人间的两根触角,而隐藏在地下的体积与形状至今都是个谜。

亿万年天地洪荒,石头任凭电闪雷鸣、疾风狂雨,水浸浪打,它都稳稳当当地立着,我自岿然不动的样子,不肯挪动分毫。先人们擅长就地取材、借题发挥,有石天赐,名复何求?便将方圆百余平方公里、百余个村的地域统称为"大石"。

天生石,石生名,名符人,直呼"大石人"。

二

"我是大石人。"在台州、在临海,老乡们这样介绍自己,我也这样向老乡们介绍自己。大家的大石人血统纯正而古老,根都扎在那块"鸟屙岩"上,乡情盘根错节,都是一根藤上开出的花结出的果。

自豪感是没有的,自卑感倒是有点。以石头作"形象大使",单凭"大石"这名字,就像土里来土里去的一块石头,承载不了多少文化,分量恐怕还没有"鸟屙岩"上堆积的千年鸟屎重,但比较符合这个地方开门见山、偏僻冷坳的特点。春去秋往,不知道有多少年轻小伙子看着漂亮的姑娘欢天喜地地嫁出大石,心里怅然若失。

我少小时,大石还是个行政区,大号就叫"大石区",下辖五六个乡,乡下面是村。我出生在岭景乡花塘村,是血统纯正的大石原住民。

大石人本分,不本分也不行,放眼四望,群山苍莽,高耸入云,把头顶的天空切割成一小块,一片云就能覆盖这一方天地。多少年来,蜿蜒的山背是乡民生存的天际线,因此,心不雄志不壮,梦想高不过周边的山峰。如果屋里有婆娘暖被窝,有一群小兔崽子在跟前叫嚷调皮,栏里有猪,棚里有鸭,温饱足矣,再没有什么心思去翻山越岭,追求什么诗和远方。很多人一辈子都没有去过比县城更远的地方,没有住过宾馆,哪怕是简陋的招待所,没有吃过专业厨师料理的饭菜,甚至没有进过音乐厅、电影院、咖啡馆。本分人的特点是认命,吃饱了不作非分之想,觉得外面的世界与自己无关,既然大山挡住了视线,那就收起目光,安心守着脚下的一亩三分地,地里的禾苗别让杂草旺了去才是正道。虽然贫瘠的土地不给力,普种而薄收,连吹过的风都会染上一身汗味,大石人仍面朝黄土背朝天,一根锄头杆上一代磨完下一代接着磨,锃光瓦亮。每天没等鸡叫,人已站在地里,朝手心吐口唾沫,弯下牛轭似的腰身,刨开一个黎明又一个黎明,含辛茹苦,一辈子活得汗流浃背。

这一方天地就像一张饭桌,摆着大石人的全部生存境况,不断有人离席与入席,千百年来络绎不绝,谁也不笑话谁,都是老牌贫困户。

仿佛连空气都与外界很少流通,县城就是远方,在出门要开通行证的年月,大石出去谋生的人很少,种地的人才从不外流,更不敢问路在何方。陆路水路都不是致富的路,成不了康庄大道。

打我记事起,大石通到临海县府的公路有60华里,都是石基土面,简易狭窄,铺一层碎石子,防止积水成坑,也给轮胎增加摩擦力。有专门的"道班","班长"是吃国家饭的公路职工,领着几名由他亲戚组成的临时工负责维护道路通畅。他们成群出现在路上,要么在填平坑坑洼洼,要么用一把木杆做成的"丁"字形工具,将洒落路边的碎石推到马路中间去,有点像农民用竹笆翻晒稻谷。人们自觉从路两边行走,踩出两条光溜溜的羊肠小道,不是大家的交通规则意识有多强,而是走在石子路面上既硌脚又费鞋。

公路从不堵车,因为无车可堵,公共汽车全程基本不用鸣喇叭,每天一班,到了大石全然一副"蓬头垢面"的模样。即使这样,公共汽车也是稀有的"外来物种",起码要比走在马路上的牛少,农民会在地里直起腰来饶有兴趣地看,行注目礼,直到看不见踪影才收回目光,继续该干啥干啥。

路况差,汽车走得辛苦,一路颠簸,橡胶轮胎碾过碎石子,发出吱吱嘎嘎的痛苦声响,加上车烧柴油,屁股后面除了噗噗喷黑烟,还尘土飞扬,好像在不停地发泄一肚子的不满。司机脖子上搭条油渍麻花的毛巾,抹脸与抹挡风玻璃都用它,比他开的车干净不了多少,他一年四季都穿着脏兮兮的蓝色夹克,在胸前口袋上方印着弧形排列的"临海县运输公司",这行字似乎给了他暴躁的资格和权力,动不动就对不常坐车的农民一顿训斥;似乎身体也不太好,经常旷工,让乘客空等一场。女售票员都年轻漂亮，却板着脸，好像刚与谁吵过架，或者准备和谁吵架，如果吵输了，掉下的泪从她冷若冰霜的俏脸上淌下，可能很快结成一串冰溜子。她总是坐在副驾驶的位子上，而不坐在车门边她的专座上，可能是为了与这些脏兮兮的乘客拉大些距离，农民身上的汗味不好闻。这都是计划经济下服务行业的通病，大石人对这样的服务态度统统以一句外地人难以听懂而书面又难以表达的脏话对付，相当于北京人说"德行"！

车站简易到无法再简易，一块平整的场地，仅可供车辆掉头，连路牌等标志物都不设置。候车的人三三两两地站着，扛着花花绿绿的大包小包，眼巴巴地翘首以待，但山里树多，踮起脚尖也难发现有车开过来，只等到远处的绿荫里冒出滚滚尘烟，向前飞快漫卷，一颗心这才放下：狗娘养的车来了。

不管是从临海到大石，还是从大石到临海，旅客到站下车，人人灰头土脸，若过一下磅，会发现重了两三斤。

那时没隧道，如今平坦的西路也没有通车，最难走的一段路是过青岩岭，公共汽车吼叫着拼尽全力往上冲，总像要在一阵颤抖中停下来，但终究没有停下来。从上山到下山，要花半个钟头，九折十八盘，容易把人盘得昏天黑地，晕头转向。后来我在迪士尼坐"过山车"，很看不起旁边吓得脸色苍白、失魂落魄、大呼小叫的乘客，心想，这算啥？小儿科而已，没见过世面！

我穿开裆裤时，父亲在外地工作，母亲每年要带我去探亲，这段路就走得痛苦，车抖人抖世界在颤抖，加上不停地转弯，我受不了折磨，小脸苍白，小胃痉挛，小嘴哇哇呕吐，一顿现场直播，如同"天翻地覆慨而慷"，满地狼藉。母亲更是"晕车女王"，始终经受不住柴油味的考验，出行日的前一周就开始为坐车发愁，用她的话说是"要了半条命"，试过姜片、清凉油、风油精，全部无济于事。在车上，她搂着我紧闭双目，面如死灰，一声不吭，我以为她给晕休克了过去，又叫又推，她鼻孔里勉强发出哼的一声，我放下心来，继续使出浑身劲儿呕吐。

"我是大石人。"摸着曾被车颠痛过的屁股，跟城里人这样介绍自己，便显得底气不足，好像自己来自遥远的原始部落。

三

物竞天择,能让人类聚居的地方,总有让他们能够繁衍生息的理由,大自然是个驾轻就熟的平衡家。

名字起得越土,往往越是土特产的"天然宝库",大石就是。物品有同样,可品质有高低,大石有点怪,好像在农作物的美味方面,要被谷神厚待两分。

这里随便列举几样东西。

大名鼎鼎的"羊岩勾青",有机绿茶中的佼佼者,每年都有许多车辆,从上海、北京等大城市,千里迢迢专程奔着她来。她供不应求,我就替人找场长朱昌才,开过几次"后门"。出生在羊岩山上的神奇树叶,颜值高,口感好,山货变成宝,深入千家万户,目前已频频飘香于国际场所,有可能这一片被华盛顿的水泡着,那一叶被迪拜的水煮着,屋子里弥漫着羊岩山的气息。

大石垂面,细如发丝,可又长如丝线,洁白如雪,制作考究,有复杂的传统工艺,属面中佳品,煮着吃会让其他面条忘妒,而它最佳做法是炒着吃,能让资深吃货甘愿三天不闻肉味,也会让其他面条仇恨。

大石馒头,看上去与普通馒头别无二致,可吃起来风味独特,能填饱肚子,还能愉悦心情,配方和做法是祖传的,秘密都藏在需要三天三夜精心酿制的酵水中。

大石豆腐,工艺里没什么秘密,大石土好水好阳光好,结出的黄豆粒小味香浓,磨成浆,卤水一点,想不好吃都难。我到外地饭馆吃饭,一般不点豆腐,因为你若记着大石豆腐的味道,再吃其他地方的豆腐,会无端生出一些不良情绪,如果忍不住计较一番,容易引发纠纷,没准会被老板扫地出门。

大石葡萄,皮薄肉肥籽小,甜翻五脏六腑。当然,大石葡萄与吐鲁番的葡萄的产量没法比。不过,吐鲁番的葡萄熟了,大石的葡萄也熟了,虽然缺一位美丽的姑娘阿娜尔罕,可你要是尝一尝,心儿也会醉的。

凡此种种,不胜枚举,物华天宝,大石一年四季瓜果飘香,幸福来得不分春夏秋冬。

"我是大石人。"我说的是地道的大石话,也是地道的大实话,口气里带着许多美食风味。了解大石的外地人,即使与大石八竿子打不着,也能对上述物品如数家珍。

大石美食,早已墙内开花墙外香。

四

大概从区改镇起,"大石"被更名为"河头",也就是"大石区"摇身一变,现在成了"河头镇",下面撤销了乡,镇直接领导到村。地盘有所缩小,个别乡划归到其他镇去了,但主要的区域没变。

为啥不叫"大石镇"呢?从赓续传统上讲,不也挺好吗?

原来,因镇政府所在地叫"河头",便叫"河头镇"。问题来了,大石是地域名,河头是地址名,也就是大石能涵盖河头,河头不能囊括大石。这样一改变,"鸟屙岩"算是被一纸公文休了。我等出生在其他乡的人,有被原河头村广大人民群众收编的感觉,心里总有些不自在。

主张改名和拍板改名的人,一定不是大石人。

我若改说"我是河头人",便觉得别扭,仿佛舌头拐不过弯来。下一代可能没有感觉,老一辈听了一定不高兴,地下的祖宗可能听不懂,猜测你一个大石穷小子是吃错药了,还是脑子进水了?是去河头当倒插门女婿了,还是叛变到河头哪个村去了?因此,我现在为了让祖宗少安毋躁,依然初心不变、初衷不改,向别人介绍自己时还是说"我是大石人",理不直但气很壮。

我这么说,不是对"河头"这个名字有意见,而是对"大石"两个字有偏爱,原因是这两个字更能体现这个山区的特色和风格,更能概括这个山区民众的性格和气魄。

大石的莽莽群山,都是以石头当脊梁的。

有两座高山:羊岩山和玉峰山,相峙而立,海拔都近 800 米,羊岩宽肩,玉峰尖头,像两位威猛的天神,护卫着大石的一方山水和父老乡亲。羊岩山上有惟妙惟肖的石蛇、石羊等景观,还有其他林立的怪石、奇崛的层岩。玉峰山的顶峰,本身就如同一块巨大得无与伦比的石头,挺拔雄峻,危崖千仞,阳光下发出白玉般的光芒。进山细寻,充满传奇色彩的三十六个石窟、传说中的神仙脚印、牛魔王眼睛等,都是大自然的鬼斧神工。

再往百罗山上走,"奇岩"赫然入目,两块巨石似分似合,似叠似举,造型像极了一位妙龄少女凝神远望,一般画家都很难准确地勾勒出如此专注的神态。旁边有一口石井,常年不涸,深不见底,传说直达东海,如果突然冒出几条活蹦乱跳的黄鱼来,也毫不奇怪。从石头缝里渗出的水,当然是天然矿泉水,尝一口甘甜浸喉,咽下去沁人心脾。

精美的石头会唱歌,大自然给了大石美妙的文化胜迹,村民们也用石头建造家园。原先的村落基本上都是石木结构,石头与木头完美地撑起大石人一户又一户的门房。时光变迁,虽然钢筋混凝土取代了粗粝的石头,但仍有许多老房子至今屹立不倒,像历尽沧桑的老人在夕阳下坚守家园,不离不弃,念兹在兹,回忆着厚重的过往。

大石村民们的性格,也如石头般坚硬。地少人多,山高田薄,要继续繁衍生息,华山一条路,与恶劣的自然条件拼争。正如古人所说"艰难困苦,玉汝于成",村民们用一双双青筋暴凸的手,战天斗地,开山垦荒,犄角旮旯,东一片西一片,以少得可怜的土地养育多得惊人的人口,像是我们中华民族一路艰难走来、奋发图强的缩影。

山里人的性格,既耿直奔放,又剽悍勇猛,可别以为身处偏僻之乡,山高觉悟低,大石曾作为新四军的根据地,活跃着一支游击队,是抗日的有生力量,也与国民党军队浴血奋战了十几年,救过党的县委书记,也抵抗过一次次武装清剿,艰苦卓绝,前赴后继,直到解放。

大石是一片红色的山、英雄的山,大石有一群英雄的人民。现在一些村庄里仍保留着红色纪念地,讲述着昨天惊心动魄的战斗历史。大石人的骨头里,有着坚如磐石的家国意志和不离不弃的乡土情怀。

五

"我是大石人。"这样介绍自己的大石人,一定是身在异乡,在大石没必要说,多此一举,就像身在国外,背井离乡,才说"我是中国人"。

别小看了这种小情怀,她不但反映了一个人对故土的眷恋,还会在特定时期反映一种人性和品格。

　　举个比较远但十分典型的例子,有一次我在美国访问,陪同的是一位美国海军少校。说是陪同,实是监视我们的一举一动。面对上司,他低眉顺眼,点头哈腰,如果屁股上长根尾巴,会让人误认为是乖巧的哈巴狗宝宝;转过头来对我们同胞,立即换了副面孔,冷若冰霜,爱搭不理,让他协调个事,这"不能"那"不行",推三阻四不说,还盛气凌人,似乎要把在美国人面前丢失的自尊,从同胞身上找补回来。大使馆的人告诉我,此人原籍北京,"文革"时期随父母跑到美国定居,要小心他暗地里使坏。我们就故意问他老家是哪里。不受人尊敬的少校阁下操着字正腔圆的京腔京韵说:"我是美国人。"他连北京都不屑说。

　　只有寡恩的人才不认穷家与亲娘!套用北京人的话说:"丫挺的德行,欠抽!"亲娘纵有一百个不是,儿女也不可以对其刻薄、背叛甚至攻击!

　　无论是哪里人,走到哪里都要做个人。

　　爹亲娘亲老乡亲,娘给你一条命,而故乡,无论地理位置如何偏僻,土地如何贫瘠,风貌如何不堪,都给你一条路,人生从这里出发,故事从这里开始。

　　"我是大石人。"话音里带着一股子硬气,铿锵作响,掷地有声,尽管有几分"鸟屙岩"的味道,可也算是正宗。

2020 年 5 月 15 日

兰桥市集

一

要闻见农村烟火气,欣赏民俗风景画,非赶集不可。

"兰桥"是我家乡村口的地名,听上去跟《魂断蓝桥》那个地方同音。当然,两地相距十万八千里,蓝眼睛的陆军上尉克罗宁和芭蕾舞女郎玛拉再相识一百回,也不可能跑到这里来干柴烈火地上演令全世界动容的爱情故事,赚取一大把少男少女的鼻涕和眼泪。

实际上,我的家乡镶嵌在浙东南的崇山峻岭里,偏乡僻壤,离白云只有咫尺,离最近的城市有半小时车程。有一群群越冬的西伯利亚候鸟来此落脚,却鲜有老外探访。我所听说的只有20世纪30年代末,日本鬼子骑着高头大马,曾在兰桥对面的山冈上鬼头鬼脑地观察过,却大吃一惊,只见四面高山围着一个盆。小鬼子确实坏得很,不讲武德,学了我们的兵法却反过来放在我们身上实践,比如读过《孙子兵法》,这样的地势被孙武称为"挂地",就是进来容易出去难的地方,硬闯进来小命说挂就挂了。都说倭寇敬业又不怕死,也不尽然,这一队人马就差点劲,见此情景,怕被打埋伏,死无葬身之地,"鬼子"真变成异乡的孤魂野鬼,吓得赶紧掉转马头,不管大石有没有"八格牙路",一拍马屁股跑了。

我们村学名叫"岭景",土名叫"岭下",听名字就知道出去干什么都要翻山越岭,但不影响村是个大村,号称"岭下岭下,烟灶千把",兴盛时人口近万,划分成三个小村,分别叫"花塘""下堂"和"兰桥",我是花塘村村民。居民大多数姓"金",也就是几千年来一直统治着世界财富的浑身黄灿灿的货币大佬,有人爱之入骨,也有人恨之切齿,无论爱恨,反正满世界的人都在追求它。走在路上,咱的姓还是挺唬人的,满大街叫"老金"或者"小金",听上去好像个个手头阔绰，银子在口袋里叮当作响，让人误以为咱可以像中东富豪一样随时随地一掷千金。其实，不好意思，咱没那么牛×，老祖宗虽传下了个跟钱相关的姓，但空有"金"字而不成招牌，姓不是钱，不是银行，不是提款机，也不是"芝麻开门"的咒语，最多只能算作拥有财富的"嫌疑人"。姓是世袭的不假，穷是嫡系的也没错，谁都没有含着金汤匙出生，其后也缺乏招财进宝的门路，身家与口袋一样清白，吸进的空气都能尝出苦味来。更可恼的是，周边的山也不是土沃泉甘、物产殷阜的金山银山，而是荒山野岭，大部分属于倾斜40多度的坡地，开垦困难。虽然老百姓有愚公移山的意志，也有改天换地的才干，但难以改变地少人多的根本，不得不节约成癖，抽支烟都能为省根火柴，满世界找人对火。乡亲们守着几分薄地来回忙碌，勉强度日。

人口人口，人盛口众，虽然老祖宗在改变一穷二白上束手无策，但在增加子女数量上轻车熟路硕果累累。因此，用度就多，吃喝拉撒睡，油盐酱醋茶，便需要以市集作为平台，钱物交易，物物交换，互通有无，地点就是兰桥。

不知打哪年月起，兰桥成了周围四邻八乡的商业集中地，农副产品在这里集中交易，人们在这里挣钱也在这里花钱。到了计划经济时代，这里更是扩展为一个行政与商业中心，乡政府、粮管所、供销社、邮电所、医院、粮库、废品收购站、汽车站、理发店、服装店、广播站等，孩子们都知道兰桥是全乡最热闹的地方。

兰桥有桥，一座石拱桥，全部由石头铺砌，年代可以追溯到隋朝，与大名鼎鼎的河北赵州桥同龄。这不是我攀高枝，因为桥身的缝隙中，斜刺里长出一株蜡梅，据通晓村史的老人讲，此梅生于隋朝，叫隋梅。基本常识告诉我们，先有桥才有树，不可能先有树后有桥，这样算起来桥龄起码1400岁。兰桥除了石头，数她年龄最长，如果长眼睛耳朵，一定知道我们几十代祖宗长什么样，坐在桥头说过什么话，谁的脚上长鸡眼，甚至知道哪个光棍汉趁市集人多捏过哪家小媳妇的屁股等。桥肚上苔藓重叠，青藤倒挂，像长须飘飞；桥下流水潺潺，伴着桥面上人走过，风走过，雨走过。

石桥看上去老态龙钟，风烛残年，实则身子骨硬朗，仍坚不可摧，是名副其实的"桥坚强"。

桥两边各有一片开阔地,小贩们——实际上是专业农民,小贩只是临时职业——就在这两片空地上出摊。

二

兰桥市集的日子是农历的逢三逢八。

在我小的时候,老百姓家里没有日历,买不起座钟,更很少有人将手表当作饰物戴在手腕上,乡下人的时间不受钟摆或者表盘的限制,充分享受着自由。村民估算时间的方法是看阳光照到哪里了,该出工该歇晌还是该做饭喂猪,都由太阳的运行轨迹决定。好在太阳诚实,从不欺哄作弄人。没有太阳的日子,只能凭感觉,身体里的生物钟从不停摆,老人经验丰富,往往确定钟点的误差比年轻人小,经常被贪玩的孩子当时钟问。晚上没有太阳,农民也不用估算时间,天黑闩门睡觉,天明由鸡叫醒。但他们总能把市集的日子记得非常清楚,还依靠这个日子作为参照,推算今天是几月几日。

算时间靠太阳,算日子靠市集,穷人家总有穷办法。

我小时候是母亲的"尾巴",尤其喜欢跟着母亲去赶集,不是为了凑热闹,而是为了解馋。我家兄弟姐妹五个,都在一起时,父母要一碗水端平,偏爱谁都容易激起"民愤",像我二哥那样的急脾气,揭竿而起都有可能。作为家里的老幺,我就捡不着什么便宜。去赶集就不一样了,母亲只领着我一个,那3分角子一个的羊蹄,5分角子一个的肉包子,金黄甜美的火烧饼,热气腾腾的豆腐脑,酥脆喷香的油条……如果走了狗屎运,遇到爸爸的朋友或者和妈妈在同一所学校里教书的同事,塞过来一把糖果或者几块饼干,心里更是幸福得跟花儿一样。我小时候愚笨,但在吃的方面似有天赋,知道保守秘密是可持续解馋的良好保证,总是在到家之前把所有的食物吃完,抹去嘴上的油渍,一副没有受过额外加餐的样子,可当哥哥姐姐投来疑惑与探询的目光时,虽然嘴角的证据已被消灭,但也会忍不住一阵心虚。

与全国各地的农村集市一样,兰桥的集市没什么特别之处。一大早,挎竹篮的、挑担的、拉平板车的人群从四面八方源源不断地会聚进来。若是大姑娘小媳妇,现在统一称呼"小姐姐",还要细心装扮一番,将压箱底的花衣服都翻出来,脸上涂些平常舍不得用的雪花膏,香味扑鼻,后脑勺常有嗅觉灵敏的蜜蜂嗡嗡追随,走得春风拂柳,把集市当作展示娇容靓姿的舞台,幸福地接受小伙子们纵横交错的目光扫描。

市场上人山人海,摩肩接踵,挤得水泄不通,被踩掉一只鞋是常有的事。桥南的市场以卖新鲜蔬菜、鸡蛋、淡水鱼等农副食品为主,还有各种小吃,浓烈的味道在空气里横冲直撞。讲究一点的摊主在地上铺块塑料布,不讲究的就把东西摊在泥地上,讨价还价,个个都有一副大嗓门,脑袋抵着脑袋仔细看秤星,为几分钱争得脸红脖子粗,人声鼎沸,嘈杂哄乱。桥北的市场以卖水产、肉类及衣服鞋帽、针头线脑、菜刀锄头等日用品为主,花花绿绿,琳琅满目,大到桌椅板凳,小到纽扣鞋带,都能在这里找到。

令我印象最深的是,这些经营小本生意的摊主,钱都卷得皱皱巴巴,藏在最里层的衣兜里,用一双青筋暴凸、指甲盖里嵌满黑泥的手掏出来,还带着体温,手指往嘴唇上蘸点唾沫,哆哆嗦嗦的,找个零头数了又数。

让我感兴趣的是卖牛的过程,场地有半个篮球场大,独僻一角,一群老实的黄牛聚在一起,嘴里慢悠悠地嚼着草料,尾巴一甩一甩地驱赶牛虻和苍蝇,它们被待价而沽,目光安宁冷淡,一副百无聊赖听天由命的神态,从鼻孔里穿出来的牛绳攥在人的手里。这些牛都被精心洗过澡,毛色发亮,刻意制造出赏心悦目的卖相。可牛不管这一套,把粪便噼噼啪啪地砸在地上,热气腾腾,引来四面八方的苍蝇兴高采烈地会餐。最活跃的是经纪人,一会儿掰开牛嘴巴看牙口,一会儿拎起牛尾巴看屁股,又跟卖主小声嘀咕几句,便把手伸进买方的袖筒,摸手捏价,表情神秘,像地下工作者交接情报。我很想看看他们的双手在袖筒里比画什么,还没看出门道,他们的交易已经结束了,成的大喜,不成的沮丧,而牛对成与不成都无动于衷,反正投靠谁都逃脱不了犁地耕田的命运,继续品尝人间千般苦。

周围有人群围作一圈的是"大力士"的表演,老百姓称其"走江湖""卖狗皮膏药"。这个不是每一次集市都能看到的,因为"大力士"不是本乡人,平常走南闯北,行无定址。"大力士"往往拉一个场子,开场的表演很卖力,赤膊上阵,露出一身腱子肉,有时候表演几趟拳脚或气功,随后拿木棍或者钢刀把胸肌擂得咚咚响,用肉掌劈断几块砖头,证明自己与杂耍不一样,真功夫了得,身体健壮得能扳倒一头牛。卖艺只是噱头,他们的目的是兜售跌打损伤药。这些混江湖的人,口才都锻炼得很好,满场子转,操着沙哑的嗓门说得慷慨激昂、天花乱坠,脖子上青筋暴起,唾沫星子飞溅,卖的药能包治百病,就是病入膏肓,吃了也能起死回生,而且还能举例说明,哪个村的某某某吃了他的药,居然掀开棺材板站了起来,现在仍扛着锄头下地干活。这些据说由华佗、扁鹊、张仲景或者最起码也是自己祖宗传了十八代的秘方配成的药,疗效没的说,能让医生失业医院关门药厂倒闭,但价格亲民,几毛钱一小包,物美价廉,人们咬咬牙买得起。农村百姓耳根子软,经不起蛊惑,家里有病人的更容易上当。而且,只要有一个人开始递钱购买,立即会有许多人跟着买,从众心理作怪。因此,"大力士"要在哪里开场子,都会提前雇几名"托"。这是我后来才知道的,一个小伙伴"出卖"了他的老子,他父亲当过"托",收了"大力士"一块钱,假装上山摔断了腿,贴上"大力士"给的一张黑乎乎的膏药,当场就把拐棍丢了。

人间烟火,众生百相,包括生意人的精明、农民式的"狡黠"、穷苦人的拮据,都能在兰桥集市里见到。但除了卖狗皮膏药的外,这个市场非常讲诚信,以次充好、短斤少两,或者黑人家仨瓜俩枣的那种要被人戳脊梁骨的事基本不会发生,大家都是邻里乡亲,抬头不见低头见,哪里好意思坑蒙拐骗?

要生存便要有口碑,要人信任必须自己守信誉,农民都懂得这个理。

三

今年回乡休假,正赶上年集,让我有机会重访这个热闹的集市。离上一次赶集,已过去了三十多年。

兰桥变大变漂亮了许多,铺上了水泥地,老桥犹在,沧桑依旧,旁边多了现代建筑,开着副食品店、小超市、美容店、小吃部、快递公司、汽车修理店等,拓展了不少新行业。小河上方被架上了一层水泥板,把两岸的市场基本上连成一体,几株有着上百年树龄的老樟树和枫杨树仍傲然挺立着,默默地注视着旧风景里的新天地、老市场上的新业务。

市场还是人头攒动,熙熙攘攘,但人们的衣着变得光鲜,脸上也泛着红光,也看不见皱巴巴的钱钞了,连老头老太太都学会了用手机扫码支付。物品变得丰富,以前难得一见的海鱼,也被人从沿海长途拉来贩卖,以前山里人很少吃海鲜,也没钱吃海鲜。平板车换成了电动三轮车,远道而来的苹果、香蕉等出自冷库,大批量的莴苣、芹菜等出自蔬菜大棚,鸡鸭猪肉出自养殖基地,产自农民自留地里的蔬菜,已经寥寥无几。

市场似乎安静了不少,没有人为几分几毛钱争个面红耳赤,计较秤头高低,相反见到卖主是老人或者据穿着便可断定家里比较穷困的,顾客还会多给些钱。牛市场没有了,让牛充当主要劳动力的时代已经结束,经纪人当然也已改行。我认识的一位,原本头顶长着牛尾巴一样茂密的头发,现在变得像牛屁股一样光滑,正坐在市场边晒太阳,可能回忆着自己曾经的光辉岁月。据说"大力士"们也有多年未出现,现在的医疗体系比较完善,农民都有医保,江湖人士的失业在所难免。

我碰到一个卖炒核桃的小伙子,操河南口音,开一辆小皮卡,机器里炒着新疆的薄皮核桃。我闻着香喷喷的,就买了15斤,问他:"我是今天最大的主顾吧?"小伙子很阳光,他说不算,买几十斤的都有,上午两个小时已卖了300多斤,现在的人大方,口袋里有钱。他告诉我,别人是赶集,自己是追集,哪里有集市就去哪里,生活不是在集市上,就是在去集市的路上。我问他每天能赚多少,他狡猾地笑而不答,却透着几分得意。集市上就他一家炒核桃的,可能怕我眼红抢生意吧,那就让他藏着这个秘密好了。

我很想品尝童年的小吃,看是否还是记忆里的味道。包子油条豆腐脑都无影无踪,遍寻不着,让我怅然若失。市场就是这样,有人吃什么,才有人做什么;有人买什么,才有人卖什么,供需是平衡的。现在,豆浆包子是家里的平常食物,孩子已经不会为其流口水,也不会有太多的脑细胞愿意惦记,它们自然要被市场淘汰出局。我看到,取而代之的是烤鸡烧鹅香肠等熟食,各家店里门庭若市。

生活水平的提高,让"吃什么"迈上了一个新台阶,富足起来的农民可以有条件品味更多的外地美食。

兰桥市集,只是展示浙东南山区农村风貌的一个普通窗口,可也让我们看见山里人正从维持生活转向享受生活。生活总是向前走,不可能再回到过去。只是市集的人数在不断减少,正被千店一面、明码标价、排队结账的超市,以及便捷得连门都不必出的网上购物挤到角落里,或许胃口大得惊人的小小手机明天会吞下整个世界。闹哄哄的市集不知道还能生存多久,讨价还价的乐趣还能持续多久,一幅生动描绘乡村历史的风情画还能悬挂多久。

2020 年 4 月 8 日

先祖骑在马背上

儿时，见少识微，生肖属马居然没见过马。

马是天生的田径健将，像风一样疾驰，但在高低不平的山区英雄无用武之地，特长得不到发挥，劣势就显得突出，耕地不如牛，供肉不如猪，下蛋不如鸡，看门不如狗，且一炝蹶子就蹿出去几十里开外，老百姓撵又撵不上，追也追不回来，谁都不养。

可我们曾经与马关系密切，个中缘由，且听我慢慢道来。

一

大石岭下村，一个陷在大山重重包围圈里的古村落。

千户之村夹在山坳里，体量大得仿佛让人转个身都困难。

绕村走一圈，站到高处俯瞰村落，我立即对第一位决定在此安居的先人表示敬佩，心甘情愿地献上膝盖。

此人是个人才，不能肯定是满腹经纶、胸怀锦绣的饱学之士，但也应该是有些文化，且懂点风水之辈。村庄的由来，有个口口相传的故事：从前金华兰溪有兄弟二人，也许是为家族扩延，也许是受政策驱使，比如元末明初国家规定"同姓者不准居住一村"，兄弟中必须有人向人少地多的地方迁居。一日兄弟便到达此地，许是跋山涉水累了，弟兄俩坐在荒山野坡上歇息片刻，吃了些干粮便继续赶路。走出一程，哥哥发现干粮袋丢了，身无粮路难行，就回头寻找，好在东西还在歇息处，没有被人捡去，也没有被狼叼走。古人迷信，觉得冥冥之中万事皆有定数，便登高瞭望，仿佛眼前一亮，此地群山如莲花开瓣，阳光下圣洁明祥、百鸟翔集、草木丰茂，正是自己理想中的定居地，于是一顿脚说：就是这里了！弟弟则继续往前走，去寻找他的安居之所。

从古时候识别风水的理论看，居住地要依山傍水，而依什么样的山傍什么样的水更重要。

岭下村四周的山,龙盘虎踞,守着进山的路,可当作天然屏障,无论天上如何风云际会,或者外面世界如何烽火硝烟,涌进山来都十分困难,即使进得来,也是大事化小,小事化了。比如海上台风来袭,被山阻挡,强风十减五六,威势尽失。比如滂沱大雨,水随山势奔向河沟,不涝村庄,没有水灾水患之虞。再比如,乱世兵戈纷起,这里交通闭塞,既不是南来北往的通衢要津,也不是牵一发而动全身的战略门户,非兵家必争之地,兵家也就懒得来争,战火烧不进来,村庄可保安然宁静,炊烟袅袅,鸡鸣声声,大家伙放心快乐地生儿育女。

天下十全十美的地方是没有的,此地也有缺点,山主贵水主财,岭下村只有一条小溪蜿蜒而过,水流不大,潺潺如琴声,我等小时候光着屁股玩水,深水区勉强能没头顶,浅水区小鸡鸡露在水面,父母不用担心孩子被淹死或者冲走,说明水源有限,在此生活要想财源滚滚,在理论上是不可能的。这就决定了岭下村非藏珍纳宝之地,亦非金角银边之所。

选这样的地方落脚,那位先人思虑明确,较之于看重"财",他更看重的是一个"安"字,不是宝地,却是福地,因为多子多福,人口是红利,安全是福利。他懂得,安全优势创造不出巨大的财富,但可以转化为壮大氏族人口的推动力。

果不其然,人成家,家成户,户成村,金氏一脉,在此开枝散叶,人丁兴旺,号称"岭下岭下,烟灶千把",村东听不到村西的鸡叫,村南闻不着村北的犬吠,一个自然村划分成三个行政村,分别为花塘、下堂和兰桥。我出生那年,同村同岁者近百,上学时分了三个班级。

在农村,这样繁衍的规模和速度着实有些惊人,村庄里联结着家家户户的一条条小路,也是一条条亲情血脉,密集伸展。至今,随着众多新屋的崛起,继续延伸,所承载的历史自然源远流长。

二

水有源,脉有头,就像长江发源于青藏高原。

金氏血脉的源头在哪里?也就是那位"哥哥"的祖先何许人也?在村里只记了近200年的族谱里找不到,请教坐在墙根晒太阳的老人,更是语焉不详,比他咿咿呀呀的口齿还要含糊。老人之所以成不了活着的历史,是因为没牙不等于有料,实在是历史太久远了。不是有氏族宗谱吗?是的,曾经有过,可中间断了,这账要记到乾隆爷头上,他是个狠人,看到宗族势力的不断强大威胁到了满人政权的统治,一些氏族为了抬高门第,修谱时故意攀附史上同姓名人,还有一些同姓的小家族合族建祠等混乱行为,下令"谱禁",为此不惜大兴文字狱,有人被"斩立决",一时风声鹤唳。大抵"金氏族谱"也有类似偷梁换柱的情况,于是几位族老一商议,觉得纸片儿没有命重要,留得青山在,不怕没柴烧,青山还在,族谱却像木柴一样被付之一炬。于是,就像长江溯源,断在武汉,距离青藏高原还有十万八千里。

说法倒有好几种,有说是匈奴降汉的名臣金日(mì)磾(dī)的后裔,有说是吴越钱镠王因刘姓犯其名讳,故赐姓金……凡此种种,众说纷纭,似真似幻,迄无定论。

寻找祖先是谁,不是为了认祖归宗,或者拿祖先的光辉说事,就像乾隆时期的人那样,想尽法子往自己脸上贴金,充当炫耀的资本。这种事在各地宗谱里多如牛毛,屡见不鲜,做法如出一辙,有点影子便生拉硬拽,攀龙附凤,无非想证明自己品种优良,高人一等,非同俗流。就像阿Q说自己的祖上也阔过,三国里的曹操称自己是曹参后代,刘备则宣称自己是"中山靖王之后、孝景皇帝阁下玄孙",美滋滋地听人家一口一个"皇叔"地叫,让天下人赶紧忘了他卖凉席草鞋的小贩身份,拉大旗,作虎皮,用正宗高贵的皇家血统唬人,为自己三分天下提供舆论支持。

我们寻祖,只是为了不忘来处,让宗族的文化传统脉搏继续跳动。

三

国庆节回乡,得暇参仰"金氏祠堂",及至看到一副对联,方如醍醐灌顶,疑云顿消。

保守一点说,更抵近了历史真相。

祠堂是村史的活化石,往事散落于泥土,或者石隙,或者糟朽的椽木之中,从不湮灭,细寻总会有蛛丝马迹。

有人称，"金氏祠堂"修建于宋朝，距今已近千年。依我看，当不得真，因为空口白牙，言之无据，我虽然不是文物专家，可也看得出建筑风格几无宋朝特征。祠堂的结构样式，戏台穹顶的水彩绘画，以及最初的石墩上雕刻的鸟兽，还有翘得高高的檐角，如同大鹏的翅膀御风飞翔，等等，不难断定，为明代初建。一些彩料清代才有，有些木刻更接近于现代，应是清中晚期重修。祠堂落成，满打满算五六百年。

正厅檐下，高悬"世德作求"四字描金横匾，落款为清代嘉庆七年（1802）所作，书法浑厚磅礴，淳朴遒劲，笔力甚是雄健。可惜的是，岁月不居，木板已有朽裂，字迹模糊，通过仔细辨认，依稀为"二十九世孙求贤敬立"。此为何人已不可考，但以匾尺之大、放置之显、寓意之重，应当是祠堂重修后，身世显赫或者官品不低的金氏后裔所献。只有官员人尊身贵，高人一等，才有如此大的脸面，也有如此厚的脸皮。

匾额两侧的圆柱上，书有一副对联，上联为"望重金貂磊落名臣光汉室"，下联为"胄分宝婺渊源理学结仁山"。谜底都藏在这儿，上联无疑指的是金日磾，下联的确指的是金履祥，一联讲清了岭下村金氏祖宗的来龙去脉。

上联所指金日磾（前134—前86），其字翁叔，匈奴族，凉州武威（今甘肃武威）人，初为匈奴休屠王太子，他的父辈族人们马屁股上驮着帐篷，东游西牧，来去飞快，经常瞅准个空儿，骚扰一下大汉领土，抢些丝绸、粮食、美女回去，收获颇丰，但到他这辈倒了霉，碰上个硬茬儿大汉皇帝刘彻，更倒霉的是还遇上身体有病但打仗没毛病的"战神"霍去病。

"骠骑将军"霍去病何许人也？虽是私生子，少时受同伴的欺凌与唾弃，在战场上却是神一般的存在，17岁青春痘还没消就率领800朝廷"高干子弟"深入敌阵，斩杀2000余人，一时扬名立万，威震敌胆，后来统率全军，更是铁骑所向，风卷残云，横扫大漠，如入无人之境，那一句"匈奴未灭，何以家为"就是他说的。匈奴国的军队都是牧民，吃半生不熟的牛羊肉，人高马大，骁勇善战，但碰上有勇有谋如有神助的霍去病，杂牌军还是扛不住正规军，失败在意料之中。走投无路，休屠王带着日磾降汉，但在入汉的半道上，休屠王被一同降汉的混邪王杀害，是年日磾14岁，与母亲阏氏相依为命。咱岭下村金姓村民的太、太、太不知多少个太的祖奶奶阏氏（不知姓甚名谁，因为匈奴的单于、诸王妻妾统称"阏氏"），她深明大义，教子有方，品格与岳飞的母亲可以一拼，只差没在儿子的背上刺字。但日䃅不愧是王子，少年老成，早就知晓大汉军威森然，卫青、李广等战将如云，见过能打的，没见过这么能打的，而且国富兵强，如日中天，他想与这等国家为敌，哪里还有前途？遂顺天应命，良禽择木而栖，从此死心塌地地为大汉服务，按当时的话叫"充役"，分配给他的具体工作是养马。

岭下村说某人厉害叫"杀甲"，可能源于匈奴语，当时大汉军队士卒身着铠甲，而匈奴武士也就穿件污渍麻花的羊皮袄，腰上系根牛筋，能入阵砍死重装甲士，无疑是十分厉害的角色，因此"厉害"转换成土话就说"杀甲"。又有乡谚云："岭下金，讲话硬钉钉。"意思是岭下村这些姓金的家伙，说话硬得跟锤子敲铁钉一样，直来直去，语气坚硬，与吴侬软语不在一个频道上，听其他村的人说话，像吃柔柔糯糯的汤圆，听姓金的说话，像嚼青皮萝卜嘎嘣脆，这也可能承袭于草原大漠之风，马背民族体格剽悍，性格豪爽，喉咙粗犷，说话也不会轻声慢语，绕上几个圈子。这仅是我个人的猜想，不足为凭。

汉武帝刘彻，被毛泽东同志在《沁园春·雪》中提过的为数不多的国家优秀领导人之一，为大汉民族开疆扩土立下了千秋伟绩，为了成就霸业，他的确用兵太频、杀戮过多，但也掩盖不了他确乃一代明君，求贤若渴，别具慧眼，不搞任人唯亲、种族歧视那一套。一次，他带着一帮沉鱼落雁、国色天香的宫女去看马，日䃅与一群马夫牵着马一个个从殿前走过去，别人都拿眼角偷看宫女，只有日䃅目不斜视，引起了刘彻的注意。好小子，年纪轻轻却有一米九的个头，气宇轩昂，面如冠玉，一表人才，而且马还养得好，膘肥体壮，腿长毛亮，威风凛凛。刘老板顿生怜惜，把他叫到跟前问话，才知他是休屠王的太子。汉武帝前段时间得到霍去病缴获的休屠王祭天小金人（意义相当于缴了英国国王的权杖），却不知道祭天仪式是怎么搞的，日䃅详细地作了讲解。刘老板大喜过望，提拔了日䃅，又赐日䃅姓金，也就是赐其从此融入汉族大家庭，对降汉的人来说这是莫大的荣幸。

汉武帝没看走眼，金日䃅弱冠少年，虽然身世跌宕起伏，当了官起先也只是小小的御马监，也就是负责养马的小头儿，像孙悟空任职弼马温，可他不像孙悟空那样任性,不把玉帝老儿放在眼里,打砸抢一顿大闹天宫,而是侍母至孝,侍君至忠,说明挺会做人,做臣也无可挑剔。因此,金日磾深得汉武帝信任,也不停升迁,一路到侍中、驸马都尉、光禄大夫,逐渐成为西汉时期举足轻重的政治家。

降得好!如果与大汉死磕到底,地球上恐怕要少一个岭下村。干得也好!如果朝秦暮楚,成天做着反汉复匈的春秋大梦,也逃不掉人头落地的下场,地球上还要少一个岭下村。

金日磾在草原长大,血液里流淌着耿直与忠诚的基因。他有三个儿子,长子是汉武帝的玩伴,此人纨绔,玩起来就脑子进水,不知天高地厚,忘了父亲是降将,需要夹着尾巴做人。一日,金日磾进宫,发现儿子居然双手勒着皇帝的脖子嬉闹,觉得有逆君臣伦常,天子的脖子怎可随便勒?下手重了改朝换代都有可能,因而殊为恼火;后来又一次发现他与宫女眉来眼去,这是想虎口夺食不是?这还了得!怒从心上起,是可忍,孰不可忍?待其回家立行拔刀斩决,坚决把事故消灭在萌芽状态。汉武帝因玩伴一命呜呼,虽然很生气,可后果不严重,倒觉得金日磾如此行事,全为刘家的江山社稷、宫帏安宁,忠心可嘉,于是更加器重。金日磾也是不负所望,尤其在汉武帝疾病缠身之时,不离左右,协股肱之力,曾亲手擒获潜进皇宫行刺的何罗。汉武帝临终之时指定金日磾与大将军霍光、上官桀、桑弘羊为托孤大臣,一同辅佐时年8岁的汉昭帝,本来排位第一,但他始终谨慎谦恭,以"我是外国人"为由,让霍光牵头辅帝。

金日磾还有两个儿子,为金赏和金建,不知道是吸取哥哥血的教训,还是继承了父亲忠厚的品格,一生勤勉,低调行事,后都成为朝廷重臣,七代显贵。

对联中的"金貂",是一种饰品,为当时侍候皇帝左右的人佩戴在帽子上的专用标志物,相当于"特殊身份证",在皇宫里行走畅通无阻。现在电视剧里改用腰牌,是导演的创造性发挥,私自替汉朝皇帝做的决定。当然刘彻不看电视剧,没办法反对。实际上,当时要是拿这玩意儿企图接近皇帝,会被御前侍卫当场拿下,是要死人的,真是无知者无畏。联中"望重""磊落""光汉室"的高度评价都十分准确,以金日磾一生的垂天功绩,这并非溢美之词。

没想到淹没在崇山峻岭中的岭下村,却流淌着大草原的血统,先人有过住在帐篷里、骑在马背上的生活,只是现在我站在村口放眼望去,群山起伏,山沟沟有高度而无宽度,"天苍苍,野茫茫,风吹草低'无'牛羊"。

金日磾的后代,也就是岭下村的祖先,直到王莽叛乱,受到迫害,才匆忙逃离长安,流落各地。何时到的浙江,史家应该能够拨开历史的迷雾,看到一支疲惫的马队,落魄地隐入越地的深山丛林。

不可否认,天下金氏许多奉金日磾为始祖,其中也有攀高枝的嫌疑,岭下村金氏的先祖也可能有此番操作。但是,这只是可能,谁能拿出偷梁换柱的证据呢?司马迁没有,司马光也没有,汗牛充栋的各类典籍里也没有,或者说至今没有发现,借鉴法律"疑罪从无"的原则,怀疑不能当作事实,岭下村的金氏始祖仍是金日磾。

四

下联"胄分宝婺渊源理学结仁山",说的是金履祥,其中的"胄分",意为弃官不做;"宝婺",即今天的金华兰溪,古称"婺州兰溪",金履祥呱呱坠地的家乡。

金履祥(1232—1303),字吉父,号次农,自号桐阳叔子,兰溪桐山后金村人。此人也是了不得的人物,元代名倾天下的大学者,时人高山仰止,尊称其为"仁山先生"。

《元史》记载,金履祥是神童,幼年时便天赋异禀,"父兄稍授之书,即能记诵";18岁出道,"试中待补太学生,有能文声",已写得一手好文章,且名声在外,活脱脱一个少年学霸,放现在考入北大、清华,在藏龙卧虎之地仍是尖子生。

可惜生不逢时,金履祥生活的时代,先是南宋的晚期,元兵如狼似虎,大举挥师南下,生灵涂炭,赢弱的南宋朝廷朝不保夕,岌岌可危,大厦将倾。金履祥有满腹经纶,还有一腔热血,更是足智多谋,他向朝廷献计,以重兵由海道直捣燕蓟,围魏救赵。但是,他的上司不是汉武帝,而是要么沉溺酒色,要么宠信奸臣的昏庸皇帝,他的御敌良策,自然不可能被"直把杭州作汴州"的南宋朝廷采纳。金履祥大失所望,不听好人言,吃亏在眼前,此地不留爷,自有留爷处,咱不伺候了!于是金履祥绝意仕途,这个理学大家摘下乌纱帽,骑上毛驴,头也不回地出了杭州城,有道是"文章千古事,做官一场空",还乡做学问去也。

金履祥学富五车,一生涉猎广泛,尤其博通理学,造诣深邃,著作等身,有《通鉴前编》《大学章句疏义》《论语孟子集注考证》《书表注》等,都思人所未思,发人所未发,究识之深,震动了当时的学界,称他为理学中坚。南宋的理学,虽然有许多糟粕,比如对皇权一味拥戴,用封建道德桎梏妇女,但总体上瑕不掩瑜,其引导人民对国家和民族的认同,在后世产生了巨大的影响。金履祥最光辉的形象也是在身后,被从祀孔庙,在一共73位"大儒"中,他位列东厅第22位,贵为一代硕学鸿儒。

对联中称他为"渊源理学结仁山",殊为中肯,他当之无愧。

问题来了,《元史》记载,金履祥的祖上并不姓金而姓刘,就是不被吴越钱镠王嫌名而改姓金。而坊间传闻,钱镠王当时将吴越之地的全部刘姓,概赐姓金。据现代人考证,刘改金姓,史上确有其事。不过,兰溪的金姓,出处复杂,也不纯粹,有些村子原金姓与刘改金姓混居一处,亲如兄弟,我中有你,你中有我,都"一锅烩"了,后代已难以分辨出子丑寅卯。

我们是否要掘开金履祥的墓,给他做一个 DNA 检测?这毫无必要,从大处说,历史的 DNA,本就是一笔糊涂账,要论源头,中华民族的子孙,都流淌着炎黄的基因,同根同种,要立牌位的话,共同供奉三皇五帝。华夏文明是一条汹涌的大河,一个族群只是河流上的一个码头,而姓氏只是区分支流的一种符号。

据说,我们是从兰溪的教场岭下村迁徙而来的。有意思的是,我们这个岭下村,一些地名恰巧与兰溪的岭下村对应,比如我们村边的一条溪流也叫兰溪。溪上的五座老桥中有一座叫兰桥,还有一个地方叫桐坑,这不是巧合,而是为了一种不能忘却的纪念,以及不能释怀的牵挂。

五

岭下村在有祠堂之前,村民一定已繁衍生息了不少代,即使是口口相传,也不会离谱太多,这副对联,我想可作金氏真宗看,根正苗红。

搞清楚了我们从哪里来,去不去兰溪认祖,到不到武威归宗,其实并不重要,世人来来去去,生命的后浪推前浪,重要的是搞清楚自己的前人,总有那么几个在历史的长河中，为家国做出过不朽的功业，需要让后人牢记并弘扬。

武威古称"凉州"，20世纪60年代末出土过"铜奔马"，也叫"马踏飞燕"，专家鉴定为东汉时期文物。也就是说，我们的祖先那时还骑在马背上，在草原上驰骋，他们不知道自己的马屁股后面尘土散去，后人会归化于汉族，成为地道的汉人。

有一次，我在草原上骑马，大腿突然被走在旁边的马咬了一口，无缘无故，莫名其妙，让我十分惊讶。牧民连忙说这是马对我表示亲热，那就权当亲热吧！它大概闻到了我血液里的草原气息，非要"亲吻"一下不可。

"江山留胜迹，我辈复登临"，让祖上的一腔热血继续在我们的血管里燃烧，永不冷却，才是最重要的。

祠堂存储着祖先的精神，后人于此可发思古之幽情，也可励立业之志向，不可颓废。在临海市委市政府的支持下，如今的祠堂得以修葺，尤其是几根大梁，年久遭虫蛀，雨水浸蚀，已经腐朽，村里的老者总担心会崩塌下来，现在全部做了替换，已然安全无虞。

两位祖先两盏灯，明亮炫目，灯下的我们只许添油，不可吹灭。

马有一种精神，叫"不用扬鞭自奋蹄"。

2020年10月23日

行走的灯

黑夜归家,下意识地伸出手,啪地按下开关,灯亮了,房子刹那间被唤醒,作为家庭成员的一应物件,立即现身迎接,打一个无声的招呼。家清晰了、生动了、暖和了,人似被温馨的亲情拥抱。

灯,是家的眼睛,无论疲累也罢,委屈也罢,苦恼也罢,沐浴在这温柔如水的目光里,身心轻松舒畅,人生伤痛减半,用冯骥才先生的话说是"唯有家里的灯光最温暖"。

有了这种感觉,新家装修,其他可以当甩手掌柜,灯要自己去选。走进市场,仿佛走进了灯的海洋,琳琅满目,五光十色,令人目眩睛迷。单是名字,就有吊灯、壁灯、地灯、台灯、镜灯、门灯、彩灯、花灯、射灯、筒灯……总之,灯的大家族"子孙满堂",叫不过来。我像选美一样挑花了眼,不知选谁好,其实谁都挺好,美观漂亮,像发光的花,装点家居,送上灿烂光明。

也许熟视总被无睹,到用时才发现灯的材质、光源和形状会变化得如此神速。仔细想来,灯的变迁,何尝不是映照社会发展的脚步?

我想起一次回乡下老家省亲,去邻居家串门,发现墙脚扔着一盏墨水瓶做的灯,与垃圾混迹在一起,蒙着一层脏兮兮的灰尘,像一个蓬头垢面、孤独寂寞、畏葸猥琐的前朝遗老。我捡起来端详,煤油早已挥发干净,瓶底结着一层污垢,应该被遗弃了好些个年头。

我很愿意将它收藏起来,这种"乡村土特产",现如今不好找了。但我犹豫片刻,还是把它放回了原处,它太卑微,属于"大路货",既当不了传家宝,也成不了古董,更进不了富丽堂皇、群英荟萃的博物馆,而我拥挤的家里也没有地方安置它。当然,如有门槛低的乡村生活物品陈列室,倒勉强可以摆一摆它,它可是曾经的农村夜晚的历史见证者。

有时候书写历史的,不一定都是如椽巨笔,也有如蝇头小楷般不起眼的东西。

忆往昔,说一说我童年、少年时夜晚的灯光。

爱迪生发明的电灯,不远千里漂洋过海,登陆我国,并在我的村子里插队落户,用时将近一个世纪。

打我记事起,经常蹲着几只麻雀的电线杆已立在门外,裹着一层花皮和灰尘的电线从屋檐下穿堂入室,而灯泡像只鸭梨似的吊在梁上,形单影只,灰头土脸,一年发光的次数不如天上的闪电多,基本上属于有名无实而又硕果仅存的现代化装饰品。那时,农村照明基本保持着原生态,白天靠太阳,晚上有星光和月光从窗口射进来,它们提供的天然光源,不用花钱购买,只是开关捏在老天爷手里,由他的心情决定,时有时无,人没有办法掌控。

农家灯是有的,最常见的是煤油灯,它忠实地担负着光明小使者的重任。煤油灯自然要烧煤油,村民习惯叫"洋油灯"。20世纪中叶前和19世纪,我国内忧外患,灾难深重,烽烟遍地,国民的头等大事是救国和生存,基本上没发明过什么像样的东西,连许多日用品都是舶来品,名字前缀个"洋"字,比如小小的火柴叫"洋火"、肥皂叫"洋皂"、铁钉叫"洋钉"等,听起来窝囊,用起来倒也好使。中国身上若有一斤油,有五两都让西方国家刮了去。

我生得也晚,坠地时国家能生产煤油了,但烧油仍要花费来之不易的真金白银。因此,只要不是伸手不见五指的夜晚,或者不是有火烧屁股的要紧事非做不可,即使屋子里漆黑一团,也不舍得点煤油灯。没有灯,我等小屁孩就觉得晚上不好玩,尤其是冬天的夜晚,又冷又长,房前屋后天寒地冻,果树光秃秃的,蟋蟀钻地下去了,想捣蛋都找不着东西下手,无所事事,不如早早蜷缩进被窝"冬眠"。

大人们白天辛苦,晚上亦无甚事,举着煤油灯跳广场舞不现实,那时也不兴广场舞。"农家乐"的例行节目,无非夫妻交流,说说庄稼收成,聊聊家长里短,扯扯隔壁老王又腿进了寡妇家,骂骂村主任不是东西,实在无聊,不妨以实际行动给计划生育政策制造一下麻烦,这项工作夫妻俩熟门熟路,灯不灯的不碍事。

小油灯的制作倒是方便,在墨水瓶或者其他玻璃瓶的塑料盖上钻个小洞,将棉絮搓成条状当灯捻,露出个头儿,煤油就浸润上来,算是最没有技术含量的发明创造。火光只有黄豆般大小,一跳一跳,忽明忽暗,一阵小风就能吹灭它,拿着走路必须用手遮着。拳头大煤油灯,飘忽着稀薄的光线,吃力地撩开夜的一角,勉强照亮方圆五六步到七步开外的地方,光线的所有努力都宣告徒劳。

一些人家日子过得窘迫,吃饭需要勒紧裤腰带,自然心疼煤油钱。替代办法还是有的,沿用先人留下的老台灯,就是那种用泥巴烧成的陶瓷灯,底有座,中有柱,顶有盘,倒上菜油,点一根灯芯草。火苗只有鸭舌般大小,但聊胜于无,也能将浓厚的夜幕戳出个小窟窿。

还有就是用"苎麻骨",点燃后能给你半袋烟工夫的光明。那时,村民会在自留地里种苎麻,它全身是宝,纤维柔软,可以织布、做蚊帐、搓成绳索,或者拿到集市上卖钱,留下苎麻骨秆,可以当作走夜路的手照,燃烧自己照亮别人。现在我们村的田地里没有了它的踪影,不再需要它以与蜡烛不分伯仲的高尚品质和献身精神给人间送来光明。

只有家境稍好的人家才用得起美孚灯。这种灯在村里属于"奢侈品",往往是父母挣工资吃"国家饭"的象征,比如我家就是,多少有点炫耀和虚荣。当然,也确实是父母心疼我们的眼睛,担心我们在微弱的灯光下看书容易近视。

美孚灯毕竟出身专业,最早为欧洲贵族所用,放在桌子上,形状比墨水瓶做的小油灯美观许多,身材高挑挺拔,姿态凹凸曼妙,一副亭亭玉立的样子,像大家闺秀,似有充分的理由显示高傲和矜持,仿佛还能给主人添些许尊严。它发出的白色光亮是小煤油灯的数倍,体貌又比小煤油灯优雅高贵,足以吸引邻居的小伙伴们,他们晚饭时把碗端到我家来吃,能有效降低把米粒扒拉到鼻孔里去的概率,沾光的同时,顺便觊觎一下我家的伙食。它的亮度可以调节,一个小旋钮控制灯芯的高低。麻烦的是要经常剪灯花,我乐意抢干这个活,但不用剪刀,而是用食指抵住拇指,瞄准灯花用力弹将出去,灯花直射在墙壁上,形成一个黑点。如果墙上正好趴着一只苍蝇或者蚊子,我便有了目标,只是准头不够,做不到百步穿杨,击中的机会微乎其微,但能吓它们一跳也不错,看它们仓皇逃窜的样子也是享受,于是墙上留下斑斑点点,如盛开的墨梅。

美孚灯葫芦形的玻璃灯罩容易被油烟熏黑,必须经常擦洗,我人小手小,伸进去游刃有余,便负责清洗工作,不小心打碎过几个,难免挨顿训斥,让我从小就领悟出多做多错多挨骂的朴素真理。

骂归骂,手脚仍闲不住,总要物尽其用鼓捣些啥,有件乐事值得一提,夏天的晚上，撩开蚊帐，放蚊子进来。蚊子混迹于昆虫界，敢于将嘴长成矛枪模样以小搏大，说明小脑袋也能储备丁点儿智商，它一见蚊帐大开，便嘤嘤嗡嗡地招呼兄弟姐妹、七姑八姨飞奔而至，目的明确，待我躺下酣睡，它们便放开肚皮吃一顿夜宵。可惜蚊子不识字，没学过孙子兵法，它哪会想到这是我布下的陷阱，利用的是"诱敌深入""关门打狗"之计。蚊子叮在蚊帐上，我将灯罩的顶端圆口对准它的屁股，它毫无防备，感觉暖烘烘的很舒服，等到发现大事不好，已来不及逃跑，翅膀被燎焦，一个倒栽葱跌下来，挣扎几下便不动弹，魂归西天，偷血不成折了命。一晚上全歼几十只蚊子，战果辉煌，第二天赏给墙脚的蚂蚁，它们成为战利品的最大受益者。在我家附近出没的蚂蚁是幸运的，能吃到烧烤蚊子，以人类从茹毛饮血到钻木取火的经验，烧烤应该比生食的味道要好得多。

村里的小型发电站经常缺水，不缺水的时候缺油，两种不相容的液体都凑齐的时候，不是农忙就是春节，要么发大水。这时电灯会亮上几个小时，长翅膀的虫子从四面八方汇聚而来，兴奋地围着团团转，多的时候像雾一样。飞蛾见光就不要命，会用头去撞，发出叭叭的声响，快乐得像昏了头。

因发电量低，村里规定灯泡只能用15瓦和25瓦的，我们嫌其不够亮，就找一块白色硬纸，中间剪一个洞，套在灯泡的卡口处，像给电灯戴上一顶小"帽子"，这种物理现象很实用，灯光加反射光，灯下的世界越发明亮。灯光的妙用很多，比如可以用来娱乐，握紧两只手，通过手指的变化，在墙壁上变换兔子、老鼠、鸡、狗之类动物的影子，嘴里模仿动物的叫声，比赛谁变得多，谁变得更像。

让我等小村民遗憾的是，快乐总是短暂的，亮灯时间不会超过晚上8点钟。发电机要停止工作时，通常会事先提醒，像发出暗号，一明一灭连续三下，这时大人说："电灯眨眼了，快上床睡觉。"电灯眨三下眼后，最长不会超过一分钟，便断了电，说到做到，从不谎报军情，说明暗号的准确性毋庸置疑。灯泡里的钨丝慢慢变暗，然后完全熄灭，万家无灯火，村庄安静如宵禁。

那时的农村孩子，学习成绩优异的凤毛麟角，与缺灯少电有直接的关系。白天要帮大人到地里干活，要打猪草，要放牛，要掏树上的鸟窝，要操心下蛋的母鸡莫被黄鼠狼叼了去，晚上填饱肚子后，便被大人撵上床睡觉，倒头便做梦，梦醒已是第二天，哪有时间做作业？何况我们这些"野生"散养的孩子，觉得学习远不如到河沟里捉鱼来得有趣。

老师很是体谅我们,知道许多学生在点灯上说了不算,决定权由大人掌握,便谆谆讲述古人凿壁偷光的动人故事,让我们深受感动,也有决心付诸实践。可现实操作性不强,壁好凿,光难偷,隔壁人家比咱家还暗。好在家长习惯怀着哀悼的心情看成绩单,并对我们日后考不上大学充满信心,因此有期望但不殷切,一般不会为此让我们遭受皮肉之苦。

也不能说农村的夜晚都是苦哈哈的一片暗无天日,光源还是有的,除了电灯,还有汽灯。

村里有两盏汽灯,比较珍贵,平时锁在集体库房里,钥匙别在村主任的裤腰带上晃荡,只有到了祠堂演戏时,才将汽灯一左一右高挂在戏台上。灯光耀眼,银辉洒地,仿佛人造小太阳,照得整个祠堂亮如白昼。可是,这种灯要小心伺候,搞不好会像悬在头顶的炸弹,危险得很。

血的教训是,有一个村子演戏,大概是油壶里的气打多了,发生了爆炸,不幸的事就此发生,四处横飞的玻璃碎片正巧击中一名女演员和一名琴师的眼睛,导致他们双双瞎了眼,从此这个世界有没有灯都与他俩没有关系。但是,灯没有关系,人却有了关系,坏事成全缘分,他俩同病相怜,结成了患难夫妻。眼睛与生育没有必然联系,他们生了一个儿子,随父姓陈,与我年龄相仿,唇红齿白,眉清目秀,说话慢声细语,夏天常穿一条不知谁送的花裤衩,走起路来小屁股蛋一扭一扭的,像个乖巧的女孩子。他们夫妇依旧以唱戏为生,儿子负责引路,一根竹竿仨人拉着,跌跌撞撞地走成一串糖葫芦。他们走村串乡,丈夫拉二胡,妻子抑扬顿挫地唱,虽然没有行头和表演,但唱到动情处黑洞洞的眼窝里也会淌下眼泪。听戏的村民施舍几升小麦稻谷,他们一家以此维持生计。

我妈对弱势群体天生怀有同情心,又喜欢听越剧,因为家里还算宽敞,他们来了必住我家。他们住无数次,我就得无数次被告诫不准欺侮他们的儿子,好像我是不欺侮谁就心痒的混世小魔王。但是,不欺侮穿花裤衩的男孩子,确实没有道理!值得欣慰的是我确实没有欺侮他,不是不想,而是不敢,他父母黑洞洞的眼窝,像深不见底的古井,具有令人恐惧的威慑力。

进入高中,我的母校叫"大石中学",是大石区独一无二的初高中结合的"高等中学",称之为"高等学府"也似无不可。之所以给它冠上"高等"两字,是因为它有高中部,每个年级招两个班,这几百名学生,无疑是全区十几万人民群众中货真价实的"高级知识分子"。学校也不简单,内部有礼堂、图书室、食堂餐厅、师生宿舍等硬件设施,还有全区最强师资力量、最高学历文凭、最全课程设置等软实力。放眼偏僻贫穷的大石区,我们有幸在此就读,相当于能在最宽阔的知识海洋里荡舟划桨,能站在最高的文化山峰上眺望世界,能走在最有希望跳出农门的路上去追寻远方的星辰大海。

最为难得的是,晚自习有日光灯,不像其他只有初中部的学校,晚自习要自带小油灯,沾一手煤油味不说,教室里黑烟袅袅,我们趴在灯下写一会儿作业,能从鼻孔里挖出"煤"来。

日光灯像一根会发光的擀面杖,以长度决定亮度,一个教室挂一根。莹白柔和的光洒下来,让人体会到"夜以继日"的另一种含义。我那时尚搞不清荧光与氩气的关系,便奇怪它亮多长时间灯管都不发烫,还不用烧汽油,更不用像汽灯那样需要充气。

日光灯安全系数比较高,不必担心突然"爆胎",缺点是总有部分灯管寿命短暂,容易"夭折",才"入职"个把月,便两端发黑,忽忽闪闪几下,很快咽了氩气,与世长辞。也有抢救过来的,往往是两端蜗牛触角似的接电柱与导电片接触不良,把灯管摘下来再装回去,将镇流器左右拧几下,居然又亮了。看过电工的一次操作,我们就学会了,遇到灯管罢工,争先恐后地爬上课桌,够不着,垒一把凳子,灯管起死回生。个别懂事早的男生,想趁黑给心仪已久的班花递纸条,刚准备行动,灯光大亮,那人却在灯火通明处了,不由得恨得牙痒痒。

学校坐落在山脚下,独立在星罗棋布的村庄之外,晚上教学楼灯火通明,远远望去,在群山环抱中,通明的灯光亮成独特的风景。周边几个乡政府,像一根长藤上结的许多瓜,小灯泡照着大脑袋,钨丝烧掉下来还得摇一摇再搭上去,麻烦得很,说明那时的领导不只是把"尊师重教"当口号喊的。明亮的教室,立竿能见影,晚上时间被充分利用,学生的成绩提升也就立竿见影,考上大学的多了起来。

日光灯为农村学生娃的未来赋能,照亮了他们斑斓的少年梦想。

再后来,无须我多说了,"旧时王谢堂前燕,飞入寻常百姓家",日光灯迅速攻城略地,一统国内灯具江山,独领风骚几十年。现如今,灯的江湖后浪推前浪,有性能更优越的白炽灯、荧光灯、卤钨灯,还有风头日盛的 LED 灯等。这些灯以其绿色环保寿命长、高效节能光线强,在全国各地"火树银花不夜天"地闪耀。

我上海家的阳台窗户,"镶"着著名的黄浦江畔"三件套"(上海环球金融中心、上海金茂大厦和上海中心大厦)。每当夜幕降临,这几座高耸入云的大楼华灯齐放,熠熠生辉,逗引得盆景里的花草都转过头去,误以为天又亮了。遇到重要节日,上演"灯光秀",这几座大楼更像是穿上了五颜六色的盛装,光芒照亮了半边天空。巨束激光如长剑出鞘,东扫西荡,恣意切割夜空。装饰在大楼上的霓虹灯,高低游动,光华夺目,如金蛇银蛇狂舞,叫人担心它舞着舞着便腾空而去。显示屏上的巨幅图案与文字快速变换,令人目不暇接,美不胜收。我不喜欢过于热闹的场所,因此没到过现场,据说现场欣赏更加震撼人心,天空银河璀璨,地上七彩变幻,江中波光粼粼,端的是灿烂辉煌,绚彩华丽,美轮美奂。

灯光成就艺术,艺术美化灯光,尽展城市魅力,黄浦江灯光秀已成魔都一张神采飞扬的名片。

国内其他地方又何尝不是?用灯光装点的夜色没有最美,只有更美。卫星发回来的中国夜景,如繁星满天。

火树银花合,星桥铁锁开,爱迪生纵有天马行空的想象力,也想不到今天人们用他最先发明的电灯,把城市和乡镇装扮得如此美丽绝伦。我凝视着色彩缤纷的东方明珠,不禁感叹:灯让我在黑夜里看见了远方,灯的一生,真是全心全意为人民服务的一生!

其实,前世照亮贫困,今生照亮繁华,不是灯的主要任务。灯是为黑暗而生的,是夜的敌人,注定背负着挑战黑暗的使命。虽然,灯哪怕只发出"一豆灯火",夜也输了,但是,灯却改变不了黑夜。

黑夜柔软而坚固,在被撕开又弥合的战斗中,永不投降,将美丽或者丑陋继续隐藏。

灯一路光明地走来,仍将一路光明地走去。

2021 年 12 月 11 日

老宅

老家岭下村,六朝古村落,百代纯农民,房檐接屋瓦,绵延上千户人家,像同一群匠人所建,模样大同小异,气韵贯通。

青石街、石板路、灰砖墙、黑瓦片、木窗棂、土烟囱……它们的每一条褶皱里都藏满家长里短。那些瓦楞草细长瘦弱,一岁不枯荣,不知在风中摇曳了多少个年头,朝晖夕照中述说着光阴的故事。

种在房前屋后的树,稍一使劲长,便高出屋脊,秋风一来便把黄叶落在屋顶上。家养的鸡还是"半鸟",保持着一定的野性,抓捕起来比较困难,有时候被人撵得急了,一振翅膀也能扑棱棱飞上屋檐,再不肯下来,甚至以胜利者的姿态在瓦片上抖着羽毛踱开八字步,脖子一伸一缩,仿佛与不长翅膀的人们较劲:老子在这呢,你有本事上来逮我呀!

翻看老村20世纪后期的照片,一副破烂不堪的没落样子。我对那时的村庄十分熟悉,随时会稀里哗啦掉落瓦片的房檐,污秽的板壁上糊着20世纪六七十年代已经焦黄的报纸,如果有兴趣还能读到某一篇著名的社论,虫蛀的横梁、腐朽的窗户、歪斜的楼梯,让人忘了弯腰脑袋有望被撞出包的木门,墙脚顽强地立着残破的花盆、积尘的油瓶、瘸了一条腿却仍几十年如一日不挪窝的板凳,楼板上垂下一根根灰线,蜘蛛像渔民一样撒网。这些都散发着颓败之气,仿佛风一吹房子的身子骨就会散架。墙脚的瓦砾堆里有可能蜷曲着一条蛇,让人脊梁骨飕飕冒凉气儿,实际上这种情况确实经常发生。与此同时,房子也呈现出古典气质,那些木雕的葡萄、枇杷、松鼠、狮子、虎、豹之类,雕工精湛,依旧栩栩如生、呼之欲出,仿佛余威犹在,让燕子见了不敢搭窝,鸡看到退避三舍,文物贩子看到却垂涎三尺。

现代的东西几乎看不见,没有厕所,没有淋浴房,当然也没有浴缸、抽水马桶,陈旧的木桶负责承接几代主人的污物。没有瓷砖,没有钢筋水泥,更没有管道、煤气、中央空调,立在昏暗光线下的所有家具,都能让茶几、沙发叫"爷爷",如果是90多岁老奶奶当年的陪嫁品,那得叫"姥姥",样貌自然也差不多与姥姥一样苍老,仿佛能从纵横的缝隙里掏出风声雨声来。

岁月似乎在这里按下了暂停键,不肯往前挪动步子。

静止在原地的生活,好像睡着了,其实只是在假寐养神。当历史出现转折点时,一切事物就像听到了发令枪响,从起跑线上嗖地窜出老远。

鲁迅先生说:"一要生存,二要温饱,三要发展。"时至今日,当我的乡亲们不再为生存焦虑,不再为温饱发愁,发展就成了第一要务,不单单是我的乡亲,国人大多相同,最关键最现实最先决的发展目标,就是把木房发展成砖房,把小房发展成大房,把平房发展成楼房。

可不,村里我认识的老屋已经很少,大部分在近十几年的时间里凋零。建新房是村民最重要也最热衷的事,这股风从外面吹进来,寂静的山村像被打了鸡血,亢奋得尘土飞扬,低矮破落的老房子在推土机的隆隆声中,争先恐后就地扑倒,又迅速在原地站立起来,在这一扑一站中实现华丽转身,变成各式各样的钢筋水泥楼房,家家户户装上铝钢门窗,闪闪发光,像努力要把横七竖八、杂乱无章的村庄线条纠正过来。风格不能体现想象力,大多平淡无奇,四四方方,死死板板,像摞叠起来的毫无感情的盒子,这样的建造技术全世界通用,不需要融入智慧和风俗。个别受土地或者资金限制,要见缝插针,或节约成本,也有建得怪模怪样的,缺乏审美逻辑和自然环境属性,搞不清楚移植或抄袭自哪里,如果有足够的土地和资金,他们会毫不犹豫地将白宫翻版到这里,反正也没人追究知识产权。歌德说"建筑是凝固的音乐",这些建筑却怎么看都像小孩子信口而吹的口哨。老百姓盖房,实用就好,其余一概村姑不扫蛾眉,也英雄不问出处。

古老与现代碰撞,羸弱与强悍斗争,年轻的新事物像强壮无礼的入侵者闯进宁静的村庄,没下几个回合,现代气息就笼罩全村,连村里原先唯一的破旧的国有店铺,柜台窗口也钉上木板,宣布歇业,旁边却像在一夜之间冒出许多私人超市。村子里灰色的总基调变了,剩下零星几个濒危物种似的老院落,状态也是每况愈下,被身边高大的新房子压迫,匍匐在它们脚下,像饱经沧桑的前朝遗老。开门关门都会发出嘎吱嘎吱的不安声响,它们仿佛担心着自己将要坍塌或被拆的命运。尽管如此,这些爷们儿仍不服输,夕阳秋风,固执地守着过往,努力显示最后的倔强。有些从城里过来的人,指指点点,慨叹老村的湮灭,惋惜村民不懂保护古建筑,轻率地将祖产夷平,像换件衣裳那么容易。但是,现实无可非议,住在像是从出生至今都未擦洗过的木板房里,满是裂缝,四处漏风,阴暗潮湿,外面下大雨里边下小雨,带上门时似乎稍一使劲整座屋都会坍塌下来,危机四伏,与住在明亮温暖的小洋楼相比,舒适度与安全感都不可同日而语。谁都有权将自己的生活推倒重来,构建对幸福全新的向往。

只是村庄那份与草木千年相濡以沫的安心与妥帖不见了,古村落虽不华丽鲜艳,但有自己独特的颜色,现在像被调皮的孩子任意涂鸦,色彩乱七八糟,古老的文化让位给流行的文明。建筑的代沟鲜明,支棱而起的钢筋水泥,显得粗鲁冒昧、冷傲突兀、大大咧咧、趾高气扬、锋芒毕露,充满烦躁的情绪,屋顶基本都是乏味的平头,不见了温暖而悠扬的烟囱和炊烟。村庄的样貌在努力接近城市,而与城市不一样的是,或者说村庄仍然坚守着的一个特点,是所有窗子没装防盗网,这里的民风还不需要将房子武装到牙齿。

走在村庄里,像穿越时光隧道,跨过了不同的年代。农村的变化,不是在该变的时候变,而是在能变的时候变,随机而行,一蹴而就。

一种青春衰退让位给另一种生命欣欣蓬勃。原先村里的三层公屋是最高建筑,现在早被其他屋宇俯瞰。村庄长高长大长健壮了,气象更新,个头已让鸡飞不上去,当然最高的房顶仍高不过周边能给云落脚的山岭。山一如既往地保持沉默,它像一个大容量的文件夹,保存着被村庄不断删除的生灵。亲手建起老宅的人,这时已躺在冢墓里。如果他们能像文件一样被重新激活,穿越回来,原先闭着眼睛都不会走错的路,恐怕已很难寻找;即使能找到路,恐怕也难以找到哪栋是自己一砖一瓦建起来、留给子孙居住的宅子了。迷失在自己的村子里,带给他们的可能不只是新奇与怅惘,还有惶恐中的兴奋。

如我的祖先能找到老宅,却找不着宅子里的子孙。

20世纪90年代,我家搬进了城里,老宅空置,与其留给蜘蛛结网,不如出售给乡邻。也就是说,我家与岭下村,做了物理切割。可毕竟是祖居,父亲在世时仍经常念叨,有些牵念与不舍。我借机抱怨,城市有什么好?楼比树高,吸口气半口是灰尘,吃着没有露珠的蔬菜,大车小车熙来攘往,一天到晚在街上嗷嗷叫,把耳朵塞得满满的,万不该轻易地将老宅卖了!他不吭声,垂下眼睑,一副做错事的样子。可见,老宅仍是他灵魂的归宿,情思如抽刀断水,难以斩断。

我家老宅有五间半房,均为二层砖木结构,三间半是爷爷辈留下来的祖产,称"老屋";两间是20世纪60年代父亲的杰作,称"新屋",总面积在农村算是不小了,土话说蛮"开泰"。

在乡下,房屋顶天立地,不单是家的象征、风雨中的庇护所、存放生命的领地,更体现家境的硬实力。有房屋的男青年就有娶媳妇的先决条件,眼睛里养着神气,具备挑肥拣瘦的资格。农村的婚配大多遵循父母之命、媒妁之言,七仙女对董永"寒窑虽破能避风雨,夫妻恩爱苦也甜"那种无条件爱情,属于戏台。农村小姐姐对幸福生活的刚需观念有着祖传的现实,有着似乎与生俱来的生存经验。如果那时有《非诚勿扰》,没有房子是吗?那毫不犹豫地将前面的灯灭了。

我小时候,对媳妇的重要性尚缺乏足够的认识,吃过早饭能想到中午吃什么,就算是考虑得比较长远的事了。但对如何用足用好房子宽敞的优势,还是动了一番脑筋的,这么大的空间,不玩游戏可惜了,在小伙伴面前也显得不地道。于是,呼朋唤友来摆场子,比如抽"陀螺",尽管放心地施展身手,把苎麻搓成的鞭子挥得呼呼响,不至于一鞭将锅碗瓢盆打个稀巴烂,被父母当作破坏分子将其小脑袋敲得"硕果累累"。

我在老家只生活到17岁,后来的大部分时间出没在青岛、北京和上海,按理说,应该更习惯大城市环境。可不知道为什么,似乎只要回一回头,首先望见的便是童年和故乡。总想回乡下小住几日,而且每次探亲,第一个念头便是回农村去,而不是回母亲居住的临海小城去。有一种感觉非常奇怪,在城市里呼吸得用肺,在乡下全身的毛孔都是肺。

可能是我本草根,往水泥地里扎根太费劲,家乡的土壤更适合我伸展四肢,那里的露水更符合我的口味。而且我对"家园"的理解近乎固执,城市里有"家"无"园",左邻右舍鸡犬之声相闻、老死不相往来,不像农村,端个饭碗都能串门,连这是谁家的鸭子那是谁家的狗,谁家的鸡昨晚被黄鼠狼偷走了,大家都清清楚楚,这便是祖祖辈辈形成的天然的"园"。

心里有个愿望，把老宅买回来，或者另建一处小屋，让年近九旬的母亲回农村生活。她原本就是山村教师，"桃李"都结在乡下，与熟稔的左邻右舍、山川草木在一起，还能得到当地老师的敬重，这样会使她更加舒心，也更有利于她的健康。

我再回乡休假，既享受到天伦之乐，与山水为伴也显得名正言顺。家乡的每一片草叶，都像和风里的摇椅，可以让我的心灵无忧无虑地躺在上面晒太阳。

若非灵魂栖居的地方，又为何如此依恋？若非能让双脚安歇，又为何如此怀念？仔细想来，虽然童年和少年时的光景，不是我人生中最美的时光，却是我最舒畅的时光，原因在于人在滚滚红尘中一场场打拼下来，输是输得人困马乏，赢也是赢得精疲力竭，早已让人厌倦，而乡村童话般闲逸、舒缓的生活节奏，是那般地放松和安宁。

我们这代人，经历过的速度和激情，可能是以前其他年代的人所经历不到的，也可能是今后哪一代人都无法经历的。大棚里的蔬菜瓜果成熟在季节之前，包括鸡鸭猪羊，都在只争朝夕地早熟。时光的脚步，在高速公路上奔跑，在高铁上疾驰，在飞机上瞬息千里，甚至在网络上出发即到达。电话换成手机，钢笔换成电脑，信札换成微信，邮件换成快递，人们追求没有最快，只有更快，一切都在路上，铆足劲与时间赛跑，恨不得背生翅膀，风驰电掣，包括事业和理想。

知识爆炸、信息爆炸、数据爆炸、技术爆炸……满世界"弹片"横飞。知识恐慌、本领恐慌、业绩恐慌……慌的是不想被"弹片"击中，便要被时间拽着奔跑，成功者气喘吁吁，失败者屁滚尿流。而我在老宅生活的那些年，觉得时光的脚步是那么轻缓，与阳光和星光同步移动，像跟在身后的老牛，摇着钟摆似的尾巴，慢腾腾地悠然而行，从不追赶什么，也从不超越什么。地里的庄稼按时序生长，从容不迫地发出拔节的声响，不吸收到足够的阳光绝不成熟。黎明被鸡叫醒，炊烟把夕阳送下山岗，每一天都慢得像蜗牛不慌不忙地从东墙爬到西墙。

白云生处的人家，云动家不动，风动路不动，像扎了几百年的根一样拔不出来。春夏秋冬在山坡上撒野，或野花烂漫，或蜂蝶翩飞，或雪盖沃野，都是大自然播撒的笑声。老房子长在这片土地上，攀缘而上的爬山虎来自墙根，你搞不清楚是它缚住了房子，还是房子拽住了它，相互纠缠，仿佛有解不开的千年情结，万般依恋。

父辈们日出而作，日落而息，没有事情，人不远足，心境静如止水，急切着要去远方的，只有拦都拦不住的溪流。我小时候趴在西窗被磨得锃亮的木框上，眺望对面山峦，无数次想象山那边的世界都有什么，心里像养着一只鸟，时不时地要扑腾一下翅膀。

　　老宅里没几件像样的东西，因为潮湿，所有的家具都带脚，结实粗壮，几十年如一日地站在原地不动，站得油漆剥落暗淡，站得身上沁满黏液，不经意间留下各种被时光侵蚀的印记。空气丝丝流动，薄薄的砖墙，或者一层木板，根本挡不住邻家饭菜的香味。谁家做什么饭，抽动一下鼻子就知道。我妈在做饭时，经常拿不定主意，总要问我想吃什么，我会参照飘进鼻子里的味道来决定让她做什么。这种由味觉或者食欲决定食谱的感觉，踏实而温暖。后来一直吃食堂，顺序便倒了过来，由食谱决定食欲，省事却难随心。

　　乡下宁静，老宅却是有喉咙的，那种开门关门时吱吱呀呀的声响，是木轴与岁月的合唱，也是老宅生命的呼吸。木制楼梯和楼板，人踩上去咔嚓咔嚓直响，那是生活最原始的动静。我初中时就喜欢躲在小阁楼，假装写作业，其实是在读《三国演义》《水浒传》之类的课外书，楼梯一"报警"，听声辨人，便知道是谁来了，迅速把书藏进抽屉。那种心惊肉跳的感觉，有猫捉老鼠般的刺激。

　　我去看望老宅，她的确老了，老得像一个隔世的故事。乡邻已将其拆得只剩一间半，夹在光鲜亮丽的新楼房中间，恍若佝偻着腰身的老人，皱纹密布，伤痕累累，看上去有些自卑和可怜，像旧农村的代表，以其破败的外表拖了新农村建设的后腿。这就是我魂之所系、梦之所萦的老宅，她与新楼房像生活在两个世界，一个暮气重重，一个朝气蓬勃。

　　老宅简陋，不可能成为显赫的文化标志，可我还是想将她留存下来。作为念想，她储藏着几代人的记忆，值得回望；作为家，她是最先给我遮风避雨的地方，值得尊敬。

2021 年 1 月 6 日

门前的大青石

我们每个人,纵然全国有成千上万个乡,只有一个叫"故乡",心里纵使装着千丝万缕的情愫,总有一种难断的情叫"乡情"。

我的故乡在临海市乡下一个叫"岭景"的地方,乡情便如一根无形的丝线,一头系在我心里,另一头系在故乡的老屋,准确地说系在我家老屋门前的一块大青石上。

古人对门前放块石头是有讲究的,有道是"石头门前放,家兴财运旺","石"与"时"谐音,又称"时来运转",给石头寓以美好的期待。当然,最美好的寓意也只是一种象征性寄托,真正的意义还是实用,可当凳子,自己能坐,与邻拉呱,冬晒太阳夏纳凉;路人能坐,暂且歇息,体现农家敦厚朴素的善意。至于门前放精雕细刻的石狮子、上马石、门枕石,与家财富足、镇宅辟邪、风水气象有关,体现的是大户人家的富贵,普通百姓草堂陋室,还是放块石头妥帖。

我家门前的大青石,茶几桌面大小,厚有几十公分,足有上千斤重,是我童年时钟爱的。

它从何而来?是谁搬来的?何时放置于此?是否也是期待家道兴旺才摆放于此?父亲、爷爷都已过世,只能问满头白发下装着老家八十多年悠久历史的老妈,她皱起眉头嗫嚅良久,说自己嫁过来时就有了,兴许是爷爷的爷爷辈放置的,可能是盖房时从地基下挖出来的。听语气,她与大青石比,算不上"历史老人",更绝非目击者或知情人。

大青石当然不会是"飞来石",但祖上未交代,前世就难以考究,只当来路不明,谜底永存。

在我家乡,青石稀少,大块的青石更少,表面平整如切割出来的大块青石更是凤毛麟角。在农村,实用性是村民判断物品价值的首要标准。然而,凡青色的石质密度高,坚硬如钢,采切困难,费钎费时费力气,且重得很,脸盆大的石头,需要两个人才能抬得动,不是非用不可也懒得抬它,怕闪了腰。这样的特点,仅适合在腌菜缸里当"压迫者",放进一小块,便可以一当十,让雪里蕻永世不得翻身,并在巨大的压力下不得已齑出美味。除此之外,在其他地方则不堪重用,因此稀而不贵,大多被人弃如敝屣。真正受村民偏爱的是山上的花岗岩,石质不软不硬,容易开采雕凿,将其切成豆腐块后,大量用于盖房、铺路、垒猪圈,物尽其用,材用其所,被妥善地安排在重要的"基层岗位"上。

对于我门前这块青石的来路,我不太认同妈妈掘于地下的说法,倒认为它应该产生于村边的河道,由于亿万年的河水冲刷,才使表面变得光滑平整,石质更加细密坚硬,如一块浑然天成泛着盈盈绿意的巨大碧玉。不知哪位祖上独具慧眼,用了吃奶的劲将其搬来,在宝贵的家门口赐予一席之地,并作为房屋的附件传给了我这一代。

我对大青石喜欢得紧,可以说情有独钟,因为在我童年有限的几项健康向上的玩耍科目里,它派上了大用场。

排在各项目首位的是玩泥巴,约几个小伙伴,一起到田里挖些黏度高的青泥,把大青石当作我们制作手工玩具的"作坊",也算"工作台"。泥巴要拌水,难免会添加些无意悬挂下来的鼻涕,黏度比清水高,有时懒得去远处打水,也不排除撒上一泡尿的可能,温度也比清水高,冬天不冻手。然后,将泥巴像揉面团一样揉熟,随心所欲地捏成各种各样的小人儿、小鸭子、小乌龟……基本上都奇形怪状。没有钱买釉彩,哥哥姐姐的红蓝墨水可以顺一些来,画上五官、头发,因为人物和动物的四肢最难捏,所以它们一般都缺胳膊少腿,像一群从战场上下来的残兵败卒。

经过我们的努力创作,加上天马行空的想象力,成果喜人,大青石上人丁兴旺,六畜成群,倒也有几分欣欣向荣的景象。对于饱含自己心血和智慧的作品,我们自然非常珍惜和得意,免不了要向大人们炫耀,希望得到肯定甚至赞赏,但希望一般都会破灭,大人们看到我们这些熊孩子一身泥巴、一脸墨水,气不打一处来,这就决定了这个伤兵营地或动物世界的生命非常短暂,很快被大人们扫进臭水沟,以"粉身碎骨"来宣告命运的终结。

在四季的时序变换中,大青石不但参与了我的成长,还发挥出了其独特且不可替代的作用。

冬季,南方的屋外比屋内暖和,这对当时仅靠单薄棉衣御寒的人们来说,阳光是多么珍贵,免费的暖气源源不断地从天而降,晒太阳便是晒幸福。温暖的阳光照在大青石上,也照在我身上,我都能闻到阳光与体温混合后散发出来的淡淡香味。后来我上学去了,阳光便照在邻居阿公阿婆端坐如老佛爷的身上,有时候他们会把棉袄脱下来仔细地捉虱子,捉住一只摁死一只,叭叭直响,青石上留下点点血迹。

春季,是大青石落寞的时光,农忙时节,风和日丽,气候温和,伺候庄稼的活儿繁重,需要男女老少齐上阵,没有人会在大青石上面闲坐。由于我家老屋前面是村里的主路,天不亮,便有农民扛着犁耙锄头走过,牛反刍着草料走过,羊群边咩咩地叫着边走过,鸭子们边迈着八字步边扭着丰满的屁股走过……直到天色黑透,顺序颠倒过来,先是鸭子们腌着肚子回来,羊群边走边拉着黑豆似的粪回来,身上还挂着汗珠的牛回来,最后农民们陆陆续续地扛着犁耙锄头疲惫地回来。大青石偶尔会被挑着重担的农民当作歇脚处,只是在他们站起身时,石面上就会留下一摊泥水。

夏季,大青石凉冰冰的,比篾席草席都要凉快,能迅速把人身上的热量吸收走,令人无比惬意。尤其到了晚上,我小小的身体躺在大青石上,感觉丝丝凉意从脊背扩散至全身,这时听着大人们讲故事、姐姐们唱歌,有时一位邻居还会"锯"几下二胡,唱几句越剧里的名段,伴着周围蛙声一片,真是爽呆了。

秋季,大青石很少能露出真实的面容,常常被大人当作篾垫,不是铺晒着芝麻花生,就是谷种粟米,还有准备腌成咸菜需要先晒干水分的花菜,一般由我执行在旁边赶鸡的重要任务,这活一点都不轻松,它们经常贼头贼脑地在一旁游荡,拿眼角扫我,随时准备偷袭,好像学过"敌进我退,敌驻我扰"什么的。

有时候,村民们要在这里分地瓜土豆、麦子稻谷等收成,会计就把大青石当桌子,写抓阄的纸条,唱一个谁的号,谁就兴奋地答应一声,上前把纸条放在大青石上,然后把分得的粮食挑走。我的"宝座"被占领,心里自然不痛快,但下过田、挨过饿的孩子都知道,日子是艰辛的,生活是清苦的,收获是不易的,所有玩闹与喜好,都要为至关重要的粮食让路。

17岁那年,我响应祖国号召但违逆母亲意愿入伍当兵,村干部们敲锣打鼓把我送出村头。路过家门口时,母亲站在大青石旁边朝我挥手,我内心愧疚,跑过去跟她说:"放心吧,我会在部队好好干的。"母亲笑着说:"多给家里写信。"走出老远,我回过头,看到母亲坐在大青石上,埋着头,肩膀在颤抖,我知道她哭了。这个镜头一直烙在我心里。

岁月不居,不停地把明天变成今天和昨天,一晃三十多年过去了。家里人早已卖掉了村里的老屋,搬进车水马龙的城市里生活,连孩子们的口音都已改变了,让我听着别扭。

年长容易怀旧,此言不虚,虽然老屋已经易主,但我依然牵挂着装满我童年笑声的木板房间,牵挂着捉迷藏时躲过的角角落落,更牵挂着那块陪伴我成长的大青石。

春节我抽了个空,回到乡下专程寻找童年的记忆。

五间半老屋已被拆了两间半,取而代之的是红砖绿瓦的漂亮小洋楼。还有一间半老屋仍然不屈不挠地站立着,从墙缝里伸出几根瘦弱的野草,在风中摇摆,仿佛标示着自己是本地的长辈。

"代沟"也确实明显,老楼夹在一群风格现代、色彩光鲜的楼房中,显得与周围大环境格格不入,寒碜土气,落寞孤独,甚至还有几分奇怪,就像别人都进入了新时代,唯独它还生活在新中国成立前,像一名被遗忘的前朝孤老。我一打听,主人已易了两手,现在的屋主生活在某个大城市,很少回来。因为老楼毫无用场,也就免于被夷为平地,或者被拆掉重建,老屋光明正大地给村里的现代化进程拖了后腿。

好在大青石还搁在原地,被村民看不上眼的东西,一般能在时代的洪流中幸免于难,得以保全。

我拂去覆盖在大青石上厚厚的一层灰尘,露出了它的本来面目,大青石没有显示出更加光滑的迹象,说明在我走后,它就一直寂寞着,很少有屁股继续打磨它。现在农村的孩子,已经不屑于在石头上玩泥巴,他们有变形金刚,有毛绒玩具,有电脑游戏,屁股更多的是用来打磨学校的桌椅和家里的沙发。大青石被尘土封存,是历史的必然。

大青石旁的街道也焕然一新,原来这条碎石子铺就的路面,让人走得高高低低、疙疙瘩瘩,而且鞋底经常会越走越厚,越走越重,不是粘上牛羊鸡犬的粪便,就是粘上黄乎乎的泥巴,要用毛竹片或者小石子刮下来。现在它依然是村子里的主路,但被换成了水泥路面,宽阔笔直,平整干净,两旁停满了各种品牌的小轿车,牌照来自全国各地。来来往往的行人,也多是穿着鲜衣华服的俊男靓女,习惯用普通话聊天打招呼。当地人自然不少,但不再衣衫褴褛,或者光膀子赤脚,而是穿着整齐,面色红润。牛羊鸡鸭已然不见踪影,只有狗还在东瞅瞅西嗅嗅,负责任地守护着村子的安全。

　　坐在大青石上大半晌,看着眼前由昨日的黑白民舍图变成今天的彩色风景画,我心里无限感慨:走过风,走过雨,历尽沧桑的家乡,仿佛正在返老还童,如此快速地发展下去,它还将以更加旺盛充沛的活力,走向更加美好灿烂的未来。

　　早上太阳依旧被东山口吐出来,傍晚被西山口吞下去,就让大青石做一名历史的见证者、时代的守望者吧。

2021 年 3 月 9 日

花塘的花与花塘的塘

每一个游子的心里,都装着一片池塘,或者一口老井,而池塘与井,一定是故乡的,碧波荡漾,清冽鉴影,静静地倒映着自己从青春年少逐渐到满头华发的容颜。

我心头的这片池塘,名字叫"花塘",开满鲜花的水塘,听起来美不胜收,浪漫中蕴含着诗情画意,容易让人联想到池塘边会演绎"花前月下影成双,梦里水乡月生辉"之类缠绵悱恻的故事。其实,花塘既是一片池塘,也是一个地名,即河头镇的花塘村。

我就出生在离这个池塘百步开外的那座二层老屋里。

一

自古以来,组成村庄的三大元素是宗祠、村庙和锁水阁,锁水阁即池塘边的建筑物。池塘有天然的,也有人工的,因此,有池塘不一定有村,但村必有池塘。池塘作为村庄的标配,源于老祖宗的生存智慧,塘水平时可以用来洗菜洗衣服、浇花浇庄稼,孩子还可以钓鱼摸虾扎猛子,最重要的作用,也是村民最担心它要发挥的作用,是用来灭火。

以前的房屋基本是土木结构,与邻居墙挨墙、屋贴屋、檐头相接,四五家共用一个院子,连绵成群落,鸡犬之声相闻。好处是能节约不少建房材料,也节约了土地,同时缺点也十分致命,一旦失火就了不得,如果不能及时将其扑灭,就会火烧连营,火龙过处只剩断壁残垣、一片废墟。

改革开放之前,无论上溯到哪个朝代,农村除了地主富农土豪劣绅,普通农民都缺衣少食,穷得叮当响,哪里有余钱存银行?即使年根卖了栏里的猪羊,手里有了几块闲钱,农民也肯定用布仔细地包起来,或塞在枕头下,或藏在衣柜的角落,或压在箱底,反正不装在兜里,因为打满补丁的衣服不值得信任,口袋说不定什么时候就漏了，比败家娘们儿还靠不住。这就是说，一个家，所有财产都积累在屋檐底下，一旦化为乌有，便是一无所有，失火等于丢了半条命根子，也丢了生活的未来。更可怕的是，自己倾家荡产、失魂落魄不说，还会殃及紧挨着的邻居，使他们受"池鱼"之灾，一家失火，万户遭殃，一个村庄联结成"命运共同体"。

我早些年，曾坐在北京的一处地下通道歇息，与身旁的一名乞丐扯闲篇，得知他就是因为家里失火生活无着而沦落为乞讨者的，他要为此负责，便拉上一群被他家连累、房子同样在大火中灰飞烟灭的邻居入伙，暗地里组成了一个丐帮，他自封"帮主"，还在潘家园地摊上淘了根竹棍充当洪七公的打狗棒，没啥意义，权当"指挥棒"。

可见，民谚说"邻家失火，不救自危"，不是虚言。如若不信，还可以听听农村的泼妇骂街，她若与邻居吵架，捶胸顿足，唾沫飞溅，连对方的八辈祖宗都毫不犹豫地给捎带上，也可能诅咒对方断子绝孙，能让人见识到恶语毒言的天花板，但她们在组织语言时也会有所忌口，绝不诅咒对方的家被一把火烧个精光。泼妇再刁蛮无脑，心里也明镜似的，对方的家起火，自家也在劫难逃，这种杀敌一千、自损八百的折本买卖，是断断不会做的。

我上小学时，每到冬天，学校就要组织一支"红领巾夜呼小分队"，有二十来人，排成一行游行的队伍，于晚上7时左右绕着村子的主要街道游走，边走边高呼"天干物燥，小心火烛""防火很重要，火星要灭掉""防火时刻要注意，睡觉吹灯别麻痹"之类的口号，这种"夜呼"，目的就是提醒广大社员同志不要大意。

一爿池塘，火的克星，家的救星，村庄的"护身符"，是必不可少的消防基础设施，其重要性由此可见一斑。为什么村庄围着池塘建，也就可以理解了。

二

我猜想祖上修建这爿池塘，起初一定也是为了未雨绸缪防火防灾。只可惜，已无从知晓此塘于何年何月建成，历史只留下痕迹，却没有留下记载的文字，农村不习惯以文铭建。

花塘方方正正，也就一个羽毛球场大小，水面并不宽阔，最深处有两米，四周塘围由石头砌成,一面塘壁有台阶可以下到水面处,方便人们洗衣打水。可能水底有泥沙淤积,虽是活水,但流动不畅,目前水质不是十分干净。好在现在的村民已不再利用花塘水,家家接上了自来水管道,衣服在洗衣机里滚动,或者送进干洗店,花塘寂寞了下来。

原先,水质清澈时,塘边常蹲着一群大姑娘小媳妇,平时她们将身体捂得严严实实,只向社会公开脖子以上部分,这时高挽着裤管,莲藕般白净的双脚浸泡在水里,用木槌使劲把衣服捶得噼啪作响。路过的小伙子们都会不由自主地放慢脚步,多看上几眼,明知得不到任何回应,也要吹几声口哨。可惜,这一幅美丽的"村姑浣衣图"永远消失了。

花塘村位于偏乡冷坳,但老祖宗中也不乏有见识的人,睿智贤达,思虑长远,还有不可小觑的审美意识。虽然,此塘的主责,是担负防灾灭火的任务,但那毕竟是意外之事,可能十年不遇,也可能百年不遇,永远不遇则更求之不得。正因如此,他们把池塘打扮得亮丽美观,又在塘边修了一条全村最宽阔的石子路,镶嵌着各种图案,路旁摆上两溜青皮条石,称"花塘岸街",是全村最漂亮、最具观赏价值、最值得驻足流连的宝地,或者说是袖珍"风景名胜区"。

景美聚人气,尤其在农闲时节,村民口袋里没有大把的金钱可供挥霍,但有大把的时间可挥霍。老人便喜欢坐在青石条上,晒太阳、嗑牙花子、扯闲篇、论国事、评是非、忆当年……有趣的老头,脖领上插着长杆老烟枪,烟斗和烟嘴是铜铸的,被磨得锃亮,能晃出人影,烟杆是竹制的,油光水滑,起了厚重的包浆,不时拔将出来,摁上一撮烟丝点燃,眯着眼睛深吸几口,吐出来的烟雾缭绕于头顶,经久不散。烟斗里的火光熄灭后,一挥烟杆,烟斗磕在鞋帮上,啪啪两声,一坨烟灰落地,又将烟杆插回脖领。动作熟练,绝不会一不小心磕在脚踝骨上,龇牙咧嘴地疼痛。村民普遍抽烟,有时自留地里会种一畦烟叶,因此农村的人间烟火,有家里大烟囱,也包括嘴里的小烟囱。也有个别不抽烟的老头,手里攥着用竹子削成的抓挠,有的地方叫"老头乐",痛快地抓上几下,舒坦得满脸皱纹如绽放的菊花。

他们一坐就是半天,不等到老伴或者儿媳妇催吃饭决不挪窝。

三

池塘的上方，也就是入水的地方，修建有一口四眼井，下面是通体的，像个水窖，只要井里有水，从哪个井口吊下水桶都能汲满。

南方人与北方人打水的方式有所不同。南方地下水充沛，找块空地挖几尺便汩汩冒水，即使是挖得很深的井，水面与井沿的距离也很近，因此不需要像北方那样要在井沿上架辘轳，放下几十米绳子，才能将黄澄澄的水打上来。南方人打水，把木桶挂在竹钩上，放进井里，手腕一抖，桶里的水就满了，再捯两手提上来，挑回家去。这说起来简单，其实是个技术活，掌握技巧的人手腕一抖，木桶还挂在钩子上，水已汲满了，动作干净利索；手生的人，仿佛竹竿不听使唤，手一抖的时候，抖的却是手臂，而不是手腕，木桶已经脱钩，费老劲才能把横卧在水面上的木桶钩回来。我小时候打过水，常常笨手笨脚折腾得满头大汗，费了九牛二虎之力也只能打上来半桶水，事倍功半。

这个水井里的水，是从岩层深处渗出来的，而且从不枯竭，满足着周围居民的日常用度。花塘村水好，有关机构专门来检测过，呈弱碱性，且富含多种矿物质，对身体健康有莫大的好处。花塘村可称"长寿村"，活到百岁以上的老人并不罕见。

我春节去爬山，遇到几个八十多岁的老人，正把百十斤重的橡胶水管抬进深山，翻山越岭如履平地，让空手都爬得气喘吁吁的我好生惭愧。实际上，这在花塘村一点都不奇怪，九十多岁了仍在田间劳作的村民有的是。俗话说水好命长，水不是长寿的唯一因素，但一定是重要因素。

井台修得也很气派，方圆十多平方米，十多个人在这里洗衣服也不觉得拥挤。在我的记忆里，井台由石板和石子铺成，现在换成水泥浇筑，可更有效地防止肥皂水渗到井里去。最有特色的是四个圆形井栏，呈正方形排列，由花岗岩打造，由于年代久远，风化磨损，上面的图案已被岁月这个乱涂乱抹的"雕刻家"糟蹋得模糊不清，未免让人有些遗憾。

四

池塘的石质防护栏,原本也极富人文气息,由两根石柱(也叫"望柱")的凹槽夹住一块石板,整齐地围成一圈,只在左右各留一个缺口,方便村民循台阶下到池塘里的石台上取水。每一根石柱顶端都雕刻着一只蹲着的小猴子,像北京卢沟桥的桥墩,只是北方人喜用狮,南方人喜用猴,为装饰所用;石板上镂刻有各种花,虽然被时光磨损,颜色灰暗,但图案依然清晰精美,既凝聚着匠人精湛的技术、敬业的精神,也寄托着先人对池塘的万般情愫。

我小时候放学回家要路过花塘,小伙伴们无不顽皮淘气,经常不走寻常路,非要冒险从这只猴子走到那只猴子上去。石板只有三四厘米厚,因此走得摇摇晃晃、颤颤巍巍,像上演"走钢丝"杂技,不小心一头栽下去,可不是头破血流那么简单。不敢走当然也可以,会显得没种,是孬蛋,从此被小伙伴们当"胆小鬼"笑话,抬不起头来。真是年少荒唐,无知者无畏。

现在,也许是围栏老化严重,都换成了全新的石质围栏,镌刻着村籍书家的作品,所体现的价值观积极向上,无可非议和挑剔。可我还是喜欢原先的模样,烙满历史的印记,也让花塘散发出古朴的艺术魅力。而且,当年的匠人工艺一流,单是那份灵动飘逸的雕刻功力,就远非今人可比。那一批石板,可能当不了国家的文化瑰宝,但一定当得了村镇可供传承和展示的艺术品。

这也让我们醒悟,民间艺术如果不加珍惜和挽救,终将走向凋敝,甚至衰亡。

花塘南边,原先有个大晒场,是村民晒稻谷用的。夏日的晚上,星光耀眼,暑气慢慢消退,这里成了"儿童乐园",精力充沛的孩子们在这里抲麂、抢猪娘(儿童游戏,类似于老鹰抓小鸡),欢声笑语,追逐打闹,风一样卷过来卷过去。大人们也来此消夏纳凉,在大青石上坐成忠实的听众,听能够断文识字的老爷爷"讲古",《隋唐演义》《水浒传》《三侠五义》……绘声绘色,不时夹杂着媳妇们刺刺啦啦纳鞋底的声音。

让我讶异的是,花塘并没有花,水里无花,岸上也无花,与古人起名的习惯似乎相悖。我向村里的老人查证,花塘原名"荷花塘",简称"花塘",只因满塘荷花,夏天里荷叶田田,荷花盛开,蜻蜓飞舞,美不胜收。可是,在一次重修或者清淤中断了茬,又忘记了再植,就让一时之疏忽变成了后世之遗憾。

有花的池塘是鲜活的、生机蓬勃的,仿佛有彩色的笑容和烂漫的灵魂,就像即便是徐娘半老,鬓边簪一朵艳丽的小花,也会让她的面容立即生动起来,至少可见她还怀有一颗向往美丽的心。

眼下,旧石板已有了替身,水面上却空空如也,无花的花塘显得名不副实。作为花塘村的后人,我们是否需要做些什么,让她焕发该有的"颜值"?即使不能重现昔日之美景,也可接续先人之初衷。

我专程去临海花鸟市场,买了二十多尾金鱼,以及几株荷花、几丛睡莲放进塘里。她们都不难养,一定会在新的地方安营扎寨,健康成长。

花塘的花,人不绝,花常开。

花塘的塘,村兴旺,水长清。

2021 年 7 月 20 日

走在乡间的小路上

太阳属于天空,而阳光属于大地,落下便不复返。

披一身5月明媚和煦的阳光,我走在花塘村曲曲弯弯的羊肠土路上,像个回乡的独行客,心头发霉的世事被迅速蒸发,荡然无存,让我浑身轻松。跻身"大叔"行列多年,双鬓微染霜迹,可现在心舒气爽,有种"归来仍是少年"的心境。

乡下的阳光,也似有乡下人的秉性,慷慨、纯净而坦率,成群地扑落在地上,悄无声息地扎进泥土,倏忽不见。我相信光线不会在泥土里停留,转瞬间或已融入树木、花草或者瓜果的内部,细闻之下,那种弥漫在空气里的温暖成熟的味道便是阳光转化后的味道。不像在城市,阳光被高楼切割,被雾霾加工,被玻璃阻拦,总显得犹豫不定,碰到钢筋混凝土,便引发冲突。而阳光和泥土,经历过混沌洪荒考验,建立起了天长地久的友谊,是没有任何龃龉和冲突的。

漫无目的地行走,让人最畅快,最舒心,也最轻松。东看看西瞧瞧,扑进眼帘的都是风景,不像在城市里千篇一律的街道上散步,耳朵里得塞一副耳机,听书听音乐,也常常听冷不丁插进来的广告煞有介事地吹牛皮,否则,会苦煞可怜的耳朵,被粗暴地灌满汽车的喇叭声,或者广场舞那地动山摇的强劲节奏,让喜静的我心情几近崩溃。这里,山谷空灵,百鸟欢鸣,天籁自成韵律,一双耳朵享福了。如果深吸一口气,能将鸟语花香吸进胸腔,灵魂鲜活起来,飘飘然飞向田野,随着蜂蝶翩翩起舞。想起陶渊明的诗"暧暧远人村,依依墟里烟。狗吠深巷中,鸡鸣桑树颠",正是这般的景况和韵味。

路上,除了我没有其他闲人。5月是庄稼发力的时候,村民不会似我这般背着手瞎逛,像个不事稼穑的无业游民。他们扛着农具,日出而作,日落而归,斗笠下是一脑门汗珠,一天下来精疲力竭,用不着运动消食、散步健身。脚下高低不平的路,他们闭着眼睛都能走,遇到凸起的石头,或者小水洼,分明没有低头注意,可脚步会自然地避开,看上去,双脚像长了眼睛。而我对这些石头已经陌生,它们也似乎不记得我了,显得冷漠而不友好,几次差点崴了我的脚踝。当然,这都是我对家乡多年疏远造成的过错。

远山逶迤,莺飞草长,葳蕤林木绿了天空,天空中苍鹰盘旋,苍鹰的翅膀边雪白的云朵飘浮着,而白云飘在天上,也漂在水里。生动的大自然不加修饰,无须整容,所展现的原色和原貌,都极其随意地美丽着。乡村总是比城市展示更多的真实性,一草一木都是那么具体,所有的美好都在眼前恣意妖娆,伸手便可以触碰得到。我随手摘了一个路边垂下的枇杷,熟得金黄,剥了皮送进嘴里,原汁原味的香甜,立即真切地在舌尖上扩散。没有进过冷库坐过货车的水果,藏满了山野的气息。

乡村的性格,无拘无束,既不当光阴的主人,也不做时间的奴隶,因而节奏缓慢,几乎听不到时光移动的脚步。我因为少小离家,归来时已过去三十余年,其间每天负重与时间赛跑,山一程水一程地急行军。眼下,享受着休假福利,仿佛暂且除去一身铠甲,变跑步为漫步,悠闲取代了匆忙,便觉得时光像个乖巧的孩子,穿着一双奶奶手缝的绣花鞋,跟在身后,不追逐,不超越,不催促,更不打闹。我站住,它就停在树叶的缝隙中,停在小草的叶尖上;我往前走,它也像被微风牵住手往前走,发出沙沙的声响。

乡村的路,大部分由石头砌成,碎石搓脚,防止雨天泥泞打滑。这些路曲折、狭窄,像毛细血管那样分岔又分岔,高低不平,有些地方十分陡峭,有些地方平缓,无不在田垄之间飞针走线,编织得如蛛网一般密集。它们已在山里躺了几百上千年,刻满岁月的沧桑,观照着生活的艰辛。

筑路的先人很是伟大,他们人抬肩扛、手扒锄挖,把大山、土地和家,用石头和泥土连接起来,为后人打造出永久的家园。路无疑是生命的脐带,虽然简陋粗糙,有些地方连错身而过都困难,但养育村民的土地,一谷一粟的赐予,都由路来完成输送,路也承载着这份深情。

走在这样的路上,即使用高倍高清望远镜也难以看到先人的背影,但可以感受到他们在生活中顽强挣扎的勇气,可以让人放下纷繁世事的扰攘,也可以穿过自己的记忆,直达童年——那小小的人儿,正挨个把小水坑踩过去,泥浆四溅,洒下一路顽皮、快活的笑声。

走着走着,菜地里或者果树背后会冷不丁冒出人来,都是身板仍然硬朗的村里老人,有锄地的,有施肥的,也有采茶的。

在地头田边碰到,农村的习惯,不熟识也会热情地打个招呼。他们放下手里的活计,端详半天,终于在大脑深处找出一个名字喊出来,大部分喊对了,也有喊成我兄弟名字的,这时我会纠正过来,他们便自嘲人老健忘。我探问他们的年纪,六七十岁的居多,也有个别八九十岁的。我离开家乡时,他们可是生龙活虎正当年。我说你都爷爷辈了,应该在家歇着,他便呵呵笑,说很快就干不动了,能动时就干点儿,不能干时就不动了,乡下人只要躺下就爬不起来了。这些老人大都没多少文化,甚至不识字,但会说出一些充满朴素人生哲理的话来,越活越明白,有人说这是年老成精,其实是他们揣摩透了生命的精义。

村民们现在基本不靠土地养活,种地纯粹是为了不让自己闲着,土地的收入微薄,投入与产出不成比例,即便如此,他们也断断不肯让土地撂荒,人活着,土地便活着。村里老人们种地的另一个目的,是为山外的儿女,不间断地给他们提供新鲜的当季果蔬。村里的快递点,总是预备着很多大纸箱子,村民往外寄的大部分是瓜果蔬菜等农产品,有时候邮寄费高于被寄品的价值。他们平时省吃俭用,也不懂什么叫性价比,可他们知道亲情无价。这种现象,我们只能用无私和爱来诠释。一些健谈的老人会主动和我聊聊自己的儿女都在哪个地方、干些什么工作、育有几个孩子,说到开心处,眉飞色舞,孩子的一分出息都会变成他的十分自豪,仿佛世上没有比他们更幸福的人了。

岁月不居,风雨如晦,最难打败的是路边的野草。它们高矮错落,相处和谐,长得漫不经心,一辈子都待在原地不动,今年枯去,明年春天继续在老地方抽枝展叶,一副安然而又顽强的态度。

有几种是我小时候就熟悉的,现在仍长得蓬勃。比如捆石龙,它的茎也是藤,密密麻麻地四处延伸,始终在耐心地寻找石缝,根须像八爪鱼的吸盘,牢牢地吸附在石面上,似乎一生的志向就是把这块石头捆绑起来,无论它有多么巨大。至于捆绑起来做什么,谁也无法知道,也许只是一种生命的本能、一种生长的执念,只有努力拓展,才能得到更多的阳光雨露。这一点,与执着敬业的企业家理念接近。这些藤蔓,我对它们问心有愧,小时候没少下手。从水沟里逮到螃蟹，便扯一把藤蔓下来捆住；或者抓几条泥鳅、黄鳝，挑一根结实的藤蔓穿过它们的鳃帮，穿成一串拎回家。

走过一处泉眼，我发现有野芹菜在边上生长着，居然如三十多年前那般瘦弱，只是茂密了许多，绿油油、嫩生生的，自成一道泉边小风景。我想它的瘦弱，是因为基因只允许它长成这样。不过也好，野芹安居一隅，泥瘠肥薄，适合韬光养晦，生存才是硬道理。如果雄心勃勃，张扬旷荡，长得高大挺拔，被人们惦记，就离成为下酒菜不远了。

5月油菜寂寞下来，将熟未熟，菜籽已把枝条压弯。最让油菜伤怀的是，开花时，金黄一片，引得蜂来蝶往，是一道人见人爱的景观；成熟了，花落叶枯，便无观赏价值，青春谢幕；接下来被榨成油，在锅里吱吱作响，发出生命绝唱。其实油菜没必要感伤，从卑微开始，青春华丽绽放，结束时壮烈慷慨，生命的经历不过如此。

杨梅准备登场，已经坐果，蚕豆般大小，躲在叶子下面，如青涩懵懂的少年羞于见人。这么小的青果，我孩童时也偷吃过，味道不怎么样，会刺激得人口水横流，还需要有极好的牙口，怎么形容呢？比我年轻时写给爱人的情书还要酸。

就这样走走看看大半天，我一点没觉得无聊，或者需要排遣无聊。倒是觉得这些小路，是沉默的智者，它们展示着一个道理：最小的路、最丑陋的路、最朴实无华的路，都是大路的源头，它们都会汇到大路上去，大路会汇到国道或者高速路上去，然后通向四面八方。也就是说，脚下是远方的起点，朴素是辉煌的发端。

花塘村的小路也不简单，走出了许多名医、名师、画家、企业家等，还有院士，可谓山窝窝里飞出金凤凰，他们像一滴水，如今都汇入了时代的洪流，在各方各处、各行各业做着各种贡献，而且尽管身在异乡，为国不惜身地奔忙，可一旦可以抽身，仍然会回家乡看看，那些踏过雄伟庄严楼台亭阁、金碧辉煌紫砖红毯的双脚，仍会踏上这些小路。

爱国是大情怀，却总是从热爱家乡的小情怀开始。

2020年5月18日

第二章　藏在深山里的花园

每个山村都有自己独特的风景。

景多了,就成花园,藏匿在山里的花园。

如果将山村比作凤凰,它可能落寞地独栖在山坳,可能茕茕孑立于山冈,也可能悠然侧卧于山腰,餐山珍,饮朝露,披霞光,风景是它漂亮的羽毛。日月经天,流泉行地,四季山色变幻着万千色彩,散发着迷人的气息,美不胜收。

山村是素颜的,原始而质朴,不经装饰照样能焕发出美丽夺目的光芒。有人把这种美丽当作一幅山水画,从城市来,从海边来,从遥远的地方来,零距离接触,收藏进手机里的相册,或者配上诗情画意的文字,极尽赞美,发给更多的人欣赏。

我已熟视无睹,如身在此山不见山。

更愿意将山村当作金凤凰,养育在灵魂的巢里。

探秘玉峰山

脂肪能称出食欲的重量，体重拿美食没办法。

我回乡下老家休假，嘴巴最享福，没闲着也没忌着，一日三餐充分体会儿时的味道。一旦嘴巴不把门，放弃原则，放松了警惕，甚至为得陇望蜀的胃口大开方便之门，体重就噌噌地往上蹿，给腰带打眼，让瘦了的衣服回忆身轻如燕的日子。对于健康来说，这样的持续性发展前景堪忧，肯定不是硬道理。

在我为体重一路高歌猛进发愁时，"爬一趟玉峰山保准让你掉 10 斤肉"，这是村里老书记金仁机的建议，"山路虽然难走，但有别样的风景，石蛇、牛眼、神仙脚印都好看得很，还有神秘的三十六个岩洞，不会让你失望"。对于建设性的意见，应该从善如流，何况上山看风景，有着饱眼福、减赘肉的双重作用。

玉峰山，抬头就能看见，耸立于绵延逶迤的群山之上，峰峦莹白如玉，险峻奇崛，如一把银枪直刺苍穹。讲真，我心里着实有几分发怵，虽然从小生活在大山里，对翻山越岭本无所畏惧，割草砍柴逮雉鸡，光着脚丫子走山道野径是家常便饭，可以说个子都是在密林崖边逐渐长高起来的。但是，眼前这座山不一般，遍布嶙峋怪石，路似羊肠，峰如刀削，征服它需要体力和意志，以我几十年来在城市宽阔街道踯躅，三楼以上都把"攀登"交给电梯的"废弛"者谈何容易？腿肚子难免打战。

当然，挑战一下自己也不是不可以，人生要有点不服输的精神，在乡人的期望面前打退堂鼓，脸上挂不住。

秋阳初升，我们上路了，一如英雄出征。

昂首挺立的玉峰山，海拔 700 多米，这个高度本来值得骄傲，可生长在浙东群峰簇拥、山外有山的山脉大家族里，算不得出类拔萃，起码拔不得头筹。放眼周边，括苍、天姥、华顶、雁荡等名山云集，胜迹引人，李白、谢灵运等文墨大咖、旅游达人不远千里纷至沓来，为其吟诗作赋、妙语连珠，广为揄扬，使其早已蜚声海内外,玉峰山鸡立鹤群,哪里自豪得起来?

玉峰山像"跑龙套"似的淹没在这些"大腕"之中,名不见经传,就是当地临海人,问他玉峰山在哪里,大部分人也会眨巴着眼睛一脸茫然,很抱歉排在他所掌握的地理知识以外,不知该山是何山。只有到了河头镇,也不必打听了,仰头一望,那座阳光下银光闪闪、高耸入云的山峰便是它,那种恨不得将天空戳个窟窿的造型,方圆几十里独一无二。

车子在半山腰只有几十户人家的梅家村停下。到此,往上车道已画上休止符,现代化交通工具再无身手可以施展,我们再也别想偷懒,只能以内力驱动双腿,一步步往上丈量。

山里与山外天地迥异,各种野花无人打扰,开得恣意热闹,被微风一挠痒,花枝乱颤。野蜂高兴极了,这朵停停那朵嗅嗅,挑最对口味的下嘴。突然,旁边的草棵唰唰地摇动起来,向远处掩去,一定是我们的脚步声惊动了什么动物,可能是蛇或者蜥蜴,也可能是山鼠或穿山甲。这样的地方林密草深,是小动物的乐园,就是窜出一只大型野猪来与你对峙,也不让人奇怪。

山道陡峭,委实不好走,表面基本已被野草、灌木和荆棘覆盖,好像岁月故意将其严密地隐藏了起来。好在先人曾用石块简单地铺砌过,尚依稀留下路的痕迹,我们瞪大眼睛按图索骥,还勉强可行,小心一点便不至于一脚踩空,滚回下车的地方去。

想起鲁迅先生说过的话,世上原本没有路,走的人多了,也就成了路。在这里,恰恰相反,原本有一条路,走的人少了,也就没有了路。现如今,山上与山下的状况相向而行,山下基础设施突飞猛进,从无路到有路,显示出从闭塞到开放的变化,交通便利了,山村民众的生活日新月异。而山上从有路到无路,也体现了山里人生活习惯的改变和生活水平的提高,以前丰饶的山是村民经济与食物的来源,蘑菇、竹笋、野菜、草药、野果、松花、山鸡……连做饭都要用柴烧火,烟囱里冒出来的也是山的气息,村民们靠山吃山,源源不断地于此攫取生活物资。现在,做饭用经济方便的煤气,土灶已经基本被冷落尘封,村里的年轻人都在外打工,"空山不见人,但闻人语响"的情景很少出现,山在人们日常生活中发挥"衣食父母"的作用大大降低。

民穷山热闹,民富山冷清,符合山区发展规律。

前面开路的老书记兴高采烈地招呼我们:快来看石蛇。

一块巨大的石壁上,赫然呈现着一条两米多长、手腕粗的蛇,身子游动着蜿蜒而过,蛇头没入草丛,倏然不见。这等身量,只有蟒蛇才能长成。蛇是深山的掠食者、原野上的游猎高手,这条巨蛇动感十足,似乎正在紧紧追捕眼前逃遁的动物。石蛇的形态逼真,如果原先不知道它是自然造化,近前猛地一看,胆小的人真免不了会被吓个魂飞魄散,落荒而逃。

我们对《白蛇传》耳熟能详,如果按照它的情节展开联想,这条蛇在深山老林里已经修炼了上亿年,比白素贞的道行不知深了多少倍。可它不肯乘风飞去,也许是它的世界里没有许仙,也许是早被法海此等法师"镇"在这里,也许什么都不是,只因贪恋玉峰山的美景,眷迷清新的空气,以及众多的山野美味。

蛇在民间被称作"小龙",有龙踪也应有仙迹。

果然,再往上走几步,就看到了"神仙脚印"。路边一块足有乒乓球桌大小的岩石表面,鬼斧神工般出现一双脚印。我目测了一下,掌面长50多码,嵌入岩石深达七八厘米,看来该神仙是"大脚怪"一样的巨人。能轻易将脚印深陷岩石之中,凡人是断断做不到的,也只有传说中神通广大、能将石头当豆腐的神仙具此能耐。那么,神仙他老人家独自站在这深山老林里干什么呢?冥想,看风景,还是等仙女?我不无好奇,就"百度"身边的老书记。

金仁机已有70多岁,看上去只有60多岁,如果他说自己只有50多岁也会有人相信,好山好水滋养出一身充沛精力和一脸焕发容光,他走在这样的山道上如履平地,而且熟稔这一带的风土人情,相当于河头镇的"百科全书"。他告诉我一个传说,从前有名道士在玉峰山修炼,得道之时站在这块岩石上纵身一跃,便飞天而去;因脚下一用力,就留下了这个脚印。

这一说法虽然很传神,我也知道是瞎掰,但对于民间传说,选择愚蠢地相信比选择理智地否定好。

我们这个古老的民族,想象力如天马行空,实际上都是在艰苦岁月里,编一些故事寄托对美好生活的期望和向往。在这些绚丽奇异的梦里,凡人修炼成仙便是最理想的归宿,极乐世界里什么都不缺,而人间有太多的病灾疾患,有太多的饥饿贫弱，有太多的天灾人祸，能得道成仙便可以不食人间烟火，从此超凡脱俗、长生不老，不必再在苦海里挣扎。说到底，最终极的理想是得到最彻底的摆脱。

今天，站在岩石上瞭望远方倒是个好主意，当年道士一眼望去是荒山野丘，现在目极之处却是漫山的累累金橘、滚滚稻浪，村庄星罗棋布，白墙黛瓦，错落有致，对面的羊岩山上草木葳蕤，山那边万亩茶园，一排排如绿色的潮水漫上山顶，景致真的是如诗如画。

如果不仔细盯着脚下，"牛眼睛"很容易被错过，因为它长在一块青石上，像从路底下突然冒出来一样。这只"牛眼睛"，宛若拳头大小的铜铃，纹理清晰，有眼皮有瞳仁有眼白，惟妙惟肖，仿佛一眨不眨地盯着你看，眼神里满是欢欣，像在说：嗨，哥们，你来了！岁月不居，这只"独眼"已被人的脚底磨得光亮圆润，显得更加炯炯有神。我的脑海里一一搜索过黄牛、水牛、西班牙公牛，以及非洲大草原上的野牛和犀牛……没有一种牛的眼睛如此巨大，也许只有《西游记》里的牛魔王除外。

它是玉峰山的眼睛，千百年来山上风景变幻，人间世事变迁，都被它"一目了然"，明察秋毫。

越往上走，道路慢慢消失殆尽，草木生长得更加自由而随意，像是率性的画家将漫山的景致用线条和颜料涂抹得色彩斑斓，富有层次感。正是野果飘香季节，野生猕猴桃压弯树枝，草丛里落满了栗子，还有许多不知名的野果在枝头摇曳，招引来各种鸟在此盘桓觅食。我熟悉这些野果，热情也不低于禽类，但又不得不放弃采撷的念头，上山的每一步都走得吃力，再提一些野果在手里，显然心有余而力不足，只能将口水咽回肚子里。

花塘村现任书记金国强在前面开路，他挥舞着锋利的砍柴刀，披荆斩棘。这片山是他的"辖区"，他自然要义不容辞地担起当先锋、打头阵的重任。有时候山水也有奇缘巧配，花塘村的人全都姓金，与玉峰山正好结成"金玉良缘"，可谓天造地设，珠联璧合，千百年来玉养金姓人，金姓人也养润山上玉。

我念念不忘的是传说中的三十六个洞，想一探究竟，据说谁能把所有的洞都找到，便可立即位列仙班。"别有仙人洞壑幽"，至今还没听说有一位凡夫俗子把偈言变成现实，可以想见，洞是多么难找。

寻找是上山的乐趣，有寻找才有发现，有发现才有惊喜，才有所谓的不虚此行。因此，难找更得找，难以找全不等于一个都找不到。何况，觅迹寻踪的过程本身就是一种挑战性体验。

最先找到的是"响洞"，因为它就在路边不远处。这是个天然岩洞，口小里大，像架在深山里的大喇叭。弓着腰身钻将进去，里边豁然开朗，能容纳十多个人站立。洞内游走着丝丝山风，凉爽怡人，我们额头上的汗水迅速敛了回去。地上尚留着有人滞留过的痕迹，一堆火烤过的石头，漆黑如煤、烧剩的柴火，被烟熏过的洞壁，许是山民避风躲雨，许是游人庇身留宿，许是僧人面壁坐禅，都说不定。顾名思义，我想"响洞"一定是因声得名，于是高声呼喝一声，果然声震石壁，洞内余音袅袅，不绝于耳。可惜我们几人都不会乐器，否则在此抚琴吹箫，石洞自带扩音效果，四壁回响，做个天然的小型音乐厅，一定妙极了。

出了"响洞"，据说附近还有"牛角洞""米洞"等，各有奇景。"牛角洞"抬头就能找到，形似牛角，嵌在石壁上，就像是一头神牛撞出的一只牛角印。我们站在底下观察，看不见洞穴里边有多宽多深，如果不带攀缘工具，人难以爬上去，只能当生动的岩画仰头欣赏。

继续搜寻良久，我们也没有找到传说中的"米洞"。据言，以前有个和尚在此修行，"米洞"里有一小穴，如天赐"福利"，每天不多不少，自动流出半升米供他食用。忽一日，和尚在冥坐中突然一拍光秃秃的脑瓜子，灵光乍现，心想洒家这榆木脑袋真是笨到家了，守着金山过苦日子，何不将小穴口凿大些，多流些米出来？填饱自己肚子后，余下的可以拿到集市上卖掉，源源不断流出的白米便是源源不断流出的真金白银。时不我待，说干就干，立即行动起来，他从村子里借来锤子、铁钎一顿猛凿，让他做梦都想不到的是，竟然事与愿违，穴口是开大了，米却断流了，一粒不留，连稀粥都喝不上了。和尚懊恼不迭，悔不当初！

这让我想起庄子讲的一个故事，比这个"米洞"的故事还要神奇，说的是南海之帝倏和北海之帝忽，为报中央之帝混沌的热情招待，觉得人都有七窍，可听可视可闻可吃饭，于是商量给混沌凿出来，让他更好地感知和享受世界的美好，可没想到凿到第七日竟把混沌给凿死了。庄子没说混沌同意没同意就让儵与忽给自己开窍,我想是同意的,要不朋友也下不了手,说明他也心存欲念。

以上两个故事,当然不可能是真的,无非是告诉人们一个朴素的哲理,人活世间,要懂得知足,如果心生贪念,所思非分,有了还想有,多了还想多,贪心不足,欲壑难填,最后只会落得个两手空空、一无所有。

"无限风光在险峰",我们走到一破败的老庙处,此地与山顶的垂直距离有七八十米,也是最难走的一段。我已累得气喘吁吁、汗流浃背,腿似千斤坠,可我还得咬紧牙关向主峰冲刺,不能功亏一篑。

每一步都走得艰难,双手得抓住旁边的草木枝条,双脚得抵住脚下一切可借力的山石、树根等硬物,还得防止脑袋被横逸斜伸的荆棘划破,或者衣服被树枝钩住。最危险的一处是即将到达山顶的一段悬崖,胜利在望,可望而生畏,看着新老书记攀爬的身影,我很羡慕,心想他们不是属壁虎的就是属猿猴的。

他俩不一会就站在了峰顶,居高临下,指导我们如何循着岩石的断裂处往上爬。我暗自鼓足勇气,一丝不苟地按照"向导"的指点,将全身的力量都贯注到手指和脚趾上,小心翼翼地一点点往上蹭。在全身力量都将用尽的时候,登上了山顶,我不禁长吁一口气,心中充满了胜利的自得和喜悦。其实,旁边还有一条小道直通山顶,只是新老书记都多年未登过顶,小道被杂草湮没,他们久寻未果,干脆攀岩而上。

探头回望上来的峭壁,可把我吓了一大跳,冷汗嗖地一下冒了出来,悬崖深达几十丈,一不小心摔下去,毫无疑问将把美丽人生摔到结尾。

站在山之巅,阳光热烈,清风猎猎,我精气神飞扬,胸中不由自主地生出"山高我为峰"的豪迈,生出李太白那种"不敢高声语,恐惊天上人"的浪漫,更生出杜工部"会当凌绝顶,一览众山小"的情怀。

尖峭锐利的玉峰山,没想到山头却是出奇地规整,是一个有半个羽毛球场大小的平台,如果把乱石、杂草去掉,会是一个很称心的观景平台。

如果是驴友或者摄影爱好者,这里便是宿营的绝妙地方,可以搭一顶帐篷,晚上看繁星满天,用心感受璀璨银河从头顶流过。白天守候日出日落,云飞云渡,蔚为壮观。眺望远处,四面八方都是起伏的群山,像凝固的巨浪,一排排涌向天尽头,波澜壮阔。看近处,白云在眼皮底下悠然地飘浮,似乎伸手就可以摘下一朵。

更奇特的是,由于地理位置特殊,这里能够一眼看三县,西边是天台,东边是三门,南边是临海。有个成语叫"鸡鸣三省",这里可以微缩成"鸡鸣三县"。

坐在一块岩石上歇息,我想若不留下点粗言浅句,岂不辜负了面前这一派美丽风光?于是,吟诗一首:

> 浙东肃山起玉峰,兀立霄汉系天璁。
> 陡崖绝壁猿难攀,林密野径匿草丛。
> 神足石上寻神迹,仙人洞里觅仙踪。
> 金顶翠柏举头望,四面青山我称雄。

我以为上得山顶,神奇的景观便看完了。老书记说还有,抓住绝壁上的藤蔓下去,有一个"观音洞",有缘的人会看到石壁上有影影绰绰的观音坐像。传说此洞极灵,对善男信女有求必应,但考验的科目是需要有敢于献身的精神。能冒着生命危险爬下去,说明心中对神灵至虔笃诚,而心诚则灵,老百姓都这么说。

我探头往下看了看,什么都没看到,只是一阵头晕。没有带绳索、安全带等攀缘工具,单凭抓着藤蔓、树枝在绝壁上游走,人在没有退化为猿之前,这样的方式都不是什么好主意。

玉峰山大小三十六个洞,我们只找到其中三四个,它身上到底还藏着多少秘密?着实是个难猜的谜。

2020 年 10 月 10 日

花塘沐月

月生于天,光亮却投奔大地,挥洒诗情画意。

赏月,自然以秋天的满月为最;若分空间区域,当以乡下的满月最为肥硕明亮;而在乡下,要走到水滨去,山色水色月色融为一体,"野旷天低树,江清月近人",最叫人陶醉。

水中掬月,明知掬不起来,却仍捧水在手,要的是另一番情趣,月光从指缝间流泻下来,叮叮咚咚的入水声,琴音般清脆,落在水里,更落在心里,漾开一片涟漪。

美是美到极致,不过谁也挽留不住行走着的月,也无法将流动的水月风光像鱼一般养在家里。朱自清先生聪慧,将其养在文章里。因此,1927年7月的"荷塘月色",至今依然活色生香,好文不朽,会永远光芒万丈地照耀下去。

《荷塘月色》照亮过几代中学生的眼睛,是收入语文教材的。我还记得课后留的作业,是需要背诵。我对做作业,向来"相濡以沫,不如相忘于江湖",难免常要站到墙脚面壁思过。默诵这篇课文,就被我用来打发无聊的"反省"时间,一遍不够再来一遍,因而背得滚瓜烂熟。调皮捣蛋的学生,老师靠教鞭和百发百中的粉笔头是很难降服的,而美文可以,可见美是一种力量。

月下的荷叶,"曲曲折折的荷塘上面,弥望的是田田的叶子。叶子出水很高,像亭亭的舞女的裙……"大师妙笔,出手便是一幅淋漓的水墨丹青,叫人拍案叫绝。经典之所以为经典,字句都炼成了金句,金句晃眼,直抵人心,由不得人不喜欢。

高山仰止,恭而敬之。之后我写文章,什么"荷塘""月色"之类,都绕着走,生怕东施效颦。先生典文如月贯长空,万星皆黯。我乃萤火虫,米粒之光,不敢出来丢人现眼。

但是,我老家的花塘月色,不能不看,看了而不描述出来,便是辜负了一副沉鱼落雁的颜值,应为憾事。于是,我壮了胆记录下来,权当喝了一壶朱先生香醇的美酒后,尝一口我家乡的土酿,不够味就泼掉,也不可惜。

老家村以塘为名,就叫花塘村。水塘有名有姓,且尊为官称,说明此塘非一般杂草丛生的水洼子,也说明平时被村民十分看重,还说明有历史有故事有特色,上得了台面。

花塘最美的时候,便是月圆之夜。

今晚,恰逢中秋节,满月当空,清辉满地。我饭后要遛弯儿,想起花塘的美,便去寻找儿时的记忆,毕竟离开故乡几十年,时光冲淡,秋月满塘的记忆已然模糊。

住所离花塘,只有百来米,却是村里的主干道,此时已荡然无人。老家的传统中秋节不过十五,而过十六,也就是明天,身在外地的年轻人才会回来团聚。因此,即使一年之中只有一个秋天,有亮堂堂的月挂在天上,农村的夜晚也与平常一样,宁静而安恬。留守的老年人习惯早歇,也没有"独倚柴门月中立"的闲情逸致;鸡在家禽中最遵守作息时间,夜幕降临便自觉归笼,延续早睡早起的良好习惯;那些白天无所事事上街溜达的狗,也回屋负起守家的责任。若在城市,电视里的新闻联播结束,正是锻炼的晚高峰,广场舞跳得热闹,攒了一天的卡路里都在震耳欲聋的音响里燃烧起来。而农民的卡路里,白天在地里燃烧光了,此时他们躺下歇息,村庄懂得配合,保持安静。

漫步在如水的秋风中,我感到脚步轻松,心里另有一种快慰。以前,农村在这个时候,依然忙碌着,空气里弥漫着秋收后的紧迫,屋子里堆满粮食,农民夫妇要储藏晾干的稻谷、把地瓜搬进地窖、拣去豆子里的沙砾,勤快的女人纺线织毛衣纳鞋底……借着明亮的月光,连油灯都省了点,干着手头永远干不完的活。现在,庄稼已不是他们生活的全部,农活家务活白天都干完了,日子像飘进窗棂的月光一样清闲,酒足饭饱,他们合眼入梦境。

来到花塘边,我立即被眼前的景象惊艳到了。只见天上一轮月,水里一轮月,像一奶同胞的姐妹,何其相似?只是天上的大一些,像姐姐;水里的小一些,像妹妹。姐妹俩遥相呼应,深情凝望。中间的月光,便是一种明澈的情思,丝丝缕缕,缠缠绵绵,铺天盖地。天上的月缓缓移动,像要把水中的月带走;而水中的月,又像要把天上的月留住。在这一带一留中,两轮月所焕发的光彩,冰雪般圣洁。

花塘的面积并不大,用"半亩方塘一鉴开"来描述,倒也贴切,小巧精致。我前段时间在塘里放养的几尾彩色的金鱼,游来游去,发出细细的喋喋声,花塘多了许多生气。

因年代久远,石砌的塘围,有青苔附着,在水面上泛着淡淡的黛色,月光闪动之时,如同少女着了蜡染的裙裾,于荡漾的微波里袅娜地蹁跹。水面上散漫地卧着几十片睡莲,墨绿的莲叶,如孩子手掌大小,托着晶莹的水珠。几朵莲花在朦胧的月色里拢起花瓣,白色的泛着玉质的光辉,红色的像点燃的蜡烛。这个水里的睡美人,似入乡随俗,已然进入梦乡,而纤细的身姿,仍微微随波摆动,像舒缓的呼吸,展现莫奈名画《池塘·睡莲》那般的意境。花塘本就似曼妙的姑娘,有了月色笼罩,更像穿上轻纱薄衣;加上塘边的汉白玉围栏,也是洁白如雪,若裸露着凝脂似的肌肤,优雅温婉。

今晚的花塘,如出嫁的新娘,风姿绰约,仪态万方,楚楚动人。

未承想,花塘与圆月构成了如此臻于极美的图画,竟像是天地间的绝配,意趣天成,让人分不清是秋月投进花塘的怀里,还是花塘投进月色的怀里,反正是天地相悦,两厢和美,任谁都会一见倾心。这种相得益彰,仿佛当年崔护,见到站在桃树下的姑娘,脸泛红晕,秋波频传,巧笑倩兮,脸如桃花,桃花若脸,让落魄大诗人心荡神摇,心里被灌了一大碗"迷魂汤",诗兴勃发,"人面桃花相映红",稀里糊涂写出千古绝句。

有了月光如练,有了雕栏玉砌,如再有玉人凭栏临风,真正可以慨叹"不知天上宫阙,今夕是何年"了。可惜,环顾四周,玉人安在?只有我这个大老爷们,没有崔护的多情,更缺少苏轼的才智,流连花塘边,努力将眼前的景致与儿时的记忆做跨时空对接。

看着月光嬉水,我觉出花塘的灵性来了,月亮是天地间的匆匆过客,花塘这个偏乡僻壤的愣头青,更多的似专门守候在月亮必经的路上,一切都在计算之中,以水沐月,自己也浑身生辉。如果没有月光,花塘黑黢黢的,湮没在夜色里,少了光彩照人的神韵,无人注目,无人欣赏,无人为其心动,人行塘边,说不定还会一脚踩空,扑通一声掉了进去,发出埋怨。借光,不失为一种聪明。

月亮也一样,本来形单影只,没有如花塘这般倒映其中,"高处不胜寒",孤寂而清冷;如今在人间走一回,在温暖的花塘水中沐浴,便营造出许多和合的气象。世间万物,总有一些会在有意或无意间相遇,共同完成一桩美事,或者成就一帧美景,美人之美,美美与共。

花塘沐月,天赋风物,弹指已逾千年。

2021 年 9 月 21 日

追春何不来岭景

知道"岭景"在哪儿吗？不知道。

从宁波朝台州方向驱车一个半小时，在天台县洋头出口下高速，沿着一窗都是风景的幽静山道行驶二十多分钟，翻过一座临海市与天台县的交界岭，叫"杭州岭"，与杭州没有半毛钱关系，只是一个地势险要的隘口，出现在眼前的景象，像一只大铁锅，锅底散落着一把炒豆，这把炒豆就是村庄，村庄便是岭景。

她由临海市河头镇管辖，离城远，无论从临海、天台还是三门这三个不同的方向来，都得一路翻山越岭。行路难，知难而退是人的天性，平常便少有人来，加上没有任何可供载道的名气，被大山"养在深闺人未识"，别说见多识广的宁波人不知道，十之五六的临海人也不知道。

而岭景要的就是不知道，如果谁都知道了，现在的游客，大多是有闲有钱有激情的人，又都喜欢知难而进，大约是看腻了人造景观，尤好到偏远的地方去，不怕废车、不辞辛劳地赶过来，红男绿女，大爷大妈，如过江之鲫，宁静的山谷涨起喧哗的人潮，也许真会把"锅"里的"豆"给炒爆。

当年，没有高德和百度的李白也不知道，止步天台山。若他再一口气往东走，就走到岭景，攀越挺拔俊伟的玉峰山，探寻此处深藏在三十六个幽洞里的仙踪秘境，驻足状如沉思少女、惟妙惟肖的奇岩，痛饮农家自酿的浓烈香醇的番薯烧，然后斗酒诗百篇，没准这个旅游界诗写得最好、诗坛上旅游最广的大咖大V加大佬就留下什么名篇佳句，撩人撩心，自然也会撩开蒙在岭景面额上的红盖头，让其露出真容实貌，从此光彩照人。

浙东南群峰攒动，养育着奇山异水，一大批名胜景点意气风发，如同三千佳丽，本就个个生来沉鱼落雁。现在旅游业前所未有地兴盛，游客就是财富，门票就是效益，各地政府舍得下本钱捯饬，各展其能，倾力打造，锦上添花，修眉毛涂眼睛抹嘴唇，挂两条瀑布作耳环，拴条玻璃栈桥当吊坠，千样姿态，万般妖娆。

而岭景就像山野村姑,虽也出落得眉清目秀、标致动人,但依然粗衣素服,以一副素颜示人,不出头、不张扬,也不争宠。千百年来,外界对于岭景,一直陌生着;岭景对于外界,一直寂寞着。

名由景起,岭景自然是以岭为景,岭多成景,景聚化岭。

岭景村就坐落在这些高高低低、层层叠叠、翁翁郁郁的山岭的包围圈里,像蚌壳内裹着一颗珍珠。山岭不会长大,而村庄会,近年来越建越高的楼房让山岭显得越来越低。山岭是岭景村的母亲,看着自己哺育的儿女长开长高长壮实,心里充满欣慰。我就出生在这里,虽然坠地的日子是在暮春时节,但也说明我睁开眼睛第一眼看世界时,世界给了我一个春天。

我便喜欢上了岭景的春天。

抢报春天来临的是桥边的一棵桃树,是从石缝里自己长出来的,有两人多高,褐色的树身碗口粗细,树冠散开如华丽的伞盖。因为是野生,谁也不知道她的年龄有多大,猜想是哪位先人路过,刚好啃完桃子,随手乱扔垃圾,桃核正好卡在石缝里,从此生根发芽,长成如今古拙朴茂的样子。别看她来路不明,占据的地理位置却极好,头顶青山高耸,脚下守着一溪碧水,身边横卧着一座村民必经的小桥。过了腊月,春江水暖,她便率先用一树灿若云霞的鲜花,义务通知来来往往的路人:春天来了。

这棵桃树仿佛还是催春的领唱,她一华丽登场,四面山岭立即起了响应,土里纷纷钻出草尖,树上冒出嫩芽,像被激活的音符,共同奏响春天动人心弦的旋律。

地绿了,山绿了,梨花开放,油菜花开放,杜鹃花开放,万千草木,开枝散叶还不够,竞相穿上传统盛装隆重亮相。那无边的绿、遍野的黄、漫山的红,华丽绚烂,五彩缤纷,一道道山岭、一排排彩浪,共启春天的大合唱。

今年这个春天,我住在岭景村的堂妹家里,遥远的武汉疫情肆虐,桥头报春的桃花已开了半月有余,我仍回不了单位,只能随遇而安。堂妹家的庭院里开满了各种鲜花,海棠、蔷薇、月季、山茶……唯独缺少我喜欢的兰花,而我小时候就知道,村后的山里有一片"兰花谷",长着许多马兰花,尤其是九头兰,发育得粗壮结实、根茎发达、花朵硕大,十米开外都能闻见其香,比市场上育自温室、被肥料催高的兰花少了几分娇媚和柔姿，多了几分骨气和硬朗。

有一个免费的天然花园不去观赏，误了花期，便是误了一场百花的盛筵，更是误了兰花送与人间的祝福和美好。秀色可餐，我们没有理由不去赴宴。上山赏花，不像在公园花海漫步，朵朵鲜花送进眼帘，可以不劳而获。在这里要在茂密树林的枝间叶下找出鲜花，须付出体力，舍得出一身汗水。而兰花喜阴乐湿，更要在陡坡崖边涧壑处寻找，仿佛故意要让你踏破铁鞋，考验你见她的诚心。

岭景的春天充满野性。近年来无人上山砍柴，灌木、荆棘、芒茅等率性生长，横七竖八，肆无忌惮，我们往林密处只走了百余米，山路就断了。我们手里有锄头，有砍刀，也有登山杖，但都无济于事。看这坑坑洼洼的样子，路不是自然坍塌，而是被野猪拱断的。野猪这种哼哼唧唧的生灵，膘肥体壮，呆头呆脑，实际上大智若愚，长嘴像一台小型挖掘机，专门对山路下嘴。它们之所以要毁坏人类交通线，是为了达到保护自身的生命安全和地盘不受侵犯的目的，毁路无疑是最原始也最管用的防御措施。没什么可抱怨的，它们来这片山林安家的时间比我们老祖先早多了。真是对不起，20世纪野猪消失过一段时间，是我们发动群众把它们灭得差不多了，现在觉得这样也不好，今天灭这个明天灭那个，灭来灭去可能只剩下人类自己，最后把自己也灭了。明智的做法还是要网开一面，和平相处，得饶"猪"处且饶"猪"，爱护野生动物从爱护野猪做起。苟延残喘的野猪们重新安家落户，其实是光明正大地荣归故里。多年不见，它们看上去别来无恙，还一如既往地皮糙肉厚，出入荆棘丛都不会伤到分毫，山上到处留着它们连滚带爬过的痕迹。就上山下坡而言，我们显然没有"二师兄"的能耐，只能望"山"兴叹，硬闯当然不行，皮开肉绽不说，还可能迷路。好在兰花并非都集中在兰花谷，在我们勉强到达的地方，起码有十几棵兰花正悄然开放，好像为我们的虔诚朝觐给予适当的奖赏。

苏轼赞美兰花"本是王者香，托根在空谷。先春发丛花，鲜枝如新沐……"兰花耐闻，淡淡的幽香浮动，清爽绵长；兰花耐赏，碧绿的叶子丝带般披挂，中间伸出一根绿茎，一串彩色的花朵次第开放，像长茎上停着许多美丽娇羞的蝴蝶，让人不忍靠近，生怕惊飞了它们。大山的确是花的家园，在兰花的周围，我们也看到了杜鹃、栀子、迎春、山茶等，不过她们都没有兰花开放得早，现在都含着苞,等着第一声春雷的呼唤,便把整座山染红。

抬头仰望,一片白云正在兰花谷上空休息,似乎也迷恋着飘散的香气,久久不肯离去。我们没能进去,不免有几分遗憾。不过这样也好,就让兰花们不再受人打扰,悠然地守着一个山谷,陪伴着青山绿水,吐蕊散香,把灵魂里的歌声唱给春天。

"我记得兰花谷里有许多杨梅树,现在进不了山,杨梅熟了如何采摘?"我显然还有点不甘心,就问村里的长者。他告诉我:"现在谁还在乎几株杨梅?基本上都自生自灭。"想当年,我们上山割草砍柴,专门朝着有杨梅树的地方去,为的就是偷吃几颗杨梅。天下"偷吃",也是唯快不破,讲究精、准、狠,我们的动作没啥技术含量,简单粗暴,或用脚使劲一踹,树上熟透了的杨梅雨点般噼噼啪啪落下,我们坐在树下尽情享用;或猴子般蹿上树,藏身于密叶中,一根树杈长的果实便够吃圆小肚子。时代发展得快,昔日有专人看守的经济型果实变成了野果,孩子们已不用为解饥馋费尽心机,掏钱到水果店啥都能买到,我们这一代的有些技艺有失传危险。

即便花朵有千般姿态、万种风情,也不是岭景春天的全部,舌尖上的岭景,更可品咂出春天深长的滋味。

"鹧鸪唱歌,野菜装箩。"岭景仿佛是野菜的聚居地,品种繁多,马齿苋、婆婆丁、蟹钳青、野芹菜、荠菜、万年青、胡葱……到处乱长,庄稼地里,石头缝中,田埂土坎,渠旁沟边,荒山树林,都能见到它们的身影。挑野菜最好是早上太阳刚醒时出门,这时的野菜睡了一夜觉,补足了养分,叶子上还挂着晶莹的露珠,亮闪闪、绿茵茵、水灵灵的,倍儿精神,也最为多汁鲜嫩。如果说,早上的野菜尚处于豆蔻年华,等一会艳阳高照,野菜水分消散,皮硬筋出,就成了"徐娘半老"。

在老家,我们叫挑野菜,不用挖、采、割、摘等动词,一是野菜多的是,要挑鲜嫩的;另一个是手里的工具,一般用弯如月牙的小镰刀,用锋利的刀尖轻轻一挑,野菜便跳出土来,再装进竹篮。

农家的主妇,都是烹饪野菜的好手,各种做法流传千年,什么荠菜包扁食,胡葱炒鸡蛋,凉拌马齿苋,苊花炒豆干,万年青和米粉做成青团、青饼、饮圆……什么样的野菜做什么样的食品,分门别类,合理搭配,驾轻就熟,出锅都是好味道,正如资深吃货兼养生专家陆游所言:"野蕨山蔬次第尝,超然气压太官羊。"羊如果能读懂诗,可能不服气,心想本畜就是吃野草野菜长起来的肉,荤素各有滋味,能这么跨界比较吗?撸了我同类那么多串,到头来不落好,居然说不如野菜!诗是好诗,理却不是理!

岭景的许多岭被竹园覆盖,尤其是玉峰山山腰上的竹园,像一条碧绿的腰带。这里土肥泥厚,毛竹棵棵长得粗壮挺拔,旗杆般插入天空。竹笋也有遗传基因,大的有成年人的腿肚子粗,一棵能让一家人吃上好几天。而且,因为长在黄泥地里,少筋多肉,爽口甘甜,味道特别鲜美。虽然竹园无人看管,你带上锄头想挖多少都可以,但你想挖到最好的竹笋,也就是还未冒头的竹笋,却是不容易的,要有慧眼识"笋"的本领。有经验的村民能从竹子的年龄、竹枝的走向,判断出哪个地方有竹笋,一挖一个准;而仅看有没有裂缝来找竹笋,漫山遍野,如大海捞针,是很费劲的,一天都发现不了几棵。前者靠的是眼光,是高手;后者凭的是眼力,是江湖末流。

对于江南人来说,没有春笋的春天是残缺不全的。岭景的传统美食号称"九大碗",即在婚丧嫁娶或者重大节日时,九道菜盛在九只大海碗里,摆满八仙桌,佳肴美馔,热气腾腾,而"笋尖"是必不可少的一道。这道菜做起来很复杂,工序要从春天开始,将整棵春笋焯熟后压扁晒干,坚如铁板,硬如骨头,能用它敲钉子,久藏不腐不霉;要吃时,拿出来放在清水里浸泡十几个小时,稍软后切成薄薄的笋片,再泡十几个小时,待软如面条,便可放进锅里加油慢火煮炖。漫长的制作过程,往往预示着更出色的美味,这道菜可谓笋中的经典,清脆爽口,回味无穷,百吃不厌。

饭后当然需要一杯茶,岭景人自有成片的茶园,那雀舌似的嫩芽,在第一场春雨降临后便争先恐后地冒了出来,在一排排碧浪似的茶树顶上跳舞。这些被誉为"神奇的树叶"的叶片,在我看来一点都不神奇,在浙江的山水里,茶叶太多了。让我情有独钟的是,山田岭上那一大片野茶。

"山田"是地名,不算太高,从家里出发,半个小时就到达。只是山路难走,虽然已被淹没在半人高的杂草中,但还好没有被勤奋的野猪破坏。也许是这条石头铺的路坚不可摧,它们力不从心,也心痛自己的獠牙,有想法没办法。其实，野茶本来不野，也是村里种植的，山地私有化之后，这片茶山便废弃了。几十年过去了，灌木与茶树共长，茶树还是茶树，却成了野茶树。

无人再费心修剪打理，茶树长得比人还高，经常要踮起脚尖才能够到，采起来比较费劲。采茶这种事，考验人的耐心和细心，这也是许多大老爷不愿从事这份工作的原因。不过我们的收获还是喜人的，半天工夫，也采了四五斤茶叶。

炒茶是个技术活，把堂妹家的土灶烧旺，但火候要掌握好，大铁锅不能太热，倒下茶叶，戴上手套，不停地翻炒，待叶片里的水分慢慢消散，卷曲成一团，便可出锅了。

抓一小撮放进杯里，冲上烧开的山泉水，看刚卷起来的叶子又翻滚着缓缓舒展开来，像一群山野精灵在水里舞蹈，香味随蒸气从杯口袅袅上升，立时清香满室。野茶更耐泡，香味也更加浓厚，轻轻地啜一口，最为纯正的春天味道沁入肺腑。

岭景的春天与人是融为一体的，春色关不住，会从村民们的眼角、眉梢溢出来。

2021 年 3 月 3 日

寻找野兰花

初春一声雷,唤来新雨,甘霖洋洋洒洒,地面上一片水淋淋的,就像生命被重启,草木吐芽,山川田野立时生机勃发。

闲不住的村民,地里若无甚活,偶尔也会挎上竹篮,拎着镰刀,开始漫山遍野挖野菜,品尝春天的味道。

山野里,春天的味道不止舌尖上的,还有许多种花随意而烂漫地开在空旷土地的任何一处,"春路雨添花,花动一山春色",吐出的香味在空气中游动,怡神爽心,给人平添好心情。

梅花、桃花、玉兰是开在半空中的,团团簇簇,姹紫嫣红,恣意招展,缤纷如七彩霓霞。而地面上抢先开放的,有纤弱的兰花,花瓣薄如蝶翼,模样并不光彩夺目,但她的香味十分浓郁,堪称花精。杜鹃、山茶、紫荆等都随其后,仿佛因不敌其香,不抢头功,故意迟开一步。

我在上海的房子正在装修,阳台颇大,自然要些花草装点,而花草里我最属意兰花,家乡的兰花,一两株就能打造出小型的"芝兰之室"。于是,我提着锄头上山。

"空谷有幽兰",此言不虚。花塘村后山有一峡谷,匿于半山之中,人称"兰花谷"。我少时腿脚麻溜,杨梅熟时常进去,里边荫翳蔽日,便于隐藏,守山人也附带看守杨梅,站在山岗上像孙悟空那样手搭凉篷观望,可想要发现我等头戴树叶编织的帽子的熊孩子,难如大海捞针。景致也是极美,山泉潺潺,灌木丛丛,怪石嶙峋,各种大大小小、粗粗细细的树木长得姿态各异,像一群早就在此安营扎寨且安居乐业的"原住民"。兰花就胡乱地生长在岩边树旁,不能说极目皆是,也一定十步有芳草,被称作"兰花谷",确也名副其实。

只是我与村民一样,对花花草草无甚雅兴,认为既不可食,也不能当柴烧,连猪都不爱吃,乃无用之物,长得再妖娆也难以诱惑我的童心,最多表示一下对她们成长不易的慰问,俯下身子闻闻,跟大人抽烟似的,吸进那点味儿,安个心宁一下神,从没想过把她们带回家种植。大姑娘小媳妇对花有着天然的亲近感,可能女性也是开在人间的花朵的缘故,惺惺相惜,见了兰花,自然爱不释手,摘几朵别于鬓边,或插于胸前衣襟的扣眼里,臭美一下,从落满牛粪的村道上招摇而过,倒也能收到公益的效果,一路芬芳,让街上的臭味消掉一半。

近年来,农村退耕还林,村民用上了煤气,便很少上山打柴。"兰花谷"冷清成野山,壑深林密,崖高坡陡,人已望而却步。听乡亲们说,"兰花谷"成了野猪的乐园,进山的小路都让它们的长嘴拱了。如此看来,"兰花谷"的局面已被野猪改写,它们不但瞅准时机占山为王,还统治了那块风水宝地。它们把路毁了,无非是宣告如今自己是"兰花谷"的主人,非我族类最好离远点。原先村民也想与之斗争,但你白天铺路它们晚上掘路,坚持"打游击",摆出一副誓与地盘共存亡、看谁耗得过谁的架势,充满不屈与执着。几个回合下来,村民无奈,还是大度些算了,人不与猪斗,退一步海阔天空,就这样猪进人退,地盘给了"二师兄"。

好在家乡四面青山,而山里草木相似,此山旺的,那山绝不会芜;此山长的,那山绝不会少。兰花喜阴,潮湿的山谷都有她的身影,寻她就没有必要侵入野猪的领地,破了和谐相处的大自然规矩。

我进的山叫大王山,山路已被各种灌木覆盖,但依稀有迹可循,虽然也要披荆斩棘,但不是十分难走。循常路是找不到兰花的,她的习性确有"君子"之风,生性淡泊,不愿扎根在热闹场所,而往往生长在人迹罕至处。也就是说,人们很难不费力气、工夫,轻轻松松、舒舒服服地寻获她的芳踪。

这就需要弃路而行,抓着身边的小树或者藤蔓往上攀缘。多年不砍柴不偷杨梅,未在密林里穿行,"童子功"早已荒废,加上办公室养出来的肚大腰圆,手脚已不够利索,遇到荆棘挡道,或者陡坡高坎,或者树与树之间的夹缝,不能如从前山猴子那般,敏捷地或钻或跃或偏身而过,现在只能另觅他途,绕道而行,有一回居然被卡在树中间,头能过去肚子过不去,不由得感叹伙食好是多么"难过"的一件事情。

寻寻觅觅之中,惊喜不断倏然而至,与几大株兰花不期而遇。都是成年的兰花,墨绿的叶子披垂,中间藏着笔尖似的花蕾,白里透红,红中泛紫,粉嘟嘟的,十分惹人喜爱。兰花也称"蕙兰",世人大概觉得她具备"蕙质兰心",符合咱们祖宗一脉相承的审美标准,故极其喜欢。的确,兰花品性高洁、形态优雅,她不长在荆棘丛中,不愿与杂草混居,更不在大树枝杈上寄生,而是在空旷处独立地生长,显得悠然自得,也带几分矜持与孤傲。

出门前,乡人告诉我,山上兰花很多,最好挑分株多的挖,因为她两三年才分株,成长不易,分株少的属幼苗,让她继续自由成长。乡人说得有理,我们不能滥采滥挖,若采取竭泽而渔的办法,总有一天兰花会被挖完。我只挖了半棵,这棵兰花已有五六棵分株,算算也已度过一二十年的山中岁月了,我从她身上匀了一半,而我碰到那些分株少的,一概放过。

九头兰是兰花中的珍品,山里也不易见到。当我坐在一根枯树桩上歇息的时候,她跳进了我的眼帘。但是,我的脚下是一个几乎垂直的陡坡,高十多米,中间凸起一块岩石,就在岩石边,一棵九头兰静静地生长着,风姿绰约,美不可言。看形状,这棵九头兰已有三十多岁了,根部发达,冒出几个嫩生生的花蕾,在其中一株竖起的蕊柱上,花瓣往上次第开放,像停着一串美丽的蝴蝶,似乎稍有惊扰,便会马上飞走。她扎根的地方也选得极好,与岩石做伴,相得益彰,岩石因她陪衬更显刚强,她因岩石映衬愈显妩媚。

我热切希望把她带回上海,给她更多的肥料、阳光和水,她也一定会被培育得更加青春焕发。可接近她实在有难度,坡上没有可抓的树木,连茅草和藤蔓都没有,只有厚厚的落叶覆盖其上。在山里长大,历险是常事,经验告诉我,落叶很厚,下面必是蓬松的泥土,即使把脚掌横过来走,也会滑下去。只有一个办法,那就是坐在落叶上,像坐滑梯一样溜到兰花的跟前,把屁股当"刹车",在双脚抵到岩石时立即"踩刹"。但万万不可将岩石当阻挡物,防止岩石不是深埋土中,冲击力会将其蹬松,造成连人带石滚下坡底的不堪后果。

好花险中求。我半躺下身体,刺溜一下便滑到了岩石旁边,小时候的基本功还没有全废,只是听到了刺啦一声响,我猜裤子被树枝划破了。有所求总要有所付出,采取"屁股刹车法",本来就比较费裤子,预料中的代价。

滑到了这棵兰花跟前,我发现她正值盛年,叶片宽大,花葶长而粗壮。我俯身嗅闻,芳香四溢,清而不浊,花中极品,不可多得。这时我却犹豫起来,她在此与岩石相依相偎,如同深山里的伴侣,是那样般配,拆散他们,便是破坏了一种天然的美好。只有在珍惜中拥有,才能保持山野生生不息的春暖花开。

  我终于咬咬牙,没有惊动他们,屁股着地刺溜到坡底。

  手里的半棵兰花,以一当十,若悉心养护,是已够我的阳台弥漫春天的味道。

2021 年 4 月 28 日

树影婆娑

守望老村晨昏的,除了老人,还有上了年岁的树。

树高了,树多了,树老了,总会有几棵脱颖而出,有的长寿,长成历史,历经几百年风雨,将沧桑都瘀结成身上各种各样的瘤疤,像一个个被岁月撕咬留下的牙印;有的长得文艺,跟画儿似的,风情万种,仪态万方,站成一方曼妙的景致;有的长对了地方,树冠似伞,浓荫如盖,给路人避雨遮阳,全心全意为人民服务,讨人欢心。

别具一格,我有你无,你有我也有,便成为惊艳乡村的名树。

村口的大樟树

大石岭下村镶嵌在山坳里,在临海占据着高地势,被称作"上乡",也是河的源头。就是说,从这里流出去的水,有时会参与把下游村镇淹没的行动。村庄坐落在一块长条形平地上,像一艘船的甲板,正好把几千户人家,像一个个集装箱似的放置下来,严丝合缝,仿佛量身定做。

只是这艘船千百年来从未启航过。

村头的一棵大樟树,像一只巨大的铁锚,把村庄稳稳地泊在原地。

树影婆娑,忽闪着历史的眼睛,打量着前世与今朝。

古代人有在村口植树的习惯,树既可以当村庄的标志物,也可以替村庄遮阴挡风、避凶趋吉,而江浙之地又以香樟树居多,因为香樟树也称"长寿树",能活几百上千年,在岁月中一圈又一圈地存储年轮,慢慢长成"巨无霸"。我们岭下村口的老樟树起码有 700 多岁,高大挺拔,膀粗腰肥,五六个人才能合围,荫翳蔽日。植物与人的区别,是虽然体型肥胖,却仍强壮,虬枝纵横,在天空中恣意泼墨狂草,有些枝干伸出老高老远,仿佛要去摘天上的星月。有磨盘大小的石头,已被树身包裹,深陷肉里,结成一体,可见生命是多么不可阻挡。青苔是植物界聪明的家伙,最擅长趋炎附势,寄生在大樟树身上,有一寸多厚,密密麻麻,像给树穿上一身绿衣铠甲。这样也不错,在岁月的风刀霜剑中,大樟树就像一位天降武士,守卫着身后每日升起的袅袅炊烟。

万物有灵,树老成精,大樟树像一位智者,在岁月轮回中看破尘世宿命,站成一条朴素的哲理:活着,就不停地壮大自己;只有不停地壮大自己,才能继续活着。这是自然界的生存辩证法。

树大鸟聚居,大树是鸟的村庄。鸟儿们叽叽喳喳地飞来飞去,它们在枝杈上生活,衔草做窝,吃饭睡觉,恋爱结婚,生儿育女。在确保生命无虞后,它们把吃剩下的果核到处乱吐,有些掉在地上,地是坚硬的路面,果核被扫进垃圾桶,丧失了传宗接代的希望。有些掉在青苔上,便发芽长大,成为树上长树的景观。鸟儿在不经意间,成了生命的"搬运工"。

山上被鸟采撷的野果树,一定想不到自己的后代会有一部分在一棵樟树上安家落户,且生活得无忧无虑。所谓的生物链,就是自然界永无止境的移民搬迁。

村里的所有人都熟悉这棵树,树也熟悉村里的所有人。以她的年龄,经历过几个世纪的世事变迁,也见过我们都没见过的老祖宗,比如我,就不知道爷爷长成啥模样,是俊是丑,是壮是瘦,是喜欢沉默还是喜欢开玩笑,这棵樟树肯定知道,只是没法开口告诉我。

在她的默默注目下,村民们从黄口稚童走成青年,走成中年,再走成老年……最后不走了,躺进山里的墓穴,来于泥土归于泥土。生命有代谢,一茬茬、一代代,树上有多少叶片,地上就有多少脚印。也许,树叶是村民消失的脚印,在春天来临时,以另一种方式悬挂在树上,完成生命的重启。

或许是巧合,樟树毗邻着村里的幼儿园,最老的与最小的在这里集合,让老樟树子孙绕膝。这倒是绝配,孩子们每天从树下蹦跳着路过,而她用婆婆的树影抚摸孩子稚嫩的脸颊,亲昵而慈祥,每天听着从幼儿园里传出来银铃般的歌声与笑语。

老樟树幸福得绿意翻腾,新芽绽放不息。

走遍世界,村口都是起点。老樟树注视着不断成长起来的年轻人,背起行囊走出村口,也等着他们回到村口。

她的根系发达,纵横交错,有的凸出地面,像脚背上的血管。出去的岭下人,都知道自己是有根的,大樟树的根,就是他们的根。

苍老的大樟树,站成祖母,但在我心里永远风华绝代。

溪边的苍蝇树

林子大了,什么树都有。树海茫茫,千姿百态,枫杨树是长得较为奇葩的一种。

她的奇不在叶子上,树叶是树对世界诉说的语言,边说边过滤空气,说的都是让世界舒坦的话。枫杨树的奇是奇在果实上,果实是树馈赠给世界的礼物,甜的、苦的、酸的、涩的、红的、青的、紫的、黑的、水滋滋的、干巴巴的、带壳或不带壳的,长什么送什么,甭客气,不成敬意。而枫杨树的礼物很特别,一串串的倒吊下来,像拎着一串串苍蝇,敬请笑纳。

就这样,枫杨树被大石人起了绰号,叫"苍蝇树"。当然,书本里叫她枫杨树,也称溪椤树。因为它长得又像蜈蚣,安徽有些地方叫它蜈蚣树,让人浑身起鸡皮疙瘩;还有些地方的人经济头脑发达,比如温州人叫它"钱串串"。我觉得,最贴切的还是叫"苍蝇树"。

这种树喜湿,一般在溪边河旁生长,习性与柳树差不多,也多与柳树在一起,却不像柳树那般喜欢对着一溪碧水搔首弄姿。她其貌不扬,怎么装扮都不如柳树长发及腰,婀娜多姿,也就一年到头直挺挺地以素颜示人。也许是因为存在感不强,要长相没长相,要"礼物"又不像样,拿不出手。而人类是现实的,对没用的东西从不手软,枫杨树被灭族的危险严重存在,因此她得想办法自救,以自身立足水边的特点,义务承担起防洪护堤的重任,还别说,适才适所,能力与任务相匹配。在大石地区,始丰溪水面宽阔,常发大水,苍蝇树在两岸茂密成林,起到了防洪林的作用。人护树以成长,树护人以安全。

岭下村兰桥市集的溪边上曾有几棵这种树,长得少见的笔直高大,树身粗壮,挺身站在那里,百年千年,根系将泥土与石块固定在一起,使堤岸坚不可摧。

到了8月左右,知了还躲在苍蝇树的绿荫深处,发出尖厉而又略带颤抖的叫声,云把天空驮向高处,绿色准备从大地上撤退,苍蝇树的果实开始成熟。她垂下一根根小尾巴,上面密密麻麻地爬满了绿色的"苍蝇",一只只组合成一串串,密密麻麻地在空中晃荡着,仿佛四面八方的苍蝇都纠集于此,贪婪地吮吸天地的玉液琼浆。假苍蝇栩栩如生,也长出两只翅膀,有头颅,只少了两条腿,无论个头、形态都足可乱真。只是你用棍子打,用石头扔,再怎么恐吓,它也不会四散而逃。

在我等孩子爱玩而又缺乏玩具的年代,这不可避免地成为我们的玩物,也不管是否恶心。果子成熟后,就成为种子,要找地方安家落户。秋风一吹,"苍蝇"们张着翅膀漫天飞翔。可它们毕竟不是动物,也缺少像无人机那样的自身动力系统,飞不出多远,风一停就掉下来,落满周围的路面水面。我们捡起来后,将其一只只摁在额头、脸颊、胳膊、胸口上,因"苍蝇"自带黏液,一按即牢,而且凉沁沁的,挺舒服。

儿童的世界,总是色彩斑斓,能将自己搞得面目全非、怪里怪气,哪怕令人作呕,也会快活得欢天喜地。熊孩子们一个个袒胸露背,满身"苍蝇",大人说我们就像一截屎橛子!我们要的就是这种效果,你越讨厌我越开心,调皮捣蛋的一半是叛逆,然后迈开小短腿,在众目睽睽之下招摇过市,得意扬扬。

童年的乐趣,总是毫无来由,也不需要来由。

童心简单,快乐简单,"苍蝇"飞不起来,而童趣飞扬起来。

桥头的隋梅

写岭下村的树,绕不开兰桥的隋梅。

在我的印象里,树很小,几尺长,不起眼,从古桥的石缝中斜刺里生长出来,枝杈只有拇指粗细,像根秫秸秆,叶子稀稀拉拉,初春开几朵瘦弱的小花。因为她太小,既无参云的躯干,又无绰约的风姿,所以平常得无人留意,也无人理会,连在桥上拍照的人都忘了要与她合影,事实是她的形象当背景都不够格。

"驿外断桥边,寂寞开无主。已是黄昏独自愁,更著风和雨。"要是不知道陆游没来过兰桥,此诗安在她头上也挺合适。

树不可貌相。岭下村的人都知道这棵小树的来头不得了,是隋梅,屈指一算,啧啧,1400多岁！若按辈分,资格老得可以让村里所有的树都得叫声"前辈"。

古桥老树,日月辉映,伸出的一根枝杈都可能与唐宋元明清打过招呼。少说她也是十朝元老,身上随便亮出一个疤,就够让人去追溯几百年前的哪一场风雨。

我惊诧于她的倔强,石缝里没有多少泥土可供她立足,没有多少雨水供她延续生命。可就在这个生存堪忧的地方,她生存下来了,并且一活就是上千年,够抗造的。当然咱们体会不到她生存的艰难,也许只有改郑燮的一首诗能形容："咬定青'桥'不放松,立根原在破'石'中。千磨万击还坚劲,任尔东西南北风。"

弱小的隋梅,瘦骨铮铮,战胜了恶劣的环境,战胜了漫长的时光,必是她没有气馁、妥协和屈服。

隋朝是个强盛而又纷乱、神奇而又荒唐、恢宏而又短命的朝代,狼烟四起,英雄豪杰辈出,什么杨素、尉迟恭等都是神一般的存在,今天灭了这一国,明天又被别国灭了,走马灯一样演绎兴亡盛衰。植物也似乎是顺天应命,格外坚强,能活到今天,其顽强的生命力确非一般。无独有偶,天台国清寺也有一棵隋梅,盘根错节,老气横秋,几次经历过死去活来,幸运的是有出家人的悉心照料,现在依然郁郁葱葱,春来新花满枝,长成传奇。与其相比,我们岭下兰桥的隋梅显然没啥名气,命运多舛,没有国清寺的隋梅幸运。

这棵隋梅以前经历过什么我们无从知道,我们知道的是,"文革"破"四旧",兰桥溪边的石栏杆上雕凿的精美的石狮、石印等古物皆被毁去,独留一座古桥面对风雨。隋梅不招谁不惹谁,也就幸存下来,无比珍贵。

让人匪夷所思的是,隋梅躲过了"砸",却未躲过"建"。兰桥整修,水泥板将两岸连接起来,场地扩大了不少。又为了过河方便,不知道是何许人的"杰作",在桥面上也铺了厚厚一层水泥。就这样,被人们走了上千年的石头,油光水滑、光可鉴人的石头,一夜之间全被封在水泥之下。桥沿上被人们坐了上千年的石头,也不见踪影,可能被安排到猪圈里实现"再就业"了。

水泥桥面平整,方便了路人,从桥上走过不硌脚也不崴脚,还可以过三轮车。可是，雨水渗不下去，被断了水的隋梅，眼睁睁地看着桥下流水潺潺，却"近"水解不了近渴。就这样，隋梅几年前终于枯死在桥上。

岭下村最古老的生命，戛然而止。

夺其命者，人也。何其无知！何其粗鲁！何其悲凉！不是因为高寿，也不是因为病患，更不是因为天灾，而是人为地造成了隋梅的死亡。我找不出任何理由，可以原谅乡亲的鲁莽。

千年古树，其人文价值难以衡量，损失难以估量，伤害难以挽回，与其说她是死于缺水，不如说是被毁于愚昧。

我不怀疑兰桥改造者的一片好心，我怀疑的是好心里的无知，是否真的是不懂蛮干的后果？铺上水泥的古桥，现已面目全非，变成了"四不像"，虽然不土不洋、不伦不类，可毕竟还耸立在溪流之上。而隋梅死了，延续千年的人文景观从此消失了。他们没有意识到，这棵树是祖宗递嬗下来的村宝。盲目决策，率尔操觚，因小失大，让人扼腕痛惜。

隋梅死了，石桥是她的家，她死在家里。

一棵小小的隋梅，有实用价值吗？没有。砍下来连烧火都嫌枝少，死活似乎都无关紧要。但是，隋梅活得不实用，却活得有意义，这意义便在于她历千年风雨而不倒、笑傲霜雪的风骨。

没有花开满枝唤春来的唯美大气象，却有岁月如晦笑古今的倔强与坚劲。

我们乡人，对柴米油盐有着惊人的尊重，隋梅不属于柴米油盐之类的人间烟火。从大处说，她属于鲜活在兰桥市头的纪年文化符号，属于历史，属于生命的奇迹；从小处说，她属于乡愁，属于情怀，属于一代代岭下村人对故里、故园、故亲的血脉牵挂。

总之，隋梅承载着厚重的过往，她完全应该在我们的悉心呵护下再伸出叶子，向未来打招呼。

隋梅丧命在我们手中，该如何向祖宗交代？如何向后辈交代？我每次走过桥头，心里都充满罪恶感。

隋梅与岭下人性格相同，不向艰难困苦低头，不向凄风苦雨认输，以奋发的精神状态，独立于世，不屈生长。这也是我们继承于祖上的性格，并且是需要我们向下一代传承的性格。如此说来,隋梅是飘扬在我们岭下人精神世界的一面旗帜。

放眼神州大地,相似情况何其多,一些原本引以为荣的灵魂坚守,有多少已被连根拔起!

树的幸福,来自只要活着,就不停地生长,因为她的头顶有一片宽阔的天空。

2020 年 7 月 18 日

百罗山看星

约几位好友，上百罗山看星星。

秋天日已短，吃过晚饭天就黑了。车子在山道上一路向上，像个顽强的爬山运动员，车灯的光柱刺破夜幕，飞蛾等虫子奋不顾身地迎面扑来，纷纷撞在挡风玻璃上，以盲目的热爱换来愚蠢的就义。

不是一时心血来潮，也不是因为寂寞，或者有什么浪漫且高尚的情思需要寄托，完全是山在那里，星星在那里，便没有任何特殊来由的想去看看，如此而已。如果硬要说出个理由，那就是在城市里抬头仰望，星空总是残缺不全，不是被房顶切割得七零八落，便是被霓虹灯和雾霾黯淡了光华，露出一张模糊不清的脸，多找出几颗来都要费老鼻子劲，上百罗山无非是想看个真切。

百罗山在我老家村子的东北边，像一座横亘高耸的天然屏风，冬天里为村子挡住暴戾而愤怒的寒流。虽然有庇护之功，但它其貌不扬，默默无闻，连省域地图都不肯标注它的名字，原因大概是海拔低，只有600米左右，与旁边的玉峰山和对面的羊岩山比起来有些惭愧，出不了头，只能低眉顺眼地当个小弟。

个头矮，经过两个隘口就能到山顶。极目远眺，也没有能让驴友发出尖叫的治愈系旖旎风光，但朴实的百罗山平日虽然缺少伟岸之身，焕发不出巍峨肃峰的万千气象，却也云蒸霞蔚，有山峦之气，也有苍莽之势，还有逶迤之态，像群山里的长者，宽宏仁厚，气质超然，以博大的胸襟让人感到亲近，如此为山已无可挑剔。可它作为山，庸常自有庸常的特色，且能成为一个得天独厚的条件，从未被开发过，落叶肥厚，土质天然有机，加上山头地势不陡不险，能稳得住脚，适合种茶，于是慧眼识"山"的茶农，将朝南的高坡山脊改头换面，很快排排茶树覆盖，绿色的线条旋上山顶，像一座座绿色金字塔，绵延上千亩的茶地发展成一个小型茶场。

就这样，水泥路被修了上去，像把一幅完整的风景画胡乱地扯成了两半，然后又拼接起来,但一道白色裂痕依然明显。可这是必要的代价,有路,山就比较好爬,不必担心登上山顶会缺胳膊少腿。当然,山道是弯道的代名词,大多数时候在山冈与山坳里曲曲折折,转来转去,因偶尔有落石出其不意地躺在路中间"碰瓷",如果是白天可能还有黄牛挡住去路,司机得瞪大眼睛,勤加油门勤打方向盘,车跑得犹豫。发动机最辛苦,需要卖不少力气,一路吼叫着像给自己鼓劲,让坐在车里与山道保持着同一倾斜角度的我们心中充满歉意,甚至有下来推它一把的道德冲动。

如果是上百罗山看景,最好起早去,选有雾的时候,山峦隐隐约约,草木欲露还藏,像蒙上一层面纱,让人恍若置身于仙境。等到浓雾散去,世界豁然开朗,发现自己又重回人间。

近旁景点不多,离最近的村子也有十多分钟的脚程,有一处叫"奇岩"的美景,一定要去看看,且是很值得多看几眼的,两块岩石叠成眺望的神女,如果让蒲松龄来写,就是"容华端妙,少女如仙",或者"樱唇欲动,眼波将流",纵使铁石心肠,也会为她孤独而专注、伤感而倔强的神态怦然心动;再聆听风在松林里穿行,像听到她低声的倾诉,不由得让我们为之黯然神伤。也许有一天,哪个幸运的帅哥会出现在她的视线里,她会拔腿飞奔过去,也许这一天永远不会到来。我们不知道她为谁而爱,为谁而痴,心甘情愿在此默默坚守,像一个羞涩的小姑娘躲在密林深处,不想让人发觉,日复一日地望穿秋水,仿佛决心千年万年地等到海枯石烂、地老天荒,一直把自己等成一个传说。

在出好茶的地方一定要喝茶,捧一杯清茶,任山风撩动衣襟,看眼前群山逶迤,像波浪一样卷向远方,慢慢融入天空,几分茶香,几分野趣,几分诗情,令人心旷神怡。

我是来看星星的,无疑是找对了地方。时到秋天,这里山风舒缓,细细地拂过耳际,似乎懂得不打扰人的世界,不像在别的山头那般刚硬凛冽,呼啸而过。平缓的山坡显得稳重,可教人坐卧无忧,神清气爽,专心地聆听星星的语言,世界一片安静。

已有年轻人先我们一步在此看星星了,一问都是从外地来的。有兴致勃勃的天文爱好者,他们是真正的"追星"族,装备着高倍高清望远镜、三脚架等,探索宇宙奥秘是他们永远的乐趣。也有游客，同样兴致勃勃，他们自带帐篷，生活器具一应俱全，居然还带着简易的折叠桌子和软椅，还有烧烤架，准备随时搞一个营地野餐。不过今晚他们没有生火，但做出了一副要长期在此安营扎寨的架势，要将浪漫的情趣进行到底。实际上他们也就是看一晚，第二天天明就撤，只是利用周末的空闲，看看乡野风光，听听秋虫鸣叫，山顶露营，地当床，天作被，感受大自然的美好，返璞归真，放松身心。

　　前者是热爱星空，来观察和了解星空；后者是热爱生活，来认识和欣赏星空。如果放在从前，这种行为不是怪诞就是有病，花钱买罪受，但这样的人现在已越来越多，人们也理解和认可了他们这种生活更健康浪漫，不是他们有病，而是咱们活得缺少情调。你看，他们可能走了大老远的路，但不觉得麻烦和辛苦，反而乐此不疲，都将星空当作精神的必需品，存放在灵魂中。现实中的所谓物质文明，说白了，还是一种俗世中的衣食住行，让富人在享受中追逐，让穷人在生活中惊慌，与毫无用处的星空格格不入。而精神文明，越来越被物质挤压得喘不过气来，不能说电视与游戏完全占据了现代人的夜晚，也有那么一些人在繁闹中寻找静谧，在充盈中觅求空灵。大凡山里人往平原去，奔向的是生活的梦想，那里耸立着大城市；城里人往山上去，更多的是追寻心中的梦想，山里居住着不一样的景色、天籁、清新的空气，以及我现在头顶上的这片完整的星空。

　　山冈上有很多地方可以席地而坐，躺下也很惬意，秋草温暖舒软，秋虫喁喁絮语。把胳膊垫在后脑勺上，一睁眼，苍穹一览无余。今夜的星空，认识不认识的全是咱的了。

　　看星星不必等到人在无聊或者寂寞时，星空永远好看，天体像是献给大地山川和人类的一幅美妙至极的巨画，星河无比灿烂，谁都可以欣赏。在天与地之间，高远而宽阔，可以让自己想象力的翅膀在夜色中飞翔，一直飞到那一钩残月上栖息。

　　眼前的群山朦朦胧胧、隐隐约约，像正襟危坐的智者，呼吸着夜的一丝秋凉，周边围绕着一个沉默的世界。

　　说来惭愧，我除了关注天气预报，对天文没有多少兴趣，只能叫出二十多颗星星的名字，当然要比叫出所谓影视明星的名字要多。这不能比，就像进到山里连高大挺拔的树木都认不过来,哪里还能认得什么荆棘杂草?我不知道为什么管演员叫"明星",大概是他们与星星一样耀眼,一样受人关注,可说一句不好听的话,他们的光芒与星星比,实在不可同日而语。星星的光芒高洁,不染微尘,而许多号称"明星"的光芒充其量是烟花的光芒,闪一闪就灭。不知道星星是怎么想的,自己的名号被一群争名逐利的人借用,是否会像我一样倒了胃口?世间的许多东西,比如名利与荣誉,往往得者不应得,失者不应失,就是如此不公平。好在许多星星是以科学家的名字命名的,让我有足够的热情爬上百罗山。

星星在邈远的天宇中淡淡地活着,安静而善良地发自己纯净的光,天真无邪,不张扬也不浮躁,面对无边的黑暗,她没有恐惧与退缩,依然光洁与明亮。如果月亮圆满,光芒万丈,夺人眼目,星星仍然不急不躁、不敛不藏,保持着一如既往的安静,如小小的苔花,一粒粒悠然自在地绽放。

星星是恬淡的,淡星泊天,一泊便是永恒,不与日月争辉,不与伙伴争宠,不与云翳争胜,该发光时发光,在黎明时从容消隐,这种秉性有如《道德经》所云:"天之道,不争而自胜,不言而善应,不召而自来。"顺应天地法则,微小的星星才显现着亿万年永恒不熄的静美。这里边也有天空的力挺,慷慨地让每颗哪怕是最式微的星星也尽其所能熠熠生辉。

站在尘世看星星,天空开满花朵,团团簇簇的一片花海,黎明时集体凋谢。尤其那颗明亮的启明星,对无数夜行迷路者有过救命之恩,更像一朵白玫瑰,千万年没有淡一丝爱意。

小时候,我都是在自家的院子里,边乘凉边看星星。外公给我们做了一把摇椅,木头框架,其余都是竹片,凉沁沁的,又舒服,躺在上面看星星最为惬意,天空随着摇椅的摇动而晃荡,星星一会儿偏向东,一会儿偏向西。我那会儿酷爱看战争片,觉得星星是被子弹射穿的窟窿眼,光是从外面透进来的,想象着外面的世界该亮如白昼。我妈会摇着大蒲扇,让我数星星,开始我数到十几颗便乱了,后来我能数到五十几颗才乱套,再后来我对数星星失去了兴趣,因为实在太费眼睛。

星空如同人的大脑,是少年时的大脑,我那时有许多燃烧着的希望,梦想就像这些繁星密密麻麻地发着光,周身发热,心中充满激情。但随着岁月的脚步慢慢走远,星光一点一点地熄灭,到天光大亮,星光消失殆尽。天亮时分,正是人生进入黑暗的时刻,要上班,要与各色人等打交道,要去做各种各样喜爱或者不喜爱的事情。人际中滚起的灰尘比汽车尾气更厚重,它们落在心上,像覆盖着一层腐烂发臭的泥土,上面杂草丛生。

我小时候曾天真地认为,夜幕降临后,那些天空中盘旋的鸟,都飞到云外去了,栖息在我们看不见的地方,星星是它们的眼睛。我把自己的"发现"告诉我妈,可她告诉我的是"天上一颗星,地上一个人"。可惜,此话不能当真。

而我奶奶告诉我,天公公养着一只公鸡,星星是他撒的一把米,当公鸡将星星一粒粒啄完的时候,通知地上的公鸡,天亮了,可以伸长脖子打鸣,叫醒人们起床下地干活。

星星的一明一灭,便是一昼一夜,时光就这样被一页页地翻过去。星星还是小时候的星星,而我们正被时光催熟催老,被岁月压垮,被命运玩弄于掌心,再也没有了童年天真烂漫的想象力,也不再肯相信美好的童话。但是,站在星空下,如同站在点点烛光里,无论生活板起怎样的面孔,有飘忽的光如梵音轻唱,让心如童话般安详,三千繁华,人间百态,一切的烦躁、失意、沮丧、厌倦都得到安抚。

都说太阳底下总有新鲜事,而星光底下也不总是旧账,站在星光下总是回忆过去显然是不合时宜的,星光代表希望,代表即将到来的明天,而乐观主义者相信明天会更好,我虽然不算乐天派,但也相信,因为找不到不相信的理由。

今晚,我们选的日子并不好,还不到晚上10时,流星还没现身,一阵风吹过,天空中竟飘来乌云,像拉上了一张帷幕,将所有的星星遮住。须臾,零零星星地下起了小雨,像所有的星星变成的雨点,冰凉地落在我们身上。山里的气候就是这样,像小孩的脸,阴晴不定,诡异多变。看来今晚只能到此为止了,外地来看星的人收起三脚架望远镜,钻进了帐篷,我们其实也并不想看到深夜,两个多小时的沉浸与感慨已经足够。感受了星光的美好,目的也已达到,于是上了汽车,回家。

夜空因星星而变得明亮,又因失去星星而变得黑暗。每个人如果都有兴趣看看星星,那恬淡纯洁的光芒定然能化解许多郁结,星光如圣水,经常沐浴,可以除去心灵上的污垢,星光与心光交辉,心情格外明媚,人会由此变得更美。

每一颗星星都在等待夜晚,只有黑暗才能让它们发光。

有些梦想,我们只能永远存放在天空。

2022 年 9 月 17 日

又到采茶时

又到明前采茶季。

家乡盛产绿茶,有"岩笋""鹅黄"等品种,名声最响亮的是"羊岩勾青",天下独一份。

"羊岩"是山名,大自然鬼斧神工,将山上的一块岩石,雕琢成山羊;另一块岩石,斧凿成青蛇。羊不吃草,却抬头向远处观望,不知道是不是落单了,着急寻找自己走散了的父母兄弟;还是嗅到了狼的气息,准备赶紧逃命。而蛇在游动,吐着分叉的芯子,不知从哪里来,要到哪里去;蛇是山里的恶棍,亦盗亦匪,处于食物链的高端,喜欢猎杀小动物,也乐于到鸟巢、雉鸡窝里偷盗营养丰富的雏鸟、鸡蛋,虽然它没有手脚,但也要将其划归于手脚不干净的动物行列。石羊石蛇形态逼真,惟妙惟肖,因羊的性格温和,不怎么好勇斗狠,连叫声都带着柔弱的颤音,惹人怜爱,又是素食主义者,人类待之如朋友,此山便以其命名。蛇时常伤人,害过不少性命,被人称为"毒蛇",不招人待见。因此,若将山命名为"蛇岩山",容易混淆视听,造成误会不说,还会让胆小的人望而却步,显然大有不妥。

"勾青"是茶名。这里的茶,因为炒熟后,颜色青青,纯净无瑕,发出像碧玉一般的光泽;形状蜷曲如钩,遇沸水才慢慢舒展开来,似离世的生命获得一次重生,一片片完好无损,载浮载沉,身姿曼妙如鱼翔浅底、鸟翔碧空;或者像是睡了一小会儿,又被沸水唤醒,依然容光焕发,生机盎然。而茶汤如一汪碧水,绿得透彻纯粹。随着袅袅上升的热气,醇厚的茶味扩散弥漫,清香满室。这样的茶叶,看上一眼,形态勾魂;啜上一口,滋味勾心,反正是看也勾人闻也勾人品也勾人。

我没有考证过,"勾青"这个名字是否从中而来,但我觉得这个名字起得绝妙无比,不夸张地说,近乎空前绝后。仅仅一个"勾"字,就呼唤出了这个茶叶鲜活的灵魂。

本人好茶,喝过的品种不算少,如说遍尝天下茶饮,不能这么吹牛,没那能耐与福分。但有名有姓的茶叶,包括远在斯里兰卡、莫桑比克、肯尼亚等国的茶叶,倒也是真的略有所试。而国内的十大名茶,自然无一放过,如名压群英的龙井、粗犷豪放的瓜片、小巧玲珑的银针、仙气飘飘的毛尖、硬朗刚健的铁观音等等,各有各的特色滋味。她们来头大,出身名门望族,是名副其实的大家闺秀。但是,喝来喝去,最后发现仍是家乡的"羊岩勾青"这个小家碧玉清甜可口,合自己的舌尖口味。极大的可能是从小喝家乡的水长大,有地域滋养,有乡土情结,有人文关怀,古人云"食不过百里",姑且作如是理解。

有些生活在帝都、魔都的朋友,喝过我送的"羊岩勾青",便不能释怀,每年开春就要向我索取,也有托付购买的,甚至不在乎价格,说明不全然为"捧场",品质优异的好茶,是不拘地域与乡情的,像公认的美女,淡妆浓抹总相宜,人见人爱,花见花开。

红花需要绿叶扶,好茶需要好山好水滋养。

许多植物钟情于山,比如稻谷是山上的糯,绿叶蔬菜是山上的鲜,地瓜萝卜是山上的甜,茶也一样,是山上的香。羊岩山海拔近800米,是种茶的最理想高度,要阳光时阳光充足,要雨水时雨水充沛,清晨云雾缭绕,加上天气冬无极寒,夏无酷暑,冷热适度,仿佛此山就是为种茶生的,化身为青峰幽谷都是为了成就一款好茶。

羊岩山茶场的历史并不悠久,对她的前世今生,我略知一二。

大约是20世纪70年代,我还少不更事。承蒙组织照顾,把我父亲从外地调到河溪公社当书记。我老家属于岭景公社,两个公社是挨着的近邻,这样父亲回家就方便了许多;我妈带五个孩子,虽然像赶羊,但身边有了肩膀,也就有了指望得上的依靠。

不久,村民们传说,我爸胆子真大,要把羊岩山上的树砍了,改种茶,可能要犯错误。对茶的认识,我仅停留在几片树叶上,有客人来时,放上一小撮,绿茵茵的好看。我也偷着尝过,味道苦涩,远不如红糖水好喝。我对父亲要在他的管辖之山上种茶树,没有兴趣,爱种啥种啥,种桃种梨种杨梅更符合我养在肚子里的馋虫的期望,而听说要犯错误,吓了一跳,那时觉得犯错误与被抓走蹲班房没啥两样,今后谁拿工资来养活我们?!

不久,一板车又一板车的柴火运到家里,都是飞播造林的马尾松,不知道是种子原因还是水土不服,这种松树在我家乡虽然存活率不低,却像侏儒一样长不大,长大了也歪歪扭扭,在山上集体扭秧歌,而且都只有手臂粗细,成不了材,用途除了绿化山林,便是砍了当柴烧。运回来的松棵就是当柴烧的,家里的一间屋子被堆叠得满满当当。我很高兴,不是因为家里有一段时间不愁没柴烧了,而是可以躲在柴堆里捉迷藏,我都想象着用它隐蔽掩护八路军的伤员。

可是,我妈却与我爸大吵了一场,她说我爸把工资都花在买柴火上,拿什么买粮食?拿什么给孩子缴学费?拿什么去还因造屋欠下的账?面对连珠炮似的质问,我爸这个政府基层干部,在吵架上不是我妈这个人民教师的对手,立即落于下风,也许还有理亏,只吼了一句:"都不买,那这些柴火卖给谁去!"说罢一甩手,在家领导不了我妈,只好灰溜溜地回他的人民公社领导广大社员群众去了。我从小黏在母亲身边,他们吵架自然向着她一边,心想让我爸去种劳什子茶,被气走了吧?我妈大中午连饭都不做给你吃,活该!

再后来我上学了,少量心思忙于完成学业,大量心思忙于调皮捣蛋上房揭瓦,认真落实功夫在课外,也不关心羊岩山种茶树的事。不过闲言碎语还是听到一些,有人说我爸被人告了,上面来人调查,可能要被摘乌纱帽;也有人说他有眼光,增加了集体收入,公社社员都给他竖大拇指。我不知道真假,只知道他一直平安无事,到点就回家给我妈交工资,而且上海、杭州等地来了一拨又一拨的参观团,说是学习取经。过了一段时间,公社改成乡,我爸仍然当乡党委书记,因为长期未配乡长,让他既当爹又当娘。看来组织还是信任他的,小小乌纱帽一直戴到退休。

直到当兵前,我才第一次登上羊岩山,是自己一路爬上去的,花了两三个小时,累得腿肚子抽筋。那时我二姐在茶场里工作,其实她不能算正儿八经的员工。茶场发展起来后,账户上的数字翻跟头似的往上蹿,就往文化上投资,物质精神两手抓,成立了一支越剧团,为附近的乡村演出。二姐从小是学校的文艺骨干,身材娇小但肺活量充足,唱起歌来声震屋宇,房梁上的灰尘都扑簌簌地往下掉,就被招进团里,台上是个生角儿平时是个小头儿,每天要带着一群十几二十岁的小姑娘练基本功,在山顶上对着连绵起伏、一望无垠的莽莽山峦压压腿吊吊嗓子什么的,天气好又不演出时,也去给茶树除草施肥,既抓业务又促生产。

  我登上羊岩山的时候是初秋,因此没看到红男绿女点缀其间采茶的壮丽景象。却也让我大开了眼界,视觉受到震撼,几千亩茶树一行行一列列,有风刮过时,如绿色的浪涛,一排排翻卷着从山腰汹涌向山顶,气势如虹。无风时,像摊开在阳光下的大书,茶树整齐地排列如文字,安安静静地被天地阅读。我站在茶山上,渺小如一个倒竖着的惊叹号。

  二姐她们在将近山顶的茶树中间忙碌,看不见她们在干什么,可能是除草,但她们的声音能听得真切,空山传远音。这群姑娘生性活泼,嘴巴山喜鹊似的闲不住,叽叽喳喳的,有的聊天,有的嬉笑,有的唱歌,尤其那歌声,如带着翅膀,在天空中飞,一直飞到天边的云里去。

  当晚,我住在二姐给我腾出来的房间里,室外是个阳台。月华如水,我自然不会浪费聆听天籁的好机会。搬了把椅子出来,坐在阳台上,茶山在明亮的月光下起伏,给人以一种波光粼粼的幻象。各种小虫的叫声响成一片,绵长的如在夜色中抽丝,短促的如在茶树的叶片上肆意跳跃,此起彼伏,让我享受了别具一格的听觉盛宴。苍穹上的星星离得很近,似伸手就能摘下来,李白写"不敢高声语,恐惊天上人",大约便是这般景象。我后来对"羊岩勾青"情有独钟,一定是这种美好印象铭刻进了潜意识,喝茶时被悄然输送上舌尖。

  我住了一天便下山了,再上羊岩山,已是三十年后。

  上山的路变成了柏油路和水泥路,外地来的车辆如过江之鲫,不少是沪牌,长途驱驰,车身上落满尘土。一把天下无双的标志性大茶壶耸立于路边,抬头仰望,我想它如果不是雕塑,而是一把真茶壶,说不定真能装得下乾坤、倒得出日月来。

  进入羊岩茶场,意外更甚,变化之大确实得用翻天覆地、今非昔比来形容。茶园面积成倍扩大,硬件设施也非常齐全,有饭店,有宾馆,有别墅,有木屋,有池塘,有花园,有展厅,有各种娱乐设施,有接送人的电瓶车,更有熙熙攘攘的游客,俨然已是一个集生产与旅游于一体的大型茶文化园。场长也早已由朱立华换成了朱昌才,他俩都是我熟悉的人,朱立华有夯实基础之劳,朱昌才有开拓创新之功,两人都朴实,都肯干,都劳苦功高!

茶在春天里抽芽,茶也在国计民生的春天里旺盛。

正赶上采茶季节,刚抽出来的茶芽鸭舌般鲜嫩,清明前的茶叶最是珍品。绿油油的茶山上,采茶的人分布其中,以大姑娘小媳妇居多,身上挂着背篓,穿着花花绿绿的衣裳,犹如彩蝶纷飞。她们双手并用,手指飞快地起落,像弹奏着一首熟练的钢琴曲。远远望去,几千亩茶园宛若一幅生动的春天采茶图。

闻着空气里的清香,我问朱场长,她们来自哪里?他告诉我说大部分来自安徽、河南、江西等省份,每年到这时候就候鸟似的自动赶来,一天少则挣三四百,手快的能挣六七百,一季下来都能挣个万儿八千的。

一方茶园,富了一方民众,也富裕另一方人的钱包,这叫"产业带动富裕"。

家乡盛产茶,茶场当然不止羊岩山一处,还有百罗山茶场、赤峰山茶场等,亩数都以千为单位。我都去过,先蹭他们的茶,后蹭他们的饭,口腹双慰,心想住在山头上,有茶可采,有土猪土鸡土鸭可吃,是何等幸福。

往昔的荒山野岭,如今的金山银山。

如果有雅兴,还可以自己去采野茶,自己炒制。

山上有许多无人照管的茶树,尽管放心地采摘,只要野猪不来恐吓,就没有人来找麻烦。说是无主的茶,原本也是有主人的,比如一个叫"山田"的地方,有几十亩茶地,原是村集体的,后来年轻人都外出务工,村集体空心化,有名无实,茶园逐渐荒芜。茶树像失去监护人的孤儿,便与灌木荆棘为伍,鱼龙混杂,自生自灭。灭当然是灭不了的,茶在阵地在,到春天仍然意气风发地抽芽。

还有些路边的野茶也是可以采的。那是村民种在自留地里的茶,人成年累月在城里生活,茶树却还在地里留守着,缺肥少水,只好自暴自弃,不把自己当茶长,随心所欲地抽枝发叶,显得乱七八糟。你要是采摘起来心里不踏实,打个电话给主人,他会思想半天才记起还有那几垄被遗忘的茶树,然后爽朗地大笑:你采吧,连根刨走都没事儿!

茶园里的茶树,只有半人高,小嫩芽长得密不透风,保证高产丰收,也便于采摘。而野茶树有一人多高，采起来比较费劲，经常需要踮起脚尖才能够着，有时候拉弯枝条才能掐到那一片芽尖儿。因此，不会收获太多，花半天工夫能采到四五斤鲜叶，就很不错。

炒制是个技术活，说简单也简单，先揉捻杀青，再把土灶的大铁锅烧热，放进茶叶，双手不停地翻炒，待水分散尽，叶片卷曲，香味飘开，便可出锅。最关键的是火候要掌握好，太凉易黄，过热会焦。这么简单的事我当然要试试，结果手掌被烫出几个水泡，担心茶没熟自己的手掌先熟了，便悻悻然离开灶台。拿人家炒好的野茶冲泡，发现较出生在茶园里的茶，野茶更耐泡，香味也更浓郁。

茶是春天的礼物，而"勾青"是礼物中高雅的珍品。

2022 年 3 月 15 日

燕子呢喃

燕子是最能与人类和睦相处的鸟。

我小时候虽然调皮捣蛋，离经叛道的事能讲一箩筐，狗嫌猫弃，但仍属于人类，因此也能与燕子和睦相处。

每年大地回春，阳气上升，风不再尖厉刺骨，被雪捂过的土地湿漉漉、黑油油的。暖阳柔软，如轻絮拂面，我仰着脸往天上看，寻找有没有成群结队的燕子飞过来，巴望着其中一只飞进我家。这种守株待兔式的寻找往往落空，愚蠢天真而又劳而无功，除了脖子发酸，眼睛被阳光照得发花，一无所获。

我之所以如此执着地等待燕子归来，是因为它是我的朋友，家中堂屋的横梁上，保留着它去年的旧居，两根钉子和半截子土窝。有时候我会将摇摇欲坠的土窝全部捅掉，只留下两根钉子。这不是我残忍，成心端了燕子的老巢，其实与搞破坏的性质截然相反，因为我知道燕子是建房的天才，但拆老房子差点劲儿，就施以援手，替它清除干净，哪能让伟大的建筑师住"二手房"？也算助它一臂之力。两根钉子足够它做宅基地，它很快就能在原址上将新房建设好。

不知道是哪一天，也不知道是什么时候，在我等得不耐烦回屋时，燕子出其不意地来到我家门口，像一个浪迹完天涯又疲惫回乡的游子。先来一只，叽叽喳喳地叫着，盘旋几圈，然后一斜身子，箭一般射进家门，轻巧地落在钉子上，环顾四周，认定是它故居的断壁残垣，紧接着屁股一撅，将一泡灰白的稀屎空降到地面，如同向我们宣布它回来了，只是宣告的方式有碍观瞻，让人不爽，但又无法商榷。稍候片刻，它又纵身箭一般离去。不一会再回来，却是两只，一公一母，也不知道它们是怎么相识何时成亲的，反正这家伙情商不低，在外面处了朋友谈了恋爱，最后夫妻双双把家还。我不辨公母，难以判断是公燕娶了媳妇，还是母燕招了上门女婿，咱也管不了那么多，公大当婚母大当嫁，只要恩爱就好。

有一回，我正吃着米饭，就留下一口，放在它们能看到的地方，意思是给它们接风洗尘,或者补办个婚礼什么的,以示主人的友好、喜悦和欢迎。但远道而来的燕子不像家里的母鸡与我混得不分彼此,经常蹭到身边咯咯咯地叫着要求与我有福共享。燕子显得清高,对我贡献的米饭不感兴趣,不领情也就罢了,甚至连看都不看一眼,可能是我们互相不够熟络,也可能是米饭不合口味,还可能是没有理解我的诚心,一振翅膀飞走了,辜负了我的一番美意。

不一会,燕子回来,嘴里衔着泥粒,湿漉漉的,很新鲜,被它的口水滋润得黏度极好,这是它的主要建筑材料,按在钉子上,作为奠基。燕子不愧是天生的伟大建筑师,用不了多少时日,最多也就个把礼拜,经过每天的进进出出,从日出干到日落,全天候作业,周末无休,不知疲倦地辛勤忙碌,一个半圆形的窝很快完工了。建筑面积一般半个排球大小,小两口住着比较宽敞,考虑到今后生儿育女,外加五六只小燕子,差不多也够住。燕子窝的外表看上去美观大方,像一个微型飞碟扣在梁上,作为主体的每一粒泥巴都被粘得那么牢固且妥帖,层层叠叠,密密麻麻,上端开一口,简直就是一件无可挑剔的精致的艺术品。"毛坯房"落成后,还要"装修",它将外表多余的泥巴去除后修整齐,再去田野上衔来干草,铺在窝里,让其干爽、温暖、舒适。燕子窝可能称不上"豪宅",但完全可以称为"空中别墅"。

两只燕子站在新家门口,欢快地鸣叫,似乎对自己的杰作非常满意。在所有飞禽中,能搭窝的不乏其鸟,可能筑出如此美妙如巧夺天工的巢的绝无仅有。如果组织百鸟参观,我相信众鸟可能都会被震惊到;如果参加鸟类建筑评选,燕子窝以综合设计、结构观感、工程质量、舒适程度等,有把握拔得头筹,斩获"鲁班奖",如果鸟类也有这奖的话。

燕子含辛茹苦地忙碌和操劳,当然不是为了荣誉,没人在它的脖子上挂奖章,它的所有初衷,只为有一个温暖的家,给小燕子们提供一个可以健康成长的安全舒适的环境。

我对燕子的好感,不是来自它勤劳能干,而是完全来自大人们的善意。我家的燕子窝,原来在室内,燕子不吵不闹,不像喜鹊、画眉、麻雀、鹦鹉之流,多嘴多舌,一天到晚聒噪个没完没了,烦死人!燕子生性比较本分安静,呢喃一声也无关紧要,不是吵翻天的那种,我们各干各的事,相安无事。但问题也有,还比较麻烦:晚上关门前要看看燕子回来了没有,要不要给它留门;早晨天色刚发白就要开门,要不它出不去。我们的作息时间必须符合燕子的生活习惯。

寄居在我家,燕子懂得报恩,家里蚊子苍蝇多了,它会盘旋几圈,帮助消灭掉一部分。但是,燕子也有行为不端的时候,它爱干净,讲究卫生,不在自己的窝里大小便,但它对破坏主人家里的公共环境卫生无所顾忌,经常站在窝沿上,一撅屁股粪就喷射下来。大燕子好一点,会看看下面有没有人经过,别落到人的头顶上;而小燕子则不然,脑子里没有树立起公德的观念,你端着碗走过去,只听得啪的一声响,像是一枚精确制导"弹头"不偏不倚地击中菜肴,抬头一看,小燕子正幸灾乐祸地转身溜进窝里。如果是一碗平常食物也就罢了,若是稀罕菜肴,就有点心痛,倒也不是,吃也不是,气得人把它的窝捅了的心都有。我家燕子窝下方的地面,一片黑白污渍,三天两头要用水清洗。鉴于这人鸟之间不可调和的矛盾,有一年,在征得父母同意后,我哥趁燕子拖家带口去更温暖的东南亚等地过冬,将钉子拔出来,钉到门前的屋檐下。第二年燕子回来,多转了好几个圈,可搬迁已成既定事实,心里可能不高兴,但它也没流露出多少不满,随遇而安,在新址上筑巢生活。有一天刮风下雨,我妈看到小燕子整日未露头,估计缩在窝里抱团取暖。天可怜见,她转年让我哥又把钉子钉回了屋内。

大人们对燕子的怜爱,让我也对这温顺的小生灵产生了好感,起码不去掏它的窝,而且同在一个屋檐下生活,还渐生感情,尤其在大燕子生了一窝小燕子后,经常出于好奇,扛来梯子爬上去探望一下。不过,有时我也会好心办坏事。

一天,我看到一只雏燕不知何故掉了下来,幸未摔死,在地上挣扎,全身红通通的,张着乳黄的嘴巴吱吱叫,十分可怜。我与二哥一合计,捧着它爬上梯子将其塞回窝里,我们想这下救了它一命,小燕子的父母回来一定感激不尽。可万万没想到,大燕子觅食回来却只喂其他小燕子,独不给遭难的这一只吃,无论它怎么使劲叫唤,大燕子都无动于衷。更可怕的是,大燕子用嘴巴叼起这只小燕子,扔到地面,然后自顾自飞走,再去找食。我被这一幕彻底惊呆了,没想到看上去温顺善良的燕子还如此铁石心肠,不讲丝毫的舐犊之情,发现不对劲便施行法西斯手段。我们再次把小燕子放回窝里,可是大燕子回来故技重演,小燕子被摔得奄奄一息。我们这时"母爱"爆棚,化身为小燕子的养父母,收养了这个小东西,给它喂水,到地里刨蚯蚓给它吃,尽一切努力施行人道主义救助并人工饲养,可是很不幸,可能是伤势太重,它还是没能活到第二天早晨。大人说,燕子的嗅觉十分灵敏,孩子遇到危险,要救只能它自己去救,如果发觉孩子身上有异味,包括人类的味道,会立即停止养育,并将其遗弃或者让其活活饿死,在它看来孩子已非同类,可能成了埋伏在身边的"定时炸弹",警惕性高得不得了。我不知道这是不是真的,也不知道这是燕子的洁癖还是怪癖,动物的心思人类不好猜。我当然很想验证一下,比如去抚摸另一只小燕子的小脑袋瓜,把手指送进它嘴里让它吮,看大燕子是否也同样嫌弃。最后想了想,还是没敢轻举妄动,毕竟一试若错,一错便是一条命,我不想让自己变成罪孽深重的人。

　　燕子除了这一点表现恶劣,其他品性还是可圈可点的,村里人都喜欢它来家里搭窝。据说燕子有"择善而居"的本领,好像它能看相,可以辨别这户人家是善还是恶,是好人还是坏人。我小时候对大人的话都深信不疑,比如说见到狗放屁会带来好运,见到猫放屁脸上会长癣,等等。因此,我去别人家里总喜欢先看看他家有没有燕子窝,如果有,放心大胆地玩耍,到了饭点不妨打个秋风;如果没有,心里就有些恐惧,玩起来提心吊胆,怕阴暗角落里突然窜出个披头散发的鬼怪来,把我抓了去。后来稍谙世事,看到有燕子窝的那户人家的女主人,模仿潘金莲,连版本都如出一辙,用老鼠药毒倒了她的丈夫,这种低智商手段犯下的案子基本不是在为难警察,于是很快破案,后来她与"西门庆"双双上了刑场,由此颠覆了我心中"燕识善人"这一说法,知道动物的感知能力虽然有别于人类,特殊情况下跟谜一样匪夷所思,可要说燕子具备识人善恶的特异功能,却是无稽之谈。燕子喜欢在通透明亮的人家筑窝倒是真的,不嫌贫富,也不巴结权贵,村主任家如果黑咕隆咚,它照样不肯去,追求光明是绝大多数动物的共同喜好。

　　燕子是漂亮的,体型娇小,黑蓝色的羽毛闪着宝石般的光泽,脖子上的羽毛却为褐色,腹部乳白色,有些燕子脖颈处还有一道白圈,像戴着一条银项链,漆黑的眼睛像天使般炯炯有神,异常灵敏与锐利,能发现微小的昆虫。最有特点的是它的尾巴,像一把分开的剪刀,在半空中就像一支箭在疾速飞行,《诗经》里描写"燕燕于飞,差池其羽",当然"剪刀"不是为了潇洒美观,其实这是它的"方向盘",控制着上下和转弯。西方男人穿的"燕尾服",设计师无疑剽窃了燕子的"知识产权",只是燕子没法向人类维权,吃了"哑巴亏"。不过,欧洲的燕子完全可以嘲笑他们,自己一年到头都穿的衣服,这些先生到了庆典时才舍得穿,走得快时,衣摆确实能飘起来,但也就如此而已,即使把他们放在风口,也休想能像自己这样做一个自带动力系统的"飞行员"。

老家的孩子们都能唱一首童谣:

燕啊燕,飞过天。
天门关,飞过湾。
湾上白,飞过麦。
麦头摇,飞过桥。
桥上打花鼓,
桥下娶媳妇,
娶个癞头媳妇拔拔肚。

我至今不知道童谣里包含着什么意思,好像很忧伤,又好像很快乐,还好像很无奈。"拔拔肚"是我老家的方言,是拉肚子的意思,在这里似乎是夫妻凑合着过日子的含义。虽说是童谣,但经常被小媳妇用来哄孩子睡觉,一边摇着摇篮,一边抑扬顿挫地哼着,这样的画面代表温馨和幸福。童谣属于民间文学,像《诗经》,像那首深沉的《鸿雁》,它们的根大概都扎在童谣或者民谣之中。

我家的燕子,一年能下两窝蛋,不知道别家的燕子是否也这么高产。第一窝有五六枚,大小与鸽子蛋差不多。母燕抱窝,专心致志,公燕负责提供餐饮,半个月左右,雏燕破壳而出,周身粉红色,肉嘟嘟的好玩,扭作一团。初为鸟父鸟母的大燕子很负责任,分工明确,执行严格排班制度,一只出去觅食,另一只守在窝边,这样轮流守卫和供应食物,安全与餐饮都有了保障。安排警卫是必要的,我们村有不少形迹可疑的白头翁和乌鸦,这些无肉不欢的鸟在天空四处游荡,如果它们发现鲜嫩美味而又没有反抗能力的雏燕,难免流口水。我就见过燕子夫妻联手与喜鹊展开生死打斗,战况十分激烈,一定是喜鹊心怀不轨,被燕子夫妻发觉,不惜拼命捍卫儿女的安全,那种英勇无畏,不输猛禽。最后燕子夫妇赶走喜鹊,战斗结束,地上落了一地羽毛,有喜鹊的,也有燕子的。觅食回来的燕子嘴里衔着昆虫或者蚯蚓,雏燕们争相挤在窝边,大张着黄色的嘴巴,歇斯底里地鸣叫,都想让父母把食物给自己。说来也奇怪,大燕子一飞走,雏燕立即安静下来,好像知道再叫也是白费力气。吃是动物的天性,不争不闹就可能饿死,呆萌的雏燕似乎天生就懂这个道理。

雏燕的成长速度惊人,再过二十来天,羽翼渐渐丰满,先练习飞翔,再在父母的带领下学习捉虫,到了个头与大燕子一般无二,能够自食其力的时候,很难分出父子母女。雏燕们飞走了,我不知道它们去了哪里,可能自立门户。可它们住在哪里?兄弟姐妹是否还在一起?会不会偶尔回来探亲?无从知晓。燕爸燕妈似乎也没表现出多少离愁别绪、儿女情长,孩子的翅膀硬了,由其远走高飞。它们接下来还有哺育下一窝的艰巨任务,只是第二窝的蛋会少一些,只有三四枚,可能是体力不济,毕竟繁育后代是件辛苦的体力活。

我对燕子只在东南亚生产能吃的燕窝,而且营养丰富,价格昂贵,像是对该地居民的丰厚回报,而在我们村里只筑泥巴窝,不能吃也不能玩,心里有一百个疑问,觉得厚此薄彼,有些不公平。但乡民们不介意,说燕子是益鸟,是害虫的天敌,一年能干掉50万只害虫,数目庞大。这样说来,燕子也不是完全不够意思,就像在半空中飞来飞去的黑衣游侠,很敏捷,很正义,也很勇敢,尽管偶尔冷血,但善待它们还是应该的。

寒潮说到来就到来,燕子要去万里之外过冬,路途遥远,沿途还有各种意想不到的千难万险,当然也有许多漂亮的云、美丽的河流和山峰、多情又绚烂的日出与日落做伴。生命就在这来回往复中,延续着追寻与回归的意义。

花有时,鸟有期,燕子生活在自己的节奏和季节里。明年河水开冻,它们还会用尾巴将天空剪开一个口子,翩然而来,带着春的消息。

2022 年 10 月 18 日

第三章　美食在舌尖上舞蹈

无关贫富,故乡都是美食的天堂。

贫有贫的吃法,富有富的料理。虽然自己没有出生在20世纪的三年困难时期,但山村里许多人还是会为了解决温饱而愁眉不展。谁的嘴里都能淡出"鸟"来,一颗糖果、一只包子、一个橘子,山里野生的葡萄、藤梨、杨梅,哪怕只是小小的算盘珠子似的刺莓,都是不可多得的美食。那种对待食物的态度,也比现在拥有更多的热情。

乡下的年节隆重而慷慨,也许一个节日只有一种特殊食品,比如过年吃麦油脂,元宵节吃菜羹,中秋吃月饼,冬至吃擂圆,等等,但都是一次盛宴,家家户户无不洋溢着欢乐的气氛。

小吃的种类难以计数,姜汁、麦饼、扁食、青糕、糟羹、豆面碎、冬米糖、红糖馒头、乌饭麻糍……花朵般恣意绽放。

何况,记忆里"妈妈的味道"是舌尖上一生无法逾越的美食高度。这种味道存在于故乡,存在于普通得不能再普通的烟火气中,存在于亲情的温暖之中,这又让味觉达到了怀念与眷恋的情感深度。

有一种味蕾上的念想总是与故乡的炊烟交织,同频共舞。

浇头面，亲情的味道

"香啊！"把最后一口汤喝完，吃过岭景浇头面的人，都会这样咂着嘴赞叹。

浇头面，最正宗的，在临海市的岭下村。

我国的面食，是可以成为国粹的。小麦4000多年前从西亚传入中国，慢慢成为国人的主要食物，在北方的一些地区甚至坐上第一把交椅。当面粉与智慧在厨房里结合时，一种食材就派生出数不尽的美食。

单是林林总总的面条，在人间烟火里，抬头不见低头见，今天不见明天见，有名有姓的编成花名册，不说有上百种，几十种肯定是有的，大多数默默无闻，把自己一根根埋在汤里，不肯与馒头、包子、水饺等争强斗胜。但也不尽然，如兰州牛肉面、北京炸酱面、武汉热干面、山西刀削面等等，都是在面条江湖里强势崛起的"大腕"，"大腕"装在大碗里，名扬天下，在国内的机场、码头、火车站、闹市区这些寸土寸金的地方立起门户，以物美价廉吸引顾客。出国也不消停，攻城略地，占了不少的场子，许多老外为此学会了使用筷子，左手擎着大碗，右手挑起面来放嘴边呼呼吹凉，像学到了吃面条的精髓。饮食文化"走出去"，面条这一路纵队战功卓著。

记得以前美国的加州牛肉面曾在我国风靡一时，独领风骚十来年，实际上国人趋之若鹜，并不是因为面条有多好吃，而是图个新鲜，后来吃来吃去觉得就那么回事，在更符合本土味蕾的面条大军围剿之下，它偃旗息鼓，败下阵来，"'资本'主义夹着尾巴逃跑了"！

热爱面条有广泛的群众基础，尤其是山西、陕西、河南这些地方的广大人民群众，食不可一日无面，无面不欢，视面如命，有命便吃面，仿佛胃跟面条达成了一生的默契。如果把他们一辈子吃过的面一根根连接起来，一定比走过的路还要长，能把地球像毛线球一样捆起来。

面条的"面"，繁体字写作"麵"，汉字简化之后，与面子的"面"同字，比如地球的表面简称"地面",一些场合叫"场面",怎么着也不能丢的"脸面"。但是,两者看上去八竿子打不着,在我老家却相互有联系,请你吃面条是有面子,你有面子人家请你吃面条,这碗面叫"浇头面"。

说起来,岭景浇头面有着值得骄傲的过去,是有故事的,而且充满喜剧色彩。坊传,唐时大才子骆宾王,在临海任县丞时,敬业爱业,在老百姓中口碑不错。一日他下乡到岭景,不知道去干什么,像他这种脑子里总在忧国忧民的文人,大概率是访贫问苦,体察民情,指导一下基层工作什么的,游山玩水的可能性不大。

天公不作美,忽降大雨,骆大人被兜头浇成个"落汤鸡",狼狈不堪。时已近午,又冷又饿,他便趸进一农户家打尖。农妇见县丞莅临,看他冷得上牙碰下牙,不像官府找碴的,倒像是寻求帮助的,不敢怠慢,赶紧做了一碗面,又把腊肉、竹笋、黄花菜等放在一起,炒熟了盖在面条上,端给骆宾王。骆大人骂人天下第一,武则天都发怵,这时吃着热气腾腾的面条,身体暖和过来,额头沁出汗珠,高兴得很,又觉得十分可口,便腾出嘴来使劲表扬,就差作首诗,也许作了,但没有流传下来。他问此为何面,农妇随口说"浇头面",一语双关,逗得这位刚被大雨浇了头的初唐大才子哈哈大笑。就这样,菜肴和主食一勺烩,省时省力又好吃的浇头面,名声传开了,做法也传开了。

骆宾王一生夸赞过的东西不多,有树上的知了,也有岭景的浇头面,只是后一种没有载入史册,只载入民心。有影响力的人物,做过的事也有影响力;能得到有影响力的人物的肯定,也就有了传承和推广的充足理由。一碗面条待客,从此成为岭景人的习俗,不会被笑话,主人不觉得小气寒碜,客人不觉得被轻视怠慢,你情我愿,一拍即合,皆大欢喜,被倾注了亲情、友情、乡情的一碗面条,从古连到今,中间没断过。

因此,你若到岭景做客,主人不给你炒几个菜,杀鸡宰鸭,蒸肉炖鱼,杯盘罗列,倒几盅小酒,而是煮一碗浇头面,你千万莫认为岭景人吝啬和轻慢,心里老大不舒服,或者嘴上说出不咸不淡的话来,人家骆宾王何等人物,都觉得这样待客没毛病。

面是小麦面,手擀的,筋道;油是猪大油,别的油激发不出小麦深藏的香味。

浇头的土话叫"料理",品种庞杂,样样是山珍,必不可少的是腊肉、黄花菜、豆腐皮、切成条状的油泡、笋丝、一只金黄的煎鸡蛋等等,先做好放在一旁。面煮熟后,用大海碗盛大半碗,再把浇头堆上去,垒成塔尖,直到实在无法添加为止,最好是能碰到客人的鼻子。面要从浇头下找出来,一口浇头一口面,吃法和风味都十分独特。

客人如果觉得胃里装不下这满满一大碗,主人猛劝无效,会给你撵走几筷子面条,但绝不动浇头,仿佛所有的情意都依靠浇头做充分的表达。岭景的主妇,粗枝大叶,做别的事可能糙得很,但这碗面一定会做得十分精致。客人吃完,头上冒出腾腾热气,温暖了胃,也温暖了心。

浇头面好吃,大部分的秘密自然藏在浇头里。岭景的腊肉,不用烟火熏制,而是用海盐一遍遍搓抹,待盐粒完全浸入猪肉,便挂在太阳下暴晒,直到肉色发黄,香气在周围弥漫,猫流着哈喇子在底下走来走去。这样的腊肉肉质透明,香味持久,肥而不腻,还带点海鲜的味道,别有一番风味。所用的油泡属于临海地区独有。我吃过北上广及其他地区的油泡,外貌差不离,味道却根本不是一回事,确有相去甚远的感觉。制作油泡,要选上好的本地小黄豆,做成豆腐,添加特制的卤水——这种卤水的配方已有上千年的历史,卖家秘而不传——然后放在油锅里炸得蓬松膨胀,出锅后色泽金黄,松软耐嚼,切开里边呈蜂窝状,无论是嵌入肉丸,还是与芹菜一起烹炒,或者作为浇头面的料理,味道都十分鲜美。还有豆腐皮,在熬豆浆时,上面凝起薄薄的一层,用竹枝挑起来,挂在通风处阴干。再加上岭景山上甜脆的黄泥笋、土鸡蛋等食材,都是本地的特产,集合在一起如精英荟萃。这样一碗浇头面,让再挑剔的舌头也无法抵挡美味长驱直入的进攻,只能服服帖帖地当俘虏。

小时候,家虽然在乡下,但有父母挣工资,还不算十分贫穷,饭能吃饱,只是青黄不接时多用稀粥、番薯、洋芋替代;面也短不了吃,只是很少用精粉,锅里多放些青菜芋头,经常喧宾夺主,而特别心心念念的浇头一定是没有的,因为作料要到市场上购买,在一分钱要掰成两半花的日子里,属于奢侈品。只有到亲戚家做客,才能吃到梦寐以求的浇头面。我一般愿意去大姑和小姑家,虽然路途比较远,从我们村走到她们村要小一个钟头,走得饥肠辘辘,但她们待我亲,而且家境还算殷实,舍得在浇头上下功夫,品种丰富,都是平时只能出现在我梦里的好东西。虽然是孩子,但享受到了上宾的待遇,因此我经常惦记,每年都要找些由头乐滋滋地去串串门。

一次,我家来客,是小娘舅,他平素在城里工作忙,很少来,我妈自然要把热情落实在厨艺上,竭尽所有,做了浇头面给他当点心。这种时候,我一般能分到一碗清面,于是,我的双眼不由自主直勾勾地盯着他碗里的浇头。小娘舅心领神会,便拿过我的碗扒拉了一些浇头给我。我妈看到说,别给他,他有的吃。我生怕又被她给倒回去,端起碗一溜烟出了门,躲在邻居家的墙脚,稀里哗啦把一碗面吃了个底朝天才回家。之所以这事能记忆犹新,是因为印象太深刻,总觉得对不起小娘舅,抢了他的美食,同时也觉得这样很没礼貌,太丢人,不过也确实香。味道这东西会在记忆里长期潜伏,现在想起来嘴里还会冒口水。

好滋味的穿透力确实强大,多长的时间都难以阻挡。

十年前的清明,我带着妻女等5人回乡祭祖,扫完墓已是中午,因老家已无家人,又不想去叨扰亲戚,便准备在村口的一爿小吃店将就一顿。当看到桌子上的小竹筐里放着切好的手擀面时,我心念一动,问店主,能否给我们每人做一碗浇头面。店主三十七八岁,很热情,上下打量我几眼说:"你是××吧?"我说是的。他说多年不见了。我说出去二十多年了。他说:"日子过得真快,你还认得我吗?我叫×××。"我连忙搜肠刮肚,可还是想不起来,便说:"哦,是你呀,我当兵的时候你还穿开裆裤。"暗骂一句自己:真虚伪!

店主没觉察,问我想吃什么浇头。我说:"你有什么就做什么,本地特产,多多益善,大概多少钱?"店主脸却红了,说:"什么钱不钱的?你能来我就很高兴了。"我说:"那不成,小本生意,你不收钱我就不吃了,给你100块钱,你看着做吧。"店主直摇头,说做不了。我说不够我再加。店主慌了,脸更红,说他把店里有的东西都做上,也不值100块钱。乡下人就是实诚,做生意还有嫌多给钱的。我说:"就这样,你快做吧。"

不一会,浇头面端上了桌,我一看浇头确实很丰富,该有的都有,不该有的也有,因为店主另切了一盘猪头肉,又加炒了个猪肝,还要开啤酒。我说不喝,这一碗面够吃了。店主要找我20元钱。我说别啰唆了,快去照顾别的客人吧。

这一顿,让我吃出了记忆中的老味道、岭景的老味道、妈妈的老味道。

妻子是山东人,第一次吃浇头面,她说太好吃了!一碗面她剩下三分之一,但把浇头给吃了个干净。女性一般都是严厉的业余美食鉴定师,批评的话可以让厨师把一口饭噎在喉咙,半天顺不过气来。能得到她的表扬,说明浇头面没有欺骗她的舌头。司机人高马大,食量惊人,这次却摸着圆滚滚的肚皮说,这一大碗扎实,胃快撑破了,人也站不起来了,咱们回上海,路上油量可能要多消耗掉两升。

堂妹在乡下建了座古色古香的院子,我今年便在她家过春节,这一过不要紧,结果由于特殊原因,我走不了了,单位来电话说你继续休假吧,按规定算病假,一句话把我的暂住变成了长住。不过这样也好,浇头面让我吃个够,不说每天都吃,起码两日一吃。过了半月,我觉得卧室门口少了什么,可想不起来,就问妻子,她很诚实,说自己把电子秤收起来了,放在这里碍眼。看她快速圆起来的脸颊,我想她对浇头面应该恨之入骨了,可晚上吃浇头面,她的眼睛仍然光芒四射。爱上浇头面,局面真的不好收拾。

时代的进步,村民们的富裕,总是先在餐桌上呈现。现在,即使没有客人来,岭景的村民们也是想吃就做,不经意间把自己的待遇提升到了客人的高度,说明浇头面已从云端跌落凡尘,跻身家常便饭行列。不过,村民们待客,传统仍在沿袭,浇头面依然是主角,但多了鸡鸭鱼肉等配角。餐桌上的景象,从冷冷清清变成了热热闹闹,浇头面虽然仍处一线,但单打独斗的场面已成为过去。

一碗浇头面,用心吃,满满亲情的味道。

2021 年 4 月 3 日

山野零食

地底下都藏着什么？这是我童年的疑问。

原因很简单，地里居然能长出许多"零食"，让我感到十分神奇。

儿时家贫，矻矻终岁，仅及一饱。一日三餐两餐喝粥，佐以咸菜，呼呼噜噜地喝得响亮，但不熬肚饥，不多会儿就肚皮贴脊梁骨，用梁实秋先生的话说是"聊胜于喝西北风"。那会儿，大部分人的肚子饿得咕咕叫的时候比打饱嗝的时候多，而被叫作"散口"的零食，数量的确是接近于"零"。高大上的巧克力、奶油饼干、果酱蛋糕之类，我在广播里听说过，却相距十万八千里，互不相识，素昧平生，笼统地讲像歌里所唱"在那遥远的地方"，我对那位"好姑娘"不感兴趣，只惦记能造福舌头和胃口的零食。

偶尔有几块糖果、几个苹果、几袋花生米，过年还有斤把能甜透五脏六腑的蜜饯，但所有权和支配权都掌握在母亲大人手里，我徒有知情权，这些喷香甜美的零食要在有客人来访或者去访人时派上用场。家有美食，我怎能忘记？一双四处寻找的眼睛骨碌碌地不停旋转着、扫描着，而这些可爱的食品被我妈或藏在某一个瓮里，或埋在稻谷中，或塞在堆满衣物的橱柜角落，像抗战时期乡亲们坚壁清野，经过精心伪装，隐蔽得十分严实。

年少不知柴米贵，进嘴才是硬道理。我哪里经受得住"糖衣炮弹"的诱惑？即使防我像防日本鬼子，打眼了就管不住手脚，家里巴掌大的地方，架不住我意志坚定、行动执着的搜索，翻箱倒柜总是劳有所获。

有一次，我从衣橱里搜出一小包奶糖，得手后，躺在稻草堆上，幸福地跷起二郎腿，尽管奶糖充斥着一股子樟脑丸味儿，可我不嫌弃，将其一半安置在胃里，另一半恋恋不舍地放回去。本以为只要不是一扫而光，便神不知鬼不觉，却仍被我妈的火眼金睛明察秋毫。她问是不是我偷吃的，我一口咬定：是老鼠干的！笃的一声，我吃了一记"爆栗子"，脑袋立即鼓起了一个包。她呵斥道：吃了就吃了,小孩子要诚实,撒谎要挨打!

疼痛是最深刻的教训,让我明白了一个道理:在编谎话的问题上,父母不会惯着自己。从此以后,我努力不再惦记家里的零食,不是我有骨气,也不是吸取教训光明磊落,更不是决心洗心革面重新做人,而是觉得自己与大人斗,还嫩了点,让老鼠蒙受不白之冤,或者栽赃给阿狗阿猫,嫁祸于蟑螂、蛀虫等盗食惯犯,都无济于事,只能怏怏然收起馋念。

童年时光,三分之一在睡觉,其余不是玩耍就是在吃什么和想着吃什么,吃始终占据着意识的绝对主导地位,玩泥巴、打水仗等只能排在第二要务。因此,没啥可玩的东西,双手一天到晚闲着,尚可忍受;而没啥可吃的东西,嘴巴一天到晚闲着,就无聊得很,心里空落落的。手指已被吮得没有滋味,好在农村开门见山,东方不亮西方亮,野外有一个食物天地,不能说俯拾皆是,可慰劳一下肠胃倒也易如反掌。

开头的疑问,就是那时从脑子里冒出来的,山野里长花长草长石头,也长可供我解馋的宝贝。

春天宜进山,蜿蜒崎岖的山道边,野草举着红红绿绿的小花,表示欢迎。山摆脱了冬天,抖擞起精神,吸了几阵春风,咽了几场春雨,体态便迅速丰满起来。山上四处长满了鼠尾草、矢车菊、白茅等,空气中洋溢着它们拔节散发的青春气息。还有各种鸟雀在枝头轻盈地跳来跳去,发出清脆而欢快的叫声,有的婉转悠扬,有的浅吟低唱,有的高亢激越,仿佛是在自己的乐园里举办音乐会。小松鼠从这棵树跳到那棵树上,刚结束冬眠的蜥蜴懒洋洋地趴在石头上晒太阳。只有山头和岩石一动不动,坐如各位忠实的听众,沉浸于天籁。这个时候的山,最有活力,最有娇态,也最有韵味,像个情窦初开的少女,俏丽活泼又含几分娇羞,亭亭玉立,楚楚动人。

是少女,总爱臭美,会在头上簪几朵花,装扮一下自己。这时,风头最盛的要数灿如火焰的杜鹃花,其次为洁白无瑕的玉兰花、能香掉鼻子的栀子花、殷红绚丽的山茶花等等,各自展瓣吐蕊,互相争奇斗艳。山美了,连山峦上路过的云仿佛都动了春心,下上一场雨再走,表达一下绵绵爱慕之情,闹得山里总是阴晴不定。

百花齐放,杜鹃花以量取胜,像爆发性盛开,一丛丛,一团团,一簇簇,一片片,漫山遍野,气势如虹,体现世代同山、家族兴旺、绵延不绝的繁荣景象。杜鹃花的模样儿像喇叭状的红唇,妖娆而性感,宛若在吹奏着什么,可惜咱听不见。野蜂、蝴蝶好像掌握植物语言,听得懂召唤,围着杜鹃花孜孜不倦地飞舞。

我并不心仪杜鹃花的美丽,而是贪恋她的花瓣十分美味。杜鹃花形似小喇叭,像正在播放一支欢快温暖的春天乐曲。我选长得深红的采,这种形状的花开出来还不到一两天,有时还顶着一两粒露珠,水灵灵、肉嘟嘟的,饱满鲜嫩,好像吃一瓣就能将嘴唇染得鲜红。我不采那种带斑点的花,不是不好吃,而是色相差,皮肤光滑的总比麻脸的看着赏心悦目。吃法很简单,采下来一把,拔去花蕊,放进嘴里一嚼,肉质鲜脆,一股清香直冲脑门,汁液丰富却不浓稠,滑动在齿舌之间,然后流向喉咙,甘甜里带着一丝丝小酸,不多不少,恰到好处。

尝得山野一口鲜,人也舒坦,心也舒坦。

传说西施当年还是个山妹子时,也爱吃杜鹃花,她老爸每天上山砍柴都会给她带回一把,使她逐渐长出花一般的容貌,身体还自带一股神秘的幽香。传说往往是后人杜撰,但西施的美貌是真的,被勾践吸收进"复国者联盟",原本寂寂无名的柴门村姑兼浣纱女,书写了一段荡气回肠的传奇历史,也是真的。

花能吃,人迷恋着蜂蝶的迷恋。草也能吃,人美食着牛羊的美食。

"三月三,拔茅尖",这是乡村的谚语。这个"茅尖",就是白茅草的芯,也就是花穗,像一根根毛衣针。长到夏天就老了,开出白白的茅花,像举着一条条白尾巴,风一吹,白絮飞扬,到处繁衍她的后代,岩隙墙缝都能立足,生命力旺盛,年年"野火烧不尽,春风吹又生"。

一棵白茅植株,只抽一根芯,周围都是倒披的叶片,跟兰花似的,叶片充当着卫士的角色,保护着中间的"独生子"。好在她一长就是一丛,一长就是一大片,似乎天性喜欢聚居,这样采她的芯就不费事,人蹲下,轻轻一拔就到手,站起来手里就有了一大把。采茅尖也要有点经验:要拔那些尖头青色而根部洁白的,那样包裹在皮壳里的肉芯就鲜嫩;而那些尖头发红的,好看是好看,却已"徐娘半老",水分和甜味都不足,味同嚼"絮"。这有点与竹笋类似,冒出土来见了阳光,笋肉就不如埋在土里的生脆。拔茅尖时,要小心她旁边的叶,锋利如小刀片,不小心手会被割个口子。自然界就是这么神奇,最柔弱的生命,也会有对付敌人的方法,竭尽全力维护家族的繁衍生息。

茅尖有的地方叫"甜草",说明她含甘糖,跟小甘蔗似的。我国民众认识的草本药物是最多的,能作为食物充饥的草本食物也是最多的,这是一种文化传承,值得自豪,但在自豪的背后,往往隐藏着悲辛的故事。比如这茅尖,甜则甜矣,在饥荒年代被人当食物,救了一些人的命,立下过汗马功劳;如果没有饥荒,恐怕人们也不会意识到它救人于饿羸的价值。

除了茅尖,茅草的根也是美食,一节一节的,像小小的藕段,拔出来放在山泉里洗净,嚼起来脆生生的,液汁从嘴角流出来。要是擦在衣襟上,回家脱下来随便一扔,能招来成群的蚂蚁。

说了一花一草一根,仅举草芥三例当三个代表,说明山野之地美食不计其数。当然,在我的菜谱里,这些都排在素食类,生吃的凉菜上不得大台面,生猛的荤菜才是重头戏。

我的"硬菜"在小水沟里。水是生命的必需品。草木喝水,会含在自己根部和体内;动物喝水,会到沟边去,聚得多了,就形成小小的生物圈,给我寻找美食提供了方便。

山里有许多水沟,不是山洪暴发,水流都不大,跳下山岗,叮咚作响,奔向远方,状态与我的心情一样欢快。断崖处,形成小瀑布,冲击成潭。有些潭也不都是上游来水,而是岩罅泉眼,冒出一串串气泡,我用手试探,温度要比上游流下来的水低,不适合洗澡。

潭水清碧,可见鱼翔浅底,都是小鱼,以身上长条纹的石斑居多,手指般长短,一两指宽,倏忽来去,阳光下经常调皮地亮一亮肚皮,像我夏天在村子里闲逛时,也会不由自主地掀一掀衣服,亮一亮小肚皮。

虽然水潭是我锁定的目标区域,但要抓的不是这些小鱼,赤手空拳逮住它们比较困难,我曾几次光着屁股下去摸,上来时手与屁股同样是光溜溜的,没有钓具或渔网,就奈何它们不得。沟里不只有鱼,沟槽里布满大大小小的石头,上面附着青苔,也附着一些小螺蛳,一本正经地吸在石头上晒太阳。还有蜗牛,伸出两只触角,爬行速度慢得出奇,我不知道"男女"蜗牛是怎么约会的,可能得非常耐心，即使地点安排在百米开外，也得提前一周上路。不过，生活在这里的蜗牛够幸运的了，如果生在法国，早被他们放上大蒜、欧芹及黄油给焗了。我虽然知道螺蛳和蜗牛都很美味，它们却仍然不是我的目标。

  我的美味藏在石头下面，螃蟹才是我要抓的对象。山沟里的螃蟹个头小，与河湖里的大闸蟹相比，就像亚洲人与欧洲人相比，没有那般身躯魁梧，身上也没有长毛。当然，凡螃蟹都有尖利的螯爪，用来深挖洞，却不肯广积粮；都有平展坚硬的背壳，用来背负石头，因为它们喜欢把安乐窝建在石头下面。

  翻开石头，等于端了螃蟹的巢穴。螃蟹知道来了硬茬，起码是自己惹不起的主，立即四散奔逃。螃蟹逃跑的样子很奇特：眼珠弹出眼眶，像举着两粒小黑豆；两只大螯像张开的铁钳，随时准备防守自卫，有准备边打边撤的意思；另外八只爪子飞速前行，一下子窜出老远，然后迅速伏下身子，收起眼珠和大螯，扒起旁边的沙土将自己掩盖起来。也有自作聪明的，石头翻开时沟水浑浊，它不逃也不躲，以为自己看不见敌人，敌人也看不见自己，最危险的地方才是最安全的地方，继续潜伏，哪晓得水一会儿就清下来，将自己暴露得一清二楚。没有余则成的智慧，却有余则成的胆量，只能束手就擒。

  也有我故意放生的，比如夫妻一窝的，或者母螃蟹带着一群小螃蟹的，还有断了一只螯或爪身体残疾的，背壳变软处于更年期的，无论是从人道主义还是人性的底线出发，我都不抓。有时看着蜘蛛般小的幼蟹也迈开小腿拼命逃窜，心想，你怕什么？我本善良，我心慈悲，不像"狼外婆"，连小孩子都吃。

  螃蟹很多，轻而易举就能抓上几十只，我把它们都挽在裤管里，一层层包裹得严实，一直挽到膝盖，像腿上绑着两个沙包，沉甸甸的，如果天天这样在山里走着，说不定能练成少林和尚那样的轻功。

  野味最适合野烹。生起一堆火，找一块一尺见方的石头，有一面必须是平的，放在火上烧，直烧得石头也红通通的，再从裤管里取出螃蟹，一只只撕掉肚脐，铺在石头上烤。听得剌剌啦啦一阵响，一缕缕轻烟扬起。别看螃蟹活着的时候张牙舞爪，很凶猛的样子，却不经烤，不一会儿就全身通红，居然就这么熟了，让人深感意外。

  如果能从家里带几粒盐巴来最好，没有也无所谓，生长在清冽冽山泉里的螃蟹，味道自然无可挑剔。我吃螃蟹，只去除背壳和鳃，其他部位全塞进嘴里，嚼起来嘎嘣脆，香飘十米开外。正宗的野味、原始的烤制方法、野蛮的吃法，满足了我的口腹之欲。

山野中的零食，取之不尽，用之不竭：素的有刺莓、灯笼果、野栗子等，数不胜数；荤的有溪滩上的花蛤、草丛里的蛤蟆、竹林中的麻雀。即使到了万木凋零的冬天，只要你肯下田，泥里冬眠着泥鳅和黄鳝；被皑皑白雪冰封的山里，还有藤梨吊在枝上，松针上长出"白糖"，雉鸡蛋卧在草窝里。

实际上，吃这些食物，并非为了解决温饱问题，它们的滋味不在食物本身，更多的是品尝它们所蕴含的山川信息，如天上的雨水、地下的深泉、飘忽的山岚、万紫千红的色彩，以及百鸟争鸣的叫声。吃的也不是食物本身，而是山野的情趣、童年的快乐，还有对大自然这个神秘世界的好奇。

可不，我由此认识的物种，远比后来在生物课本里认识的多。

可惜岁月如水，逝者如斯夫，现在时光不再，今非昔比，泥里的泥鳅和黄鳝不见踪影。有一次我在溪坑里翻开几十块石头，居然一只螃蟹都没见到。它们是集体迁徙了，还是"种族灭绝"了？我不知道。茅尖倒是还有，可看到旁边扔着除草剂的空盒，我伸出去的手又缩了回来。

能在山野里无所顾忌地吃，捧起山泉就喝，看似仅是小孩子的乐趣，背后却是人类的幸福。对于大自然的赐予，我们的感恩只留在过去，存在于记忆里。

山野里没有了孩子的食物，消失的不仅仅是几棵草、几只爬行的或者游动着的小动物，还有被破坏了的生态。那些化学合成的东西，让农民省了不少力气，可是土地中毒了，躺在山里奄奄一息。

土地下藏着什么？这是我童年的疑问，也是我现在的疑问。那时候想知道为什么土地里能长出那么多能吃的东西，现在想知道为什么土地里会长出那么多不能吃的东西。

答案大家都心知肚明，而破解却举步维艰。

再看那山泉水，流得忧郁。

2022 年 3 月 22 日

乡宴

乡下的婚丧嫁娶，要吃"流水席"。

我老家大石岭景的乡俗，叫"办酒席"，意思都一样，请来亲戚朋友、左邻右舍，黑压压一片人头攒动，开怀大吃一顿。男女老幼，有牙的没牙的，牙硬的牙松的，都围坐在一起，开动腮帮子，叽叽喳喳，咕咕噜噜，场面十分壮观。

我小时候，一年到头，碗里没几样稀罕的，锅里没几顿想吃的，总有一条馋虫在胃里蠢蠢欲动。能参加这样的集体大吃大喝活动，我不像现在这样胆战心惊，更没产生过任何抵触情绪，至于饭局上有没有陷阱，做梦都没想过。相反，态度积极，立场鲜明，十分乐意，踊跃参与，想装出一副无所谓的样子都相当困难，出卖我的是迫不及待流出来的哈喇子。我掰着指头数日子，眼巴巴地盼望着饭局尽快到来。毕竟，那时能树立起来的人生小目标，都在碗碟里飘着袅袅香味。

乡宴的档次，与主人的家境有关，有高有低，热闹程度也有强有弱。这都不要紧，要紧的是宴席上的酒菜，不是平常想吃就能吃到的。最能激发我积极性的，是去赴谁家嫁囡的酒席。

我有三位亲姑姑，还有若干位表姑姑，这就决定了我有许多表姐，也给我创造了得天独厚的有酒席可吃的良好客观条件。她们要出嫁，当表弟的自然必须前去贺喜，不参加显得礼数不周，心里过不去，胃里更过不去。可让人无比痛心的是，表姐们的年龄都比我大出许多，打我记事起，只参加过一位的婚礼，在与我家相隔五里远的另一个村子里。

这也成了我参加过的有限的几次乡宴中比较完整的记忆。

临行前，母亲帮我换上新衣裳，嘱咐说，不许胡闹，不许与别的孩子打架，不许大人没动筷子我先吃，不许与同桌抢食，不许吧唧嘴，不许把筷子插在饭碗里……能吃酒席，一万个"不许"我都能愉快并无条件接受。接过装满垂面、红糖、红枣等礼品,并压着一张红纸的竹篮,我出了门,迈开小短腿,绝尘而去。

按规矩,嫁囡的酒席要吃两天,其实就是两顿午饭。正日的前一天,亲朋好友陆续到来。姑姑家已张灯结彩,大门和玻璃窗上贴满"囍"字,大红灯笼高高挂,一派喜气洋洋的景象。廊檐下、道地(院子)里、正堂前摆满了桌子,还摆不开,延伸到路上。桌是八仙桌,凳是长条凳,一张桌子坐八个人,自由组合,客人一般找相熟要好的人坐在一起,边吃边对所有事情评头论足,谈笑风生。

我偷瓜摘梨掏鸟窝的江湖地盘,局限在花塘村,姑姑的村子里没有同伙,与谁同桌就犯了难。当然,在给胃里的馋虫提供充足的养料方面,我是很愿意多动脑筋的,一位伟人说过,世上无难事,只要肯动脑。

宴会酒席,人人文质彬彬,装也要装出几分斯文,因此不可豪夺,只能智取。我巡视一圈之后,找了张老弱妇幼多的桌子就座。开席时,事实证明我的判断无比正确,虽然我谨遵母亲大人的谆谆教诲,懂礼貌,讲规矩,守家教,一本正经,请别人先动筷,但他们不是年纪偏大就是偏小,嘴巴嚼动起来比较费劲,这样我就掌握了速度优势,他们的第一块红烧肉还在嘴里像破旧的搅拌机那样慢慢盘,我的第二块已经下肚了,就像站在同一起跑线上,发令枪响,我不跑第一个,但后程发力,照样把别人甩出老远。

后来我才知道金庸先生曾总结过,"天下武功,唯快不破"。武功与吃功,异曲同工,都需要动脑与动嘴相结合,才能又好又快地稳操胜券。同时,我也总结出一句警世恒言,以飨读者:别与天才吃货同桌!

酒席盛菜,用大号碗,很少用盘,大石人俗称"九大碗",基本配置,也就是"硬菜",有清蒸鱼、红烧肉、油泡、肉圆(一种豆腐掺精肉剁泥捏成的丸子)、笋尖、红烧鸡块、红糖莲子、霉干菜扣肉等。姑姑家境较为殷实,又特别客气,没有局限于九碗,桌子上摆了十四五碗各色菜肴,让我们只管放开肚皮招呼。

宴席必不可少的,还有一道"垂面饭",油汪汪、香喷喷的,最后隆重登场,当压轴戏。用料是大石特色食品垂面,与少许萝卜丝一起拌炒,出锅时撒一把葱花,浇上热腾腾的猪大油,发出嗞嗞的响声。"垂面饭"盛在一个大木盘里,木盘叫"桐盘",色彩鲜艳,画工精美,与油汪汪的炒面相得益彰。"垂面饭"我吃得少,只点到为止,原因是把炒面操作到我的嘴巴里颇为麻烦,面很长,用筷子完全挑起来,我得爬到条凳上去,有失君子风度。当然,这一听就是托词,实情羞于启齿——先前风卷残云,美味佳肴已将我的肚子撑圆了。

乡亲们办酒席,食物大多是平常积攒下来的,其实就是从自己的牙缝里一点点省出来,有女要嫁,有儿要娶,早就开始做准备,连猪都会早早地多养一两头,其中的辛苦张罗、酸甜苦辣,只有主人家自己知道。

要掏钱到市场上购买的东西也很多,鱼是必需的,谁家也没有能力为了嫁女儿或娶媳妇,专门挖个养鱼塘。据说,我的一个邻村特别贫穷,却特别有妙招,没有钱买鱼,酒席上又必不可少,年年无"鱼"不吉利,怎么办?雕一条木头鱼,以假乱真,放在盘子里,淋上滚烫的麻油,端上桌,倒也惟妙惟肖,栩栩如生。有经验的客人一眼就能看出来,按筷不动;不明就里的,拿筷子去搛,鱼肉咋这么结实?一使劲,木头鱼滑溜,滑出老远。吃的人举着筷子尴尬,主人的笑容僵在脸上也尴尬,赶紧去捡回来,放回盘子里。我倒觉得挺好玩,可惜这种情况没遇到过,只是听大人告诫说,吃酒席时,要仔细看清是不是真鱼,莽撞了可能会让主人丢面子,下不了台。

后来有几次,我看见和尚敲木鱼,总想着自己也整一个,淋上香油,给小伙伴们"吃",考考他们的眼力,没准还能出出他们的洋相。只是自己不会雕刻,而和尚们又总把木鱼看护得很紧,使我的"阴谋"至今未能得逞。

乡宴用酒,都是老酒,即黄酒,绍兴那边叫"女儿红",据说女儿出生时就埋进地下,出嫁时起出来喝。我们大石人没那么复杂,到供销社扛回几大坛,用竹舀子舀出来,装进打造得很精致的锡壶里,炖到六七成烫,有时也放点红糖、话梅什么的,倒在碗里喝。我一般只喝一小碗,三两左右,因为我知道喝多了会醉人,胡言乱语,手舞足蹈,很不像话。这么一说,好像我从小就懂得自我节制并注意不良影响似的。其实,我有过惨痛的教训。一次父亲回家,要我去打酒,3毛2分钱一斤,回来的路上,我闻着挺香,在好奇心的驱使下,我把酒顺掉三分之二,到家时便觉得头重脚轻,栽倒在地。是年,我6岁,创下了全家有史以来醉酒年龄最小、喝酒数量最多的光辉纪录。

后厨十分热闹拥挤,充当厨师的都是身强力壮的男人。不知是何原因,老家的男人平时不做饭,都是婆娘忙乎一日三餐,可到了关键时刻,也就是摆乡宴的时候,胡子拉碴的男人,围裙一系,挺身而出,两边耳朵上夹着香烟,粗着嗓门吆东喝西,威风八面,把打下手的人支得团团转。这些大脚厨师手艺纯熟精湛,大锅菜做得出色,也不知道打哪学来的,极有可能无师自通。打下手的也是男人,手脚麻利,烧火剁菜听招呼,与大厨配合默契。跑堂更是非男人莫属,长方形大木盘里摞着十几个大碗,足有几十斤重,没点臂力是吃不消的,在人群里躲闪腾挪,游刃有余,唱着菜名挨桌送去。下菜碗时,好像皮糙肉厚不怕烫,因为我看到,他们把指甲里嵌满黑泥的指头伸进碗里,毫不在乎,吃的人同样不在乎。女人们也不是没有活干,一筐又一筐的碗筷交给她们清洗,还要择出一堆堆小山似的青菜。这些琐碎活,男子汉大丈夫当然不屑于干。

一次少则要办一二十桌,多则四五十桌的酒席,碗筷桌椅哪里来?农村有农村的办法:桌椅板凳不必说,挨家挨户借;碗盘也一样,每只都刻着主人的名字,不会搞混。那时候,专门有在碗里刻字的手工匠,经常挑着杂七杂八的工具,在村子里出没。有经营头脑的人,农村叫"门槛贼精"的人,嗅到一门生意的味道,家里存着许多碗碟,多的有几箩筐,便搞起有偿租借业务,隔三岔五,颇能赚些小钱。

第二天中午,嫁囡宴席正式开始,排场比前一天大出许多,因为左邻右舍都来了,菜肴也会比昨日丰富。

这时候,新娘遍身绫罗,环佩叮当,打扮得花枝招展,坐在房间里等待夫婿接亲,无论心里怎样百花齐放,也得装出一副痛不欲生的表情,梨花带雨,伊人憔悴,百人皆笑她独哭,表示舍不得离开娘家,养育之情铭记在心。农村姑娘一般都腼腆害羞,随便客人如何吆喝起哄闹腾,都不会出来敬酒点烟。不像现在,有些新娘巾帼不让须眉,把一只脚往凳子上一踩,挽起袖子与客人拼酒,哪怕以一挑十,姑奶奶与尔等一决高下,豪气千丈。

酒足饭饱,也是千挑万拣的时辰一到,新郎来接新娘的花轿到了。一时,鞭炮齐鸣,鼓瑟喧天,新郎给宾客们行礼,准备带着新娘和早就排成长队的陪嫁礼物起程。这时,我等熊孩子们不干了,不给喜糖、红鸡蛋不让走,新郎满脸赔笑,却死活一毛不拔。世上哪有这等便宜事?孩子们一拥而上,抱腿的抱腿,拧胳膊的拧胳膊,拽衣服的拽衣服,新郎动弹不得,苦苦央求无效,只好让新娘赶快发放喜糖、红鸡蛋，免得误了时辰。我对喜糖不感兴趣，却对红鸡蛋情有独钟，因为糖果一毛钱能买十颗，而鸡蛋一毛钱只能买一枚。到手后，孩子们觉得也刮不出更多油水了，便不再为难新郎，像一群小强盗打劫到财物一般，欣欣然放行。其实，这都是例行的节目，成亲三日无大小，只图一乐，增添喜庆气氛。

说起来，大石人的乡宴，与其他地方比，并不算多，什么孩子考上大学、老人几十寿辰、结婚多少周年等等，都不设宴。必办的除了婚丧嫁娶、孩子（基本上是生了儿子）满月外，最隆重的还有房屋结顶上大梁，要办"竖屋酒"。

以前，农村生活清苦，谁都没有多少家底积蓄，盖几间房子，是天大的工程，全家得勒紧裤腰带过日子，省吃俭用，好几年喘不过气来。可不盖也不行，尤其是儿子多的人家，房子小，或者破旧得不像样，或者兄弟分家时一人一间都不够，想娶媳妇比登天还难，打光棍儿很有可能。这与现在也差不离，房子是"硬件"，若上无片瓦下无寸土，媒婆都懒得搭理你。因此，哪怕日子过得苦一点，"房奴"不得不做。嗟乎！安得广厦千万间？大庇天下房地产商俱欢颜！

中国人的房子情结，让少数人富得流油，让大多数人穷得流血。

新房子基本成形了，主人幸福得跟花儿一样，必须开怀畅饮。"竖屋酒"有庆祝房屋成功落成的意思，也有以此向工匠及帮忙的邻人表示感谢的意思。其实还有一层不便明说的意思：立起来的是房子，硬起来的是腰杆；栽下梧桐树，只等凤凰来。

大石人的乡宴，讲热闹、讲排场、讲气魄，全力以赴，倾尽所有，乡亲们将几年的节衣缩食，换来一时间的扬眉吐气。

因此，乡人吃乡宴，吃不是主要的，大家分享的是主人的幸福和快乐；主人摆宴，宴不是主要的，他摆出来的是自己的骄傲与尊严。

平素最沉默寡言的人，最容易被人忽略的人，最卑微宵小的人，这一刻，他都是至高无上的主人，忘记生活的重荷、岁月的悲催，将美好心情在欢声笑语与觥筹交错间做华丽的释放。

在乡俗这道人文景观里，沿袭千年的乡宴，是一枝绚丽灿烂的奇葩。可是，随着乡村的逐渐空心化，越来越多的年轻人更愿意将红白喜事等宴席搬进城市，搬进饭店，洋气而又高大上。包括大石这地方，乡宴的数量在减少，规模在变小,气氛在淡化,有些只是象征性地走一下过场。

岁月流淌,轰轰烈烈而又风味独特的乡宴,还能延续多久呢?

乡宴的由盛转衰,是一种乡俗的凋零。

餐桌最能代表消费现象,农村向城市转移,是低付出迈向高消费,大部分人很无奈,可也得打肿脸充胖子。

在我国,"乡"与"飨",最早是同一个字,就是乡亲们同餐共食的意思,表示一个村都像一家人,秉承传统的乡宴最能体现这种大家庭的温暖。可惜,这道风景线渐入秋天,让人觉得"自古逢秋悲寂寥"了。

如果哪一种动物或者植物濒临灭绝,人类会出手挽救,但如果是哪一种风俗文化濒临消亡,则引不起人们的足够重视,尤其像乡宴这种毁誉参半的风俗。

流水席,就要被岁月的流水冲走了,一起冲走的,有许多哈喇子,还有那个以假乱真的木鱼。

2020 年 6 月 8 日

戴眼镜的灶王爷

我认识的第一位神仙,是灶王爷。

称"小王爷"更准确,因为他的画像,只有一张16开纸大小,用糨糊贴在土灶的最高处——砌灶时就专门留给他的一个凹槽里。

作为王爷,如此"王府"实在简陋局促,甚至寒碜,仅比露宿街头当"游神"强那么一丁点儿。作为神,这样的寺庙不够正经,连神龛都谈不上,而且苍蝇蚊子猖獗,三五成群地哼着小曲飞来飞去,游手好闲,还免不了有不知天高地厚的蜘蛛在眼前布结天罗地网,像兢兢业业随时准备缉拿要犯的捕快,或者像是坚守在牢房门口的狱卒。可灶王爷自始至终神态自若,大爷毕竟是大爷,继续保持低调风格,爷就喜欢待在这样的"王位"上,不显山不露水,不骄傲不自矜,发扬艰苦朴素的优良作风,因陋就简,粗茶淡饭,谁能拿我怎么着?

边上一副对联:"日照金甄呈瑞色,烟浮玉鼎有余香。"

一

灶王爷,大石人称"灶司爷",或者"灶师爷",我不知道哪一个正确,但倾向于前一个,因为他的身份与军队八竿子打不着,与绍兴"师爷"风马牛不相及。

考虑到司长和师长都是厅级,而古代能称"王"的,起码副国级,因此就高不就低,仍按全国各地的普遍叫法,恭称"灶王爷"。估计他老人家若在"灶"上有灵,心里也会春风十里。

这位接地气的王爷,端的是帅哥一枚,峨冠博带,宽口大耳,玉面豹鼻,慈眉善目,鬓边蓄两绺长须,仪表堂堂,英姿勃发。他目光炯炯,每天透过升腾的蒸气和油烟,俯瞰着人家做什么饭菜。至于锅里出现盐放多了、饭烧煳了、菜炒焦了等技术性问题,却不肯亲自批评指正,照样笑眯眯乐悠悠的,袖手旁观,视若无睹,让人怀疑他虽然亲民,但责任心不强。

家里就他一位神仙,其他都是凡人。乡下人请神供神拜神,实用主义明显。灶王爷分管人间粮农部门,相当于后勤部部长,属于实权派领导,也就所谓的"肥缺",民以食为天,便格外需要亲近和恭敬。叫一声"爷"不够,还要叫"王爷",说明自古至今,饮食男女在食物面前有着无比的谦卑。

不用说,家里头供什么神,都不如供灶王爷实惠,管天管地不如管肚皮。玉皇大帝位高权重,高高在上,从不深入群众,更从不跟咱玩。当然,我等一介草民无官无爵,与他拉关系,老人家未必理睬。关公出身草莽,原本也是市井俗人,只因英勇神武,忠义赤胆,南北征战,开疆拓土,清朝以后就莫名其妙地跨界就职,被破格提拔为武财神,可咱农民没那蓬勃野心,守着脚下一亩三分自留地,自给自足,便心满意足,于是也很少巴结。海龙王负责兴云布雨,与农民对好年景的期望关系密切,可那白胡子老头在海里的龙宫居住,玉宇琼楼,金碧辉煌,到了陆地,生活待遇也不能降低,非独立庙宇不进,似要住独栋别墅,还要悬挂"龙王庙"金字招牌……罢了,还是供奉灶王爷合算。

灶王爷不讲究,乡民把他请入家门,工作环境烟熏火燎,他也没啥怨言。谁让他在仙界地位低呢?七品芝麻官,凌霄殿上,他与守厕所的厕神并列在末位。

好在他常驻人间,天高皇帝远,不用看其他各路大仙的脸色。

二

我小时候,对灶王爷不是很感冒。

有事没事,我都要到厨房溜达一圈,看有没有意外惊喜。不遇年节,厨房总是满目荒凉,遇到食物的机会不是很多,有时碰巧会与一两只老鼠邂逅。为此,我心里是不愉快的,虽然我明白,自己与老鼠都是为了一个共同目标,而走到一起来了,容易让人误以为我与它是志同道合的朋友。其实,世间事物,不能单纯地用动机和爱好是否相同来衡量和判断是敌是友。我辈早已进化为直立行走的人,岂能与光天化日之下还要匍匐前进的鼠辈为伍!更让我来气的是,灶王爷作为厨房老大,放任老鼠来去自由,在其位而不谋其政,懒政怠政不作为的官僚主义作风昭然若揭。何况,我经常一无所获,而老鼠则比我幸运得多,常常满载而归。

不肯指点迷津罢了,不肯提供情报也罢了,灶王爷的小气也让我很难理解。听老辈人说,灶王爷最富有,天下所有好吃的东西都掌握在他手里,想分给谁就分给谁。可是,他从来没有分给我一杯羹的意识。一次,我爸的一位生活在南方某大城市的朋友来家,给了我两块大白兔奶糖。铁公鸡尚且能拔下两根毛,相比之下,灶王爷一年到头居然没有任何表示,吝啬行为令人触目惊心。由此,在我幼小的心灵里,对他的印象是:这哥们不够意思!

终于有一天,我爬上灶台,又冒着生命危险爬上过烟墙,认真地给灶王爷画了一副眼镜。为什么给他画眼镜呢?我妈那时候是教师,总是没日没夜地备课和批改作业,两眼熬得比兔子眼还红,我觉得天底下没有比老师更辛苦的职业了,那就让灶王爷当老师,吃点苦头。这样既发泄了怨气,也表示自己不再在他身上寄托任何希望。

戴了眼镜的灶王爷,帅哥当不成了,看上去像个冒牌的知识分子,也没有了"爷"的派头,多了几分滑稽。只比我大两岁的二哥,看到后开心得在地上打滚,有很长一段时间都对我佩服得五体投地。看来他心中的失望,也不比我少。

后续的情节是如何发展的,我记不起来了,不排除挨揍的可能。那时候,我干过的人神共愤的事罄竹难书,我妈经常拎着烧火棍撵着我满街跑。因此,挨一两次揍,根本没放在心上,加上我妈打我,还没有她拿粉笔在黑板上写字用劲,也就起不到让我痛改前非的效果,更不值得我深仇大恨似的毕生铭记。

三

每到年根儿,农历二十四,家家户户都要请灶王爷撮一顿。

据说,这天他要起程去天上述职,向玉皇大帝汇报一年来的工作,重点是自己在各家的所见所闻。

咱们大汉民族后裔,尤其是宋朝以降,就对官员的汇报材料心怀疑虑,有数据掺水的,有指标作假的,有无中生有的,有黑白颠倒的,有添油加醋的,等等,反正报喜不报忧,与真实情况有很大的出入。为了让灶王爷能够实事求是地反映人间疾苦,人们也投其所好,即请客吃饭,让其吃人家的嘴软,少递假话空话坏话,多发放些阳光雨水等福利。

这顿饭菜,自然是超丰盛的,有酒有菜,有荤有素,有主食有点心,不能例外的,还有一个大猪头。

农家一般每年会养一头猪,到年根宰杀,称作"年猪"。猪头煮熟后,整个摆在一个大木盘上,热气腾腾。奇怪的是,煮熟的猪头,看上去甚是可爱,眼睛眯着,嘴巴微微张开,表情比活着的时候还要丰富,眉开眼笑,喜气洋洋,一副很高兴的样子,好像杀的不是它。比如《西游记》里的二师兄回到高老庄,就是这副开心的模样。

这大概是全世界规模最大的饯行酒。试想,中国农村户籍上亿,千万个笑容可掬的猪头集体相送,还有比这更盛大的排场吗?

幸福的灶王爷,酒肉穿肠过,盛情心中留,嘴里说着"再见、再见""留步、留步",东家一杯西家一杯,来者不拒,酣畅淋漓。我都替他担心,虽然戴着眼镜,能将道路看得更清楚,可酒后驾云,万一头昏脑涨地一脚踩空,从半空中栽下来,比酒后驾车危险万倍!

也许仙界没有交警,有也可能不查醉驾,毕竟不能与最高领导人过不去,没听说玉皇大帝配备有专职司机,出门也得自驾云头,而他经常喝酒,瑶池里的玉液琼浆都是给他酿的。

好在至今连云头剐蹭事件都没出现过,真是万幸。

四

我们大石人称厨房为"灶间",由家庭主妇操持具体工作,管理锅碗瓢盆,以及油盐酱醋,负责把一日三餐搞定。而吃什么,经常要征求男人意见,体现尊重,也体现男人才是真正的一家之主。

"斜阳寂历柴门闭,一点炊烟时起。"土灶没必要描述,谁都见过,《诗经》里就曾出现,"樵彼桑薪,卬烘于煁",就是砍些树枝烧灶做饭的意思。

一般人家,砌一大一小两个灶膛,小的炒菜,大的蒸馒头之类。也有大户人家人丁兴旺,饮食讲究,砌三个灶膛。灶边架有风箱,拉起来扑哧扑哧响,火苗在灶膛里一蹿一蹿的,烧得锅底漆黑,隔段时间就要用刀片刨下来。这种锅底灰可入药,中医称"百草霜",治小儿积食,灌一碗下去,简直就是疏通下水道的神器,肚子里呼呼隆隆一阵响,能把游荡在百米开外的一群土狗都吸引过来。还有,江湖佬卖的狗皮膏药,黑乎乎的,就是掺了这玩意儿,可以止血。

炉膛内烈火熊熊,家里头饭香阵阵,屋顶上炊烟袅袅,这便是人间烟火,是子子孙孙繁衍生息的根脉。

几千年来,灶王爷的身子骨每天都是暖烘烘的。

土灶烧柴,柴在树上,树在山上。山上的木柴是不能随意乱砍的,专门有守山人看管,偷斫柴草,抓住不但要罚款,公社的大喇叭还要点名批评。只有到了"开山"日,才能让人在指定的区域按规定的数量砍柴。

这是很辛苦的活,乡亲们天不亮就集合在指定区域,黑压压一大片,比开会到得还要齐,身上别着昨晚提前磨得雪亮的柴刀,肩上扛着竹杠和捆柴绳,等到开山的号令一响,大家立即一窝蜂地发力狂奔,争先恐后地朝山上冲去。如果前面飘扬着一面红旗,这场面便像是一支农民起义军,正在奋不顾身地攻占无名高地。

一天下来,一片郁郁葱葱的山像被理了头发,露出白花花的头皮。树是不能砍的,因此,这头皮又像是癞痢头,需要几年的休养生息才能恢复过来。即便如此,柴火还是不够烧,怎么办?用麦秆、豆秸等替代,有些婆娘会将遗在路上的每一根稻草都捡起来。

饥馑年代,老百姓锅吊起来当钟敲——穷得叮当响。在我们村蹲点的灶王爷,想享福也是墙上挂帘子——没门。人多地少,村民生活清苦,尤其到了青黄不接的月份,谁家的灶间都飘荡着一股地瓜味,谁的嘴里都能淡出鸟来,谁都能理解杜甫那种"翠柏苦犹食,晨霞高可餐"的窘境。灶王爷也只能受些委屈,免不了忍饥挨饿,与广大人民群众同过粗糙日子,共渡艰苦时光。

那时候的灶王爷断了开"小灶"的念头,哭丧着一张苦瓜脸,戴着眼镜,像个十天半月都没开张的小店铺账房先生。

五

一晃几十年过去,再回家乡,走进农家的灶间,一切都变了样。

鸟枪换炮,村民现在用煤气灶做饭。

煤气灶对土灶的革命,是颠覆性的。土灶作为统治厨房重地的千秋堡垒,一夜之间成了可有可无的庞然大物。起来造反的煤气灶,优越性太明显了,所占的空间小,可以排油烟,点火关火都方便,利于调节火候,而且比烧木柴更清洁环保,也更节约能源。就像关公纵使武艺高强,把重达八十二斤的青龙偃月刀舞得跟风车一般,可在现代战场,也敌不过一把精致的小手枪。土灶与冷兵器的年龄相仿,都在现代科技面前不可逆转地败下阵来。

土灶成了冷灶,寂寞得像一匹可怜巴巴的卧槽老马,在角落里趴着,灶台上积了灰尘,也不知道有多长时间没点火了。当然,老物件并非一无所长,有些人家盖了新房,惦记着土灶烧出的老味道,脑洞大开,推陈出新,干脆把煤气灶与土灶砌在一起,看上去怪怪的,土洋结合,共奏锅碗瓢盆交响曲。

飘荡在村庄上空的袅袅炊烟不见了。有些美景,只出现在落后岁月;有些东西的消失,却恰恰体现了社会的文明进步。梭罗说:"厨房是房子的心脏,是左心室,是生死攸关的部位。"说明厨房的革命是最彻底最了不起的革命。

斫柴的人少了,"开山"这种日子也成了老辈人的记忆,周边还原了绿水青山。有些倒退,其实是一种观念的改变和更新。

客人多时,或者是来了在外地工作的老邻居,我堂妹家会启用土灶做饭,她说柴火烧出来的饭菜,更接近食物原来的味道,地道的大石味道,用来待客更显郑重和诚意。扑哧响的木头风箱也失去踪影,取而代之的是鼓风机,省了不少人力,鼓起的风更大,火苗噌噌往上蹿,像爆发的小火山。以前,我可以在炉灰里煨几个地瓜、土豆,香喷喷的,现在有烤箱,这种原始的制作美食的方法也退出了历史舞台。

堂妹家的土灶上方还贴着一张灶王爷,还是原先的模样儿,一点没变,依然年轻儒雅,帅哥一枚,与边上的铁锅,仍是患难与共、长相厮守的好"锅"俩。

我想起那副眼镜,手痒痒起来。不过,如果要画,我不会再给他画眼镜,刷屏时代,科技在创新,地球已成村,给他画一部现在人人离不开的手机更实用。现在老百姓家里,天天七碗八碟,有鱼有肉,尽是地方特色风味,方便他拍了照片发朋友圈。

只是不知道诸仙看到会不会点赞,他们超凡脱俗,就是悄悄咽口水,也不会表现出没出息的馋相来,最多动点凡心。唯独猪八戒不同,他因为陪唐僧取经有功,被如来封为净坛使者,自打走马上任以来,就鲜有建树,也不怪他,本是领兵的元帅,自然不懂环卫业务,学非所用,仅靠着一副巨腹,每天把祭品吃干净,之后便无所事事,养得更加肥头大耳。看见灶王爷发的美食,叠盘架碗,荤素齐全,气不打一处来,心里不由得嘀咕:俺老猪堂堂天界坛主居然活得不如一名下放人间的基层干部!

以二师兄一贯的脾气,一定会去花果山找斗战圣佛"猴哥",怂恿他再来一场大闹天宫。

于是,我决定什么都不画,免得破坏天界团结稳定的良好局面。

2020 年 6 月 26 日

尝得山野一口鲜

第一缕春风吹过,山就醒了。

山不偷懒,就像她养育出的山民也从不偷懒。掀开覆盖在身上由落叶、枯草缝制的金黄的被子,山犹睡眼惺忪,意态蒙眬。一场春雨及时赶来,劈头盖脸地给她冲了个冷水浴,山就打了个激灵,彻底清醒了。

春天的田野,每一天都是新的,嫩绿的小苗儿纷纷破土而出,树的枝头也钻出许多雀舌似的新芽,都是鲜艳欲滴极可爱的样子,娇弱地展示着生命的初始,同时也给山披上了一件鲜亮簇新的衣裳。还有满山专属舌尖的春天味道。

"我们上山挖野菜去。"堂妹提议,我成天闲得跟没头苍蝇似的在院子里转来转去,自己不烦把她都看烦了。我和妻子当然举双手赞成,山野春光正好,集健身与劳动于一体的意见,是没有理由否决的。

我已经三十多年没有在乡下过春节了,如果不是被这一场突如其来的疫情羁留,也早已归队。眼下能够重走童年路,再做少年事,当然正中下怀,甚至有些喜出望外。妻子出生在大城市,不认识野菜,更没有挖过野菜,对山珍野味农作物的认识基本来自菜市场,现在不用手机就能到"天然超市"里免费"淘宝",新鲜之中带着几分期待,很是开心。

南方的山,像一座食材的宝库,大门一年四季都敞开着,只要走进去,便取之不尽。

我们要去的是村子对面的山头,名叫"山地岗",是一道山的脊梁,据说荠菜、婆婆丁和鼠曲草长得很是热闹,却无人采摘。

野菜在城市人眼里是稀罕物,当作春天慷慨且珍贵的馈赠,好这一口的还专门到菜市场寻找,有时候还真能找着,只是贵得似与野菜的身份不符。而野菜在村民们的眼里,若无特殊客人或者节日需要,平日大都不受待见,觉得这些到处乱长的东西当不得正经蔬飨,如果长到地里来还相当讨厌,与庄稼争夺养料,形同田地里的盗贼,因而对其态度便简单粗暴,伸手当杂草拔去,扔出一二丈远。

缺衣少食的困难时期可不是这样,大伙饥肠辘辘,面黄肌瘦,饥无可食,见到野菜就两眼放光,它成为救命的宝贝,往往被挖得所剩无几。现如今衣食无忧,地里种的菜都吃不完,谁肯为挖野菜而搭上半天工夫?

堂妹掌握的情报准确无误,我们惊喜地发现,山岗上仿佛是野菜的聚居地,田间地头、坡上树下、犄角旮旯,甚至山道石级的缝隙中,都成了它安身的场所,肆意伸茎展叶,有的叶子上还挂着晶亮的露珠;长得密集的地方,像一个兴旺的家族团圆在一起,丛丛簇簇,郁郁葱葱,欣欣向荣。

野菜的分布很奇怪,有的地方遍寻不着,无影无踪;有的地方找到一棵就会在周边发现两棵、三棵,甚至集中成一大片,遍地生根发芽,这是由于它在撒播种子的时候,没有被风吹远,你如蹲下去挖,半天站不起身来。这也符合植物的生存规律,即"适者生存",看中了一块土壤便扎根下来,把旺盛的生命力发挥到极致,繁衍生息,周而复始,牛羊吃不光,镰刀割不完,野火烧不尽。

让我难以理解的是,山地岗这地方,土质含沙量高,下场雨不一会便踪迹全无,像个漏斗,涵不住水的田绝非良田,庄稼产量要比别的地方低,比较遭农民冷眼。可这野菜反倒选择在此安身立命,传宗接代,子子孙孙无穷尽也,真是匪夷所思。也许,这正是野菜的聪明处,既然家族进不了人们的主菜单,想得到人类的悉心呵护是不可能的,那就让出肥沃之地,把家族转移到蔬菜庄稼的后方去,想咋长就咋长,既提高了生命的安全度,还落得个自由自在、无拘无束。

近年来,国人的餐桌上风云突变,荠菜、婆婆丁等咸鱼翻身,身价飞涨,一些农民把握商机,开始人工种植。不过,生活在风霜难侵的塑料大棚里,娇生惯养,野菜不野,似菜非菜,似乎少了原汁原味。

堂妹细心地教我们如何识别这些山野珍馐,以免把兔子的美食也拾掇到篮中来。

数量最多的是荠菜,也容易辨认,长在空旷处的荠菜全身贴地,颜色青中泛黄,叶子呈锯齿状,向四周舒适地铺展,像四仰八叉地摊开手脚晒太阳。这种荠菜往往有点老,纤维粗粝,干涩紧硬,口感稍差。那些长在树下或者潮湿处的荠菜,才是我们要找的上品,它们挺着茎往上蹿,碧绿绿、水灵灵、嫩生生的,如豆蔻年华的少女婀娜地站立在旷野里,煞是可爱迷人。这样的荠菜鲜嫩多汁,无论用以凉拌、素炒,还是包大馄饨、炒年糕,都能鲜掉眉毛,乃盘中佳味。

袁枚在《随园食单》里说,"捣青草为汁,和粉作团,色如碧玉"。他说的这种"草",大概指的是鼠曲草。这种草喜阴凉潮湿的环境,往往长在庄稼或者茶树底下,能借树乘凉并揩点肥水。它在我家乡俗名叫"年青",更多的时候就叫"青",取其鲜嫩碧绿的意思。

利用年青做食品的过程比较复杂,大抵有两种传统做法,一种是洗净后放进笼屉里蒸熟,用石磨碾成粉沫,要吃时与米粉和在一起,拌好肉丁、竹笋、豆腐等馅,包成包子,叫"青团",是咸味儿的。如果馅儿采用红糖芝麻、红豆、枣泥等,包成团后压进木制印模,嘭的一声敲出来,因其形状又圆又扁还带花纹,故名"青饼",是甜味儿的。另一种做法是洗净后直接与糯米粉放进石臼里捣,直到两者充分黏合在一起,也是做成青团或者青饼。两种做法殊途同归,味道也大致相同,而且都是力气活,推石磨与捣石臼,人出的汗不比草出的汁少。

刚出笼的青团与青饼,热气腾腾,仿佛是乡下春天里的一对"龙凤双娇",看上去绿莹莹,吃起来香喷喷,还带着黏黏的口感,让你的舌尖上盘旋着一股山野的清香,鲜美得没有话说。

作为新春的美食,它还担负着一项特殊使命,清明节扫墓祭祖,盘子里摆放的便是这碧玉般的珍馐。能够在诸多美味佳肴中脱颖而出,献给列位宗祖品尝,我想是其回味绵长的特性,最能体现乡间的五谷丰登,最能承载家人的思亲情感,最能表达对祖辈的崇敬与感恩。

看看日薄西山,我们也挖了满满好几竹篮,够我们一大家子吃上几天。想想清明节马上到来,做上几笼青团或青饼,一口一个春天,一口一团欢情。

季节每年都会送来一个春天,这是岁月的馈赠。

春天每年都会送来大批野菜,这是春天的馈赠。

野菜每年都会送来各种滋味,这是野菜的馈赠。

大地、时光以及不起眼的野菜,从来施不求报,而我们应懂得感恩,想想也没啥可回馈的,就像对伸手帮助过咱的人,记着就好。

2020 年 3 月 16 日

有态度的芝麻丸

人们形容东西小,称"芝麻点儿",可现实中的"芝麻点儿",小则小矣,却蕴藏着强劲霸道的大香味,起码在食品"黑五类"里出类拔萃。

南方人爱之尤甚,小吃食谱中,芝麻酱、芝麻酥、芝麻糊、芝麻糖、芝麻甜羹、汤圆……凡此种种,都由芝麻唱主角,香撼五脏六腑。比如芝麻糊,看上去黑乎乎,吃起来香喷喷,食罢漱口——我小时候没这讲究,是用舌头把粘在牙齿上的余渣舔舐干净——否则咧嘴一笑,像刚啃过一嘴煤炭。

芝麻虽好,但产量较低,也不能当主食充饥,在食物匮乏年代,农民惜地,只肯在田边地角种植少许,拿到市集上换几个零花钱。物以稀为贵,芝麻的市场价格不菲,因而农家格外珍惜,只在过年时奢侈一回,做少量芝麻糖打牙祭,平时则舍不得做成单打一的食品,常在烙烧饼或者煎包子时,表面上撒一小撮,香味立即被提了起来。

小女子金辉,是我堂妹,与夫君喜欢生活在农村老家,做半个农民,放着城里的大别墅交给蜘蛛织网。她身材瘦弱,却是干活好手,耕田锄地、插秧施肥,啥农活都能上手,单个劳动力不输男子。从三年前开始,热衷于制作芝麻丸,投入了巨大的精力和热情,态度甚至有些虔诚,像干一项神圣的事业,并乐此不疲。她隔段时间就往我家快递几罐,像远程投食,还特别发短信嘱咐:每天两颗,早晚各一,就当零食吃,别忘了!像医生叮嘱病人按时服药。

芝麻丸的味道,不用说,确实很棒,年轻人说"杠杠滴",而且余香持久,回味无穷,绕齿三日而不绝,让舌头充分享受到一种无与伦比的幸福。她一般做成黑巧克力豆模样,圆咕隆咚,瓷实光滑,黑得透亮,中间穿个孔可当算盘珠子拨拉。吃得多了,我逐渐练就了一项技能,将小黑丸高高抛起,仰脸用嘴接住,然后慢慢嚼,很少失手。这项技术是我从她家那条叫"罗西"的狗身上学来的。有技艺加持,吃着玩,玩着吃,嚼起来似乎香味更加浓郁,心情更加愉快。美味总让人惦记,有时欲罢不能,不是一天两颗吗？适当加量也违反不着什么原则性问题,中午再消灭一颗。

芝麻丸作为零食与药丸的混合体,解馋可以,当饭不行,不是因为吃多了上火,或者有别的什么副作用,而是来之不易。我见过其制作过程,知道工序有多么繁复,没有极大耐心和不厌其烦的精神做不出来,因此需要珍惜。

首先是选芝麻,要选颗粒饱满的。老天厚爱,我老家花塘村四面青山,土质优越,富含营养元素和矿物质,日照时间不长不短,庄稼生长期恰到好处,有了好山好水好阳光的大自然的特别青睐,种啥啥香,出产于此的芝麻,包括花生、黄豆等作物,都神奇地比出产于其他地方的香味要浓厚些。农村信息透明,村民们知道堂妹做芝麻丸,必得收购原料,眼前有销路,收益不用愁,种植户就多起来,形成了简短的供需产业链。村民也知道她对品质的要求很高,便自觉不用化肥农药,保证绿色有机,堂妹每年能收上二三百斤。接着是筛选,这个简单,把芝麻倒在木马似的风车漏斗里,手一摇,风车呼呼响,秕瘪的被吹走,如同黑雨纷飞。只是淘汰率惊人,留下颗粒饱满的精华,百斤只剩六成。

我看了心痛,告诉她秕瘪的芝麻虽然只是一层外壳,仍可以食用,磨成粉末掺在一起不但人畜无害,也没有任何违和感。可她断然否定了我出发点良好的建议,说那可不成,芝麻壳掺在一起,香味和弹性都会锐减,不是上品的芝麻丸就是次品,要么不做,要做就得做最好的。虽然无端受到一顿批评教育,可我还是挺高兴的,"品"字三个口,品味一种食物的品质高低,也是在检验一个人的人品高低。

下一个步骤是"九蒸九晒"。这可就烦琐多了,先把芝麻洗净晾干,放进笼屉,端上土灶,一层层地垒高如塔,像蒸馒头;慢火蒸熟后,倾倒在圆形的篦垫上,放在太阳下晒干。所谓"九蒸九晒",就是这个过程要重复九次。理论上说,两天可重复一次,可实际上除去阴天下雨天,这个过程起码要用时一个月以上。堂妹说,得七七四十九天,她担心记错,还在小本子里记数,认真得有些苛刻。除了费时,还费力费工夫,上灶下灶,屋内屋外,端进端出,在这些日子里她就像一只勤劳的蚂蚁。因此,她每次将百余斤芝麻蒸熟晒干,不说木柴要烧掉几百斤,汗也得流掉好几斤,直到把熟芝麻放进冰箱储存,要做成丸子的时候再拿出来，身子骨差不多都要累散架，说是蒸芝麻晒芝麻，分明也是蒸自己晒自己。

我看着都觉得麻烦得慌，芝麻蒸一次就熟了，何必反反复复折腾那么多次？后面的辛苦都是无用功，犯得着跟自己过不去？！她说这个你不懂，反复蒸才能让芝麻完全脱湿祛邪，反复晒才能充分吸收天地日月精华，这样每一粒芝麻都凝聚了灵性和能量，吃进肚子里才能发挥出最大的养生药用效果。这就有点玄了！我问是被谁忽悠的，她说是受一位道观高人指点，配方也是他给的，还特别告诫说制作环节一个都不能少，全程不能让芝麻接触到铁器。原来如此，也不奇怪，我国的道教，通过两千多年的发展，形成了自成体系的独特养生观，对食物的认知和理解有高于常人的部分。古代不少道士会深藏远遁，隐居山林，躲在僻谷冷坳修炼，最不可思议的是遍寻天地之间他们认为的珍奇之物，用来研炼丹药，以期服之强身健体、长生不老，或者脱胎换骨、羽化成仙，在我等凡俗之辈看来，端的是高深莫测，玄机难名，甚至神神道道。他们还十分看重"九"这个数，认为隐含着长久、无穷、永恒的意义，孙猴子就被太上老君收在炼丹炉里，活活炼了七七四十九天，意外地给炼出火眼金睛。抛开玄虚灵幻的一层不说，有些道中真人，的确仙风道骨，比常人年高长寿，无疑与懂得养生分不开。我尊道也敬佛，但不信神信鬼，虽然对个中没有多少科学依据的理论不以为然，最多说是半信半疑，可仅从芝麻丸上看，富含不饱和脂肪酸、钙元素和维生素 E，有补肝肾、润五脏、除湿气、生津液等功效，被誉为"道家仙药"，也就不足为奇。

其实，我觉得最值得赞赏的，是他们制作食品的认真和精心，也就是真诚对待食物的态度。世间的许多事物，结果不能证明什么，而过程往往更能说明问题，像唐僧西天取经，价值不在那几卷经书上，而都在历经九九八十一难的路上。也就是说，无论"九蒸九晒"有无实质意义，都体现着劳作者精益求精的真性情。

接下来，把芝麻放在石磨里碾成粉。这项劳动可就费力了，看别人推磨很轻松，甚至有些好玩，跟表演太极推手似的，机械地重复一个动作。可自己上手一干，却发现并不好玩，得掌握技术要领，劲使小了推不动，使蛮力会将磨道撑歪。推得从容自如的人，使巧劲，一圈又一圈，很有节奏感，连上下两块磨石转圈摩擦的声音都像放音乐唱片。将百八十斤芝麻碾成粉，需要一整天时间，我推了一会儿便双臂酸痛,罢工不干了,感叹大老爷们在这方面赶不上毛驴。

最后,压轴戏到了,把芝麻粉与熬制好的茯苓、蜂蜜等原料搅拌在一起,粘成一团,放进石臼里像捣麻糍那样捣成泥状,让三种原料充分融合。这个没有多少技巧,纯属体力活。我摩拳擦掌,奋力把十多斤重的青石捣槌举起来,再砸下去,五十多下后,便觉得体力难支,气喘吁吁,大汗淋漓,胳膊打哆嗦,吃不消了!再顽强坚持下去的话只有一种可能,捣槌不听指挥,不是砸在芝麻团上,而是落在俯身翻动芝麻团者的脑袋上。为了避免造成意外伤亡事故,我明智地及时知难而退,换别人上。按金辉的要求,这样要捣三百下,一下都不能少,她在记数的同时,也会抡几十下,胳膊细,臂力还蛮大。

堂妹用的茯苓,出自同仁堂药店,质量无可置疑。茯苓是好东西,附在植物根部生长的真菌,号称"中药八珍"之一,是"四时神药",神农这样评价:"味甘平,主胸邪逆气,忧恚,惊邪恐悸,心下结痛,寒热,烦满,咳逆,口焦舌干,利小便,久服安魂、养神、不饥、延年。"用现在的中医术语说,就是安神祛湿、强筋壮骨、延年益寿。她所用的蜂蜜,是邻居养蜂人从户外采的蜂蜜,品质一流,当然价格也会较普通蜂蜜贵出不少。我依然好心提醒她,不说茯苓,单是蜂蜜,网上车载斗量,物不一定美而价一定廉,吃到嘴里谁能尝出是野生的还是家养的?用红糖更廉价,因为纵使口袋里不差钱,也得想办法将成本降下来。没想到堂妹白了我一眼,抢白道,哪来那么多花花肠子?骗得了别人,可骗不了自己呀,偷工减料对不住人,良心过不去呢。得!小女子固执,油盐不进,不过也说明她没有被利益冲昏头脑,心里有底线,用时下的话说,能自觉"慎独"!

本来我还想告诉她,自己在网上查过,有些出售的芝麻丸,掺杂着黑豆、黑米等,真正黑芝麻的比例微乎其微,只做个噱头。不过转念一想,堂妹一根筋,我这一说,回应的肯定又是一顿数落嗔怪,话到嘴边又咽了回去,何必自讨没趣?其实,我很欣赏她这种"不开窍",诚实做事,不欺人,不违心,不作假,符合抱德守诚的传统美德。

我真没体会到芝麻丸有啥了不得的功效,就是吃起来香味扑鼻,唇齿生津。妹夫奚永宽立即现身说法,说功效明显,他早年做房地产风生水起,搞造船厂却遇上金融危机,败走麦城,商海风大浪高,血压也像潮水越涌越高,吃了三个月的芝麻丸,血压正常了,现在把药停了,也没有反弹。

　　我还有一个疑问,问堂妹:"你做这么多芝麻丸,又不卖,都哪里去了?"她说送给亲戚朋友了。我说:"干吗不卖呢?好东西可以往外销售。"她说也卖了一些,都是朋友介绍来买的,数量不多。也是,真材实料成本高,只有熟悉她信任她的人才舍得买、放心买,世间之事,追求极致和完美往往曲高和寡,妙技难工,熟人知根知底,不嫌价高,是相信品行无价。

　　如果这也算道德坚守的话,小小芝麻丸里是蕴藏着朴素的人生哲学和人性善良的,做人做事,业可繁而利可简,诚实无欺,这恐怕才是无形中添加在芝麻丸里的最珍贵的原料。

吃茶

闲居上海家中,手边除了书,便是茶。

茶和书像伴侣,也像黄金搭档,珠联璧合,相得益彰。品着清茶读闲书,看几页呷一口,书香与茶香混合,有滋有味,往往会忽略太阳已从东边移到了西边。

日子过得素简,便显轻松惬意,四川人叫"巴适",北京人叫"得劲",东北人叫"老嘚了",我老家的方言叫"调大"——音是这样,需要加强一下语气,就说"蛮调大"。老家浙东南有丰富的方言土语,如果放在军事上当密码使用,一定很有意思,美国佬耳朵再长,监听得到但破译不了,纵使你武功全世界第一,也急得抓耳挠腮,狗熊吃刺猬——无从下嘴,抓狂崩溃!

做书虫,我的偏好不明显,古今中外的书都不拒绝,反正看了大多记不住,只落一个心理安慰:我读过了。当茶痴就不一样,偏爱家乡的茶,泡一杯"羊岩勾青",茶叶在杯子里翻滚,水从无色渐渐变成绿茵茵的,看看都"调大"。想想这些茶叶原来生长在老家的山上,而山上现在正是采茶时节,一片生机勃勃的景象,脑海里不由冒出一句:"吃茶。"

如果不是疫情,十有八九我现在正游荡在家乡的路上。

许多东西都是认得的,包括脚下的石头、已呈古典状态的房屋,更认得出现在房前屋后的乡亲们的面孔,他们或是长辈,或是邻居,或是同窗,或儿时玩伴,最不熟悉的人也似曾相识,拍拍脑门或许还能想起来,只不过一些长辈原先朝气蓬勃,现在已老态龙钟,原先肩挑百八十斤柴火走着能带起一股风,现在空手走着都能让风撞一跟斗。玩伴原本嫩得能拧出水来的脸也变得岩石一般粗糙,皱纹能夹住苍蝇,至于小时候是他抓破过我的皮肤,还是我撕破过他的衣服,也早就忘了。童年最容易好了伤疤忘了痛,即使记得,君子报仇的十年"有效期"也过了,统统一笔勾销。路上遇见,乡亲们都有祖传的热情,客气地招呼,用纯正的土话:"来屋里吃碗茶呗。"意思是到家里坐坐,聊聊天,叙叙旧,顺便问问你老婆是哪里的,生的是男孩还是女孩,每月工资多少之类的问题,无忌无讳,关怀备至,让你觉得亲情拂面,没法不实事求是地老实交代。至于让咱进家去喝茶,别当真,就那么一说,打招呼的一种方式,客套话而已,因为他们家里不一定真存着什么茶,有茶也不一定真能想起来泡给你喝。

尽管是虚晃一枪,但我喜欢他们把"喝茶"叫"吃茶",接地气,有泥土的味道。

我在北京待的时间长,他们不说"吃茶",只说"喝茶"。皇城根儿的人怎么说,"官话"就怎么定,这是秦朝开始约定俗成的,皇帝在哪儿坐朝,哪儿的话就是成了"官话"的基础发音,比如河南、陕西,甚至云南话都做过"官话",如今的普通话也是跟在这个习惯的屁股后头来的。

"喝茶"就这样被推广到全国。既然成了书面语言,就多了丝丝文气,似乎只有说"喝茶",才体现出慢条斯理浅啜缓饮的优雅来,才能品出我国博大精深的茶文化味道来。而实际上,在我看来北京人钟爱的茉莉花茶最没喝头,香味浓得像往喉咙里喷香水,我在海上航行时闻到这个味儿就晕船。原因是我晕船时,一个北京兵泡了杯茉莉花茶给我喝,结果好心办坏事,让我晕得更厉害,吐得风卷残云,从此条件反射,闻着就晕,即使海面上风平浪静。

其实,说"吃茶"与"喝茶",跟承载的文化深浅没有半毛钱关系。像道家原先也是说"吃茶"的,他们追求的理想多在大气层以外,他们认为茶是清灵之物,藏着天地玄黄道法自然,玉川子甚至借茶力而羽化成仙,似乎功效不比他们花七七四十九天炼的丹药差。佛家也说"吃茶",他们要把一颗躁动不安的心修炼成佛的样子,于是每天长时间一动不动地坐禅,不吃茶就容易瞌睡。还有,佛与道都有自己的教义,各立山头,常常竞争信众,在吃茶的功效探索上,只说"茶禅一味",便让无数僧侣闭目参悟半生。儒家要修身齐家平天下,在喝茶上当然不甘落后,他们都是尘俗中人,便祭出"以茶利礼仁""以茶可雅志",哲理得不得了,其中教诲让我等只想以茶解渴的凡夫俗子,端起茶杯的手都打哆嗦,生怕亵渎了这神圣的树叶。

口渴了,一声"吃茶",端起碗来咕咚一声,一饮而尽,管他什么儒释道,消暑解渴,醒脑清神,好生痛快。

其实,我老家说的"吃",是个通用的动词,使用率特别高。只要东西从嘴里下肚,不管是固体、液体还是气体,都说成"吃",比如吃饭、吃菜、吃药、吃烟、吃酒,还有些看不见摸不着的东西,也可以吃,比如吃亏、吃瘪、吃官司……似乎世界万物,于我都是一盘菜。

还有些特别的"吃",很能说明此词的广泛适用性,与嘴巴、牙齿无关,却与皮肤有关。有人若与你急眼了,脸红脖子粗,指着你说"吃柴",就要小心了,这里的"柴",切莫以为是烧起柴火灶给你做美味佳肴,而是代指木条棍棒荆棘之类,要抽你的意思;若咬牙切齿说"吃死柴",那就是要把你往死里揍的意思,若闻此语,最好脚底抹油,溜之大吉。如果说"吃生活",程度就不好把握,也许是一个耳光,也许是一顿老拳,也许是棍棒伺候,反正就是要让你"吃苦头",与《水浒传》里花和尚鲁智深说"尝尝洒家的拳头",黑旋风李逵说"吃俺几板斧",异曲同工。只是这脾气火暴的俩厮偏爱大块吃肉、大碗吃酒,却没听说爱吃茶。

考究文字,"吃"带有咀嚼的意思,把茶水"吃"进嘴里,似乎不够妥帖,也不够斯文。这是现代人的意识,历史上并非如此。唐宋时期茶的确是吃的,人们将茶叶磨成粉末,按个人口味加些盐姜桂椒芝麻之类的东西,有些像喝玉米面糊糊。我好奇,就试验了一回,将茶叶碾成末,用开水调匀,加些白糖,尝了一口,味道古怪,还没玉米面糊糊好喝,往下如何处理,就不说了,担心茶农让我"吃生活"。

土乎? 俗乎? 其实未必,无非是各地的说法不同,吃茶方式有异。《红楼梦》够雅,满纸茶香,贾府乃官宦人家,"白玉为堂金作马",社会的上层阶级,贵族里的大贵族,平常炊金馔玉,喝茶自然马虎不得,对什么时辰喝什么茶都甚为讲究,可在语言上,也称"吃茶"。第51回中,"宝玉说:'要吃茶。'麝香忙起来,向暖壶中倒了半杯茶,递给宝玉吃了,自己也漱了漱,吃了半碗"。主子吃完,丫鬟漱了漱碗吃,一点不浪费,主子与下人的生活差距被写得十分到位,一个很有趣的细节。还有第63回中,"宝玉说道:'今儿因吃了面怕停住食,所以多顽一会子。'林之孝即向袭人等交代说:'该沏些个普洱茶吃。'"。看来茶不但可以消暑解渴,提神醒脑,还能消食。再有,凤姐打趣林黛玉:"你既吃了我们家的茶,怎么还不给我们做媳妇?"《红楼梦》像一部生活的百科全书,让我们知道清朝时候茶是可以用来定亲的,女孩子不可乱喝。

这在明代就能找到出处。郎瑛在《七修类稿》中说:"种茶下籽,不可移植,移植则不复生也;故女子受聘,谓之'吃茶'。又聘以茶为礼者,见其从一之义也。"古人认为茶树有一种特性,最初长在哪里就得终老在哪里,移往别处就是死路一条。他们便借用这一点,男方给女方下聘礼时,物品里放进茶礼,意思是从此名花有主,不能将女儿许配给别人家了。相当于现在订婚,小伙子郑重地将戒指套在姑娘的纤纤玉指上,宣示"所有权"。冯梦龙在《醒世恒言》中也写得明白:"从来没见过好人家女儿吃两家茶。"老先生对脚踩两条船的女人十分不屑和嫌弃。好在现在没有这些讲究了,否则女孩子连吃口茶都得提高警惕,心有忌惮,吃了不该吃的茶,就有被人戳脊梁骨的危险。

举这些例子,不是借茶说姻缘,那会是另一篇有意思的文章,而是为了说明把"喝茶"说成"吃茶",并非我老家大石人专有,各地普及,历朝历代通用,王公大臣与平民百姓相同。

但我的父老乡亲吃茶业余,种茶却是专业的,能种出一山春天的味道。他们知道茶的前世今生,认识她四季的容颜,懂得她的喜恶,更清楚茶是最贵重的树叶,是大自然馈赠的宝贵礼物,也是对辛勤劳作的回报。在她碧绿的身体里,糅合妖娆春色,融汇高山流水,隐藏天籁,掺和雨雪风霜,也就是吸收了天地之精华,汲取了日月之灵气,大自然有多少种味道,生长在大自然怀抱中的茶就有多少种味道。无论进入何等人家,包装如何华丽,一旦打开,她来自山野的香味依然悠远而深沉。

到了喝茶人手里,取精致器皿盛入,茶里又化进了制皿匠人的智慧、亦庄亦谐的风格、熊熊窑火的洗礼等等。若是与老友共饮,远处的风景、朋友的情谊、市井的喧嚣、报纸上的各种新闻、慵懒的坐姿、生意场上的成功与失败、人与人之间许多不为人知的秘密,甚至各种的钩心斗角……茶的滋味丰富,每个人都能品出不同的味道。

一杯茶,泡着意味深长的岁月和热气腾腾的生活。

而我此刻身处上海,端在手里的这杯茶,便得用"吃"字来说,因为我的窗口,能看到远处的黄浦江"三件套",像上海人的优越感直插云霄;还能看到这个大都市从未如此空旷过的街道,看不见人来人往、车去车回,双向四车道、六车道都失去了意义,只有红绿灯还瞪着圆滚滚的眼睛,让人们知道街道仍然活着。在这个时候,许多人家在为"吃饭"发愁,有人在"喝西北风",而我如果还优哉游哉地"喝茶",就显得不合时宜,用"吃茶",就有了与"吃苦"相若的意思,心里也就有了一丝安慰。感谢奇妙的语言文字,让我能心安理得地把茶倒进嘴里。

没有一个朋友会来串门,小区里的居民又开始排长队,自觉地间隔一米。非常时期吃茶,又多了一种实用性,茶水将我的喉咙冲洗干净,下楼去做核酸检测。

2022 年 5 月 4 日

臭花梗

"臭花梗"是一道菜，老家菜坛子里化腐朽为神奇的典范。

这东西农家自个儿种植，自个儿腌制，自个儿吃，不是啥稀罕品，当不得礼物美滋滋、乐呵呵地装一瓶送人，皆因身价儿贱，拿不出手，放在农贸市场上也卖不出钱来。上不了酒席台面，连少衣缺食的困难时期都不算一道待客的主菜，端上桌遭人笑话。模样儿也不起眼，横七竖八，黏黏糊糊，乍一看，一点儿魅力都不具备，勾不起食欲，难登大雅之堂。这道食物，如果它还算食物的话，实在太普通、太家常、太卑微，能低级到土里去。

那么，它是可有可无了？却又不是。虽居腌菜末流，地位却甚为独特，独特到深得农家偏爱，对其情有独钟的人，每天不吃上几截佐餐都不过瘾。更有甚者，喜欢得简直要了命，号称"过饭榔头"。将它端上餐桌，一阵动人的臭气飘来，掀开胃口，纵使山珍海味也难以取代。

它比臭豆腐、臭冬瓜都要臭得"更上一层楼"。农家不将它放在冰箱里，担心它那股嚣张的臭味串了其他食品。

我每次从老家回上海，都要让堂妹装上一大瓶给我带回来吃。妻子是北方人，不像我从小就吃这东西上瘾，可她试着吃过几次之后，居然也爱上了，只要喝稀饭，她都会记着捞出一碟。

是不是有点神秘？它凭啥如此受欢迎？

花梗种在自留地里，嫩的时候也能食用，味道微辣，不掩鲜脆可口，与芥菜、白菜帮子差不离儿，没什么特别之处。但农家很少这样吃，觉得可惜，必得待它长得老了，像甘蔗那样粗壮才砍下来。腌花梗比较简单，除去茎叶，剩下光溜溜的一段秆，洗净，切成指头长短，最好放锅里用开水焯一下，捞出来沥去水，摊在阳光下蒸发掉水分。下一步就关键了，将花梗放进老菜坛，坛里有去年腌花梗留下的老卤，今年继续利用，只是还要铺一层花梗撒一层盐，一直铺到坛口，压结实,封上塑料布,用泥巴捂严坛口,等三天后开启。

农村干啥都喜欢闹点仪式感,开封老坛盖却不需要,拿把榔头敲去泥土即可。一阵似臭又香的味道冲出来,直奔鼻腔,再长驱直入,顶到脑门,能教人打一如雷喷嚏。有经验的农妇一翕鼻翼,就知道味道正与不正,判断出腌得成功与否。腌好的花梗泡在白沫中,好这一口的人,如情人眼里出西施,觉得它颜色碧绿,像一节节翡翠,晶莹剔透,亮丽养眼;不爱吃的人自然就察觉不到好看,苍蝇喜欢的东西,他们懒得瞟一眼。要吃时,用筷子夹出几根,放在碟子里,摆于箅子上锅蒸熟,有条件的淋几滴香油,拌匀,家里没有香油的也不打紧,最接地气的吃法是捞起来就吃,也不需要添加其他任何调料,一嘬一吸,果冻似的肉便入了嘴,味蕾无条件投降。

平常的黑暗料理,正宗的下饭神器,无与匹敌。

吸食花梗的肉,如同吸食牛骨的髓,滋味喷香。这就有些奇怪,闻着分明是臭的,为何舌头却告诉大脑是香的?似乎舌头和鼻子发生了矛盾和冲突,到底是谁欺骗了谁?其实,它俩都对,闻着臭吃着香,要的就是这种梦幻似的错觉。

所有的奥秘都在卤上,这种卤水中生存着一种微生物,也就是霉菌,它成长为臭花梗的灵魂,不是一朝一夕的事。与其说它是盐与花梗发生作用酿制的液体,不如说是岁月霉变造就的精华,可能是几年的沉淀,也可能是十年几十年的传家宝,卤越腌越浓,微生物发出的味道就越大。吃不惯的北方人闻风丧胆,避之唯恐不及。不信可以试试,在北京的某个酒席摆一盘,保准会被当作一堆垃圾,遭到味蕾的强烈反对,熏跑一桌子人。吃惯了的人则趋之若鹜,欲罢不能,就是腌得久了,花梗只剩下梗,肉都化进卤里,那也无妨,将梗嚼烂,同样过瘾,要的是其独一无二的滋味。其实,它类同北方人卤牛肉,百年老店卤出来的牛肉格外香,招牌就是陈年老卤。坛不破,卤就在,农家是舍不得倒掉的。

如果谁家新买口菜坛,学做臭花梗,那就找邻人讨一碗老卤来,倒于坛底,这样腌出来的花梗,味道虽然略逊于原汁原味,可比起没有老卤做铺垫的花梗,味道要强百倍。老卤承上启下,引发快速霉变,起到了酵母的作用。

坛里的花梗捞完了,当然不能让老卤无所事事,再投入冬瓜、豆腐、鸡蛋、笋等,可以分别投,也可以组团,照样都被卤得别有一番风味。臭冬瓜、臭豆腐、臭鸡蛋、臭笋,越臭越来劲。爱好这东西很奇怪,尤其是味蕾上的爱好,明知道它臭,可又无法抵挡,仍然爱得刻骨铭心、一往无前。

更有甚者,煮土豆时浇上一大勺卤,滋味渗入土豆深处,出锅时热气腾腾,臭味冲天,竟成为一道名小吃,以前有人摆在汽车站、集市上售卖,生意好得出奇。不过近年已看不到,也许是臭得过分,让不吃的人恶心,有违环境文明建设,给禁了。

并非浙江人藏着一个能盛香也能装臭的胃,而是他们对臭的理解与众不同,更有匪夷所思的接受能力,鼻子说了不算,舌头才一锤定音,它觉出的好,便以权威的形式确定下来,并传承给后代。据说吃臭花梗的历史要追溯到越王勾践,他卧薪尝胆时下人做给他吃,之后这种臭菜就走进千家万户,俘虏了绍兴宁波等地人的舌头。这也不奇怪,勾践苦胆都尝,臭菜就更是美味了。

这些年农家富裕了,餐桌上就传来一个声音,说臭花梗含有亚硝酸盐,对人体不利,严重的可致癌。也有专家分析说,臭花梗含有胡萝卜素,营养价值高,还能开胃消炎。老百姓不管这些,你说你的营养,我吃我的糟糠,祖祖辈辈吃下来,也没见谁得了癌症,一群每天臭不离口的老头老太,在村里健康地走来走去。我认识的一个90多岁的老倌,平生就好这一口,无臭不欢,吃面条都要浇上一勺卤,现在仍好端端地活着,骑着三轮车赶集,张着没几颗牙齿的嘴与熟人吆来喝去,精神头儿十足。不知道这些人是基因强大,还是具备天生的免疫力,更科学的说法是,经过先进的化学仪器分析,这东西有利于人体健康。

认臭为香,或者变臭成香,再或者理论上有害实际上却就成了有益,看上去好生古怪,不可思议,逻辑上很难成立,似乎不按套路出牌,但生活中和事物中的辩证法是无处不在的。也并不是说不清道不明,许多人认为浙江人视臭如香,爱臭如香,嗜臭如香,无非是把臭当香,这就犯了一个认知上的错误。臭花梗、臭豆腐、臭螃蟹、臭冬瓜、臭笋之类,你的舌头认为这很臭,与香不沾边,泾渭分明,非此即彼,而浙江人的味蕾更为复杂,品出的是香臭的混合,也可以说是香臭的合作所产生的独特的鲜美,就如敢于独辟蹊径而又曲径通幽,不惧山重水复方有柳暗花明,就像他们的生意经"和气生财",中和怒气、傲气、戾气、客气、正气、名气、运气,甚至洋气等,产生出灵感的财富洞察力,走出了通达天下的财路。

颠覆的是逻辑,创造的是奇迹,而奇迹总产生于意外。

这才是生活,有些东西被某一群人视若珍宝,而被另一群人弃如敝屣、嗤之以鼻,你眼中的亲人,他眼中的仇人,有道是萝卜青菜各有所爱,人类世界中的平衡、妥协与理解,是构成美好愿望的基础。

我喜欢吃臭花梗,也是从掩鼻到翕鼻,从不爱到爱,这个过程让我明白什么事都不能凭第一眼的感观来判断优劣,更不能武断地一棍子打死,许多人间至味,或者说人间真味,不是闻出来的,而是慢慢品咂出来的。

臭花梗是劳动者的食物,滋味没有天的高度,却有地的深度。

2022 年 8 月 7 日

馒头"外交"

"亲不亲,走得勤。"是我老家大石的说法,亲戚越走越近。

走得疏的亲戚,是戚却不亲,互相忽略,有事想不起来,没事更想不起来,相忘于江湖。没有温度的血缘,也无所谓走与不走。

走也要有由头,总不能有事没事抬腿就去,虽说亲戚不是外人,但也不能太不把自己当外人。同村还好说,离得近,趿几步就到了,就是门框上方长年吊着门铃似的蜘蛛网的那家,或者墙上依稀还能辨认"打土豪、分田地"的那户,老门老屋老人家,拉拉呱,身体如何?孩子怎样?你家田里的草盛了,需要帮忙就吱声,顺手的事。有时都不必进屋,窗户底下三两句就把话说了,听说你刚从山上逮了只雉鸡,啥时炖了添双筷子咱哥儿俩整几盅,云云。

没有仪式感,不叫走亲戚,叫串门更合适。而走亲戚是一件认真且礼貌的事,比如换一身干净的衣服,胡子剪一剪,女子把眉毛脸蛋捯饬一下,手里拎上些东西,选个大家都空闲的日子,等等。

在我老家,在特定的时间里走亲戚却有一种特定的表达语言,叫"吃馒头",是春节里的保留节目,老少咸宜,尤以孩子来完成这项任务居多,因为其中还含有拜年的意思,我们叫"拜岁"。这种打着吃馒头的幌子,行友好访问之实的方式,确切地说是当地的一种风俗,传承了几百上千年都有可能。反正我小时候,每年都要被临时任命为出访特派员,喜气洋洋地奔走在这一风俗的路上,为赓续传统献上自己不算宝贵的时间和脚程。

当然,家里再缺衣少食揭不开锅,也不至于大老远地奔着亲戚家的一个馒头而去,馒头只是馒头,目标过于普通,长得再白白胖胖,模样儿喜人,也成不了天宫蟠桃园里几千年才成熟的仙桃。"吃馒头"之所以与走亲戚挂钩,或者说能成为走亲戚的理由,是大石的馒头确非我们平日里吃的普通馒头,将面粉揉巴揉巴就蒸出一锅,几个小时便能完成,下班回家现做,都不影响饭后去公园跳广场舞。而大石的馒头则不然,做起来工序繁复,需要花费一番大工夫。总的说来,彼馒头与此馒头不是一个量级。

这里简略道来:取一口半人高的大缸,将糯米、晚米、麦麸、面粉、甜酒酿等,有些熬成粥,有些直接加入,手持一根状如少林棍的擀面杖,搅拌成糊状,倾倒进大缸,再用稻草、棉被等将大缸捂严实,酿两三天后方可揭盖。纱布沥出来的酵水,是馒头的灵魂,飘着酸甜的香味,看上去并不浓稠,却蕴含着不少有形无形的玄机,其中有秘不示人的配方,有水与粮食的比例,有对时间、温度、色泽等精细掌控的技艺,还有不可大嘴巴胡言乱语的禁忌等。完成了酵水酿制这项既是基础性又是关键性的工程,接着就可以做馒头了。这么多酵水,一家肯定用不了,都是几家事先约好,他拿一升米,你给两瓢面,算是入伙,酵水也联合消耗,数量估摸得八九不离十。

做馒头一般从凌晨两三点钟开始,鸡还睡着,狗还在做梦。场面极为热闹和喜庆,男女老少,围坐在一张大案旁,刚刚还睡眼惺忪,见到第一筐面粉倒进大盆,立即精神百倍,和面的和面,揪团的揪团,搓揉的搓揉,流水线作业,嘴里不闲着,唠一唠家长里短,说一说鸡毛蒜皮,也可以关注一下天下大事,嘻嘻哈哈,叽叽喳喳,手里的活却忙而不乱,不断将做成形的馒头、包子和花卷放在铺着湿巾的笼屉里,放满一笼再接一笼,像召开一个团结的、胜利的、隆重的馒头大会。

蒸馒头要用烧木柴的土灶,灶膛内烈火熊熊,火苗把大铁锅舔得红彤彤的,也将灶台上摞成一人多高的笼屉蒸得热气腾腾。馒头蒸熟后,摆在桌子或篾垫上摊凉,有些馒头因酵水过于筋道,蒸开花了,但有忌讳,不能说"裂了",要说"笑了",过年过节,所有坏事都必须说成好事,图个吉利。这时,主人会拿出红印章,挨个盖过去,像给列队在操场上的士兵戴上大红花。盖上这种印章有标志所有权的意思,因为各家都做,容易混淆,更多的是有"确定""祝愿"的意思,讨个好彩头,今后的日子必定红红火火、吉祥如意、鸿运当头。这个章也不是乱印的,春节的馒头印"福"字,印小红花,印五角星;如婚礼上用,则印"囍"字,印鸳鸯鸟;如寿诞上用,自然要印上"寿"字,或寿桃什么的,不能盖错。刚出笼的馒头叫"白谢",人不能马上吃,要先谢过天地祖宗才能进嘴,而其他比如包子之类就无所谓，腾不出锅灶做菜，趁热吃，当饭。

一场馒头做下来，烟囱冒上一天一夜的烟是常事，大家脸上粘满面粉，内衣都湿透了，到最后一笼蒸熟，人仰马翻。这样精疲力竭做馒头，心态像对待宗教那样虔诚，而且麻烦程度不亚于搞一个什么庆典，图什么呢？民谚云："二十六，做馒头。"说的是腊月二十六日，是规定各家做馒头的日子，与祭天敬祖、扫尘除垢、贴春联置年货并列为春节前必干的几件大事，说明粗食细做，小食大做，既表达对馒头的尊重，也表示馒头在过年中是食品的主角，重要性不可替代。

因此，将吃馒头与走亲戚绑定，就有了充足的理由。从正月初三，开始落实走亲戚计划，日子一直可以持续到正月十四。这个时间有来头，也很有讲究。大年初一，新年第一天，邻居和要好的朋友要来家里坐坐，自己也要到别人家里走走，聊聊天，发发烟，尤其是上年帮过自己忙的，要把感谢的话说到，送上一张笑脸。初二这一天不得轻举妄动，与别的地方左手一只鸡、右手一只鸭咿呀咿嘚儿喂地"回娘家"不同，本人老家的风俗是没事在家待着，不能出门的，叫"探亡日"，上一年谁家有人去世了，才要过悲年，开门迎客，着素服，吃素食，接受深切的吊唁和眼泪。台州地区这些风俗大多与戚继光抗倭有关。这里不妨插播一段历史，比如大年初二，全民悼念戚将军一家战死沙场，选择新年第二天便是选择隆重、选择尊敬、选择纪念，停止一切娱乐活动，万民敬仰，这时笑逐颜开地走亲访友必会引起人神共愤。再比如元宵节过十四而不过十五，还要吃菜羹，是替戚家军祝捷，全民欢欣鼓舞。临海人憎恨日本人是深入骨髓的，比如我，我妈还没学会走路时，如果不是我外公机警，就差点儿让日本人投下的炸弹给她的人生画上休止符，就是说这世上差点儿就没我了。国仇家恨，结了这么大的梁子，我能不对至今还死不悔改的日本恨得牙痒吗！我没听说现在有日本人来临海投资办厂的，不知道是良心发现不好意思来，还是仇怨太深不敢来，以日本人不擅忏悔的国民性，前一种绝无可能，他们的靖国神社香火仍旺，政客们穿着脚踏板"啪嗒啪嗒"地去得欢，更别指望他们会对倭寇祖先的烧杀抢掠产生罪恶感。这是题外话，插播结束。

大凡亲戚，便是父母的兄弟姊妹，血缘浓，再上一代，远支旁亲，人走茶凉，得不到重视，感情比茶淡得还快，就走动得少。我家情况特殊，我爸是独子，有三个姊妹,我称姑姑,却没有叔伯;我妈是独女,有三兄弟,我称舅舅,却没有姨妈。我能记住的亲戚就这么多,仨姑仨舅。仨姑家常走,而仨舅家难得一去。现在,仨姑都已谢世,我还记着她们的音容笑貌;仨舅都已作古,长什么样没一点印象。

我小时候,领受走亲戚的任务,通俗叫法"吃馒头",便很开心,总是与二哥结伴同往。我喜欢去大姑妈和小姑妈家,一般选择初五和初六这两天,早早起床,认真地把脸洗干净,衣服不用换,年初一已穿上新衣服了,很有仪式感,毕竟是代表全家,"外交"场合不能马虎。我妈会准备一个礼篮,农村没有多少值钱的礼物,也没有稀罕物,都是土特产,比如垂面、米面、红糖等,拎着也挺重。

大姑妈和小姑妈,她们老一代人很讲究待客之道,虽然我只有五六岁、七八岁,但她们不把我当小屁孩看待,待客的礼仪滴水不漏、一丝不苟,该走的流程都要走到。

先上一碗茶,却不是茶叶泡开的茶,而是桂圆茶,即把干桂圆(没有桂圆放干荔枝)放在锅里煮,要双数,不能单数,一般放8颗已很热情,放10颗或12颗表示你是非比寻常的贵客。烧开后连桂圆带汤全舀进碗里,加入红糖,汤色像琥珀一样诱人,再客气一点,打上一个鸡蛋。这道茶表达的是主人对客人的迎候、尊重与喜悦,还有长辈对晚辈的疼爱。但是,茶很美味,却不能随性喝,汤自然要喝的,鸡蛋也可以吃,但不能把桂圆囫囵吞枣般一扫而空。其实这个风俗习惯是让"穷"逼出来的,家里买不起荔枝或者桂圆,客人自觉不吃,让主人留下来,重新晒干,有客人来时可以接着用,像陕西人吃臊子面,留下汤回锅。习惯了就成风俗,就是到家境殷实的人家去,人家虽不差这几个荔枝、桂圆,但你也不能一鼓作气将其消灭掉,也要剩在碗里,体现一种教养。人都喜欢循规蹈矩,有绅士风度。一次,我回乡探亲,带着女朋友去大姑妈家,照例先上来一碗桂圆茶,我正喝着,女朋友说实在吃不下了,我一看,好家伙,她把半碗桂圆吃掉了三分之二。也不怪她,怪我事先没提醒,她一个山东人哪里知道这些规矩?好在大姑妈从小看着我长大,怎么着都无所谓。

现在可没这些讲究了,汤喝掉,如果还把桂圆留在碗里,不是老泛人就是看不起人,说明风俗也不是铁板一块,是可以随着经济条件的改善而改变的。

喝过茶，便要吃正餐，就是"吃馒头"。老家大石有"九大碗"，这时就可以放开肚皮招呼了。我最爱吃的有笋尖、油泡、肉圆、炖鸡、红烧肉等，最后热气腾腾的馒头上桌，哪里吃得下？掰一小块放进嘴里，算是完成任务。茶喝了，饭吃了，便可以打道回府。这时大姑妈或小姑妈给我一个小红包，我知道里边是5毛或1元的压岁钱，不必虚情假意地推辞，小的笑纳了。

一次，大年初三，我在村街上瞎逛，一辆车嘎地停在我旁边，车窗里探出一光亮脑袋，原来是我发小。我说："你不是在广州过年吗？怎么又回来了？"他说还有亲戚在，让孩子回来"吃馒头"。累死累活开十几个小时的车，就为了奔赴一个习俗，也是没谁了。

时代进步的确删除了很多东西，春节"吃馒头"的习俗，现在仍然是我老家的一种礼数、一个保留节目，让孩子给亲朋带去问候，亲情小聚，传递朴素的温馨。

2022 年 7 月 24 日

骄傲的杨梅

小区被划为防范区,不用执行疫情禁足令。"警报"解除,立即下楼散步,阳光下晒一晒发霉的心情。

小区的原址是老军营,老军营搬迁后建成住宅区,嘹亮的军号声散失在风里。除了地还是那块地,一切已改头换面,樟树、梧桐、冬青等"原住民",早已集体迁徙,不知去向,踪迹全无,包括在此生活了不知多少代的鸟,以及它们经年累月建筑的"老宅"。移植过来的景观树,自然也属于新居民,都未成年,愣头愣脑地站在绿化带上,躯干被木条支撑着,像被五花大绑,不过是帮助其矫直身形,免得到新地方立足未稳,被风吹倒了或者日后长歪了,像涉世未深的青少年需要扶持和管教。

与其他住户比,我搬进来算是早的,也才大半年时间,可见这些草木扎根于此,不过一两年。让我讶异的是,几棵不算高大的杨梅树,也承担起绿化的责任,比较少见,而且她不负众望,率先结了累累果实,一嘟噜一嘟噜,青涩涩地挤在叶子底下,像初生的雏鸟一样,小脑袋萌得可爱,簇拥着、躁动着,似急欲长大,拍打像翅膀一般椭圆狭长的叶子飞去。

蓦然想起,节气已入谷雨。在城市的钢筋森林里很难感受到节气的变化,不像在山野里,眼前耳侧,涌动"杨花落尽子规啼"的景象。此时,家乡的雨水会多起来,给田地里嗷嗷待哺的庄稼不断降下甘霖,给父老乡亲送来丰收的希望。农谚说"雨生百谷",想来山上的杨梅树也正挂果,闻一闻味都能酸得人一激灵。

杨梅快长易熟,不难推算,再过几周,满树的小"红灯笼"高高挂,照亮一个时令。上市的杨梅一颗颗圆滚滚、肉嘟嘟,摞叠在竹编篮筐里,再垫几片水灵灵绿茵茵的叶子,看上去跟露珠一样新鲜,赏心悦目,活色生香,让人垂涎欲滴。宋人余萼舒诗云:"摘来鹤顶珠犹湿,点出龙睛泪未干。若使太真知此味,荔支应不到长安。"诗写得好,吹捧杨梅的诗无出其右。不过余老头是江西人,那里多杨梅少荔枝，便显得厚此薄彼，踩一个抬一个，似乎不太厚道。

我小时候因为年年能吃到，这一点比诗里的"太真"，也就是杨贵妃有口福，味觉记忆根深蒂固，所以杨梅是我最爱吃的水果之一，每每想起来便口舌生津。

浙江是杨梅的故乡，号称越中佳果，她有让众多水果望尘莫及的骄傲的过去。原因是她的踪迹在余姚的河姆渡遗址被发掘出来，见了天日，证明起码在7000年前，杨梅就以水果的身份参与了人类活动，不光体现了自身营养价值，还让刀耕火种的生活有了甜度。单凭这一光彩照人的传奇经历，便可评为最早献身于人类文明进步事业的功勋水果。我家乡在台州，从绵延的山脉看，与余姚是近邻，虽是一座老城，有"千年台州府"之称，但地里目前尚未挖出过什么可与河姆渡媲"老"的宝物，而山上土生土长的杨梅树却是有的，这应该归功于植物有极强的聚居性，找到附近适合生存的地方落脚，形成新的群落。一些年长的杨梅树枝繁叶茂，浓荫如盖，形态饱经沧桑，可见辈分不低，完全可以想象出一幅我爷爷的爷爷坐在树杈上吃杨梅的画面，咧嘴一笑，露出满口红牙，挺吓人。

祖上奇功盖世，当然值得杨梅骄傲，但杨梅骄傲的本钱不止于此，还体现在味道鲜美上，而骄傲的果实也往往娇气，加上无皮无壳，肉是皮肤，皮肤是肉，不分彼此，因而不易储存，南方天气炎热，两天卖不出去就坏在家里，流出红艳艳的汁水，不便作经济果实。农民实际，光自己消受的东西就不肯花力气下功夫，我老家更重视茶叶和橘子的种植。杨梅树得不到人工关心照料，结不结果都悉听尊便，长得就不成规模。

如果站在山脚往山上眺望，在一片苍翠中突然出现一团墨绿的雾，像山水画中有一处浓墨的皴染，十分显眼，这一团必是杨梅树无疑。她的身高可与松树比肩，呈冠状横向伸展的树枝可达丈余，叶子四季常青，像深绿色的柳叶刀，密集生长，因而远远望去，就产生了涌墨而出的效果。老家山上的杨梅树不算多，也就一两百棵，寥寥可数，而且自由散漫，东长一株西生几棵，崖边沟侧，三三两两、横七竖八地生长着，呈无组织无纪律的随性状态。山脚上能看到她的身影，山腰处也能出现她挺立的身躯，山顶是没有的，她没有松柏那样的钢筋铁骨，吃不消强光和大风，这符合适者生存的大自然生长规律。

杨梅这种水果有自己的特点，果实不大，算盘珠子似的，最大的如乒乓球，紫红色的果肉呈乳头状凸起,咬一口汁液横流,酸甜鲜美的味道能俘虏任何舌头,还能长期潜伏在记忆深处,蛮横地贯穿人的一生。

杨梅的特有个性,除了骄傲,还很热烈,不像橘子那样,成熟了还死皮赖脸地挂在树上招摇,好像不愿意离开娘家,喜欢逗引四面八方的鸟儿都争相来尝一口;也不像梨儿那样,把自己伪装成与树叶同样的颜色,好像要与生尔养尔的母亲相守到地老天荒。杨梅则不然,年轻时是青涩涩的,成熟了周身通红,任凭树叶绿得深沉,她也要红得发紫,像新娘穿上鲜艳的嫁衣,容光焕发,深情款款,大方地向世界展示自己朝气、盎然的美丽容颜,在需要离开枝头时,毫不犹豫地落将下来,于大地上寻找自己的归宿。她知道蚂蚁、松鼠、野兔都喜欢吃她的肉,剩下核生根发芽。

更多的归宿是入了人嘴,酸甜滋味绵长。

国人在吃上创造了不少没有证书的专利,杨梅酒就是一例,也是比较有风味的一种。取容量大的玻璃器皿,选品相好的杨梅放进去,再倒入葡萄酒浸泡,或黄酒,或白酒,最好是土烧,二锅头也是不错的选择,三分杨梅七分酒,盖紧,放置于通风阴凉处。杨梅与酒上辈子八竿子打不着,现在萍水相逢,用"瓶酒"相逢更准确,不能肯定会像"金风玉露一相逢,便胜却人间无数"那样,一见钟情,相见恨晚,却保证日久生情。就像许多"拉郎配"的婚姻一样,本来陌如路人,可一经撮合,倒也成了绝配,时间让他们慢慢互相拥抱、了解和融合,直到矜持的杨梅彻底把爱意表达出来,性格豪放的酒也将自己的精华注入杨梅的内部。酒本"单身",想不到有生之年能遇上杨梅这种倾国倾城的红颜知己,内心自然十分愉快,一俟喜结连理,近朱者赤,白酒染得通红,红酒色泽更深,好像自己先醉了。"蜜月"过后便可开瓶饮用,当然最好等过了一两年时间,待斟饮之时,发现他俩已浑然一体,情愈笃,味更醇,天作之合,一口下去,颇能让人领会什么叫作"阿哥阿妹情意长"。

酒里融进杨梅淡淡的甜,喝起来更加可口,尤其是红酒泡酿的杨梅酒,灿若朝晖,红如晚霞,入口绵长甘醇,酒精仿佛失去了霸道凌厉的本性,变得温婉柔和,就像婚后的男人,收起街头混混那种混不吝的驴脾气,连说话都和风细雨起来。如果你以为酒精被杨梅悉数吸收,酒水成了放不倒人的窝囊废饮料,那你就错了,甜丝丝的杨梅酒酒精度并没有降低多少,只是口感有了调整,更具欺骗性。有例为证,一位北京的朋友来舟山,我请他去最具当地特色的海边大排档吃海鲜喝杨梅酒。这老兄不知天高地厚,对海鲜大加赞赏,啧啧称道,对杨梅酒却十分不屑,说这种红糖水若叫酒,他都担心伤了酒的自尊。我暗自冷笑,心想就用这酒收拾你,这厮今晚必栽!便恳切地说:"兄弟,我就用这伤了自尊的酒待你,不成敬意,放开痛饮。"饭未毕,该同志面前放着半斤装的杨梅酒空瓶子8个,瓶子站着,人已站不起来了,脸与杨梅酒一个颜色。第二天中午我去宾馆陪他吃饭,这家伙刚睁开眼,还是头晕眼花,唏嘘道:"杨梅酒可真是温柔的陷阱!"

无独有偶,一次,我在非洲某国宴请政府要员。黑人兄弟喝酒豪爽,喝白酒不说,还非要拿边上放着的杨梅酒当饮料。我诚实地告诉他们这是酒,可老外不听,称这玩意儿的口感比可乐好,不给喝不够意思。为了国际友谊的小船荡起双桨,我让他们喝;为了国际友谊的小船能荡多远就荡多远,我也让他们爱喝多少就喝多少,结果他们一个个喝嗨了,虽然舌头打结,还"OK"声不绝,掏心掏肺地称兄道弟,说中国的白酒我平时能喝两斤,今天才喝了几两,怎么就走不成直线了?

杨梅酒后劲发力,白酒做不到的事,杨梅酒能做到,不动声色地让一些久经"酒精"考验的老酒鬼翻船。

杨梅有多种吃法。有一种比较经典的操作,是在胸前的纽扣上系一根白色细线,用细线将杨梅切割成一小块一小块地吃。这样吃的好处,一是免得囫囵吞枣似的顷刻让一竹篮杨梅见底,二是能及时发现杨梅里藏着的果蝇,三是显得有教养。据说这种吃法源于名门闺房,慢条斯理,优雅精致。但在吃什么都需要眼明手快的年代,缺点显而易见,分割而食,细嚼慢咽,状如喂鸟,不具竞争力,周围兄弟姐妹小伙伴虎视眈眈,数量的损失无法弥补,我尝试过一次便不再效法。不管三七二十一,连肉带核狼吞虎咽,在能当实惠的俗人时,决不做吃亏的绅士,这才是舌尖上的硬道理。我妈说把核吞下去今后头顶会长杨梅树,无奈我从小就在吃的方面才智过人,不容易被忽悠,知道大人的话多半唬孩子,照样吃杨梅不吐核。我的判断还是准确的,时至今日,我的头顶连头发都长得少,更别说长奢侈的杨梅树了。

杨梅做的汤,在夏天里是一道清凉的口福汤。做法很简单,在杨梅里加入少许冰糖,放进锅里加水煮开,凉了便可饮用。那时没有冰箱,将杨梅汤灌进大瓶里,绑一根绳子吊进深井冷却,当口干舌燥时,取出来咕噜几大口,冰凉的感觉让人从脑门舒服到脚底,仿佛连骨髓都融化在那股酸爽里。现在,杨梅汁做成冰淇淋、酸奶等,也是神仙吃法,但因添加了许多其他原料,喧宾夺主,都不如原汁原味的杨梅汤,保留着大自然生动的灵魂。

作为零食,杨梅干也是极有风味的。鲜杨梅放不住,就摊在太阳下晒干,这样能从夏天保存到冬天。农家没有太多的小食品招待客人,朋友来了有土酒,孩子来了有杨梅干。有些人家城里有亲戚,往往寄些杨梅干去,权当土特产。这东西生津解渴,和胃理肠,当中药吃都可以。现在市场上杨梅干不算多,偶尔碰到,我会买一些尝尝,大概采取了机器烘干技术,与自制的比起来,少了一股阳光的味道。

杨梅是一种意味深长的水果,想起来就让人口水横流,这是她最大的特点,在品种繁多的水果界别具一格、独树一帜。当然,柠檬也能做到,但柠檬当不得水果吃,就是"缴枪不缴醋葫芦"的山西人也不好这一口。

看到小区里的杨梅,我想起老家村子里的人说,山上还有分给我家的五棵杨梅树,只是不知道是哪五棵,长在哪里。知道也白搭,山上灌木茂茂密密,层层叠叠,无路可走了。我估算一下,一棵生长了几十上百年的野生杨梅树,可产百十斤果子,那就是四五百斤,够我鲜吃、泡酒、晒成杨梅干,现在却只能让其自生自灭。

生为水果,无论是摇曳在小区里当风景,还是响应时令的号召把自己献给芸芸众口,被人称赞和赏识,似乎都比生在山野湮于草莽有价值和意义。

可转念一想,与人类世俗断了来往,就可以不必再遭惦记,不必忍受修枝剪杈或被嫁接的切肤之痛,不必努力长成被人期望的样子,不必为身上被强行施加农药而焦虑,不必与其他水果聚集在超市里争宠,生死都自由,何尝不是一种幸福?

野生的杨梅甜得透彻酸得激烈,而人工栽植的杨梅酸甜都温顺,这说明尽管有河姆渡那样深远的背景和崇高的荣誉,杨梅的本性,也不愿将美味变成商品,乐滋滋地"出售"自己的"品质"。于是,当你非要将她摘下枝头时,她便以每小时都在变味的速度,证明她身上那一股不甘屈服就范的倔强与傲娇之气,冰块与保鲜膜能起到延缓的作用,但无法阻止,我不可食,尔奈我何!

　　寂寞无主的杨梅,兀自红在高高的枝头上,在山里孤芳自赏惯了,从而难媚于世。避于红尘之外,早披一身朝露,暮沐一身晚霞,山野里听天由命活得安闲自在,做一无拘无束的逍遥野果,这才是她最得意的活法。

2022 年 6 月 18 日

麦油脂

人在他乡,每每想起家乡临海的美食,最能勾起馋虫的,是一种名叫"麦油脂"的食品。

说起来,这种食物并无神奇之处,用一张摊得薄薄的足有脸盆大小的面饼,将各种杂七杂八、荤素搭配的菜肴卷在一起吃,样子像上海人爱吃的春卷,只是体量悬殊。春卷是小号的,一口咬掉半根毫不费事;而麦油脂是特大号,最大的嘴也休想一口解决,除非长着野兽那样的血盆大口。也像山东人吃的煎饼,山东大汉豪气干云,号称"给他一张煎饼,能卷下整个地球"。即便如此,如果他们吃过麦油脂,比历史的悠久性我不知道谁能胜出,但比工序的繁复性与内容的丰富性,我想他们的豪气一定会变成泄气,以山东人的爽朗性格还可望变成服气。

麦油脂的做法看上去并不复杂,实际上操作起来却不简单。和一盆稀面,和面有讲究,和面时要顺一个方向旋转,要么顺时针,要么逆时针,如果时顺时逆一通胡拌乱搅,就会打乱面粉内在的分子排列规律,就像一支整齐划一向前行进的队伍被解散,成了一盘散沙,用和面者的行话说,这是"断了筋",粘连自然还能粘连,但缺少韧性。和好的面最好泡进清水里,盖上湿布,放一晚上,第二天沥去水,这时的面团比糨糊略干,不软不硬,拎起来能粘在手上,黏黏糊糊晃晃悠悠地往下坠,却又掉不下来。这个时候可以摊饼了,将鏊子架在炭火炉上烤热,要注意的是,不可用柴火烧,木柴不容易控制火势,鏊子过热或过凉都不适合摊饼,过热会滑面,过凉会粘底,而炭火温度相对均匀,比较好掌控。现在木炭不好找,专用的泥炉也不好找,有人用煤气代替木炭,灶具代替泥炉,因为能调节火候,也可凑合着用。待鏊子热得差不离了,用丝瓜络制成的油刷在表面上快速擦几下,薄薄的一层油就涂在鏊子上,然后抓一把面糊,往鏊子上一摊,刺啦一声腾起一股蒸汽,很快薄饼就变了颜色,熟了的面饼底部略微焦黄,揭起来抛进旁边专门盛食物的平底篾筐里。熟练的主妇做起来气定神闲，一刷一抓一涂一揭一抛，也就这五个步骤，像流水线作业，动作一气呵成，干净利落，绝不拖泥带水，而且摊的饼又薄又匀又圆，个把钟头就能摊完一大盆面粉，篾筐里错开摊放，飘散的热气面香扑鼻。新手可没这能耐，不是厚薄不均，就是这里缺只角，那里漏个洞，要用面糊再去补，说不定手指还会被烫出几个水泡，手忙脚乱，额头冒汗，让旁边早已垂涎三尺的人着急。

会摊饼，还要摊得质量上乘，是我老家姑娘们从小就必须掌握的一门技能。有个说法在外人看来十分奇葩，就是把会摊饼与会缝缝补补做针线活，将屋子拾掇得井井有条、窗明几净，把一日三餐的饭菜做好送到全家人嘴边的重要性相提并论，甚至上升到作为衡量该女子是否贤惠、是否有能力勤俭持家的一项重要指标。如果出嫁时还没学会摊饼，可能会遭到旁人撇嘴看不起甚至诟病。若是遇上个爱挑剔的婆婆，还可能影响到之后的家庭地位和婆媳关系。虽然有些过分，有些苛刻，有些霸道，有些吹毛求疵，可在以前的农村一点也不奇怪，妇女要操持家务，上得厅堂下得厨房，总管屋檐下的一切后勤事务，大处当好财政部部长，小处当好炊事班长，需要掌握的生活技能一样都不能少。这也可被视为一种风俗，一条非但不讲理并且还挺气人的民间土法则。

麦油脂不会因为土法则的不讲理而被剥夺了美味。饼的味道虽然喷香，但并不奇特，最终对味觉起决定性作用的还是在菜肴上。菜肴的种类繁多，林林总总，有十多样，烧好后装在大盘大碗大盆里端上桌来。桌子是八仙桌，经常摆不开，就盆摞碟、碗摞盘，挤得满满当当，各种香气混合后缭绕四溢。如果想象我们现在正准备卷一张饼，可以随着伸出去的筷子，报出若干被夹起来的菜名，先说荤的，五花肉切成片，腊五花更棒，肥瘦相间，排成一字形，三四片即可，后面提到的肉类都照此执行。猪头肉，肉质细滑，肥而不腻；猪肝，口感丰富，香味持久，爱吃的人觉得它是麦油脂的灵魂，提香的效果惊人；猪血，做成豆腐形状，放些蒜苗去腥，其深沉的色泽可以丰富麦油脂的色彩；喜欢海鲜的人，尤其是海边的人，喜欢放剥了壳的大虾，去了骨头和刺的鱼片，肉质鲜美细嫩的墨鱼、鱿鱼，当然有蛤蜊肉等贝类更好，让舌头体味海洋深处的美味更动人的风味与层次。再说素的，红烧豆面，却不是以豆类为原料做的面，而是由红薯淀粉制成，韧性十足,一根根有毛衣针粗细,在其他地方叫"粉条"或者"粉丝"。这种深褐色的食品炖熟后滑滑溜溜,筷子很难挑起来,大概好吃的东西都喜欢考验一下人的耐性,它是麦油脂最地道最传统最不可或缺的主材,如果与萝卜皮一起炖更好;炒豆芽,黄豆绿豆的芽均可,清香鲜脆,若单以爽口论,在蔬菜大家族里它应名列前茅;海带丝,切成面条状,最好用猪油做,放进姜丝、花椒之类同炖,大海的味道醇厚浓烈;煎豆腐,放在油里一片片煎得焦黄,世人只知白水洋豆腐,其实我们大石豆腐与其品质不分伯仲;煮粉丝,虽然大石垂面名扬省内,但那是用面粉做的,以单独炒着吃为好,而卷进麦油脂,还是大米制作的粉丝与其他蔬菜更有融合性,配合得更加默契和奇妙;笋干,有人用鲜笋,我吃过后觉得比较一般,远不如笋干,独特的山野风味能在口腔里久久盘旋……蔬菜的种类不计其数,这里列举的疏漏甚多。再者,一年有四季,季季有鲜蔬,将此刻正绿在地里的时令蔬菜加入这支庞大的军团能增添更多的活力,比如绿茵茵的芹菜、红彤彤的胡萝卜、亮光光的土豆丝、软糯的芋头、挂在半空的豆角、长在水里的茭白等等,什么新鲜卷什么,什么上市包什么,不一而足,如果说山东伙计一张饼能卷下地球,那么临海人一张饼能卷下日月星辰。

抛开浪漫的想象,这么多种菜,在一张饼上排列组合、自由搭配,就像一个小操场难以容纳一支集团军的兵马,这就需要挑选自己爱吃的往里裹,也可以包第一个时用这些菜,包第二个时用那些菜,如果胃口足够好,还包第三个,就综合一二个里最对自己口味的菜包。若是觉得胃里还有空隙,再接再厉包第四个,那此人一定不同凡响,不是宰相就是弥勒佛。因为宰相肚里能撑船,弥勒佛的肚皮能容天下难容之事。要知道一个麦油脂卷起来足有胳膊粗,长度一尺有余,能一下子干掉四个的,孤陋寡闻的我至今还没见识过此等吃货中的传奇人物。

有人喜欢素皮,保持面饼的麦香味;也有人喜欢卷好后放在油里煎一下,将皮烙得金黄酥脆,咔嚓一声咬下去,味觉马上被激活,食欲被唤醒,欲罢不能。麦油脂的特殊之处在于群英荟萃,数道食材汇聚融合,滋味在串烧后能提升到另一个维度,到达单纯一种菜肴无法到达的顶峰。一口咬下去,胃口的阀门不是被打开的,而是被直接冲开的。这还不够,会吃的主妇同时要熬一锅稀粥,能照出人影的那种,我老家叫"薄粥汤"。稀粥是麦油脂的最佳搭档,咬几口麦油脂吸溜一口稀粥,稀释嘴里的干燥感,冲淡油腻度,有汤汤水水的加持,肠胃更加踏实和舒服。

可以将吃麦油脂看成一种地域特色饮食文化,当作咱大中华饮食文化的分支也无不可。它的内容和形式都与酒席文化有别,吃酒席是呼朋唤友,大家分主次坐下来,推杯换盏,各人的筷子都往盘子里伸,再回到各人的嘴里,人与酒杯一起被固定在一个位置上。而吃麦油脂基本上是站着,各自拎起一张饼,摊开在自己的面前,用公筷夹菜,自己卷好自己拿着咬,不需要其他锅碗瓢盆等辅助工具,就像把全世界的美食捧在手心里食用。站着吃,走着吃,从这屋吃到那屋,从走廊吃到门口,有兴趣可以看看远处的风景,不妨碍与路过的人打个招呼,就餐范围可以扩大到方圆数十米开外,自由自在,从从容容,仿佛自己就是流动的饭桌,鸡狗猫在身后跟了一群。

麦油脂就是这般能让人吃出美味,还能让人吃出乐趣。

如果这时恰好有人串门,不必为撞上别人的饭局而尴尬,主人会招呼一起来吃,别不好意思,麦油脂说到底是平民食品、家常食物,不算高大上的精美大餐,尽管客随主便,自己动手卷一个来吃是对主人热情的最好回应,其间不妨夸夸菜品,赞赞手艺,说明领情了。没有特意的铺陈,没有刻意的安排,也就不必有回请的负担,不必有吃了人家嘴短的隐忧。当然,不能排除某些人在某些时候以吃麦油脂为由头,邀请众多朋友相聚的情况,待酒席将要散时才上麦油脂,主角变成配角,属于变相的宴请,有贵宾或者重要客人驾临才如此置办,终究是非主流形态。

我在北京工作时,皇城根儿的人将烤鸭卷着吃,却对把各种食品一股脑儿塞进面饼的吃法不屑一顾,也很难理解和接受,因此到饭店寻找正宗的麦油脂如大海捞针,极有可能大海里根本没有针。在北京的临海老乡不少,同一方水土养育出来的人,口味也差不离,好这一口的不在少数。我们先试着在家里自己动手,可在商场、菜市场里买的面粉和菜怎么吃都与家乡的味道大相径庭,不是像走进了河南,就是像到了山东寿光,我们只好另想招数。好在临海离北京虽然路途遥远但是交通顺畅,我们让人从临海把面饼做好,带上各式水陆菜肴,包好保鲜膜,直接托付长途客运到北京大红门,一天一夜即可抵达。一次,又有老乡将麦油脂张罗到京城,我邀请一地道的北京哥儿们同吃,这老兄吃了两个仍意犹未尽,又往胃里填进半个,最后摸着肚皮打了几个饱嗝,操着一口京腔京韵说与其他卷饼类食物相比,麦油脂是天花板,其他只能当地板。我对他的评价表示反对,理由是实话实说会有挨骂的可能。

虽说麦油脂是临海人的传统美食,但以往也不是想吃就能吃到的。在物资匮乏的年代,通常在春节、端午、中秋这样的重大节日家里才做一次,七荤八素的菜肴加在一起,无非是希望五谷丰登。尤其是春节,舍得下老本,食材丰盛不说,数量也多,家家户户的篾垫上都躺满了一个个白白胖胖小猪似的麦油脂。"小猪"们的寿命不长,也就几天,到不了元宵节,那些天每个人的嘴唇都是油光光的,像打了一层蜡。

我一直没搞明白,麦油脂在我家乡包罗万象的食品江湖中一剑封神,名字却不知缘何而起,"麦"都能理解,指面粉;"油"也能理解,哪个菜都含油、用油;而"脂"就让人犯了嘀咕,用"动物体内或油料植物种子里面的油质",解释起来显然有些牵强,与"油"重叠,我倒是觉得在此应作"精华""极品"来解释,比如羊脂玉,比喻玉跟羊的脂肪一样洁白细密温润,玉中的极品,后来"脂"字更多的是当作高品质的喻象,比如"脂泽""民脂民膏"等。也有人写作"麦油滋",滋味的"滋",虽然不是十分妥帖,但是倒也说得过去,只是没有完全道出麦油脂灵动蓬勃的美味属性。还有些叫法更接地气,比如"食饼筒",比如天台人叫"角饼筒"或"饺饼筒",椒江人和路桥人叫"麦油煎",还有宁波、绍兴、温州都有各自的叫法。哪个名字更妥帖、更准确、更能勾起人的食欲,依我看非"麦油脂"莫属。

名不重要,重要的是麦油脂具有的包容性,才是这道美食所蕴含的文化真谛。临海有山有海,山珍与海味聚集,既然天南海北有缘聚集在一起,就不要分开,大家密切合作,形成一股纵横美食江湖的无敌力量。

有胸襟、能包容的食物能成为美食,何况人乎?

2022 年 10 月 22 日

第四章　乡风撩起历史的衣角

古老的乡村魅力无穷。

有人看到山的风景,有人体味到水的温情;有人遇上斜风细雨过小桥的浪漫,有人听到金鸡唱晓的晨曲;有人窥见历史在一廊一柱上的印记与沉淀,也有人在静谧与恬淡中找到了自己的归宿。

其实,中国人的根在乡村,风俗习惯源于乡村,所有的物质与非物质传统文化都肇始于乡村,后来因人群聚居而不断膨胀的城市,只是继承者、发扬者、承载者,或者说是站在乡村肩上的创造者。

大到竖房架屋、红白喜事,小到一顿早餐、一回口角、一次买卖,都可能深深地隐藏着一种千年约定俗成的规则,透露出人心里的被前尘落影所潜移默化的德操与理义。

这就是乡风,匆匆游客很难感受到的古老气场。

千年猪队友

我养过猪,准确地说,我家养过猪。

我家养过猪,说明那时候我家在农村。

猪只长在农村,有谁见过猪在城市的街道上溜达?有句话说:"没吃过猪,还没见过猪跑吗?"颇有不服气、莫要小看人的意思。但此话谬矣,许多城市人见过躺在案板上不能呼吸的猪肉,却的确没见过活着的猪跑。也有些人先吃过猪肉,后来到农村的广阔天地去,才开了眼界,见识了猪跑。

而我不一样,幼年时与猪零距离接触,先见过猪跑,长牙后开始吃猪肉。先观其态,后啖其肉,意味着我与猪有着可友可伴可追溯的渊源。

一

那时候,村民家家户户养猪,不养猪的家庭凤毛麟角。光棍儿汉自然不在此列,一人吃饱全家不饿,家里没有主妇,养自己都手忙脚乱,养头猪多条活口,只会将生活过得更加乱七八糟。

养猪需要猪舍,我们村里叫"猪栏"。农民的住房大多逼仄,许多老得风雨飘摇,可与杜甫的茅屋媲"破"。尽管如此窘迫,也会腾出块地方,牙缝里抠出点钱,盖一间简易的猪栏,让猪短暂的一生有一小块屋顶。这也可以看出,猪在农民心里是金贵的,说有着非同一般的重要性也不为过。有些人家,男女老少挤在一间屋子里凑合,猪却享受着住单间的待遇,跟帮派老大似的,心安理得而又舒适地躺平。还有的人家,猪栏与堂屋紧邻,或者干脆建在一起,猪与人呼噜之声相闻,俨然家中亲密无间的一员。

这种人猪"相依为命"的景象,在农村司空见惯,不足为奇。本来嘛,我们挂在嘴边的"家",就是屋顶下一个"豕"字,"豕"即"猪",仓颉从实际出发,把这个莫大的荣誉给了猪,鸡牛狗羊都只能到一边凉快去。

农民对猪情有独钟,皆因它是全家的肉食来源,并为老少提供一年的油水。有一头猪在栏,就不至于让全家都像修行者那样,碗里清汤寡水,吃得脸比青菜绿。猪还是行走着的"小银行",存猪肉等于存钱,手头拮据时卖掉一提溜,解燃眉之急。另外,猪一天到晚在猪栏里踩来踩去,把铺垫的稻草与自己的尿粪踩得稀烂,生产不少优质的有机肥料,田地里不可或缺,蓬松土质,土地畅快呼吸,其经过发酵的营养成分,比花钱购买的化肥更受庄稼的欢迎,且绿色无污染,保证了农业生态的循环发展。掐指算下来,养猪是既经济又实惠的副业,一本万利。

于是,猪就成了农民世世代代必不可少的家产。

二

我家的猪栏,开始也砌在厨房边上,落实了"家"的原始概念。与猪"同居",我们一日三餐做饭与吃饭的全过程,它都一目了然,估计油盐酱醋放在何处,它都了如指掌。时间久了,耳濡目染,真该谢天谢地,它没有长一双与人一样的手,否则放出来自己上灶炒菜,我都毫不奇怪。

我们吃饭,总会发出声音,吃是猪毕生的任务,对吧唧嘴的声音就非常敏感,构成致命诱惑。果不其然,它的鼻子喷着粗气,嘴里不停地哼哼唧唧,像是抗议,也像是提醒我们:别只顾自己受用,老子还饿着呢!有时候暴躁起来,要么围着猪栏团团转;要么用鼻子拱墙脚,把泥沙都翻将出来,发泄心中的不满。有时候它也讲策略,把两只前腿架在栏门的木条横档上,探出上半身,使劲朝我们抛丑陋的媚眼,嘴角流涎,露出一副迫不及待而又没出息的样子。我们当然不会忘了它,只是要等我们吃完了,残羹冷炙才全部由它兜底。

听我妈说,我小时候不好好吃饭,便把我抱到猪栏边上,说"猪一口,儿一口",或者说"你不吃就给猪吃了"。这一招挺灵,我怕饭被猪吃掉,便将含在嘴里的饭菜痛痛快快地咽下去。我现在吃饭从不挑食,而且速度飞快,可能是与猪一起成长起来的缘故。

虽然,猪在我的成长阶段做出过突出贡献,但长期与猪共舞,同一个世界同一个梦想,别的还好说,但猪身上的味道实在难闻,最讨厌的是对臭味有着无限爱心的苍蝇会赶来扎堆聚会。这种成群结队的小东西,不管落在什么物体上面,都要飞快地搓脚,很难说它们刚在猪粪上搓过脚,就不会飞到你的鼻尖上搓,更不好说它们不会站在你的碗沿上搓,挺让人恶心。问题需要解决,我家房后几十米处有一片菜园子,旁边盖着一间厕所,后来进行扩建,猪舍就搬迁到那里去了。猪终于从蜗居里走出来,有了新房,还跟独栋别墅似的,不但宽敞明亮,四周还很安静。这样就达到了"双赢"的结果,人与猪的住宿条件都得到极大改善。

从此,猪不再与我们朝夕相处,还有苍蝇再怎样搓脚,也与我们没有关系。猪好像不怎么领情,在乔迁之喜那一天,怎么赶都不走,扯着它的长耳朵拉也不行,最终还是将它五花大绑地抬了去。它一路拼命嚎叫,可能是心有所惧。

三

喂猪基本上是大姐的事。我家老爷子在外地工作,回到家也只看看我们长高了多少,再看看猪长肥了多少,当然我们兄妹几个都没猪长得快。老娘在学校教书,有备不完的课,基本顾不上家里的事。老大是长子,书不离手,却不屑于干家务活,也没什么理由,大男子主义理论的忠实践行者,反正酱油瓶倒了也不带扶的。老二是大姐,任劳任怨,做饭洗碗挑水喂猪,主持日常家务,附带监督我等读书写作业。前一项工作开展得有声有色,猪见了她就像见到亲人,躺着也会立即爬起来,屁颠屁颠地奔向槽边;后一项工作做得马虎草率,她将猪喂得膘肥体壮,毛色锃亮,而我每次拿回家的成绩单都惨不忍睹,就知道她对后一项工作是多么敷衍塞责。

猪的伙食比较简单,主食有青草、收割的番薯藤、萝卜缨、刷碗水加米糠等。偶尔也改善一下,将烂掉的番薯、土豆煮熟,拌些菜汤给它吃。每逢此时,猪像吃上饕餮大餐,嘴里喷喷有声,吃饱喝足打一饱嗝,大鼻孔上粘着番薯皮,被鼻息吹得一翕一翕的,意气风发,神采飞扬,好嗨哦,"猪生"达到了高潮!眼神里充满感激,再哼哼几声,意思是告诉我们,它对这样的伙食很满意,期待下顿继续如此大吃大喝。

我也有喂猪的责任,任务是打猪草。我们下午四点来钟就放学,大家一窝蜂地冲出学校,回家很自觉地拿上镰刀挎上竹篮,去地里打猪草。我们知道,猪晚上能否吃饱,全指望我们能割到多少青草。田边地头、溪滩沟坎,散布着我们的身影。"穷人的孩子早当家",当家不好说,养家却是早的,养猪即养家。猪爱吃什么我们都知晓,比如茅草、籽粒苋、菊苣、苜蓿等,我们统统往竹篮里搂。割的人多了,往往野草还没有长高,就被我们斩了首。我们天天"扫荡",草就来不及长,以至于常常收获甚微,委屈了猪,饿得它"嗷嗷"叫。

　　猪还要喂,打猪草就必须到远处去,到山上去。放学后的时间显然不够,我们一般选择风和日丽的星期天,招呼上两三个小伙伴同往,互相能有个照应,防止发生意外,父母也放心。我们的腰上系着刀架,刀架上插着磨锋利了的镰刀,有时候还会带上丁点儿干粮,收拾停当,才往山上走。

　　人迹罕至的地方,野草长得旺茂,大部分是茅草,绿油油、嫩生生的,猪吃起来甘爽鲜脆,那是它的美食。我人小手慢,一天下来,也能割上五六十斤,一把一把地系好,挑着回家。即使草料充足,我们每顿也只给猪撒上五六把,定量。我们清楚,别看猪笨头笨脑,憨态可掬,但在吃的问题上一点都不笨,草料多了它只挑鲜嫩的吃,剩下的粗梗便被弃在一边。这个肥头大耳的家伙,没有节约粮食光荣的意识,从来不在乎糟蹋掉我们来之不易的劳动成果。

　　上山打猪草,要走很长的小径,要爬很高的陡坡,要流很多的汗水,手上难免被茅叶割了被刺扎了,伤痕累累,非常辛苦。但小乐趣也有,杨梅红时蹿上树去,骑坐在粗壮的树枝上,伸手专挑红得发紫的摘,吃个肚子滚圆,才哧溜下来。或者不用上树,用脚一蹬,果实雨点般纷纷落下,都是熟透了的,从草丛中捡起来放进嘴,嚼得满嘴生津,牙比嘴唇红。野生杨梅很甜,也不用洗,可吃多了依然会倒牙。梅熟时节,我的牙根经常酸得饭菜难嚼,咝咝地倒吸凉气。

　　除了杨梅,山是天然的食品库,有许多野果可以慰劳我的胃,比如毛茸茸的藤梨、红艳艳的刺莓、黄澄澄的牛奶子等。当然还有农民种在深山里的地瓜、土豆,实在馋了或者饿了,加上年少顽劣,瞧瞧四下无人,不妨挖出几颗,生一堆火,将其埋在灼热的灰烬里,直烤得外焦里嫩,香飘山谷,老鹰都闻香而来,在头顶盘旋着看个究竟。吃罢趴在泉边牛一样饮水,顺便洗去一嘴的黑灰。此乃闲话。

用草喂猪,饥一顿饱一顿,冬天更是吃了上顿没下顿,营养跟不上,可怜的"二师兄"就长得缓慢。买来的猪崽一般三十来斤,养上一年也不过一百五六十斤,如能养到两百斤以上,不是猪种优良就是饲料充足。对农民来说,像撞上大运,委实可喜可贺,预示着家里可以留半扇卖半扇,发一笔小财。

因此,以前农家的猪,比现在的猪长寿,大体可以活一年,尾巴能卷一个圈再竖起来。肉也好吃,炖上一锅,香飘十里开外,在街上无事闲逛的狗闻着都兴奋,惦记着能否啃上骨头。现在饲养场的猪,长得快挨宰也快,几个月体重就长到三四百斤,尾巴还直通通的。年龄不叫年龄,应该叫月龄,猪想过个完整的春夏秋冬,基本没门。肉当然也变得寡味不少,厨房里炖着肉,狗卧在客厅里无动于衷。

养猪不是没有风险,遇到猪瘟,血本无归,这是天灾,农民欲哭无泪,又没有"猪寿保险",只有认命。待疫情过去,再养,别无他法。偶尔发生些意外,也是有的。我家养过一头猪崽,我们村叫"猪苗",有寄予庄稼一样茁壮成长的意思,它投靠我家才一个多月,长到了四十来斤,突然有一天暴毙,找兽医来察看,这老兄忙乎半天到最后还是一脸蒙,猪的死因至今不明。当然,这种中途夭折的概率极低,绝大部分猪都能健康快乐地从年初活到年尾。

四

猪有许多称呼,小猪时,不叫"佩奇",叫"猪苗"或者"猪崽",这时比较受宠,享受着主人的呵护;叫它"年猪"时,已被判"斩立决",往后的岁月只等杀猪刀了,它要为人们的过年隆重地慷慨赴死;如果叫它"毛猪",那就是"毛重",寿终了,当然不能正寝,趁皮上的毛未刮,下水未掏,被人抬着称重。

过年对猪来说,的确是"年关",一道生命难以逾越的关,"屠夫"当关,万"猪"莫开。杀猪时,我心里总有些不是滋味,不是因为场面血腥残忍,而是因为不舍,毕竟有过一年的交情,算不上深厚,可也曾经拥有。想我来到人间八九或者十几年,侍候过谁?给谁出过力流过汗?给谁提供过食粮?除了猪。

村里有专门的屠夫,我们叫"杀猪人",要花工钱请,预约好几点来。在他到来之前,家里烧开大锅水,倾倒在大木桶里。这时,可以把猪赶出猪栏了,它还蒙在鼓里,以为是出来放风,一路东闻闻西嗅嗅,表情很不严肃,不知道自己踏上了不归路。万事俱备,杀猪人大驾光临,身上套着长到脚背的皮围裙,油光锃亮,穿一双高筒雨靴,腰上挂着他的十八般兵器,有长短不一的尖刀、大小不等的剔骨刀、像梁山李逵那样巨大的板斧等,一路雄赳赳、气昂昂地走来,威风凛凛,如果留起虬髯,不输于屠宰行业著名人物樊哙、张飞的范儿。

杀猪是大事,邻里的壮实男人会自觉帮忙。杀猪人一声令下,大家伙一拥而上,一人揪住猪耳朵,其他人抱住猪腿,一声呐喊,把猪摁在木制的比单人床稍小的杀猪凳上,然后压住使其动弹不得。这些帮工不用支付工钱,完事后在主人家里吃猪血饭,算是犒劳。出一份小力,换一顿大餐,这大概便是"抱猪腿"一词的由来。

猪发现大事不好,如梦初醒,拼命挣扎,四腿乱蹬,发出凄厉的嚎叫。旁边的一群土狗本来是看热闹的,不排除还有幸灾乐祸的嫌疑,这时会吓得一哄而散,逃得不见踪影。如果我奶奶在家,她信佛,反对杀生,这时会双手合十,念叨一声:"阿弥陀佛,罪过罪过!来生千万别做猪!"说罢看我一眼,好像我有来生做猪的倾向或者愿望似的。

猪泡在热气腾腾的水桶里,被杀猪人抓着一只脚,慢慢地转着圈,全身的每个部位都接触到沸水,它现在确实像人们所说的不怕开水烫了。开始刮毛,嚓嚓有声。褪毛算不上力气活,但比较费事。

猪身上没有无用的东西,连骨头都可以熬汤,据说能补钙,狗也十分愿意啃。刮下来的一地猪毛,也不是垃圾,能卖钱,制作各种各样的刷子。

去年我回老家,专门去看了回杀猪,发现减少了一些步骤,比如不挤压猪身将血放尽,不再用铁钎捅,也不再吹气,这样毛就不好刮,也刮不干净,屠夫有把猪胡乱放倒就大功告成的意思,显得不够专业。再比如猪头上那些长在坑坑洼洼里的毛,不好对付,便干脆将整个猪头砍下来,用高压喷火枪一顿扫射,毛没了,猪头也快熟了。

在专业或不专业的杀猪人手里,猪就这样将自己单调乏味的一生交代了。

五

农耕民族,养猪是传统技艺。据考证,我们先人将野猪驯化成家猪,距今起码已有9000多年。红山文化中有一种玉器叫"玉猪龙",猪嘴龙身,意味着先人曾将猪作为信仰和图腾,地位显赫,举足轻重。

现在有句话很时髦:"不怕神一样的对手,就怕猪一样的队友!"殊不知,我们自从与猪结为队友后,就没怕过神一样的对手。

为什么人能将猪驯化得如此成功呢?我想它在作为野猪出没大自然时,不外乎因是食草动物,天性不好嗜血,性格又相对温顺,遇到其他猛兽基本以奋蹄逃跑为主,属于弱势群体;对生活也没有过高的奢求,能解决温饱就谢天谢地;最大的乐趣,也就是与母猪生一窝又一窝崽,带着它们在明媚的阳光下散步,享受天伦之乐;更不似豺狼虎豹那般有强烈的领地占有欲,撒尿为界,呼啸山林,在自己的地盘里称王称霸,满脑子想着怎样干掉对手,把长腿的活物都看成是自己的点心。总之,野猪缺乏血性,不善思考,不长搏杀,是人类最为理想的驯化对象。现如今作为家猪,衣食无忧,更不用对自己的明天是否美好负责,反正服从人的统治,生是你的猪,死还是你的猪。

资质平平,天赋庸常,没有天赋就没有追求,没有能力就没有责任,因而猪最能安于现状,不思进取,当然决定了猪是世界上最清闲的动物,吃饱了睡,睡够了吃,任何体力和脑力劳动都事不关己。对于猪的懒惰,人们有足够的容忍度,鸡不下蛋、牛不耕作、狗不护院、驴不推磨,都会挨骂甚至鞭打,唯独猪啥也不会、啥也不干,每天吃饭长肉、睡觉长膘。但农家千百年来依然故我,家里可以没有鸡牛狗驴,却不能没有猪。

生而为猪也哀,最不好使的脑子才被称作"猪脑子"。碌碌无为,终其一生都待在猪栏里,社交圈几乎为零,哪本菜谱里都有它,哪个饭局却都想不起它。它也缺少娱乐活动,身上无甚艺术细胞,与吹拉弹唱不沾边,连孩子都宁可去逗猫遛狗,也不肯跟它玩。一辈子一场浪漫的恋爱都没谈过,从没听说过猪对谁一见钟情,也没见过与谁相见恨晚,感情生活空白。更谈不上创造过什么不俗的业绩,吴承恩先生慈悲,让天蓬元帅帮助唐僧取经,指望它建功立业,干出点能拿得出手的名堂来,以正猪名,可猪还是猪,一路上说得最多的还是那句话:"猴哥,师傅被妖怪抓走了!"

既哀其不幸、怒其不争,又慨叹朽木不可雕、蠢猪不可教!

很难从猪身上挖掘出几条类似于狗的忠诚、牛的勤劳之类的独特精神来,给众人熬一碗心灵"猪"汤,弘扬一下正能量,收获励志效果,可数遍猪毛,也没一条能放上台面,倒是能总结出许多负能量当反面教材。

最可恶的是猪的奴性,一生唯唯诺诺,它发出的最大声音,便是临死时的那声惨叫!奴性带根,年久岁深,扎在身上很难拔得出来。

也罢,何必为它懊恼,何必用人的思维去揣摩猪的世界。

猪生也短,可蓦然发现,猪最后的归宿,已悄无声息且成功地将自己的生命融化于人的血肉。

为猪叹,更多的是为人哀。

2022 年 3 月 15 日

乡戏记趣

爱上越剧,在浙江,是不由自主的,也是欲罢不能的。

"天上掉下个林妹妹……",心化了一地。

山里人听鸡鸣狗叫方便,听鼓瑟吹笙困难,耳朵能找到的大多是来自天籁的乐趣。因此,我老家许多上点年岁的人,看戏、听戏、唱戏成瘾,尤其在"娱乐基本靠吼"的年代,戏曲充当着"大众情人"的角色,被人爱得如痴如醉。

越地山娇水柔,越人秀外慧中,糅合了越地俚文和越人性格的越剧,口口相传,凡有袅袅炊烟处,就有悠悠歌声起。乡亲们自娱自乐,无论有人无人、厨房地头、走路钓鱼、纺线洗衣、走夜路壮胆,甚至在田里扶着犁耙赶着牛,来了兴致,鼻子一哼,装在心里头那架上满了发条的留声机就旋转起来,喉咙自动播放越剧的段子,唱词是早已烂熟在脑子里的,抑扬顿挫,九曲回肠,掺杂着早饭吃下去的臭花梗的气味。

乡野开阔,有高山流水,却无"知音";有莺声燕语,却无"毒舌"。牛似懂似不懂,有时停下吃草,仰起头哞的一声应和,像爆出粗犷的喝彩,把鸟雀吓得急急高飞。唱到畅快处,草木伴舞,虫豸伴奏,高天流云,真个逍遥自在,生活的重荷减轻不少。

歌声悦己,心头春风拂柳。

一

我们大石人,演戏不叫"演戏",叫"做戏",演员叫"做戏人",非常大石化,能闻到浓郁的泥土味。做戏的舞台,设在村里的祠堂内。

浙江的祠堂,是宗族文化的代表符号,在封建宗法制度中发挥着举足轻重、不可小觑的作用,不但源远流长,而且遍地开花。成气候的村庄,必有祠堂矗立,像现在的"文化活动中心",属于标配,也可以说,是陪着村庄慢慢变老的原配。观其数量,在全国恐怕都会名列前茅。这要得益于浙江自古以来,乃富庶之地、鱼米之乡,仓廪实而知礼节,锄头杆向来敬重毛笔杆,讲究仁孝礼信,尊祖崇宗,追远报本,血脉传承。当然,有钱也不敢建宗庙,那是天子独享,士大夫以下岂肯拿脑袋开玩笑?退而求其次,大兴土木建祠堂,雕梁画栋,富丽堂皇,宏伟气派。

虽然祠堂千千万,造型各有千秋,但其核心部分都有一个装饰华丽的戏台子。

大石岭下村,大体上说只有两个姓,全盛时人口过万,这也说明两姓的祖宗早就懂得"人口是最大红利"的个中奥义,在繁衍后代方面十分勤奋,不用扬鞭自奋蹄,成果喜人,厥功至伟。因此,大兴土木,祠堂建了两处,姓金的家族修了"金氏祠堂",姓陈的家族修了"陈氏祠堂",虽自立门户,却和谐相处,风格相近,规模亦不分上下,各自供奉着自己的列祖列宗,逢年过节,也会各自响起"咚咚锵锵咚咚锵"的开戏锣鼓声。只是陈姓人少,祠堂稍显冷清。

这无疑是最草根的舞台,也是戏曲最接地气的摇篮。

余音绕梁,一唱三叹,不绝于耳,越剧在民众中不想普及都难。

二

我童年的夜晚,最为难挨,过得无味而潦草,找不到乐子可以活动一下闲得难受的小筋骨。

电视机、游戏机、录音机,反正需要用电而又被称作"机"的,都还是"王谢堂前燕",不曾"飞入寻常百姓家",手电筒是唯一的家用电器。因为缺电,老师连作业都很少留,让我们从小就为如何打发漫长的业余时间而忧心忡忡。村里有个小水电站,机器大部分时间保持沉默,像个哑巴蛋。乡亲们要照明,点一盏煤油灯,芯火如豆,光线微弱,三米开外重陷黑暗。即便如此,大人们也要早早地把孩子撵上床睡觉,煤油金贵,能省一点是一点。夏天稍好些,凉风吹拂,蛙鼓阵阵,星星月亮挂在天上,我等孩子们可以吸溜着或长或短的清鼻涕,不时吹几个鼻涕泡玩,像一群结实的小猪崽,到大晒场上撒欢,玩老鹰抓小鸡之类的游戏,不然就打着手电去溪坑稻田,逮些严重丧失警惕性的螃蟹、黄鳝打牙祭。冬天的乡野天寒地冻,万籁俱寂,我们只能钻进被窝,蛇一般蜷成一团"冬眠"。

黑夜像一个空荡荡的洞穴,吞没乐趣,只有到了"做戏"的日子,才把乐趣重新吐出来。

三

剧团进村,不像鬼子进村那般偷偷摸摸,而是一路张扬,有时还敲锣打鼓,吸引人们注意,起到广而告之的宣传效应。

做戏人来也。消息跑得比风还快,快乐紧随其后,老少爷们喜上眉梢,欢欣鼓舞,幸福来得很突然。看戏是高规格精神享受,比起听老人讲古,看黄鼠狼偷鸡,支使长颈鹅追啄光屁股的小男孩,都提升了无数个档次,今天是个好日子。

能莅临我村演出的,都是民间艺术团,说白了就是"草台班子",以来自越剧的发源地——嵊州一带的居多。

演员们自学成才,可又怀才不遇,散落在各村各户。但是,是金子总会发光,许多乡村有看戏的需求,他们便因为同一个梦想而走到一起,凭借几块布帘几身行头几件道具,集合在"某某越剧团"的旗帜下,走南闯北,进村入乡,像游击队,打一枪换一个地方。也不是天天有活可接,遇到没活或者农忙就地散伙,有一句话用在他们身上是"聚是一团火,散是满天星",好像形容的场面隆重了些,不妨理解为火是一堆野火,星是蹦出来的火星子。不过也不能小看了这样的"团",有些亦非乌合之众,台柱子的业务素质颇高,一颦一笑风情万种,一抛一收水袖长舞,一个字能唱一分多钟,有时她刚拉长音,内急的观众匆匆上个厕所回来,她的嘴还没合上。

功夫是了得的,印证着高手在民间。只是生不逢时,那时官方没有《星光大道》,民间没有"抖音",想走红,水陆两路都交通堵塞,人才只好埋没在村级祠堂里。

当然,也有凑数的,光会嘴上咿咿呀呀地唱,但做不了高难度动作,有时候屁股冲着观众,自己还浑然不觉,直到观众嘘声不绝,才回过神来,但他们唱戏一板一眼从不糊弄。记得一位脸上的褶子多得跟折扇似的老演员,十分认真地把后空翻摔成大马趴,不好意思地爬起来,连连作揖。有一回,一位演"林黛玉"

的半老徐娘唱串了,唱着唱着就拐到《打金枝》上去了,急得"贾宝玉"直冲她挤眉弄眼,老"林黛玉"发现自己唱拧巴了,仍硬着头皮将这一段唱完,然后匆匆下场。观众听得一头雾水,反应过来后哄堂大笑,想着总是哭哭啼啼的林妹妹能逗个乐也挺好。也有个别演员,因出场密度太高,嗓子高度疲劳,可精神依然可嘉,一副破锣嗓子照样吼得歇斯底里,好像以此告诉观众,自己既然德艺不能双馨,便以德独馨,起码态度端正,何况价钱便宜。

县里的专业剧团,现在卖门票都有困难,那时却是我们很难见到的。据说凤冠霞帔,阵容华丽,花旦美如天仙,我们村有人看过一次演出,便把该花旦牢牢铭记于心,从青年一直持续到晚年。正规的团体,对我们来说高不可攀,那可是瑶台仙乐,霓裳飘香,都盘旋在九霄云外。

下里巴人与阳春白雪,似乎相隔千山万水。

四

村里做大戏,不会平白无故演一场,因为要花银子。

即使遇到风调雨顺好年景,农民手头也紧巴巴的,油盐酱醋是刚需,吹拉弹唱先靠边。广播里说,物质文明与精神文明两手都要抓、两手都要硬,咱父老乡亲也觉得有道理,可又觉得抓庄稼地的害虫更要紧,如果双手空着了,不如抓几条泥鳅下酒。

那图个啥呢?重阳、中秋、除夕等大节到了,村里的头头脑脑经过密商,统一意见,必须闹出点喜气和热气来,这关系到村庄的荣誉,村子一年到头晚上黑灯瞎火,冷冷清清,于祖先面前无法交代,与邻村相比没有面子,因此,做戏的事神圣不可省略。

于是,到外地雇一支戏班,村里钱宽绰时连唱三天,缺钱时唱一天,实在没办法时,即使用几担稻谷作交换也要弄出点动静。

其实,老辈人心里明白,还有一个秘密愿望需要完成,天地要拜,祖宗要敬,管着人间冷暖的各路神仙都要意思到。但是,大环境不允许,破"四旧",铲除封建迷信,草木皆兵,不可违逆,谁吃了熊心豹子胆敢往枪口上撞?既然不能明目张胆地烧香点烛、敬酒供果、叩头跪拜,只好采取"明修栈道,暗度陈仓"的战术,使劲唱几出大戏,鞭炮一放,锣鼓一敲,歌声一起,给隐身团结在祠堂周围的先祖们,以及对人间疾苦明察秋毫的仙界各部门领导,举办一场节日慰问演出。

以此告诉祖先,我们活得好好的。以此求告神仙,保佑我们继续活得好好的。

有时,谁家喜事临门,需要隆重庆祝,若家底殷实,也会请戏班子来唱上一天,中间主人站在台上,将糖果大把大把地往台下撒,大伙一起乐和乐和。

还有一种情况比较特殊,谁要是违反了村规民约,做了不该做的事,让人不齿,可都是邻里乡亲,家丑不可外扬,抓又不好抓,关又不便关,打又不能打,若扭送到公安机关坐班房,又觉得事不至此,何况让他留下年迈父母和弱小妻儿,孤苦无依,于心不忍。可惩罚是必须的,德高望重的族里长辈一言九鼎:老规矩,请戏班!唱戏费用全由肇事者支付,相当于罚款。全体村民享受看戏的实惠,大伙一高兴,乡下人淳朴厚道,容易让肇事者得到谅解。犯错的人,自费就自费,乐得破财消灾,出点血摆平,赶紧屁颠屁颠地去敲戏班的门。

五

做戏的夜晚,锃亮的汽灯把祠堂照耀得如同白昼。

最兴奋的是我们这些熊孩子,平时散养着,无所事事,这下像打了鸡血,精神焕发,乐不可支,而且不用排队买票。当然,我们小屁孩欣赏不了戏曲的精妙,看不懂一招一式,分不清什么小旦花旦、老生大面,不在意水袖能甩多远,别说"天上掉下个林妹妹",就是接二连三地掉下 10 个来,也休想让我们春心荡漾,总之兴趣点不在舞台上。

卖小吃的摊点,是我们重点关注的对象。迈进祠堂大门口,便有一位年近 80 岁的老太太,脸上的皱纹纵横起伏,但态度和蔼可亲,说话轻声慢语,点一盏小油灯,守着两只箥箩。翻仰过来的箩盖上,一只盛着小油赞子,指头粗细,1 分钱一根;另一只箩盖里堆着小螺蛳,5 分钱两勺半,用汤匙量,舀起来时手要抖一抖,落下一两颗,用报纸折成的小圆筒装,一份正好装满。油赞子香喷喷,炸得金黄酥脆,只是不经嚼,咬三两口 1 分钱就没了,让人心痛。螺蛳用油炒,撒上小香韭,吃起来有点麻烦,找一条木板缝,把螺蛳尖尖的屁股塞进去,用力一掰,啪的一声，螺蛳断成两截，放进嘴里一嘬，肉被吸出来，油香韭香螺蛳肉香混合，端的是好滋味。吃过一回，我就爱上了，总想当"回头客"，只可惜，5分钱对我来说，是一笔"巨款"。堂堂七尺小村民，口袋却不给力，随时都可能有粪土气，却随时都缺少铜臭气，又不能视粪土为金钱，只得把冒出来的哈喇子咽回肚子里。

理智告诉我，如此重要的场合，不能一门心思贪图口福，还有许多事情要忙。

大人们看戏，一个个像鸭子似的把脖子伸得老长，聚精会神，心无旁骛，跟着笑跟着哭，一把鼻涕一把泪，入戏很深，为几百或者上千年前的爱情故事爱恨交加，根本顾不上我们。一出戏演下来，比如他们百看不厌的《梁祝》《柳毅传书》《追鱼》《红楼梦》等等，都要两三个小时，我必须充分利用这段时间，开展一系列上房揭瓦的活动。

其中一项是占领石供桌。我的麾下有一支军团，都八九岁，猫嫌狗厌的年龄，来自左邻右舍，也有个别从邻村不远千米投奔过来的捣蛋积极分子。队伍披挂上阵，装备精良，不是腰里别着木头手枪，就是手里攥着木头大刀，还配备了弹弓、水箭等暗器，常常模仿电影里的情节，把别的等量级军团当作鬼子的干活，杀得屁滚尿流。

为什么要大动干戈占领毫无用处的石供桌，我也不知道，反正每次祠堂做戏，这场战斗就避免不了。可能在每一个孩子的心里，都有刚萌发的血性要张扬，都藏着一个英雄梦，渴望做梁山上的好汉，信奉胜者为王。

我们那一代人，打闹追杀，很少日后会长成"娘炮"。

我们狼奔豕突，阵阵喊杀声，经常扰乱戏场视听，容易引起后排大人们的不满。实际上我们风一样刮来刮去，一点都不比台上的演员轻松，但他们累能得到喝彩，我们累只会受到呵斥。一次，村里负责维护戏场秩序的家伙，矮壮敦实，是个狠人，居然逮住我的"参谋长"，揪着他的衣领，把他像拎小鸡一样拎起来，扔出祠堂大门。是可忍，孰不可忍，选了个月黑风高的夜晚，我们把他家的烟囱堵了。

打仗的游戏，一般持续的时间不长，对方一败，人就落荒而逃，我们只得鸣金收兵。还有什么事可干呢？只要用心研究，因地制宜，还是广阔祠堂大有作为的。

我无意中发现，悬空的舞台的下方是一片空地，而舞台木板因年久老化，腐烂出许多大小不一的窟窿，有时演员正好把脚踩在上面。我就想，如果站在下面，用小木棍往上顶演员的脚底，相当于挠痒痒。这时，他正演得起劲，突然脚底一麻，没准浑身一激灵，或者痒得憋不住劲，咯咯大笑起来。演员"笑场"，让全场观众先是大吃一惊，然后莫名其妙，不知发生了何等奇事，岂不是很好玩的事情？！对于自身的安全问题，我也做了充分考虑，不必担心，演员在台上演着戏，对来自脚底的异常，怒又不能怒，嚷也不好嚷，更不可能演了一半，就穿着戏服下台追将过来。

经过深思熟虑，想好及时逃跑的路线，我找了根小木棍准备付诸行动，这时我却发现，男演员一般穿高靴，木头鞋底几寸厚，真的是隔靴搔痒，捅上去效果达不到预期；演小姐丫鬟的穿薄底绣花鞋，捅上去必定效果显著……

可意外的事情发生了，那位曾被扔出大门的"参谋长"找了来，见我鬼鬼祟祟的，充满好奇，我便把周密计划和盘托出，没想到这家伙对唯恐天下不乱的事都充满激情，小脸兴奋得通红，并积极"贡献"馊主意：我们何不拿针刺？她们会痛得一蹦老高，那多好玩！这厮的鬼点子就是多，说明封他为"参谋长"是有道理的。但是我略一沉吟，觉得要从大局出发，这一招阴损过头，便断然否决了他的建议。如果演员受伤，台上的戏就演不下去了，恶作剧变成了伤人案，我们会成为全村广大人民群众的公敌，若被发现，挨一顿胖揍在所难免。"参谋长"却不以为然，坚持认为扎一针不要紧，不会瘫痪也不会死。我说，你要是这样蛮干，就撸了你"参谋长"的职务。显然这句话具有相当强的威胁性，"参谋长"只好服从命令，可心里仍然怏怏不乐，噘着嘴扭头就走，临走还表示了从此不再与我肝胆相照以及为我两肋插刀，听起来像临别分手赠言，从此与我一刀两断。但我知道这不可能，他生气时就去捡烟屁股，抖出烟丝装在口袋里，献给他老爸抽，只要捡得多，他很快就能消气，还会回来找我，跟没事人一样，感情毕竟经过"战火"的洗礼，友谊的小船是不会说翻就翻了的。

虽然计划流产，着实有些遗憾，但是也避免了我在错误的道路上越走越远。

六

比起台上的节目,台下的热闹更能吸引我的注意力。

舞台前面的正方形天井,是年轻后生的天下,这些人二十郎当岁,精力充沛,荷尔蒙无处排泄,便发明了"挤摩搓"。这种情况,有时出现在演员演得不好的时候,他们看得无精打采,听着索然无味,干脆发泄一下不满,相当于"抗议";个别时候也不是,就是年轻力壮不安分,故意闹场。

发起人也就几个精壮汉子,他们如果站在左边,猛然一齐用力,把上百号挤得密不透风的人群推向右边;右边的人群不甘示弱,一齐发力又把人群推向左边。就这样,来回推搡,人群像潮水一样,一会儿倒向左边,一会儿倒向右边,呐喊声如山崩、似海啸,一浪接一浪,淹没了演员嘹亮的歌声。

这种野性的爆发、戾气的宣泄、力量的张扬,经常会有人被挤伤,也有人的衣服被扯得稀烂。

我不敢上前,卷进去的唯一后果是被踩成"板鸭"。

七

几十年过去了,今天想来,童真最生趣,听到"天上掉下个林妹妹",就想从空中掉下来,没有降落伞,怎么连门牙都没摔断一颗?听到"手心手背都是肉",再翻看婆婆的手,手心有肉,手背都是青筋,大惑不解。

哪承想,现如今,春如旧,鬓渐霜,脑子里杂草丛生!

台上台下,戏里戏外,真是人生如戏,生活何处不舞台?人的一生,不是在看戏,就是在做戏。看戏时,能喝彩处不吝惜,别人偶尔唱错了词,跑了调,也没必要捅人家脚底,挤摩搓,喝倒彩,让人下不了台。做戏时演好自己,演技可以不精湛,分寸却要拿捏精准,没必要百炼成戏精。也不必苛念才子佳人,企求出相入将,小生花旦,青衣丑角,合适就好,因为到头来都是红楼一梦,化作云烟。

试想,待到人生谢幕,几人此处有掌声?

2020 年 6 月 16 日

祖宗咋这么有才

餐桌边靠着拐棍,嘴巴开始搅拌机的工作模式,牙床使劲将食物磨碎。

近几年的重阳节,岭下村都要搞个热火朝天的敬老尊老活动,请村里的留守老人们撮一顿。

金氏祠堂内,摆开盛大筵席,贵客盈门,都是村里 600 多名 60 岁以上的老人,年龄加起来好几万岁,皱纹连接起来能绕村一圈,银丝白发,共聚一堂,情悠悠,意融融,乐呵呵,心头阳光灿烂,满脸菊花绽放,"东篱把酒,暗香盈袖",过一个开心温暖祥和的佳节。

近 70 张席面,竟未把祠堂挤爆,可见场地足够宽大。

大凡氏族祠堂,从大处说,是封建宗法制度下的一个特殊产物,服务于宗族,体现出以纲常礼教为核心的儒家传统文化;从小处说,既是本宗族的门面和标志,又是大众的公共综合服务中心,比如开会议事、唱戏娱乐、崇宗祀祖、婚丧寿喜,甚至被当作族内"法庭",对不肖之徒,村规家法伺候等,是一个团结紧张、严肃活泼之地。场所重要,要处理的又都是露脸儿的村级大事,因此马虎、草率不得,祖先们总会想尽法儿筹集资金,倾力打造,厚门高槛、斗拱飞檐、雕梁画栋、石狮金龙,精雕细刻,比姑娘描眉画眼还要收拾得精致,端的是光彩夺目,独领风骚,弥漫着浓郁的人文气息。

岭下村的金氏祠堂,也是雕龙画凤,极尽奢华,祠堂的所有元素齐全,有戏台、后台、看楼、藻井等,石头台阶已被一代代先人的脚底磨得油光水滑。岁月遗痕,不知上演过多少代喜怒哀乐的故事,一梁一柱间,盘旋着历史厚重而沧桑的回声。

我每次走进祠堂,总像走进祖先的情怀里,心头惴然,觉得他们严厉的目光,正扫视着自己,而自己无论从哪个方面,都乏善可陈,后脑勺凉风飕飕。

墨宝淋漓

乡间多为文化荒漠,祠堂却像一处为数不多的绿洲。祖先尊崇以文载道,祠堂便成为他们书法的展厅,各种风格的匾额、对联、碑刻争奇斗艳,字字珠玑,句句锦绣。

我最喜欢揣摩戏台上方"白雪阳春"四个字,不是揣摩词义,而是揣摩书法。仔细品味这四个字:稳健俊朗、挺拔刚劲,清秀不失大气,端庄更显高雅,笔画结构浑然天成,淳风扑面,意蕴横生,一切都恰到好处,真的是美到极致,让人叹为观止,可作祠堂一宝。

戏台本就描龙画凤,活色生香,美轮美奂,金碧辉煌,这几个字又格外引人注目,锦上添花。因无落款,不知为何人所书,也许是私塾先生,也许是财主土豪,也许是秀才文士,也许就是一位岭下村吃了上顿愁下顿的乡下,给人以无尽联想。没落款,说明题字者身非显赫、名不见经传,没有讨得万世景仰的想法。即便如此,望字可知,没有在书法上几十年的浸淫,绝无此等功力。可不是?高手在民间!

大笔一挥,"鸿惊鹤飞"四个字镇住后世百年读书人。

想想自己写的一手烂字,脊梁骨冒出淋漓冷汗。

我的记忆中,岭下村有好写字、写好字的传统。一些老者,私塾未读几年,老花镜架在鼻梁上,讲话文绉绉,像是挺有学问,实际上也就勉强能看一些诸如《三国演义》《水浒传》之类的通俗书籍,称不了饱学之士,谈不上文以载道,难以跻身"知识分子"的行列。可能都不如阿Q,他多少还知道茴香豆的"茴"字有四种写法。但这些人出手写字,却让人刮目相看,逢年过节,挥毫泼墨,贴在门框、廊柱上的对联,字体龙飞凤舞,可圈可点,不夸张地说,比之现在的一些号称"书法家"的字,都逊色不了多少。我翻阅过几大本"金氏族谱",楷书清秀,字体圆润,像印刷出来一般精美。我小时候还参与分过生产队的稻谷麦子,会计的小本本上,字字娟秀,工工整整;连分番薯洋芋时,用指甲盖刻在表皮上的名字,都有点书法的味道。

"提起锄杆能种地,拿起笔杆会写字",世代耕地的岭下村农民传承着这"二杆子"光荣传统,有点贯彻"两手都要抓,两手都要硬"的意思。当然,也不是村里人人都是酸秀才,只是岭下村写字好的人占比大,更受人敬重,也就更普及,内部良性循环。

我上小学和初中时,学校里有专门的书法课。老师领着大家描红模子,从握笔运笔开始,横平竖直、一撇一捺地练习,一丝不苟,虽然乏味到家,但多少也窥见一些书法笔意,知道把字写好是不容易的。这样练字,聚精会神,也锻炼孩子们收身稳神的心性。

有意思的是,所用的"文房四宝",土得掉渣,墨是自己磨的,家里的钱捉襟见肘,牙缝里没多少油水可省,哪有购买墨汁的"奢侈"能力?每人都有一方砚,或大或小,或好或差,五花八门,有的家贫,干脆挖水沟里的青泥自己制作,说它是砚、是碟、是烟灰缸都可以。有手巧的人,连毛笔都自己做,能省下几毛钱都是好的,只不过竹竿加猪毛纯手工制作的毛笔,像小刷子,用来涂糨糊更合适,写出来的字虎背熊腰。因为猪毛偏硬,不易聚拢黏合,写字时要不停把笔放在嘴里嘬一下,一堂课下来,这些人像刚啃了一嘴的煤炭,能让人笑得肠子抽筋。只有习字模纸很规范,无法仿造,由学校统一购买,相当于作业本,我们依样描摹,照葫芦画瓢,打下写字功底。

别小看了这样的书法课,可以让学生懂得写字的规矩,也培养写字的兴趣。我不知道现在的小学初中是否还有书法课,但我看现在一些年轻人的字,虽然都是堂堂"××大学"毕业,可能学富五车,让人肃然起敬,但是看他的亲笔书札,张牙舞爪者有之、春蚓秋蛇者有之、獐头鼠目者有之……牛鬼蛇神,济济一堂,不忍卒睹,估计书法课早已废了。

废总有废的理由,不外乎浪费时间、实用性不强,因为高考没有这门课。可仔细一想又觉得不可思议,书法课能占用多少时间?根源还在高考,要考要学,不考不学。存在决定思维,必要决定观念,在高考这座独木桥上,许多传统文化已翻身落水。

真可惜了今天买多少墨汁都不在话下的优渥条件!

英文、阿拉伯文、俄文等都没有这项美学,把这些蝌蚪似的文字挂在墙上总不怎么赏心悦目。而中国书法,可以挂在墙上当风景一样欣赏,是世界上独一无二的艺术、本民族的奇葩、国家级的传家宝,像一棵根植在中国土地上的翁郁大树。我期望它不要仅凭几个书法家"把根留住",其他人都"一剪梅"了。还是要继续生长,不要"零落成泥碾作尘"。

本人家里在赓续传统上,是做过努力的。我没见过爷爷,他英年早逝,据说字写得不错。老父亲读过高小,当然文凭没我高,认字没我多,但写字比我好,一手行书,俊逸潇洒,与他的五短身材成反比。我妈说刚相识那会儿,他在她的村里出黑板报,写得一手好字,她就有了好感,先看他的字才看他的人,如果顺序倒过来,用八抬大轿自己也不进金家的门。原来字写得好,在以前可以让黄花闺女懵圈,现在好像不灵光了,一手好字大概率抵不上一杯咖啡,真为老父亲生逢其时而庆幸。父亲的遗墨,大多是自己"金秀山"的大号,留在蒸笼、箩筐等器具上,宣告财产的主权归属。懂书法的人,一看就知道他是颜体的忠实习练者,而且花了不少工夫。去年送他入土为安,我看到墓碑上的字是电脑刻上去的,没有他写的字那般灵动有力,心里很不是滋味,担心他会为此不高兴。

大哥在拿得动筷子时,老父亲便在地上铺上米糠,逼着他以筷代笔习字,任他手上冻疮累累,筷子写断好几把。到上小学时,字已写得可以当老师,他承包了学校的黑板报,虽然没有吸引到漂亮女孩,但是也让他骄傲到现在。二哥对所有需要挽起袖子写字的活都不感兴趣,倒喜欢卷起裤管插秧,这家伙能把秧插得溜直,却能把字写得扭到天边去,因而读懂他写的信需要调动比天空更广阔的想象力。

我对写字和插秧都不爱好,老父亲也曾想如同训练大哥那样残酷地训练我,我自然不乐意,哪能这般对待花骨朵般的少年儿童?筷子还是用来吃饭的好。母亲立场坚定地站在我这一边,毫不退让,我细皮嫩肉的手上如长冻疮,会长到她的心里去,这样让我逃过一劫,当然也让我丧失了一门让姑娘懵圈的手艺,这是事物的辩证法。后来我投笔从戎,秧是不插了,可笔没有投出去,本职工作还是要在方格纸上写字;那时没有电脑,只能用钢笔不停地写,开始觉得自己的字很丑,待指头上结出老茧,才顺眼了一些。一次,一位在书法上颇有造诣的老领导不知真假地问我:"你的字挺漂亮的,可看不出练的是什么体。"好极了,行家也有看走眼的时候,对于表扬,我向来乐于接受,哪怕与事实严重不符。

我大言不惭地回答:"金体。"他不知道,我老老实实地坐着练字,不算学堂里的书法课,一袋烟的工夫都没有。

看着"白雪阳春"四个大美及臻的大字,心头甚为惭愧。或许自己退休后,再拿起毛笔,老老实实地把字练得再像样、体面一些,我知道老父亲的心愿一直未了。

文脉绵延

祠堂大厅的横梁上悬挂着许多匾额,有"进士""登科""贡元""亚魁"等,这应该是岭下村近代金氏族人考取功名的光荣榜。

它们高悬横梁,炫目晃眼,接受我们的仰望。

那时登科及第,相比现在考上大学,艰难很多,大抵相当于考上北大、清华,像范进那样一辈子不是在科考,就是在科考路上的苦老头,比比皆是。

一朝金榜题名,站到了仕途的起跑线上,遂了十年寒窗苦读的梦,鲤鱼跃龙门,有望谋得一官半职,纵使不能飞黄腾达,也可扬眉吐气、光宗耀祖,自然要搞隆重的庆祝仪式,骑高头大马,披红挂彩,巡街游行,春风得意马蹄疾,一日看尽"岭下"花。亲戚朋友来贺喜,都要意思意思,红包要有,匾额也要有,红包揣兜里,改善伙食;匾额挂祠堂,激励后人。祠堂的台门口还摆着几块旗杆石,四四方方,重达千斤,当年谁科举得功名后,一般是考中贡生以上,便在此竖起旗帜,有显耀铭念的意思,当然也是显摆。现在有一块旗杆石被插上手臂粗的铁杆,顶上绑着几个高音喇叭,村干部用它们向广大村民群众传达通知或上级指示和精神。

当然,宗谱可稽的科举上榜人士,远不止祠堂挂匾这几位,有些可能把匾额悬在自己家里,光耀个人门庭。有些可能在特殊时期,比如"文革",当作"四旧"劈柴烧了,化作一缕青烟,一生荣誉煮熟了一锅米饭。

可惜那时没有照相机,等人类发明了成像技术,科举也进入穷途末路,无法咔嚓一声,给这些飞出山沟沟的"金凤凰",留下英姿焕发的靓照,让我们后人一睹"学霸"的风采。尤其那块"进士"匾,分量沉重,要知道,自隋朝首开科举制度,至清朝废止,1300多年间,全国题名进士榜的,才10多万人,凤毛麟角,寥若晨星,"学而优则仕",大部分后来都身居庙堂,成为国之栋梁。

有限的几块匾额,无限的榜样力量。

这也印证了岭下村人文底蕴深厚,有着耕读传家的良好传统。悬额挂匾,有劝学的意味。土里刨食的村民,期望寒门出贵子,有此执念,难能可贵,说明眼光并未只盯着脚下的土地,而是越过了万重山脊,用现代的时髦话说,投向了诗和远方。

大厅中间的柱子,上书一副对联:"祖德巍峨世胄与玉峰并峙,孙谋悠远光泽偕兰水长流。"撰联的先人,能将岭下村的山水巧妙地嵌进一副对联之中,不但对仗工整,而且写景状物,寓意深刻,虽然不算绝对,但还是蛮有水平的。说明为祖上歌功颂德也要有文化才行。更意味深长的是,联中寄托着殷殷期望、切切企盼,拳拳之心显而易见:祖上的品德已如村边的玉峰山一样耸立,希望儿孙们发扬光大,延续圣贤德脉,深谋远虑,像村口的兰溪之水奔流不息。这样的谆谆教诲,是激励亦是鞭策,可作祖先的精神遗产。

不是家训,胜似家训。联里联外意味深长,以德为峰,高山仰止;上善若水,从善如流,无不透露出重义轻利、修身养德的传统观念和价值取向。祖先不停地强调"德","德"是人的风骨,如此格局胸怀,做人做官做事做学问,都是可一生坚守的教益,人有人品,村有村格,教化倡行,"谁信玉堂金马客,也随林下家风"。

且看大厅墙上,还有许许多多镶在铝合金玻璃镜框里的匾额,属于现代制品,看着倒也花团锦簇,琳琅满目,闪闪发光。有些是祝贺祠堂重新整修的,有些是送给村老年协会的,有些是外地金姓同族人送的,有些干脆什么都没写,只是一幅粗制滥造的山水画,不知道是何用意。除了个别手写,其余都可以店里批发。即使目前乡镇里习惯把香烟夹在耳朵上的企业家,也不肯将这些东西挂在办公室,嫌土气。

古色古香的祠堂,如长衫上扎领带,怎么看怎么别扭。

不可否认,一块块匾额,都是一份份心意,想到送到便是情到,礼轻情意重。但是,我一块块扫视而过,目光无法在哪一块上做短暂的停留,总觉得缺些什么。

缺什么呢？缺的是尊崇指向和文化的深厚韵味。

书法是谈不上的，都是全能大师电脑的杰作，从字库里调出来就是，生硬死板。画功也是谈不上的，出自印刷厂的流水线，千篇一律，批量生产。连所用的贺词，也不讲究，无非是"大展宏图""鹏程万里""高瞻远瞩""吉祥如意"等，都是放之天下祠堂而皆准，或者说放之天下房屋而皆准且俗不可耐的彩头语。

再看我们祖先留下的横匾，"世德作求""显承启后""龙飞凤翔"，不但字好，而且寓意深厚，每一块都配作两边对联的横批，绝无一丝违和感。我们不妨将其贯穿理解：如果世代孜孜求德践行，承前启后，金氏家族必将人才辈出，所向高远，如龙飞凤翔于九天。

我们的字可能没有祖先的好，我们所受的教育可不比祖先少。

伫立在祠堂里，说实话，我先前从没有这么仔细地打量过这些字字句句。"了心悟有物，乘化游无垠"，现在我品味到了字中含意，与祖先的空间维度在缩小，时间维度在缩小，而丰富的精神维度在扩大，换句话说，内心在接近。

祠堂属于过往，而如何为祠堂增添新色彩，则属于未来。

岭下村的祠堂，也是我国文化的缩影，绵延了几千年的文脉，跳动得越来越微弱。

让蒙童习练书法，或许是拯救的开始。

2020 年 10 月 27 日

草根医生

周末,邀上海几位朋友来我老家花塘村小住。

同行的还有北京某大医院的中医科专家赵博士,周恩来总理原保健医生的弟子,得其真传,在心脑肠胃的治疗上颇有建树。

吃罢中饭,本计划去临海看江南长城,却天公不作美,突降大雨,天空像漏了似的,倾盆而下。山上的洪流,带着枯枝残叶,挟着泥沙土石,夺路直泻下来,横冲直撞,村街不幸遭袭,顷刻间成了一条条奔流的小河。

车辆不具备两栖能力,与洪水搏斗,显得不自量力。有人提议休息片刻,等雨小了再走。天遂人愿,我心里早有小算盘,就说赵博士,你是京城名医,难得来小乡村,就别休息了,辛苦一下,给我的父老乡亲们看看病。

大凡中医,长期被中国传统文化浸润,教育齐治,学用相长,骨子里储着热情和善的道德自觉,不论贵贱贫富,普同一等。赵博士是女性,性格开朗活泼,无任何架子,修养和脾性都极好,立即操着京腔京韵响应:"得嘞,来吧。"

就地取材,将一块抹布叠成方块当腕垫,赵博士果真开始号脉坐诊。村民们闻讯,一个个冒雨赶来,药方一张张开出,像一道流水线在作业。看着这情景,我想起小时候的乡村医生。

那年月,虽然实行计划经济,想啥没啥,要啥缺啥,干啥少啥,但全国医疗系统的网络已覆盖城镇乡村,实现了全民医疗。网络的末端是村卫生室,屋子都是民房,或生产大队的公房,标配有一床一桌一椅一橱,门楣上挂块白布帘,印着醒目的红十字。村医称"赤脚医生",半农半医,挽起裤管可下田,背起药箱能巡诊。与医院里的医生形象上的区别,是不穿白大褂,脖子上不挂听诊器,倒是经常挂着汗珠或粘着稻草,也没人喊他们"白衣天使",而是喊"郎中"居多。

医者仁心,品性好的土郎中受人尊敬。谁都有头疼脑热的时候,饶是喜欢寻衅滋事的年轻后生,在村医面前也会恭让三分,倒不是怕,而是敬,这些人知道,对村民眼里救命行善的"活菩萨"动粗,天理难容,不是混蛋到家了,就是脑袋让驴给踢了。

花塘村的"赤脚医生",我没有太深印象,好像是个女的,会一些基本功,能给孩子挤过脓包的疮口涂红药水,能给手脚上的伤口抹紫药水,能扎针输液,能治感冒发烧,可能还会接生。我小时候害怕打针,因为那过程颇令人恐怖,命令你褪下半拉裤子,露出白花花的屁股,针是粗针,针尖是斜的;管是大管,标着刻度,医生对着灯光滋出一串药水,紧接着俯下身,毫不手软地扎将下来,不偏不倚,正中酒精消毒过的地方,痛得人发出杀猪一般嚎叫,让自以为天不怕地不怕的我,连朝卫生室里探头的勇气都丧失殆尽。

我的家人有病,多数去找村里的名医金庆占。他是我表姐夫,个子不高,文质彬彬,他不是"赤脚医生",在正规医院里上班,不下地干活时从不"赤脚",穿着永远干净整洁。即使是七月汗流浃背的季节,村民们都光着膀子,连大姑娘小媳妇都穿着短衣短裤,在街上走得波浪起伏,让年轻后生的目光像海鸥一样盘旋,他也目不斜视,穿戴齐整,至少也要穿一件短袖衬衫;而且无论在谁面前,都是一副温和的笑容,说话轻声慢语,一介书生模样;他双眼近视,却不戴眼镜,看人时眯缝着双眼,好像在使劲聚焦,有点类似于士兵正在瞄准前方的靶心;加上不抽烟不喝酒,不骂人不说脏话,不往人堆里凑热闹,从未见他高声嚷嚷过,更从未因任何事、在任何地点与任何人吵过架,生活得悄无声息,与世无争。种种表现,都接近完美,让人觉得医生就该这样,也给人以踏实严谨、细致认真的感觉,似乎把病体交给他医治,便可手到病除,一百个放心。

金庆占名字里的"庆",相当于辈分,在村子里比较高,许多老头老太都叫他"庆占叔"。我与他同辈,称他"庆占哥哥"。要知道,我小时候对于要称"哥"的人物,包括我的两个亲哥哥,都是大大咧咧地直呼其名,长辈怎么叫他们,我就怎么叫他们,没觉得有什么不礼貌,这里边有习惯,有一奶同胞无须客套,也有休想在我辈面前指手画脚、作威作福的意思。能心甘情愿地称一声"哥哥",说明表姐夫金庆占医生在我心里带着光芒。

在我的记忆里,金庆占曾上过正规的医学院,接受过专门的训练,但大部分医术是祖传的。那时候,他的父亲金老郎中年事已高,很少出诊,金庆占已全盘接收了衣钵。老郎中也是个很和气的人，因我们两家住得近，又是亲戚，我与他大孙子的年龄相近，就常到他家玩。金老郎中待孩子很亲切，会讲故事，会开玩笑，有时还会变戏法似的掏出几块糖果，或者几片饼干给我。我自然认为盛情难却，恭敬不如从命，哪怕吃起来带点儿中药的味道。

我妈那时候体弱多病，经常偏头痛，用她的话说，经脉一拽一拽地痛，脖子上贴一块止痛膏，有时还在额头上绑块布条子，脸白如纸，精神恹恹，痛苦异常，只能捎信给小学校长，请几天病假。这时候，我便被派去请"庆占哥哥"来诊治。他背着印有红十字的药箱，依然笑眯眯的，不慌不忙地询问、号脉、开方，做得有条不紊。我感兴趣的是他的药箱，打开来有一布包，包里裹着长短不一的银针，针灸用的，还有听诊器，以及林林总总装在瓶子、盒子里的各类药品。我的眼睛直勾勾地看着他的双手翻腾着找药，可惜没有糖果或者饼干。

我家有个泥坯小炭炉，上面卧着一只黑乎乎的短柄药罐，是我妈熬药的专用工具。每年总要启用那么几次，咕咕嘟嘟地冒出浓重的中药味，熏得苍蝇蚊子都争相飞往邻居家，也让我开始认识了黄连、白术、当归、川芎、地黄等中药。神奇的是，我妈喝下这些药后，病痛很快得到缓解，十分灵验。这让我非常好奇，以为灵丹妙药必定可口，有一次讨了一口喝，却苦不堪言，从此对中药敬而远之。

我乳臭未干的年月，雨里来泥里去，在爬墙上树中锻炼成长，可身体却像温室里的花朵，并不是很强壮，换季必感冒，冬天必发烧，最让我难受的是夏天总会肚子胀气，可能是大中午出去捉知了，或者河沟里逮泥鳅，中了暑气所致，小腹鼓得跟气球似的，硬邦邦、圆滚滚，像吃多了撑的，其实胃里空空，哪里吃得下饭？我的"救星"依然是"庆占哥哥"，我从小有童话般的智商，就问他，能否用他的针，给我的肚皮扎个窟窿，把气放出来？他笑着说，都是我太淘气，才鼓成包子，号称"淘气包"，哄我喝下藿香正气水，吃几粒金灿灿的人丹。之后一连串屁响，"气球"瘪了，别提有多舒坦，立即想起树上还有一个鸟窝未掏。

后来我换牙，拔牙时怕疼，两位哥哥幸灾乐祸。大哥是不利己时就损人，说找根线，一头系在牙齿上，一头系在门闩上，门一开，牙齿就被拽下来了，他可以帮我系线，并负责开门。此人平时喜欢捉弄我，给我的印象是"老奸巨猾"，"贡献"的主意，必须掂量利害，多数居心不良，严重怀疑他会将线系在我的好牙上。二哥从灶间拿来火钳，举着要替我夹住牙齿拔下来，这家伙脑子简单，行为也就粗野，当然被我坚决否决。

我还是信任"庆占哥哥"，非他来不拔。乡村的医生，总是有求必应，包括拔牙这种举手之劳的小事。他来了，掏出把小巧的镊子，夹住牙齿，轻轻往上一提，或者往下一顿，牙就被拔下来了。如果是上牙，他让我把牙齿扔到屋顶上；如果是下牙，让我扔到床铺底下，说这样以后长出来的牙齿会整齐结实。原来扔牙还有这么多有趣的讲究，我言听计从，如果没有意外，我的好几颗上牙，目前还在老家的屋顶上，仰望星空。

乡下郎中，清贫而辛苦。疾病这东西，来得不分长幼妍媸，也不管权贵卑微，更不分白天黑夜。因此，郎中少不了要赊药欠费，少不了要半夜三更出诊，少不了要顶风冒雨去山上挖草药，而大多数村医，为人厚道，乐善好施，急人之所急。治病救人，他们的医术可能不够高超，但他们有足够的慈心和仁爱。

村医实际上顶起了当年村民健康的半边天。

我想起梁实秋先生写过一篇文章，他大概对医生没有太强的好感，说胆小的人走夜路，举一张医生开的药方连鬼都会避之唯恐不及，比钟馗的画像还管用，因为许多鬼都是吃医生开的药方死的，即使做了鬼仍望而生畏。当然，他说的是庸医，现在有个别医生也挺可怕，不在他的医术，而在他的心术。

事有凑巧，赵博士给村民号完脉，雨也小了，我们驱车直奔临海城关的紫阳街。这条古街是历史名街，临海古城的标志，木板房、黑板瓦、石板路，有宋朝遗风、明清遗韵，古色古香。

我们沿街而行，见到一老者倚门而坐，面慈目善，仙风道骨，手边放着一根拐杖。我问他高寿，站在他旁边的家人说106岁了，原先是名中医，一辈子治病救人。

我看老人家精神矍铄，脸上皮肤光滑，连条皱纹都没有，不禁大奇。我伸出手请他号脉，老人家也不答话，把两根指头搭在我的脉门上，接着说："你的腰不好，湿气重，饮食方面注意少肉少酒……"朋友们觉得机会难得，挨个把手伸过去，老人家来者不拒，还不时让人吐出舌头看看，他一一把脉察病，说话口齿清楚，简洁明了，只是用的是临海方言，由临海本地人蔡军强当翻译。一会儿工夫，老人家把我们一行人看了个遍。朋友过意不去，掏出一百元钱递给他，结果老人家看都不看就推了回来，说："我自己有。"

医讲"术"，而中医讲"术"更崇"道"，人道糅合医道，体现了我国五千年文明中博爱的人生观、世界观。

很多行中医者，要比常人长寿。有人觉得这是个谜，其实也不是谜，在我看来，他们除了会调养外，其养生之道，在于淡泊名利，仁慈善德，心里一片风清月明。

网上中医与西医争吵得热闹，我否定你，你批判我，剑拔弩张，互不相让，唾沫四溅，恐怕一时还停不下来，也难以有个权威的结论来中止这样的辩论。

依我看，不管中医西医，能治病救人就是良医。而将精力放在口水战上，贬损其他人以利己，都是庸医。而良医，心里有爱，头上有光，不屑于为名利争斗。

西医源于西方，符合他们的文化，动刀动枪夺天下。

中医源于中国，符合我们的文化，不战而屈人之兵。

有的放矢，对症下药，综合施治，才是良医。

诽谤中医的人，一定没有想过，自己之所以今天能坐在人世间动用伶牙俐齿，巧舌如簧，将中医诋毁得体无完肤，是因为自己的祖先得病了也去找郎中号脉，去药铺抓药，由那些花花草草、根根茎茎熬出来的汤汤水水，守护着不断延伸的血脉。

至于个别人居心叵测，借攻击中医以图颠覆中国传统文化，那得另当别论。这些人病的是灵魂，无药可救。

世间许多事，都是庸人自扰，无病呻吟，为争个你高我低而熬夜，容易上火，容易气出病来，还是没病最好，洗洗睡吧。

2020 年 7 月 28 日

山野上成长

近年农村的变化,怎一个"大"字了得!

本人是个地道的乡下人,双脚第一次落地,身份也落地,灵魂也似乎扎进了那片土地,大概就是在血脉相承中延伸的"根"。

虽然,后来的大部分岁月,吞吐着北京和上海等大城市上千万人集体交换着的气体,但得空就要回老家住上几天,当然不单为呼吸清新的空气,主要是飘荡在空气里的那些鸟语花香,能让我触摸童年那些桃红柳绿的时光,闻到扎了根的灵魂所散发的气息。

去得多了,农村的变化都看在眼里,从家里到地里,从身上到碗里,从山上到路上,堪叹"玉垒浮云变古今"。欣喜与快意,寄予与期许,浩荡十里春风,飘拂千条杨柳。

流年如水,记忆斑驳,感观的变化显而易见。高寿的村庄,已上千岁,像卧在山坳里反刍时光的老牛,却突然间返老还童似的,父老乡亲像插秧一样把新楼房遍地栽种。原先颇有豪迈气概的高门大户,依然挡不住岁月的侵蚀,如今沧桑如世纪老人,有着夕阳西下不复回的老态龙钟。我想用相机记录下来,可没等回过神来,鲜亮的色彩已擦掉了灰暗单一的色调,时代感抹去了年代感。

村庄高也高了,靓也靓了,但是人越来越少,那些大人呼小孩叫,年轻人打情骂俏,红白喜事青壮者一拥而上,甚至邻里之间婆娘跳着脚互相咒骂的人文风情画,好看的难看的都几近消失。新楼住老人,大房睡小孩,只有他们在留守,狗越养越多,它们的主要职责已从看家护院转移到陪伴上来,年富力强的人几乎都在山外生活,过年过节露一脸。说明村庄长高长大,长的却是肥肉,空心化的村庄,说句不好听的,是虚胖。

当然,无须为这样的状态悲情。从小处看,高楼耸立,新房挺拔,说明年轻人虽然离乡遥远但是没有忘祖,也证明他们打拼有成,生活丰实,当然也不排除有摆谱的意思。从大处着眼,家乡是全国农村现状的一个缩影,农耕的衰退反衬出工业的兴盛。农田是根本,但只能种出温饱,断断种不出机械化信息化智能化,种不出一个现代化强国。

乡村的冷清与寂寥,正是国家发展大潮中无法逆转的命数。说高尚一点,是一种了不起的牺牲。

说了这么多农村的变化,最值得聚焦目光的是学校,因为以教育为本,学校才是乡村未来的襁褓、村民文化素质的摇篮,任重而道远。这个乡村版图里的特殊小世界,农田与村舍簇拥下的文化绿洲,最应向美处变,向强处变,向好处变,给我们的小小读书郎更优越的条件,洋溢其青春,蓬勃其朝气,以弥漫书香昌瑞人文。

路过我就读过的一所中学,变化十分抢眼,白墙黛瓦的钢筋水泥楼房,取代了原先石垒木构的危房陋屋,泥土夯实的操场变成了绿茵茵的草坪和赭红色的塑胶跑道,整个校园安宁静谧,有了学校该有的样子。迎面遇到的老师全都面生,一任任换了;学生更不认识,一茬茬走了。有几株老树,还坚守在原先的位置上,枝叶依然丰茂,当年我等调皮用小刀刻在树身上的字迹,仍依稀可辨。

同行者告诉我,现在学生的数量已大幅减少,乡村的学校在不断撤并组合,人去楼空的学校有的已出租,教室成了工厂,书声琅琅变为机器声隆隆,大有"流水落花春去也"繁荣不再的感慨。现实就是如此,随着学生数量的不断递减,学校只能顺应时势,步步退守。我就读过的高中变初中,初中变小学,小学变幼儿园,今后是否还能守住目前的阵地,不好说。

仔细想来,这也没有什么可遗憾的,有城市的扩张就有农村的萎缩,有彼处的繁荣就有此地的凋零,此起彼伏,是自然规律,也是社会发展的必然趋势。许多孩子跟随父母进了城,那里的教学环境相较于农村,自然优越不少,未必是坏事。

一群学生从我眼前走过,单薄的小身体背着沉重的书包,有的干脆用上拉杆箱。现在的学生压力山大,书包的重量与学习的负荷成正比,做起作业来像愚公移山,着实不容易。想我上学时,书包很轻,课余很长;作业很少,快乐很多。

只要不坐在教室的凳子上,我都很快乐,比如音乐课、体育课等,当然最钟情的还是劳动课。我不清楚目前学校里还有没有这堂课,班级里还有没有"劳动委员"这个职务,还需不需要学生们自带工具被派到田地里干活,让单调的田野飞舞着一群花花绿绿的"蝴蝶",播撒欢声笑语。可以肯定的是,这堂课即使还有,恐怕也已被"瘦身"。

劳动课之所以有意思,不是因为我要响应德智体全面发展的号召,而是符合我总想冲出教室到田野里撒欢的天性。本来就是一棵野地野风野雨里的野草,当然喜欢在旷野里野性疯长。

小学低年级,年龄还属于少儿,劳动课相对简单,打扫教室卫生,号称"大扫除",就是在教室里扫地抹桌、清除蜘蛛网之类。窗户的玻璃是不用擦的,因为早已不翼而飞且不知所终,经常有飞来的小鸟落在窗棂上听课。燕子和麻雀是常客,它们很高兴在站过的地方留下一泡鸟粪,交给我们在劳动课时清除。有时候还有大胆的乌鸦来捣乱,哇地鸣叫一声,破坏严肃认真的课堂秩序。一天有只乌鸦大概迷了路,直接撞进教室,盘旋了几周还出不去,情急之下空降了一泡排泄物,巧的是正好在讲台上方,像从半空中投下一枚小炸弹,不偏不倚,直接命中老师的鼻尖,引起哄堂大笑。我笑得最起劲,还巴望着乌鸦再投一枚,结果被轰出教室罚站,因此记忆犹新。

我小时候力薄,又比班里同学的年龄小,可不知道哪根筋搭错了,迷恋上了摔跤,总去挑衅同学,结果屡战屡败。痛定思痛,总结出自己的基本功差些火候。于是,大扫除时,将板凳当作对手,先竖起来,然后抱住,小腰一扭,嗷的一声将其四脚朝天地倒扣在课桌上。这种土法练习,实际效果并不明显,始终没有扭转败局。纵使如此,看着全班林立的凳子腿,都做出举手投降的姿势,倒也壮观,适度满足了我对胜利的渴望。

到四五年级,少年了,劳动课得下地干活。学校在对面的小山包上,有自己的一片土地,用来勤工俭学。可土地实在不像土地,每一块宽不盈丈,长只有裤腰带似的一小溜,俗称"巴掌地"。因为是旱地,沙多土少,坎高坡陡,草都不愿意长,长出来也发育不良,萎靡不振,蔫不拉叽,只能勉强种些萝卜、青菜、地瓜、土豆之类的东西。村里把这么贫瘠的土地划拨给学校,就没指望戴眼镜的老师带着一群毛头小子能种出啥像样的庄稼来。

土地再贫薄,也不能荒着。萝卜、白菜活得再艰苦卓绝,也要施肥。学校有一个化粪池,汇聚着全校师生在肠道里人工合成的蔬菜营养液。如何将这些运到地里去,是个体力活。农民腿肚子青筋暴凸,肩膀上有坚硬的老茧,可以挑着两只半人高的粪桶,哼着小曲就让庄稼吃饱喝足。而我们的个头比粪桶高不了多少,抬着走时,鼻子贴在桶沿上,十分"耐人寻味"。遇到陡坡,眼睛还要盯着脚下,双手拼命顶住粪桶的把手,稍一松劲粪桶就可能滑下来,洒一些出来关系不大,本来衣服就五味杂陈,还粘满了泥巴油渍;如果倒扣在脑袋上就大大地狼狈了,毕竟谁都不想接受与萝卜、白菜同样的浇灌,毕竟我们还长着一张嘴,饮食习惯与蔬菜喜欢的口味大相径庭。

我干的活一般是锄草,学老农民的样子,呸地朝手心吐口唾沫,用锄头把草连根刨起。每当看到同学抬粪上山,便挂了锄头,在一旁当看官,不时呐喊几声,算是助威,做些宣传鼓动工作。好在意外没有发生过,险情出现了几次,最后都化险为夷。农村的孩子,自幼在田间地头赤足飞奔,在翻墙上树中锻炼成长,在逮渔网雀时积累生活智慧,已初步具备穷人的孩子早当家的基本素质。

给我印象很深的是,每当我们把丰收果实小山似的堆在学校厨房的空地上时,师生都呼之为"灶婆"的小脚老厨娘便笑得合不拢嘴,露出几颗仅存而又年久失修的牙齿来,给我们发几根红萝卜,或者几个小番薯,以作犒劳。

还有一种劳动课特别受欢迎,就是上山摘橡果。

我老家在大石山区,山如箍桶田似斗,说明山多田少。有劣势就有优势,大自然就是这么公平分配的。山是我们的乐园,也是我们的宝库。到了秋天,层林尽染之下野果成熟。这些能充当食物的东西,都在这个时候站在枝头上摇头晃脑,炫耀着红的紫的黄的白的颜色,表示愿意慷慨地奉献自己,诱惑人类和鸟兽前来享用,目的是将种子带到远方,繁育子孙后代。如果任其零落成泥碾作尘,那是暴殄天物。

学校选一个不下雨的好天气,发动全校师生上山,好像是去满足果实的愿望,实际上是为学校增加收入。那时教育经费不足,老师用的粉笔质量很差,经常发出吱的锐利响声,刺激得人牙根发痒,就是这样的粉笔,也要写得比老百姓吸剩的烟头还短。

我们采摘的是橡果,结在一种宽叶树上,颜色像板栗,个头却赶不上板栗,跟花生仁差不多,椭圆形的头上有一小尖刺,屁股包在半圆的果壳中,胖乎乎的,像兜着一条棕色裤衩。橡树属于硬木,本来能长得很高大,像舒婷写的诗《致橡树》,如果长得矮小,她可能就没情可抒,更无兴趣"致"成诗了。可长在我老家的山上,橡树就没有这么幸运,几年一次的开山斫柴,父老乡亲没有给它长高的机会,到半人高就被砍断当柴烧,灰飞烟灭。橡树似乎知道结局不容乐观,便贴着地面长,倒不影响结籽,三五颗围在一起结,像一窝又一窝袖珍小猪崽,方便我们采摘。

我当时只知道学校兴师动众摘橡果,是为晒干了卖钱,却不知道这东西有什么用,后来查了书才明白橡果里的淀粉能当饭吃,能当药用,能酿成酒饮,能添加在纺织品里当浆剂,还能应用在石油上作再生原料,这小玩意儿能耐却不小。唐朝的皮日休早舒婷一千多年就给橡树写诗了:"秋深橡子熟,散落榛芜冈……几曝复几蒸,用作三冬粮……"有才华的吃货,很让人佩服。

因为需要用时一整天,我们天蒙蒙亮就赶到学校集合,人人都提着竹编的篮子,身上仍然背着书包,不过书包里没有书,装着饭盒,中饭一定要在山上吃的。这也是我们喜欢采橡果的原因之一。这顿中饭父母一般会多下点功夫准备,质量也比平日要好,如蛋炒饭、咸肉麦饼、粽子等,方便携带,也相当于打一次小牙祭。谁带的饭好,同学之间会攀比,伙食好的自然得意,差的当然沮丧,只带几颗熟土豆的就不跟人比了,用餐时躲得远远的。一次,我们比着比着就起了哄,怂恿一名带蛋炒饭的同学干脆把饭吃掉得了,搞个恶作剧,这名同学果真不负众望,三下五除二把饭吃了个一干二净。中午,他饿得眼泪汪汪,自个儿漫山遍野找野葡萄野酸枣野藤梨充饥。

橡树一般长在向阳的山坡上,因为多,所以不难找。但山高路陡,经常需要连滚带爬,衣服被挂掉一条,脸上被划破一道,身上被蹭去一块皮,对山里娃来说都不算光荣受伤。即便再严重一点,脑袋撞在树权或者岩石上,头破血流,也不是啥大不了的事,寻一处山泉洗一洗,山上的茅根、车前草等都能止血,嚼一嚼摁在伤口上就得了,轻伤不下火线,继续活蹦乱跳地执行采摘任务。

危险还是存在的，山上毕竟是动物的聚居地，比如蛇，到了秋天，它们需要在冬眠之前饱餐一顿，攻击性就比平常要大。不过蛇虽然能毒翻一头牛，可也遵循"人不犯我，我不犯人"的原则，知道自己若落到人的手里，多半会被剥了皮吃掉，跟既食草又食肉的人类好勇斗狠，这笔买卖不划算。自然界自知者聪明，聪明者生存，蛇便采取惹不起躲得起的消极态度，见到人来便逃之夭夭。除非被一脚踩上，它迫不得已奋起正当防卫。

本人摘得的橡果总比同学少，非手脚比别人慢，亦非山高力不逮，因为我的动机不纯，玩性大，自由散漫，不务正业，集体荣誉感不强，为学校教育事业添砖加瓦的意识淡薄，别人在低头找橡果，我在抬头看风景，近处不够看，还不怕路途遥远，从这座山蹿到那座山上去看，什么奇岩、山洞、瀑布、寺庙，被我转悠了个遍。到天色擦黑收工时，发现劳动成果无法交代，篮底只铺了薄薄的一层，好生惭愧。摘多摘少，老师要称重量，我都磨磨蹭蹭地不好意思往前去。当老师将严厉的眼神扫过来时，我为自己劳动时间开小差满心愧疚，都想找个地洞钻进去。

劳动课有好玩的，也有不好玩的；有有意思的，也有没意思的；有轻松的，也有辛苦的。农忙季节，劳动课就很辛苦了，真要挽起裤管下地干农活，跟农民伯伯一样面朝黄土背朝天。天上有毒辣辣的太阳，身边有黑压压的蠓蚁，水里还游着软绵绵的蚂蟥，在这种立体攻势及饱和攻击中，上劳动课就像上战场。

我初中时候参加过一次"双抢"，全班被拉到一个村子里帮农民割水稻。第一天，镰刀割掉了我的半拉脚趾盖，鲜血直流，钻心疼痛，我龇牙咧嘴地去村卫生室涂了些红药水，贴了块胶布。第二天，割掉了半块手指盖，又是鲜血直流，钻心疼痛，我继续龇牙咧嘴地到村卫生室涂红药水、贴胶布。赤脚医生是个女的，说话刺耳难听："昨天脚指头，今天手指头，明天是不是该轮到脚块头（膝盖）了？"伤害性不大，侮辱性极强，这样讽刺积极参加生产劳动的小农民，显得十分可恶！我恶狠狠地瞪了她一眼，在她转过身拿药的瞬间，想朝她圆滚滚的屁股端一脚的心都有。

现在，学生不必在田间地头出大力流大汗耐大劳。当然也并非幸福指数就此爆表，他们在学海无涯苦作舟。

有没有劳动课,似乎与少年学生的前程并无直接关联,可能还有更充裕的时间用来读书。而且,凭几节设在田间地头山野的功课,就可以养成青葱少年劳动的习惯,或者涵养出吃苦耐劳的精神,也许不现实,我自己就是例证,在有福享的时候绝不会去吃苦头。但事物都有两面性,劳动课的确让我们懂得什么是风调雨顺,什么叫自然灾害,什么是丰收喜悦,也认识到了粮食的珍贵。此外,增强了体力,锻炼了意志,磨砺了性格,这也是不争的事实。

以我的经验,有劳动打底,在往后的尘世旅程中,总有一些坎要越过去,一些痛要熬过去,一些不顺心的事要挺过去,苦过与没苦过是不一样的,苦过的人会多一分自强,也能多一分坦然。不能不说,劳动课是青少年成长中不可或缺的一堂基础课。教育给青少年插上翅膀,劳动这堂课能让他们的羽翼更丰满和强健,起码骨骼更坚硬。

课堂,课堂,现在学校都建得现代气派,教学楼窗明几净,设施齐全,重视"堂"的建设没有错,但与此同时,更应该重视"课"的质量设计,青少年成长需要的知识不只局限在数理化上。

眼下的应试教育,十年寒窗学什么,全由高考那两天考什么来决定。即便课堂有拓展,也是琴棋书画唱歌跳舞,仿佛今后如若不能金榜题名,也许还能成为万众瞩目日进斗金的舞台明星。农村的天地依然广阔,而让我们忧心的是,师生们都知道希望不在田野上,种地不是特长,不能加分,顺理成章地被挤出课程表。

即使是农村的孩子,对土地也是陌生的。我说的陌生,不是指他们不知道土地的面貌,而是认而不识,认而不知,分不清五谷,识不全稼穑,知道的农时节气来自节日,认得的庄稼来自餐桌,拿筷子的手上一个老茧都找不到。

劳动课这卷书是摊在山野上的,阳光下晒一头汗,水田里滚一身泥,手掌上扎几根刺,这些作业,不写给高考,只写给人生。

读万卷书,为行万里路,有智力又有体力,方能征服远方的世界。

2021 年 12 月 27 日

素心方正

邀上海几位老友来我家乡过周末,让他们换一口空气。

今年的梅雨天,无疑是个"加长版",一月有余了,天空仍然浓云低垂,阴雨连绵,拉开死缠烂打的架势。天气溽热,人坐着都被蒸出黏糊糊的细汗。

今天周六,雨淅沥得累了,稍作歇息,阳光懒洋洋地从云罅里照下来,投下的光柱让田野斑斑驳驳。

临时起意,我们去天台国清寺游玩。

游玩要看天的脸色,选择国清寺,是因为离我老家大石花塘村近,驱车一马平川,只需半个多小时,即使天空搞突然袭击,出其不意地降下一场大雨,寺院有廊檐可躲,回来也费不了多少工夫,不必担心被淋成落汤鸡。加上国清寺乃千年古刹,钟声悠远,幽径静谧,老树森森,可谓风景这边独好;还有隋塔,历经风侵雨蚀依然傲然昂立;隋梅古干虬枝,苍老遒劲,书写神话般的传奇……无论人文还是风景,都光华到惊心动魄。

我对国清寺,如邻居般熟悉,几年必来一次。最早在读中学时,就与同学将其作为春游的目的地,把自行车蹬得连风都追不上,车轮朝前滚,头发和衣服往后飞,来回一天足够。其后一般都是陪友人去参谒。

距上次来国清寺,时间又过去三年光景。我发现景物依旧,却加修了许多基础设施,改造了溪坑,铺设了游步道,从停车场到山门,还通了游览车,给游客提供了方便。路边,一位售卖香烛的中年妇女冲我们喊:"请些香烛吧,里边没有的。"我觉得好笑,哪有寺庙不卖香烛的?

未入山门,发现还有更大的变化,着实出人意料。门口坐着两三个年轻和尚,在给进寺的游客量体温,我问门票在哪里卖,他们回答说这里不卖门票,进去就行。

我大为诧异,没想到这座中外驰名的千年古刹,国家的 AAAAA 级风景区,如今居然停止了收门票,这不是守着金山喝稀粥吗?我记得以前是卖过门票的,20世纪80年代初,我第一次与高中同学一起来国清寺游玩,多少钱的门票记不清了;后来是15元;再后来降到5元,这次干脆一分钱不用花。什么状况?出家人都不食人间烟火了?我一头雾水。

进了庙门,原来卖香烛的摊点果然全都踪迹不见,也就是说,庙里已无处求香烛。有道是"人要一张脸,佛求一炷香",现在的国清寺,人不嫌你无钱,佛不怪你无香,允许你自带,可以烧香点烛,只是不与你做烧香点烛的交易。

我们从几个佛堂穿过去,佛祖高高端坐,俯视人间,目澄如水,供桌上的长明灯光华皎洁。遇几位黄衣僧袍的出家人或打坐,或持帚扫地,或匆匆擦身而过,都是目不斜视,庙里对有钱无钱、位高位低、游客香客,都是一视同仁,没人拦住去路,变着法子向你讨要"香火钱"。

不需要用钱代表虔诚,也不需要用钱购买功德,让我感到无比轻松和适意。我是无神论者,但对佛法里的慈悲心、不贪心充满敬意,现在,我对甘守清贫的国清寺充满敬意。而对那些富得冒油的寺庙,像菜市场一样讨价还价的佛门,是否守得住清规戒律,以及六度万行,不由得心有所疑。

国清寺还给佛门一个清净的本色,心若不动,风又奈何?其体现出的是决心和勇气,放下的是世俗的浮华和羁绊。做得轻描淡写,却又一枝独秀,难得!

眼下,许多人在为赚钱焦虑。一些地方政府为搞活旅游业,大兴土木,有名胜要上,没有名胜创造名胜也要上,把人文景观当"摇钱树",门票价格一提再提,让游客怨声载道,乘兴而来,败兴而去,国家物价部门不得不出面限价干预。附近的居民也是靠山吃山,费尽心机,各种"黑暗料理"花样翻新、层出不穷,惹得网上一片吐槽声。

我去过不少名声响亮、身份显赫的寺院道观,里边既金碧辉煌,也藏污纳垢,分不清真假的和尚、道士、尼姑,装成"本仙",看相的测字的装神弄鬼驱邪逐魔的,也有冠冕堂皇索要油灯钱、香烛钱、佛事钱、撞钟钱,生拉硬拽,连哄带蒙,捐这捐那……只有想不到,没有做不到,唯利是图,巧取强夺,防不胜防,让我轻易不敢将双脚踏进庙门。

佛门净地,心若不净,佛门也难免被搞得乌烟瘴气。

天台山文脉源远，国清寺名闻遐迩，"天台宗"的发源，莫说国内香客云集，韩国、日本分支的皈依弟子，每年来朝拜的也是络绎不绝，完全可以实现庙门一开，财源滚滚来。但他们逆潮流而行，这丢掉的是多大一块肥肉啊！这又需要多大的一种定力？真让人意想不到，更让人敬佩有加！

这种舍得，体现了政府的格局，体现了寺庙的淡泊，更体现了僧人的德行与修为，青灯木鱼，无欲无求，云淡风轻。寺内见不到大腹便便的出家人，他们寺规森严，"一日不作，一日不食"，寺院周边的田地上，能看到他们躬身劳作的身影，原来他们不是不食人间烟火，而是不愿白食人间烟火，自食其力，以劳养心。躬耕乐道，自然富不了，放生池旁边有座小亭，上书一匾额："得少自在。"也难怪，"鞋儿破，帽儿破"的济公，就是在这里出家的，不卖门票的做法，相当"济公"。

即使你口袋里一文不名，照样能玩转国清寺，天下芸芸众寺院，又有几家能做到？国清寺如出水荷花，高洁不染尘，真正是佛家清净之地，安心于济世行善，普度众生。国清寺的境界，已然超凡脱俗。无论外面如何喧嚣，都坚定地保持着一片素心。

寺外红尘滚滚、功利熙熙，国清寺的僧人独守素淡人生。

在回大石花塘村的路上，恰有一场大雨倾盆而下，将我们积尘的车子洗得干干净净。

2021年9月7日

善是一种景致

每次回老家,从临海到大石,都要经过一个叫"茶园岭"的隧道。除了清明,也就是这个时候我才会想起奶奶,觉得她还在山腰的路廊里烧茶,灶火一闪一闪的,照亮了她的苍苍白发。

在我童年记忆的储存卡里,奶奶的信息量少得可怜,连形象都不清晰,1.5米左右的个子,眼圈微微泛红,像涂着一层胭脂,其实不是,格外显眼的是长着一双几乎没有脚掌的小脚。我想忆起她的音容笑貌,哪怕是说话的腔调,但都想不起来。她很少和我说话,只记得她总坐在窗户下,喃喃念经时微闭着眼睛,桌子上却摊着薄薄的经书,似看非看,手里不停地捻着一串佛珠,一缕阳光斜斜地照在她身上。

她独自一人住在楼上,不发出一丁点声响,有时候能听见猫或者老鼠走动的声音,但是听不到她的动静。她在角落里支一只小炉子做饭,因为信佛,常年吃素,清汤寡水,一点荤腥都不沾,便不与我们一个锅里炒菜,也不在一张桌子上吃饭。

楼上朝西的窗户,遇刮风下雨要用一张盖板合上,她经常用木棍将木板支平,变成一张小桌,点三炷香,周围摆几碟烙饼、花生米、红枣之类的供品。如果摆筷子,请的是列祖列宗,他们属于凡人,需要提供吃饭工具。如果不摆筷子,请的是西方的如来佛、观音菩萨等诸神。现在印度人吃饭还用手抓,而佛教的高层诸神,大多原籍印度,入乡也不能随俗,我奶奶必须继续尊重他们的生活习惯。

我那时,用汪曾祺的比喻,"人没有三块豆腐干高",只关心舌尖上有无味道,世间的善恶、众生的好坏,都由能否将食物给我吃来评判。待三炷香燃尽,我看看窗外,蓝天白云,并不见诸位菩萨或者列祖列宗来去,食物完好无损,没有动过的迹象,心想该轮到我来享用了,故意将口水在喉咙里制造出滚动的声音。可是，奶奶却充耳不闻，并不想我所想、急我所急，总是将这些东西收起，藏到我找不着的地方，然后趁我不在跟前的时候，唤我二哥上楼，把食物赏给他吃。她之所以对只比我大两岁的二哥有偏爱，是因为她在家的日子里，总是二哥给她暖被窝。

这就让我对她很有意见，虽然她从没打过或者骂过我，可我打心眼里不喜欢她，哪怕她经常请天上的菩萨吃饭也不行。偶尔，她会用不拿佛珠的手，抚摩一下我的头顶，我就将头偏向一旁，不领受她这一份慈祥。我以这种抵抗的方式告诉她，一碗水端不平，我这个嫡孙是有想法的。

吃不到她摆的供品，一而再尚孰可忍，再而三就孰不可忍了。我对她的偏心眼，既忌妒又气愤，向母亲汇报过，但揭发举报数次都收效甚微，似乎没有引起她的足够重视，不肯替我出头打抱不平，最多给我一块糖果，算作补偿。后来我才知道，在农村当儿媳妇，基本上要在婆婆的绝对领导下开展各项工作，有意见也不敢当面提，婆婆不满意，后果很严重。有些强势的婆婆，甚至会让儿媳吃不了兜着走，走自然无处可走，只能怀着一肚子委屈回娘家。

每次听见她拖着长腔喊二哥的名字"伟哎——"，二哥就屁颠屁颠地冲上楼，心有灵犀的样子。我在后面悄悄跟踪，但他的警惕性颇高，后脑勺像长了眼睛，总能发现我在盯梢。他拿到食物后便一骨碌钻进被窝，或者敏捷地爬到床下，完成进食后才出来。有一回二哥发了慈悲，从口袋里掏出一颗花生米，却不把整颗给我，而是再掰开，把不带头颅的"母"的一瓣给我，"公"的一瓣自己吃。这很伤我自尊，本打算与他从此决裂、不共戴天，可一瞬间贪嘴战胜了骨气，很高兴地接过来，虽然不够塞牙缝，但还是让我嚼出龙肝凤髓的味道。

奶奶其实活得不容易，我爸是家里唯一的男丁，才十多岁，她就守寡了，农活全落在她和我爸肩上。新中国成立后我家成分被评为中农，表明是有田有地的，也说明没有长工和短工，否则就成富农或者地主那样的"坏分子"了。躬耕劳作，一切都要自力更生，白天不在话下，晚上黑漆漆的就让人恐惧。比如天不亮要给稻田里放水，奶奶便颠着一双小脚陪我爸去，山上乱坟很多，黑压压、阴森森的，不时有忽隐忽现的"鬼"火闪烁。山里人大多迷信，会将磷光当鬼火。为了壮胆，我爸一路将锄头拖着地走，铁与石子碰撞，发出声响也碰出火花，据说这样会让鬼见了立即抱头鼠窜,民谣说"鬼见铜,脚逃红;鬼见铁,脚逃鳖"。

这些事,是我妈当故事讲给我听的。我妈不是本村人,这么活生生的动人事例她应该不会知道,我估摸着是我爸和她搞对象时,不排除为树立自己的光辉形象,添油加醋地说给她听的,毕竟俘获女孩子芳心最有效的方法,是利用自古美女爱英雄这个社会规律。何况我爸参加革命时当过儿童团长,还当过宣传委员,嘴能讲笔能写,还有适当拔高事实的勇气,用自己的先进事迹感动一下我妈,不是什么难事。这都是题外话。我妈给我说这些事的目的,是让我知道奶奶把我爸及姑姑们拉扯大不容易,要尊重,不能因为几颗花生米之类的食物要性子、闹情绪。

我似懂非懂,奶奶再摸我的头,我基本采取容忍的态度。

奶奶让我印象不深的另一个原因,是她在家的时间不多。信佛的居士讲究"修习",或者叫"修行"。简单地理解,"修"指斋戒食素,烧香念经,进庙拜佛;"习"或"行"是要做善事,即行善利益众生。奶奶的修习,是与村里几位同道中的老奶奶一起,比如邻居金辉同样长着一双小脚的外婆,到50里开外的"茶园岭"烧茶。

老家有很多"路廊",属于公共设施,即选择一处通衢的古道,隔几十里建一座小房子,山脚、山腰、山顶的都有,相当于功能简易的驿站,供路人遮风挡雨和歇足纳凉用。在有机械车辆之前,人们走路靠双腿,累了渴了乏了,便要休息一下,或者遇雨雪躲避会儿。经常有如此场景,一群胡子拉碴的老汉,叼着烟袋,散坐在石凳子上,空气里弥漫着淡淡的烟雾,或谈古论今,或哪村红白喜事,或谁家的儿子出息,或年成的好坏,闲谈的话题广泛。路廊往往成为各种消息的集散地,农村的"路透社"。

奶奶选择烧茶的地方,叫"茶园岭路廊",建在交通要道边上,以前人们从大石山区去县城,都要经过这里;路廊的不远处,还建有一个造纸厂,四村八乡的人要将造纸用的麦秸在平板车上垒得小山一样,拉到厂里去,也要经过这里。不像现在有了104国道,人们踩一脚油门,便从山肚子里直穿过去,可以忽略茶园岭路廊的重要性。

茶园岭路廊长啥模样我不知道。据我对其他路廊的认识,规模应该很小,无非几间矮屋、一间敞堂,摆几块长条石,当凳子坐人;有一口大水缸,粗瓷酱色,里边蓄满凉白开,水缸边上竖着一个竹架,挂满斜削了一半的竹勺,人们可以用它舀水喝,喝完再挂回去,从不消毒,没这概念;有一间里屋,相当于集体宿舍,住着几个像我奶奶这样皱纹纵横的老年"女志愿者"。

我看革命现代京剧《沙家浜》时,将奶奶想象成阿庆嫂,都是烧茶水的,"垒起七星灶,铜壶煮三江""来的都是客,全凭嘴一张。相逢开口笑,过后不思量。人一走,茶就凉"。自豪了一阵子,后来又不自豪了,觉得不具可比性,阿庆嫂开的是茶馆,喝茶收钱;我奶奶是义务烧水,无偿服务,一个子儿都不收,倒贴工夫和柴火;阿庆嫂的茶水里是真有茶,我奶奶烧的茶水里是真没茶,最多夏天放几叶薄荷,冬天放几片姜;差距更大的是,人家是地下党,我奶奶是无党派村妇,对革命一无所知,更没有传奇色彩,在水缸里藏过胡传魁那样的大人物。两个人别如天壤,个人小善哪比得上民族大义?就像米粒之光怎堪与皓月争辉,根本不在一个档次,没有资格自豪。

让我百思不得其解的是,奶奶是怎样走到茶园岭的?她的三寸金莲我见识过,缠着脚纱像粽子,解开脚纱像猪蹄,白得惊心动魄,也丑得一塌糊涂。这样的小脚别说跑,走路都费劲,上个台阶更像是在努力攀登高峰,让人看了着急,想替她使劲。她每次出发去茶园岭,都要挑上大米、粉条、咸菜什么的,够两三个月吃食;身上还挂一个"生马",北方人叫"褡裢",袋子里装着干粮,路上吃的,负担沉重。

我走路经过正规训练,步幅 75 厘米左右,空手沿平直的国道走到茶园岭,一刻不歇需要 5 小时。而她的每一步大概能向前挪动二三十厘米,曲曲弯弯的山道远不止 50 里,我不知道她的"小粽子"是怎样跌跌撞撞地丈量完这些山径野路的,一天一夜,还是几天几夜?路上歇十次八次,还是歇百次千次?遇到刮风她稳定性极差的"底盘"是如何做到不被掀翻的?碰到大雨她是否蜷缩着身体无助地躲在墙根?是什么样的勇气和毅力支撑她走完全程?是什么样的意志和信念支撑她 40 年不辍地来去?对我来说简直是个谜。

答案很简单,她就是为了去给路人烧几缸开水。但是,答案又不是这么简单,她做的是积德的事,虽然看上去鸡毛蒜皮,但开水里蕴含着她的慈心善念,她没有财力去帮别人脱贫解困,也没有能力去替政府造桥修路,她只有用身上富余的一点精力,几十年如一日地给挑柴的人,给进城贩粮的人,给厂子送稻秆麦秸的人,给串亲访友的人,给凡是路过茶园岭的所有好人恶人,一口能滋润喉咙的水。我们感到她是一步一艰难,投入与产出不成正比,而她可能觉得自己是一步一皈依、一步一成业、一步一德行,将别人的需要当作自己的必要。

我仿佛看到一个羸弱的身影,蹒跚在绵延无尽的山路上,像是在义无反顾、坚忍不拔地去奔赴一场神圣的约会,艰难而又坚强,让人既可怜又尊敬。

老子说:"强行者有志。"从奶奶身上,我看到有一种执着叫吃苦中快乐,有一种力量叫信奉中坚持。

我想她的内心深处一定有一个声音在召唤,那就是朴素纯净的道德感。奶奶斗大的字不识一箩筐,跻身于文盲老太的行列,可能都没听说过"积小善而成大德"这些富于鼓舞性的名言。她只是忠于自己的信仰,为此决心去做那么一丁点力所能及的小事,为此不惜舍弃子孙绕膝的天伦之乐,为此在漫漫山道上走出属于个人的"长征",直到80多岁去世。是时我刚上小学,与二哥一起扛着白幡,将她送到一处山岗上和爷爷团聚。

我无意揣摩奶奶烧茶的初心,也不相信她的出发点有多么高尚,可能她甘于倾心尽力的付出也是为了有所回报。她不过是一个农村老妪,也许是相信佛家的因果轮回,"善有善报,恶有恶报""种瓜得瓜,种豆得豆,种下善因得善果",今生的修业是为了来生的福报;也许广积善缘,只是为了家族美满子孙兴旺;也许她确信渡人者助己……人性是复杂的,善恶同体,此起彼伏,但无论怎样,善念总是一种向上的能量,带着光芒,不管是否微弱如萤火。

后来,我大姑妈继承了奶奶的衣钵,填补了空缺,直到104国道修通,无人再走这条山路。

现在,古道荒芜,路廊废弃,人迹消灭,条石上长满青苔,野草秋风对落霞,一幅温馨的人文风景画从此消失。人们坐在风驰电掣的车里,高速路边上的休息区比路廊先进和漂亮多了;渴了喝矿泉水或者保温杯里的茶水,年轻人都不清楚竹勺子长什么样子。时代的进步,淘汰许多传统的、笨拙而无用的东西。我们不需要也没有必要在路边支个摊子,给来来往往的行人递茶送水,但传统的善念,却不可湮灭于人心;老式的善举,不能湮灭于人世,善良是永不过期的。

一个健康的社会,不应该人人都是"经济学家",一天到晚盘算着个人的利益得失,价值观若走偏,无耻、狡诈、虚伪和丑恶等现象就会滋生,道德的底线就会被不断突破。无论你是居庙堂之高,还是处江湖之远,最起码要做个好人,做些好事,宽仁厚道,返璞归真,或多或少地焕发人性的光辉。

我们需要传承的文化是"予人玫瑰,手有余香",是"我为人人,人人为我",是"不以恶小而为之,不以善小而不为",是"君看渡口淘沙处,渡却人间多少人",善者不负人,良者不愧心,一个社会美德充盈,是个体的美德叠加累积起来的,"人人都献出一点爱,世界将变成美好的人间",歌这么唱,人更该这么做。

奶奶与她一起烧茶老太的故事,以及喝过她们水的人,大部分已经作古,消失在岁月里。我记述下来,无意为老一辈人树碑立传,只是给她们勾勒一个行善者的背影。她们平凡而渺小,甚至毫不起眼,却是勇敢的、美丽的、让人心悦目的,跋涉在行善的路上,灵魂带香,留下了一路的芬芳。

茶园岭下的路,变得越来越宽。人心也是一条路,却不能变得越来越窄,越来越坚硬,越来越无美感。现代人走得太快了,挂上高档疾驰,喷洒的汽车尾气,无意间会污染了路旁的花草。

烧茶水的灶火,照亮奶奶的白发,也照亮了一种品性,谈不上崇高,却也是人性中一爿美的景致。

因为哲学家说过:善即是美。

2022 年 1 月 3 日

两位大爷

路口的红灯亮起,马路对面晃过来一位老汉,60多岁。平常我不会注意一个普通路人,是他手里拿的东西让我好奇。

他居然边走边绣着一片鞋垫。这种闺房"女红"的细活,是他干的吗?看他一脸憨态,光头锃亮,不毛之地,能反射红绿灯变换的色彩,挽着一边高一边低的裤管,抡大锤才不让人奇怪,指间飞针走线实在与壮实的大老爷们儿不相匹配。看上去他的针线活已接近尾声,鞋垫上布满红红绿绿的线条,仔细一看,是一个个"囍"字。的确够喜庆,一幅活生生的"大爷刺绣图",很好玩,很逗乐,很有喜感,差点儿让我笑将出来。

马路宽了,什么老头都有!

这种鞋垫我不陌生,年轻时在青岛当兵,沂蒙地区政府每年来拥军慰问,车子上都会卸下许多这种绣有花鸟图案的鞋垫,每人能分到一双或者两双,都是当地的老婆婆小媳妇一针一线绣出来的,像民间风俗艺术品。我们都很珍惜,知道手工绣成的鞋垫,纳进了无数个黎明黄昏,满含着蒙山沂水乡亲们对子弟兵的深厚感情,传统工艺加传统情愫,垫在脚底,让我们的军旅生涯走得一路山川锦绣。

大爷神定气闲地晃悠过来,还不时纳上一针,旁若无人。我看他的穿着,不像是家里揭不开锅了,要绣几双鞋垫换几两碎银度日。走到近前,我妻子显然也对他热衷刺绣感到新鲜,便与他攀谈起来。老爷子说这双鞋垫是送给一个朋友的孩子,他要结婚了,鞋垫不值钱,不是礼物,也算不上人情,凑个热闹,添个喜庆,说不准年轻人还不喜欢哩。他又说生活总要有个乐子,自己不抽烟不喝酒,也没有其他爱好,绣双普普通通的鞋垫送人,只要他们说垫上走路得劲,自己也就高兴,图个开心。

他拿出手机翻给我们看,里边存储着他绣的一双双鞋垫的图片,图案更多的是一些花花草草，算不上精美，倒也像模像样。他说这都是他自己即兴创作，想到什么绣什么，基本不重样。

我妻子给他拍了张照片。在繁华的大上海，人来人去，车来车往，无意间碰到一颗有趣的灵魂，也可算作一种赏心悦目的草根风情，何况这种风情在都市不易遇到。

望着他远去的背影，我想他把时光绣进鞋底，把快乐绣进鞋底，把对生活的热爱绣进鞋底，盛开在针底的一朵又一朵花儿，朋友垫在脚下，走到东走到西，花儿就开到东开到西，都不用到处移植，想想都愉快，这便是他的幸福。

另一张照片也很有趣，主人公也是一位上了岁数的大爷。

那天春风和煦，田野上的花草铆足了劲烂漫，欣欣向荣，我和妻子及堂妹上山挖野菜。

在一个小村庄的边上，地里的野菜长得茂盛。我正挖得兴味盎然，堂妹过来说拍了一张照片，挺有意思的。她递过手机给我看，照片上一间小屋，这种小屋一般是农民用来歇脚避雨，或者用来堆放收割来的麦子稻谷等庄稼。地上放着一只大木桶，这种木桶是农家必备的农具之一种，家家都有，农民在收稻谷时，将其搬到田里，桶内斜放一张木隔，双手握一把水稻举过头顶，用力抽在木隔上，谷子就脱落在木桶里，噼噼啪啪的声音，在山谷里回响。不是收割季节，木桶闲置。今天，木桶不替主人盛谷盛麦，却盛了个梦，铺上稻草，一名70多岁的老人躺在草上，脑袋靠着一侧的石墙，双脚搁在另一头的桶沿上，身体呈V形，披一身阳光，正舒服地呼呼鼾睡。

我赶紧跑过去看，老人家还睡得正香。这睡姿够野性，睡态太撩人，我想用自己的手机给他拍张照片，又担心快门的声音惊醒了他，多看几眼后便蹑手蹑脚地退了出来。打扰一位老人家的清梦，总是不妥，也不忍心。

在云高天阔的山间，不挑地方，不择卧榻，不拘姿势，更不在乎路人的眼睛，随心所欲，洒脱惬意，欣欣然率性而睡，神游太虚，真所谓"人间千年，山中一日"。这种悠闲自在、怡然自得的状态，才是生命本真，正应了宋朝陈著所云："悠然自得忽自笑，今日何日此山中。"

大爷的鞋上粘满泥土，看得出他并非山间闲云野鹤，平常要泥里来水里去，忙碌于田间地头,是种庄稼的老把式。但他在觉得需要眯会儿的时候,便因陋就简,安逸熟睡,睡得旁若无人,睡得无拘无束,睡得云淡风轻,时间不计长短,可以是一小时,也可以是一刻钟,享受当下的美好。

正是早春好时节,可对大爷来说,你绿你的树,你开你的花,你蓝你的天,而本大爷要我睡我的觉,我做我的梦,我沐我的日光浴,一个野梦金不换,我的地盘我做主,网络上是怎么说的?你大爷还是你大爷!

我想起身居陋巷的颜回,"一箪食,一瓢饮……回也不改其乐"。这无疑是我们安贫乐道的精神源头。生活是现实的,总予人许多烦恼和忧愁,一大堆烂人烂事,能在心里呕出蛆来,躲不掉也避不开,于是有人感慨快乐难寻,幸福难觅,灰暗了心空。但是,不管生活有多艰难,无论世间如何嘈杂,只要心不浮躁,万千事物都会像过眼烟云。过多纠结于世事,终会抑郁于内心,与其挖空心思想着如何"治愈",不如慨然放下,生活的原野里草长莺飞,总有属于自己的安详、舒坦和宁静,哪怕只有片刻,一世劳顿,何妨偷得一时清欢?有道是"过往如何,皆是过往"。

两位大爷,一种心态,有时散淡一些,生活便有了情趣。

心有田园,则风月自来,脚下便是乐土。

2022 年 1 月 10 日

靓妹与虎仔

靓妹与虎仔,是母子俩,却不是美女和帅哥,是狗,是堂妹金辉家的狗,是凶猛如狼的两只狗。

按理说,堂妹家的狗,相当于她的家庭成员,我应该像亲戚一样熟悉,再不济也一来二去混个面熟。但不是,我当兵在外,父母为了孙辈读书和生活方便,将乡下老宅卖了,把可动产全搬进城里,乡下就上无片瓦下无寸土。我休假探亲,也只是在城里走东走西,基本不到乡下去,也就从未与这对母子邂逅。

兵当得时间长了,什么时候探亲,有了自主权,便把假期安排在清明节,用意明确,给埋在山里爷爷以上的先人上坟。虽然,除了奶奶,我与他们素未谋面,共同生活过的日子为零,但中国人的血液里,有一种血缘情愫会在一些特殊的时辰苏醒,比如清明和春节等传统节日。清明最利于表达,去墓上添些许土,除些许杂草,摆些许点心,隔着遥远时空奉上些许怀念,弥补些许孝心。

有一年,祭祀完毕,已临近中午。先人们大概已酒足饭饱,而我饥肠辘辘,心中的缅念随坟前那炷香烟快速散去。我急着回城,一群好友布了酒席,等着我去酹酊一番。大哥却说时间尚早,现在正好路过堂妹的大宅院门口,我难得来一趟,进去喝杯茶再走。其实,他是拿我当由头,平时他们走动较多,来趟乡下自然要顺道探视,如若过家门而不入,显得不近人情,不懂礼数。我也知道,在对待血脉亲情的问题上,乡下人要比城里人看重。但我还未点头,大哥已经抬手敲门。铁门咚咚响,还没听到脚步声来,先传出一阵狗吠,不是宠物狗那种娇滴滴娘娘腔的低吟浅唱,也不是农村土狗那种歇斯底里的虚张声势,而是那种壮硕狼狗从喉咙里滚出来的吼声,低沉而嚣张,饱含着如临大敌的亢奋,能在人的脑子里停留很长时间。

我有点紧张,问大哥她家养的是什么狗。他说是狼狗,还是两条,听说咬过人,一些邻居借个东西送样物品宁可站在外面喊叫,也不敢轻易到她家里去。

看来,里边这厮的确不是省油的灯,一定程度上已成为社会的不安定因素,不但制造过流血事件,还在人民群众中造成了不良影响,这让我更加发怵。

我不吃狗肉,但也不是爱狗人士,属于中间派,这辈子与芸芸狗界众生无冤无仇,非敌非友,交往甚少,想必它们对我也无甚好感,现在担心贸然进入,会引起它们朝我下手的兴趣,毕竟语言不通,难以了解它们目前的真实情绪和想法。于是,我小心翼翼地跟在大哥身后,随时准备落荒而逃。我知道狼狗的厉害,也知道自己与其搏斗,完全有把握完败,不是我死还是我死,最乐观的结果也是遍体鳞伤。

大门打开,妹夫见是我们,热情让进。我惴惴的目光绕过他宽阔的身形,看见墙脚处,两根手腕粗的铁链拴着两只狼狗。它们见有生人进来,目光炯炯,双耳直立,张开大嘴,露出尖利的牙齿,嚎叫着往前扑,扯得铁链哗哗响,一副有种你就来与我大战三百回合的架势。妹夫说:"没事,拴着呢。"这是对我说的。又一声吆喝:"趴下。"这是对狗说的。如果两句话不分清楚,趴下的一定是我。两只狗也听明白了,果然乖乖卧倒,闭了嘴,虽然眼睛仍紧盯着我,但目光柔和了许多。

我提心吊胆地从它们前面走过去,可不放心,回头看了一眼,发现它俩站起身,居然朝我摇了摇尾巴,传达出温暖人心的友好信息。德牧这种狗,的确忠诚而又聪明,善于察言观色,看见主人热情殷勤,又下达了相当于不许动粗的命令,立即转变立场,不再视我为需要教训的来犯之敌。

这就是靓妹和虎仔,正宗德牧血统。靓妹时年10岁,虎仔8岁,按照狗1岁相当于人7岁的说法,靓妹年逾古稀,虎仔也已知天命,反正都已"夕阳红"。而看它俩的身体,却仍然肌肉紧绷,精神头儿十足,一点未显老态。而且,它俩模样相像,不仔细分辨,还以为是双胞胎,个头差不离,一样的黄毛黑背,眼圈黑漆漆的。

堂妹说,它俩其实也好分辨,靓妹双眼皮,虎仔单眼皮。我仔细看,果然如此,这俩长得还挺符合国人天然的审美标准。

这样看双眼皮的靓妹,便多了几分妩媚;而看单眼皮的虎仔,更加威风凛凛。它俩往院子里一站,像两个训练有素的雌雄"保镖"。堂妹家没遭过贼,盖因这俩家伙威名远播。

转年清明,我照例上坟,提前与堂妹约定,在她家吃中饭。进得院去,靓妹与虎仔依然被铁链拴着,它俩张了张嘴,见到是我,又把嘴闭上了,没有恶狠狠地打招呼。虽然一年未见,它们居然还认识我!我想狗的记忆力不至于如此惊人,可能是它们把我的气味储藏在记忆中了,这是狗的本领。狗走多远都会找到回家的路,它的能耐不在于记路,而是全凭鼻子辨别自己沿路撒下的尿味。

饭桌上,聊起靓妹与虎仔,我最好奇的是它俩的"伤人"事件。妹夫告诉我,它俩没少惹事,有邻居被咬过,有亲戚被咬过,医药费就赔了大几千。不过,两厮也看人下爪,进门东张西望的,神态鬼鬼祟祟的,穿着破破烂烂的,它会以为是小偷,以怒吼恐吓为主,扑倒撕咬为辅;而平时杀猪宰牛的人,身上散发着血腥味,它就不客气了,保准上去就是一口,嘴下绝不留情。

德牧就是这样,看家护院,有着强烈的责任心,能抵保安。部队的许多仓库,也豢养军犬,基本上都是此类品种,他们晚上巡逻从不懈怠,从不擅离职守,从不喝酒误事。它们还有一个特点,见到穿军装的人,最多尾随监视,如果不是穿军装的人,后果就很难说。

我说既然是母子,感情一定很深吧,人是这样的,狗是不是也是这样?妹夫说平时看不出来,各吃各的,各睡各的,偶尔互相嬉戏一番,关键时候真的是上阵母子兵。

一次,与邻居家的猛犬厮杀,对方也不是好惹的,咬住靓妹的大腿不放,虎仔奋勇上前,母子同心,其利断金,撕咬得昏天黑地,直到被人使出吃奶的劲拉开。那一次战况惨烈,对方倒地,气若游丝,奄奄一息。靓妹也遭受重创,鲜血模糊,翻皮见骨,但仍昂然挺立,双眼傲睨四方。

通过战场考验,这对母子的感情是毋庸置疑的。

后来,我到堂妹家的次数多了起来,主要是贪恋农村清新的空气、安静的环境与淳朴的乡情。我发现,靓妹与虎仔有着一种高贵的品性,除了前厅,它们从不进屋,如果我们在室内笑闹,它们也是出于好奇,站在门外瞧瞧,却不跨过门槛与人同乐。就是主人忘记喂它们,肚子饿得紧,而厨房又飘出诱人的香味,它们也只是站在门口看看,不肯乞求,不肯显出馋相,更不肯迈上厨房前的台阶。

如果主人没有打赏食物,它们便默默走开,卧在阶前,闭眼小憩。

年复一年,一个春光明媚的上午,堂妹来电说靓妹走了。噩耗来得太突然,我感到一阵伤感。值得宽慰的是,靓妹已经15岁,也算是高寿了。我问虎仔状态如何,堂妹说在给靓妹送葬之前,虎仔一直围着靓妹的躯体转圈,闻了又闻,嗅了又嗅,嘴里发出低低的呜呜声,想必也是伤心至极。

虎仔不再有母亲的陪伴,靓妹的气味随时光消散。

现在,虎仔也已进入暮年,老得走路都十分吃力。它现在对来人已构不成威胁,从而获得了自由,不用再拴铁链,经常无精打采地卧在阳光下懒得起身。有时候家里来陌生人,它会努力地站起身,发几声低吼,但想冲上前去,已经心有余而力不足。

有几次我们上山挖野菜,或者去地里干些活,一回头,却发现虎仔不知何时也跟了来。行走在田间地头,虎仔往昔的矫健、凶猛与灵敏荡然无存。它的后腿弯曲,肌肉松弛,像肉袋子耷拉下来,所有的力量似乎只来自依然坚硬的骨头,不要说一跃而起,支撑起它庞大的身躯也是勉强。上一级台阶,都要张开大嘴,吐出舌头,气喘吁吁,像是在拼尽全力。即使在平路上走,也不轻松,走着走着看似要倒下,但终于也没有倒下去,只是走一段便歇一歇。下坡更是四腿打战,连滚带爬,有几次摔倒,爬起来看看我们,神态里带着几分不好意思。

来干什么呢?它应该知道山上没有它能吃能喝能玩的,也没有它想要探望的,就是说没有任何它想要的东西。如果功利一些、狡诈一些、圆滑一些,抑或懒惰一些,它都不会来。

但它还是来了,眼睛警惕地巡视四周。我想它是受到天性的驱动,履行着保护我们的职责。这样的狗,即使英雄迟暮,依然牢记护主初心,血液里流动着非同一般的秉性。我替它寻找到不必跟随的理由,都只是俗虑尘怀。

只有狗,能做到生命不息,极端忠诚,永不退休。

于是我理解黄永玉先生所说:"我认识的人越多,越喜欢狗。"

2022年3月1日

田之殇

有一种发展叫看中国农村,全世界都惊讶。

原本乡下的发展跟蜗牛似的,慢腾腾地往前挪,几十年看不出啥变化,村民们在同样的风景里从翩翩少年走到白发苍苍。而近年来,蜗牛变成了运动健将,跑起来了,而且跑得飞快,用日新月异、突飞猛进、一日千里来形容都不为过。不过,快是快了,却在不知不觉中丢了不少东西。

有些已经找不回来,让人扼腕痛惜。

消失的蛙声

不知道从什么时候起,花塘村的乡民们已经不种水稻了。

我村本非膏腴之地,原因大多是山地,从山脚层叠到山腰,每块地都小而陡,旱而瘠,只能种些对雨水的要求相对不高的农作物,比如地瓜土豆花生之类,而山脚平整开阔能种植水稻的良田寥寥无几,反映到饭碗里便是一年到头喝稀粥,即使吃大米饭,饭里也总埋着切成滚刀块状的地瓜。但稻谷毕竟是农民的主产,也是家家户户的主食、一日三餐不可或缺的供给,无米等于无粮。农民靠天吃饭,靠地养家,自给自足,米缸空了,去国家粮管所籴米吃自然不是农家的本分,也没地儿按月领取钱和粮票。

办法都是逼出来的,勤劳的人不怕辛苦,也有智慧,人有时候也的确能胜天。山上有沟涧,水流潺潺,这就有了水源。因地制宜,在地边筑起一道泥坝,挖条简易的沟渠引水过来,地就成了田,田种上稻,稻结了谷,谷脱成米,米熟成饭进了人的肚子。

好山不愧民,某些地方,冷不丁会冒出泉水,俗称"冷水窟",这是天赐之福。有恩赐的水源地,白白流掉岂不可惜?挖一水坑存下来,这样的地也变成水田。这种水田长的水稻由于缺少日照,光合作用不够,水又彻骨寒冷,连鱼都养不活,只能种单季稻,不像平原上的稻子得到阳光普照,有条件"嗖嗖"蹿着长,一年有双季收获。但单季稻的品质明显,生长时间长,俗称"晚米",粒大性糯,煮饭喷香,村民们不舍得煮成米饭,用来做年糕。

改地为田,都是小工程,举手之劳。大工程也有,毛泽东同志说过很经典的话:"水利是农业的命脉。"这句话不是因为伟人说的才伟大,而是切中了农业的要害,改变了农村靠天吃饭的生态才显得极其伟大。一般选择冬天时节,天气滴水成冰,这时农活相对清闲,村里人力资源充足,反正他们哪都去不了,于是响应主席号召,男女老少穿着老棉袄齐上阵,呵暖手提锄执钎,兴修水利。场面非常壮观,人山人海,人声鼎沸,热火朝天,劳动号子震天响,尤其是四五名壮实小伙子一起扯着绳子打夯,"一二三"喊得热烈而有节奏,充满激情。这样的积极性,并不全由能记工分才调动出来,他们知道在能建水库的地方筑起大坝,在能挖水渠的地方修起水渠,蓄洪拦水,灌溉田地,才有梯田攀山而上,弯弯曲曲,层层叠叠,成为田野里的谷仓。人造梯田蔚为壮观:春天时秧苗嫩绿,像给山坡盖上一张绿色的地毯;秋天时金黄铺陈,风过处稻浪起伏,簌簌有声。

这时候,有一种声音成为田野里的主旋律,那就是蛙声。

青蛙与水稻,一动物一植物,却是跨界莫逆之交的典范,一辈子相伴相生,相辅相依,配合默契,虽为异类异族,不影响它们结成铁杆联盟。稻叶上长虫,虫子的天敌青蛙埋伏在水里,只露出一双圆鼓鼓的眼睛,发现了,奋力一跃,伸出长长的舌头,瞬间将虫子卷进嘴,好美味的主食,整片稻田是它们大快朵颐的餐厅。青蛙要果腹,水稻提供食物源;水稻要祛病,青蛙提供医疗服务。大家都要幸福地活下去,各取所需,你好我好,天衣无缝,维护一方和谐生存。

吃饱喝足的青蛙,鼓起气球似的喉咙,呱呱欢叫,其他青蛙响应,形成一片大合唱,在山谷里回荡,像是献给水稻的赞歌。辛弃疾听后写道:"稻花香里说丰年,听取蛙声一片。"传响了近千年。

青蛙是农民的宝贝,他们像珍惜水稻一样珍惜青蛙,不是家养胜似家养,在青蛙还是一团黏糊糊的卵子或逗号似的蝌蚪时,就舍不得让它们缺水渴死或者被鸭子吃了。我小时候对活着的小动物都有无穷兴趣,手欠时会捉些蝌蚪养在玻璃瓶里,当然不是为了探索大自然的奥秘,希望日后成为研究蛙类的专家,而是为了观察它们如何变出四肢,成长为青蛙,这纯粹出于好奇。有时也会捉一只体格健壮的青蛙,在它腿上绑上细绳,让它一蹦老高,满地跳跃。当然这也不是为了研究著名的"蛙跳"和"蛙泳",争取在体育课上一鸣惊人,而是纯粹为了好玩。但这些行为为大人所不容。农民看到碍于面子不训斥,可会翻白眼;父母看到却不碍情面,不翻白眼,劈头训斥。

还有一种个头比青蛙大的蛙类叫"田鸡",身上长满花纹,叫声雄迈高亢,能传出很远。这种动物数量比青蛙少,也吃各种昆虫,饿急了也吃蝌蚪,有些好坏不分、入嘴都是菜的嫌疑。鉴于此,人们对它的是非观产生了怀疑,好感也打了折扣,归于"鸡"类,捉了吃就不必有顾忌。我会拿一根小竹竿,拴上细线,绑上蚯蚓或青虫,一炷香时间能钓十多只,回家剥皮去脏,炒着吃最妙,其肉鲜嫩无比,可归为人间美味之一。

蝉鸣声声,蛙鼓阵阵,田野活得生机勃勃。

有几幅画面一直储存在记忆里。

蒙蒙细雨中,水田闪着银光,牛在前面走,老农身披蓑衣,头戴斗笠,手扶犁铧翻开层层泥浪,突然一声鞭响,惊起白鹭无数。

天微亮,农民已卷着裤腿,躬身在田里插秧,秧苗快速组成一行行一列列的队形。待天大亮,黄色的水田已被染绿。这时,农妇会将点心送到田头,无非稀粥咸菜加张饼。农民俯身在小水沟里简单洗把手,捧起大碗,蹲在田头,吱吱溜溜的喝粥声,透着农民的得意和满足。

青蛙蹦进田里,它知道冥冥中与水稻的盟约正式生效了,布谷鸟的叫声是开饭的哨声。

现在,我回乡发现稻田消失无踪,山脚开阔的水田变成了宅基地,长起农民高高低低的私宅。山上那年月辛苦修筑起来的水塘多已废弃,水亦干涸,塘底淤泥板结,白花花的,满目荒凉,几株干枯的野草衰弱地摇曳。水田自然也没有了,乡民们种上了茶树、果树或别的,如番薯、土豆等耐旱的农作物。有的人举家搬进城市生活,田地承包给乡邻,少量的干脆撂荒,草长得比人高。

种什么都行,就是不种水稻。我问过乡邻这是为什么,他们说种水稻麻烦,拦水耕田育苗插秧,后期还要施肥除虫耘草,照料起来极遭罪,最后收割脱粒晾晒也不轻松,收成还不一定好,付出多产出少,加上家里的青壮劳力都外出打工,干脆种些省时省力的东西。有些田并不缺水,完全可以种水稻,可还是没人种,原因是你不种他不种,如果就我种,待水稻成熟,鸟的眼尖,嘴更馋,不待人收割它们先吃了果腹了,得不偿失。实际上,现在农民手头干的这点活,也不全指望身上穿的、碗里的吃都由地里来,将其称作怀旧性生产或者锻炼式劳作也许更准确。

田野倒退回兴修水利前的模样。给青蛙雪上加霜的是,化肥和农药同时给它敲响了丧钟。

青蛙匿迹,乡下的夏夜已听不到它一阵阵欢快的鼓声。

泥鳅哪儿去了

泥鳅遇到我,只能自叹倒霉。

这种水里的小东西的天敌是水鸟、水蜈蚣、青蛙、蜻蜓幼虫等,我只是客串一下,拿一只畚箕,沉到小水沟里,人去上游往下顺沟踩踏,受惊的泥鳅纷纷往下游逃窜,正好投进陷阱。我提起畚箕,沥去水,一堆泥鳅拼命扭动。

也可以赤脚踏进稻田,慢慢地靠近泥鳅。它的身体长满黏腺,常年以黏液护体,滑不溜丢,其功能之一是逃生,空手抓它需要点技术。看它伏在水里,长长的胡须随波飘散,其实这是它的触角,非常灵敏,边上稍有动静它就会侦测到,一摇尾巴就逃个没影。抓它时双掌要曲成勺样,慢慢小心地放到它身边,呈合围之势,在它尚未发觉时双掌合拢,泥鳅被捧在掌心里,插翅难飞。我拔一根有韧性的草,一头打结,另一头插进泥鳅的鳃,从嘴里穿出来,不一会便能抓上一串,像战利品一样拎着回家。

夜晚,带上手电筒,水田里的泥鳅和黄鳝都出洞乘凉,谁在享受的时候警惕性都不高,铁夹带齿,伸到泥鳅头部,一夹一条,不多时,挂在腰间的竹篓就沉甸甸的了。

泥鳅逃生有三种方式:一种是搅浑水,它隐藏在泥浆里让你看不见;另一种是一窜老远,让你追不上;还有一种是发挥它的特长,一头扎进泥里,靠一身滑溜溜的黏液,打洞的速度飞快,瞬间不见踪影。也有笨的,有时走在水田里,突然脚底痒酥酥的,知道踩着了泥鳅,而泥鳅不知人的脚底为何物,可能以为是暖烘烘的泥块,躲在下面挺舒服,麻痹大意,被人双手一掬就成了掌中之物。

这些都是夏天的捉法,冬天抓泥鳅又是另外的方法。水稻收割完,田里放干了水,泥鳅就钻进坎脚下面的泥里冬眠,那里可能温暖一些。这样挖开一块淤泥,泥鳅就被翻出来。这种状态下的泥鳅很好抓,它大概还在做着春秋大梦,已经暴露在天光下还半睡半醒,懒洋洋的,无力反抗也无处逃遁,只能束手就擒。

我抓了许多泥鳅,并不为自己打牙祭,主要是喂鸡喂鸭。我家不养鸭,每年养一群鸡,因此泥鳅尽归鸡嘴。鸡喜荤,泥鳅是它的美食。隔三岔五吃泥鳅的鸡,像开了小灶,营养充足,精神头儿十足,它也不辜负主人给予的待遇,每天勤奋下蛋,颗颗又大又光,皮壳发红发亮,蛋黄都不一样,金黄结实,吃起来喷香。当然,鸡只能吃小泥鳅,如果泥鳅有拇指粗细,肚皮黄澄澄的,我们自己吃,毕竟它有"水下人参"的美誉。做法简单:油炸后与老豆腐一起炖煮,喷一勺黄酒去泥腥,撒一把葱花或香韭提味。泥鳅肉质细嫩,刺也不扎喉咙,如果肚子里藏着金黄的子,味道更是美得无与伦比。这一顿,锅里的米饭往往不够吃。

遗憾的是,现如今泥鳅与青蛙一样,不知去向。我们在不遗余力发展科技让生活更美好时,无节制地使用化学品让劳动更高效时,耗尽财力让自己的居室更宽敞时,不惜毁了它们的家园,偌大田野,竟无它们的立锥之地。

泥鳅是生态的风向标,它们跑到哪儿安身立命了?还能否回归?

听过一个笑话。一稚童玩水,发现水沟里有一条泥鳅,吓得失声大叫:"蛇。"妈妈赶紧跑过来,安抚儿子说:"不怕不怕,这哪是蛇?是蚯蚓。"年轻妈妈连泥鳅和蚯蚓都不认识。

不被人认识,泥鳅自然安全了许多,前提是水里要有泥鳅。

希望我们的后代还能认识泥鳅。

"恶霸"的末日

水里有一个"恶霸",张牙舞爪,耀武扬威,不可一世,横着走,名为"螃蟹"。

据说明朝时,某人气不过平日耀武扬威、得志猖狂的严嵩,明里不敢骂,背地里却借螃蟹以撑:"常将冷眼观螃蟹,看你横行到几时?"

吴承恩先生笔下,龙王在水族里有一支军队——虾兵蟹将,保卫龙宫。的确，螃蟹的武功了得，攻防都是好手：暴露在外的背部披甲，颜色深暗，能抵挡外部的强力冲击，且具有较强的隐蔽性；所持的武器是一双坚硬的螯，顶端尖利，且带锯齿，挥舞起来可刺可夹，战场上左挡右攻，所向无敌，还有四对细长步足，行动飞快迅疾，简直就是一辆水下小坦克。因此，虾只能是兵卒，而螃蟹被封为将军，在冷兵器时代身先士卒，冲锋陷阵。

如果一片水域有这厮存在，基本不得安宁，像市场上有个欺行霸市的歹人，谁都不敢惹，市场就会被搞得乌烟瘴气。当然，螃蟹不跟小鱼小虾要"保护费"，而是要命，鱼虾若被它盯上，只能叹一声"此命休矣"，遂成为它的美餐。

我见过螃蟹吃虾。一只小虾在无忧无虑地游动，突然螃蟹从洞里探出身来，小虾也有钳，但是与螃蟹的螯对峙，犹如火铳对抗AK47，小虾斗志尽失，就像兵见到将，居然吓傻在原地一动不动，任由螃蟹张开大钳紧紧夹住。我看得惊心动魄，想也许是小虾年幼无知，逃跑的经验不足，遇到紧急状况不知所措；也许是胆小，背部的筋吓抽抽了；也许心想反正也跑不掉，听天由命吧，让它追起来还怪麻烦的。

虽然螃蟹功夫了得，但打斗起来也会有伤亡。它有一项特异功能，就是伤了脚能自行修复，断了腿能自己再长出来，不需要抬到后方医院治疗。这一招在动物界还比较少见，算是秘籍、绝招或者独门武器，就像与一个不怕伤筋动骨的人过招，这仗没法打。我们人类现代医学攻克了断肢再植的技术难题，可与螃蟹的断肢再生技术比起来，还不能沾沾自喜、骄傲自满，前面尚有很长的路要走。

螃蟹是打架的高手，也是打洞的好手。如果沟壁是石头，它总能找到缝隙钻进去，构建天然的栖身之所；如果是泥土，那太好了，它的螯当挖掘机用也不错，可铲可夹可掘，不费多少时日就能挖出很深的洞穴来。吃饱喝足后，在自己的雅室里深居简出，一觉睡到自然醒。这是大螃蟹。小螃蟹体力不支，螯也不够坚硬，可对居住条件的要求是一样的，打洞自建比较困难，就找块大石头，扒开沙土，权且将就寄身于此。

螃蟹在水里是老子武功天下第一，横行霸道，所向披靡，水世界里如入无人之境，但在人类面前，也要甘拜下风，关键是它被铠甲保护起来的肉，雪白细嫩，教人不吃不足以慰平生，于是就遭人类惦记，走了霉运。

夏夜是捉螃蟹的好机会。洞内毕竟憋闷，它要透透气，就爬到浅水处乘凉，顺便仰望星空，有月光更好，幸运的话也许在浪漫的月光下能有惊喜的遇见，没准相见恨晚，还能造就一段甜蜜的姻缘。一束光亮过来了，却不是月光，待它发现是我手电筒的光，已来不及撤退。我把手按在它的脊背上，让它动弹不得，再扣住它的壳，拎出水面。

藏在洞内的螃蟹比较难抓，我臂长有限，往往胳膊全伸进去还到不了它的居室，这就要扒开洞穴，直到将它活捉。这种操作有风险：一是手指可能被夹，流点血是肯定的；二是判断失误，洞内已换了主人，盘踞着的是一条水蛇，被咬的可能性不能排除。当然，水蛇无毒，被咬也无妨，只是不知哪一根手指会中彩，不但让人痛得难忍，也会被吓个不轻。

捉住的螃蟹用稻草捆绑起来，让它的两螯四足无用武之地。螃蟹这时失了威风，一副恶贯满盈验明正身行将伏法的样子，嘴角不断地吐着泡泡，像是求饶。其实，夏天不是吃螃蟹的好季节。"秋风起，螃蟹肥"，秋天的螃蟹膏多而厚，肉也紧实，大人尤其喜欢佐半斤黄酒，螃蟹只剩一堆壳时，人已成了半仙。只是秋天的螃蟹不好捉，母螃蟹要闭关产子，公螃蟹负责在洞口护卫，警惕性很强，稍有风吹草动，便逃之夭夭。

现在更不好捉了，野生的淡水螃蟹几近销声匿迹，餐桌上的都来自养殖，比如非籍贯阳澄湖而冒充或伪装成籍贯阳澄湖的，让真正祖籍阳澄湖的大闸蟹身上挂满防伪标签。

没有螃蟹的河沟，寂寞了许多。

水病了，连螃蟹都不能横行，恐非正道。

青蛙、泥鳅和螃蟹，无疑是乡下水沟农田里的"吉祥三宝"，这些原生种群的兴衰，是生态环境是否友好的标志。善待它们，保护它们，救助它们，而不是无意中赶尽杀绝。

给它们留生路，也是给自己留后路。

2022 年 8 月 12 日

乡事鸡毛

乡村是一部厚重的书,农民用锄头等农具书写,波澜壮阔,尘埃滚滚,散发着浓重的泥土味。

书里弥漫着人间烟火,字里行间都是俗常生活,读起来却荡气回肠,其中浩荡的乡风,有些如春风拂面,有些如寒风凛冽,还有些如飓风吹袭。

住在城市高层建筑里的人,小锅小灶小门户,窗明几净,拖鞋摆在门厅,许多人将抹布当拖把,扫地用吸尘器,活得细致,仿佛经年累月听不见生活的响动;而乡下人,活得粗糙,皮肤黝黑,身强体壮,食量惊人,粗声大嗓,家里不安门铃,喊一声鸡飞狗跳,带动的乡风,必然粗粝。

乡村氧气充足,俗气也充足,形成独特的气场。

分家

女大要嫁人,男大要分家,俗话说"养你一时,不养你一世"。

张三家的大儿子狗蛋成了家,他下面还有弟弟妹妹。一般说来,媳妇与公婆是"天敌",与小姑子经常话不投机半句多,同在一个锅里搅勺子,难免生龃龉。为了家道安宁,于是张罗着分家,让狗蛋自立门户,生儿育女,过自己幸福的小日子。

最早兄弟分家是一项国家制度,始于商鞅变法,秦孝公下令"民有二男以上不分异者"倍其赋,强制推行。后秦亡全废,但分家已成被普通认可的习俗。

说不上是好事还是坏事,连动物成年后也要被父母赶出家门,独立生存,天大地大,去打拼出属于自己的一方领地,何况人类?分家不分血缘,今后父母同样可以在关键时候搭把手,主要还得自力更生。

不过,亲兄弟,明算账,在商量如何分配时,却出了状况,一言不合,狗蛋和弟弟打起来了。原因最简单不过。两间新盖的房屋给狗蛋,还有少量的家具和农具,原先从牙缝里省下的积蓄都盖了房和当彩礼给了女方,办婚庆酒席的钱都是借的，也花得一干二净，枕头底下已没有现金，农村娶媳妇，基本上是从父母的老骨头里榨油。除此之外，三间老屋以及家产都归弟弟，父母跟弟弟一起生活。女儿是没有资格分财产的，以后嫁了人完事，当水泼出去，当然也能收回些钱，除了置办些像样的嫁妆，收回的钱得给小儿子今后娶媳妇用。女儿坐在一边当冷眼旁观者，似闷葫芦，心里却像揣着明镜，知道这场合没自己插嘴的份，因为没有发言权，她只愿大家都好说好商量，心平气和地顺利把事办妥。

分配合情合理，各人都没有意见，眼看大功告成，皆大欢喜，可就在这当口，没想到新过门的媳妇突然开了口，她提出物品分完了，还有活物也要分，把猪杀了卖掉钱分一半，那十几只鸡也有五六只要归自己。这一出，像半路杀出个程咬金，父母没想到，弟弟没想到，连狗蛋自个儿都没想到，这可是锱铢必较、寸土不让的意思啊！老父亲拉下脸，一敲老烟管，鼻子一哼，却不说话，媳妇新过门，要留面子，当长辈的不好发作，但不满的态度已经表明。弟弟火冒三丈，事关切身利益，事关父母恼怒情绪，事关他这个小叔子今后是否在嫂子面前认厌，不管三七二十一，说话也不客气，火药味十足："嫂子你连这点东西都不放过，苍蝇腿上的肉你也要劈下一块，太贪心了吧！"嫂子不吭声，却用眼光瞟狗蛋，心想你这弟弟要管束。狗蛋自然明白，她要这些，虽然有些过分，但总归是为了自己的小家，虽说兄弟如手足，老婆如衣服，但在分家这件事上阵营明确，夫妻一定会坚定不移地站在一起。因为财产这东西过了这个村就没有那个店，今天拿不到明天就是别人的了，有道是"兄弟分家——各归各"，更何况一日夫妻百日恩，一起过日子先得一条心。于是，他吹起胡子瞪起眼，一拍桌子，冲弟弟高声怒吼："你嫂子说得没道理吗？二老偏向你我不说什么，你要是顶撞你嫂子，小心我揍你。"弟弟岂能吃这一套？想占便宜还蛮不讲理是吧？谁怕谁呀？不甘示弱，一把掀了桌子。两人不肯相让，你打我一拳，我踹你一脚，结果双方鼻青脸肿，闹得鸡飞狗跳，不可开交。

在农村，兄弟阋墙，反目成仇，大多因为分家，本为消除矛盾却制造出矛盾。有些闹得轻的，兄弟能够和好如初，依然亲密走动；也有些闹得很的，感情遭到重创，从此各自心存芥蒂，兄弟决裂，形同陌路，亲情隔山隔水。

不过，只要没有伤筋动骨，拼个你死我活，总归是亲兄弟，打断骨头连着筋，一般作内部矛盾处理,不会闹到派出所,让警察来主持公道,或者一纸诉状告到法院,让小锤子拍板。化解的办法有多种,邀请亲戚长辈当裁判,三方坐下来一桩桩一件件捋顺。如果担心亲戚长辈有偏向,希望再公平一些,又不怕家丑外扬,就请族里德高望重的老人来调解,一群人,一人一杯茶、一根烟,吞云吐雾慢慢谈,这种方法比较多见,与摆平其他事情一样,俗称"讲案",这样一碗水可以端得更平些。最后起草协议,双方同意后签字画押摁手印,一锤定音,从此双方不可再多话。

乡民守着柴米油盐过日子,没有富裕的田产屋舍、仓廪畜群,没见过大世面,利益都摆在眼前,不乏眼窝浅的人,心如针眼,小肚鸡肠,爱占些小便宜,揩点小油水,最好永不吃亏。所谓的"小农意识",就是因为没有圆木,他们把稻草看成圆木,没有金子,他们把沙子当作金子。

山村天地小,与乡民讲豁达胸襟,讲格局气度,讲得失从容,讲退一步海阔天空,讲"万里长城今犹在,不见当年秦始皇",可能很困难,大道理过于空虚和苍白,不是因为听不懂,而是做不到。他们生存艰困,苦难与生活的经验告诉他们,一滴汗换一粒米,一仓米养活一家人,从小受到的教育是一泡尿也要憋到自家的地里再撒,所谓"肥水不流外人田"。这就是现实,也可以叫实际,还可以叫实惠。

说到底,他们是生活的弱者,而弱者总是更加争强易怒,担心受欺侮,担心被人算计,担心利益受损,他们一生都在警惕地防止失去什么。

刚看到一个视频:一汉子大腹便便,盛气凌人,在工地上指挥民工强拆;旁边一农民模样的中年男子手持铁锨阻拦,显然人微言轻,无人理睬,不起丁点作用。只听汉子一声令下:"拆!"话音刚落,中年男子举起铁锨,照着汉子的头颅落了下去。悲剧就这样发生了。我不知道前因,也不知道后续如何,但我相信一句话,狗急了会跳墙,兔子急了会咬人,农民急了,也会采取一定的方式捍卫自己的利益。

在农民心里,价值就是价值观,可以指责他们自私,但别试图改造或者剥夺这种自私。乡村不是自私的土壤,自私也不是农民的专利,农民的自私并不特别邪恶,亦非祸害,它像一道门闩,将复杂的、农民无法应对的世界关在外面,用这一点可怜的私心保护脚下的一亩三分地,护卫妻儿老小手里的饭碗。

分家造成的矛盾，捍卫的是自身利益，不是黑白是非，因此，很难说谁对谁错。

所谓"清官难断家务事"，其实家务的事，大多是没事找事。

祖宗的脸

丢什么都别丢祖宗的脸。

这很重要，老祖宗的脸无处不在。

祖宗的脸可以是建筑物，比如我们村里的"金氏祠堂"，氏族的历史标志物。它是公共财产，全村共享，已难以考证是哪一代的全体村民有钱出钱、有力出力，集腋成裘，用点滴血汗钱盖起来的，以其雕梁画栋与金碧辉煌，承载岭下村金氏一脉的瓜瓞延绵史，谁见了都会肃然起敬，尊崇三分。好些居住在外省市的金氏族裔，也会不远千里回来寻宗问祖，来了先到祠堂瞻仰拜谒，更讲究的还要进香点烛，叩头如捣蒜，虔诚得像朝觐，带点喝水不忘挖井人的意思。这时，祠堂的脸面功能就发挥出来了：它的一砖一瓦，代表各家各户开枝散叶，兴旺发达；它的一柱一梁，说明族裔顶天立地，四方稳固；它的一联一匾，汇聚祖训倡诫，族脉人文源远流长。这种好看的脸面叫"长脸"。

有时候祠堂会发挥法庭的功能，就是哪个不肖子孙犯了事或惹了祸，比如小偷、骗子、赌徒东窗事发，不肯赡养还打骂老人的忤逆之徒，谁把别人蓬在树上的稻草一把火烧了，等等，要被押到祠堂惩罚。早年的宗法制度允许犯小错的人由氏族自惩自罚，作为官府公堂审理施刑的补充。犯事的人，跪在祖宗像前，甘愿屁股挨上几棍，痛哭流涕，表示痛改前非，重新做人。围观的族人同时受到教化，以规矩立方圆，以惩治正族风。这种行为失了氏族的颜面叫"丢脸"。违者必究，惩罚是必须的。

所谓光宗耀祖，只要你姓金，你光彩，祖宗与你光彩与共，你骄傲，祖宗与你骄傲同在；相反，你丢脸，你见不得人，祖宗与你一起丢脸，一起见不得人。

祖宗的脸可以是各家门头。乡民一辈子在土里刨食，但并不是活得没有方向，他们的心愿除了丰衣足食、儿孙满堂，大概就是翻新老宅，或者重建新屋，给子孙宽敞明亮的高屋楼房，让他们住得舒适，不被人说长道短，耻笑看轻，这也是给祖宗挣面子。现在,村里有许多高楼新屋是空着的,并没有人居住,灰落一尺厚,因为全家人一年到头都在城里生活。即便如此,房子也是不能忽略的符号,房子在,头脸在,祖宗含笑九泉。

祖宗的脸可能是不认输的尊严。农村的宗族观念强烈,平时看不出来,互相该吵要吵,该骂要骂,该算计要算计。但在关键时刻,尤其在某人受到本宗族之外的人欺侮时,事情就严重了,就像一人被欺众人受辱,外人骑到咱全体金姓人头上拉屎来了,立刻放下"内部矛盾",抱成团,一时间凝聚力催生战斗力,同仇敌忾,团结一致,齐心对外,因为这涉及宗族的荣誉和尊严,平日恩怨此时不值一提。

讲个有些离奇的故事。在我未谙世事时,一个夜晚,街上人声鼎沸,我趴在窗子上看,只见上百名村民举着火把,怒气冲冲地拎着锄头扁担棍棒,乌泱乌泱地出村而去,我不知道他们去干什么。大约接近天亮,这伙人又兴奋地叫嚷而回,像挖到了金元宝。第二天,我才知道来龙去脉。原来邻县一个小村的木匠小师傅,乘上门打家具之机,"拐"走了我们村的一个黄花大闺女。事情不复杂,家具打了月余,小木匠与主人家女儿眉来眼去,日久生情,悄悄谈起恋爱,家具打好了,人也相好了,但公开后女方父母坚决不同意。小木匠血气方刚,一不做,二不休,领着姑娘私奔回老家,迅速把生米做成熟饭。

这还了得!父亲联合诸兄弟亲人找到族老,说是姑娘被外村人拐跑了。族老之所以是族老,除了胡子长,见识广,有见地,还要为民做主,一听肺都气炸了,欺侮到咱村的头上来,明摆着是小村挑战大村,如果委曲求全,认下这门亲事,不是面皮上不好看那么简单,而是全族人的奇耻大辱,此刻窝囊,此事认输,此后族人还怎能直起腰来?于是,事情就被上纲上线到祖宗的脸面上来,觉得是可忍,孰不可忍,孰不可忍则无须再忍!

族老召集几位高人,迅速统一了思想,一致认为不能坐视不管,不能咽下这口气,更不能助长外村人的嚣张气焰。三个臭皮匠顶一个诸葛亮,何况族老的脑子比一般人的好使,主要是读过《三国》,听过《隋唐》,智慧已接近于三流民间军师的水平。几个人七嘴八舌地商议,最后制定出一个行动方案:先派人踩点,摸清小木匠家周围情况,然后趁月黑风高,大伙半夜行军,采取偷袭手段,突然围住房屋,让小木匠措手不及,强行将姑娘抢回来,当然,要尽量避免"武装冲突"。

这么简单粗暴的奇袭行动,居然成功了。我听当事者津津有味绘声绘色地描述,他当时年轻力壮,是行动的"突击队员"之一,第一个摸到小木匠的院子外,身先士卒,翻墙而入,然后从窗户爬进去,迅速冲到小木匠的床前。小两口前半夜警惕,后半夜疏于防备,还在呼呼大睡,他把小木匠一把拽到地上,不忘端上一脚,让小木匠直接蒙圈。而后用被子将姑娘一卷,扛上肩头就走。这次行动,花塘村大获全胜,名声大振,从此再无姑娘在不经父母同意的情况下与人暗通款曲,私订终身,收到了给希望自由恋爱的人当头浇上一盆冷水的效果。

这类为捍卫"氏族利益"而不惜全村人集体上阵的事情并不鲜见。

村民会把一些吵闹与斗殴的输赢,不管有理无理,都当作宗族的脸面来看待。集市上摩肩接踵,不小心踩了邻村人一脚,互不体谅,更互不服输,从对骂演变成互殴,最后双方村民集体械斗。我小时候见过打群架,有买卖引起的,有打篮球发生肢体冲突引起的,有小孩去偷窃造成的,等等,以小规模居多,常常要闹到公安介入为止。

人可以伤,面子不能丢。

可以说,老祖宗的脸面我们都没见过,也不知道具体是什么模样,但它附着于任何有形的物体,或者无形的事件之上,存在于乡村的每一个角落,看不见也摸不着,但我们心里能感知到。也许这种脸面无关道德评判,左脸消极,右脸积极,只为有尊严地活着。

祖宗在地下,不知道是该叹气还是该欣慰。

他那一张老脸,让后辈努力,也让后辈荒唐。

有必要声明一下,这样的"脸面"仅存在于20世纪之前,现在年轻人谈恋爱,天王老子也管不了,职业媒婆都在城市的"婚姻介绍所"里。而且,村里几乎看不见青壮小伙子,老人们坐在自家门前晒太阳,追忆过去的光辉岁月,现在老胳膊老腿,已经没有能力去完成类似冲锋陷阵、好勇斗狠等重大使命任务了。

大男人

讲一个现在听上去匪夷所思的真实故事。

20世纪80年代初,有一户全家四口人,父母康健,还有姐弟二人:姐姐二十二岁,眉清目秀,俏人儿一个;弟弟十八岁,初中毕业在家务农。一家人生活不富裕但过得去,相处和睦,其乐融融。

爱美是女人的天性,何况待字闺中的大姑娘。一日,姐姐与几个小姐妹一起,学习画报上女明星的样子,去理发店烫了个波浪式的头发,也就是简单卷了卷,像水潭里的微波,没有大海里起伏的波峰浪谷那么夸张。不承想,刚回到家来,姐姐立马感到气氛不对,片刻便风暴骤至,波涛汹涌。弟弟起初乜斜着眼睛看,既而怒目圆睁,要求姐姐马上回去把头发拉直!理由很奇葩,他认为不正经的女人才烫发,良家妇女不会在头发上花钱花工夫花心思,搞得跟"鸡"似的。姐姐自然不肯,据理力争,这哪跟哪嘛,不过就是跟个风,换个时兴的发式,烫个发又不是做龌龊事。还敢顶嘴!弟弟接受不了,火冒三丈,一拳将姐姐打倒在地,继而扑上去劈头盖脸拳脚相加。姐姐被揍得鼻青脸肿,只有哭泣,不敢还手,还手也打不过小牛犊般粗壮的弟弟。父母见到,站在一旁默不作声,不劝不解,任凭儿子施暴,似乎理所当然,顺理成章。

结局也不意外,姐姐忍辱负重,屈服顺从,去理发店把头发拉直,符合了弟弟的传统审美标准,即所谓的"良家妇女型",从而避免了被弟弟所扬言的用剪刀将其"咔嚓"一声剪成秃子的后果,也终止了一场"头发风波"。

实际上,村里的姑娘们因为手头拮据,赶不了什么时髦,全家的衣服加起来都填不满一个衣柜,穿着打补丁的小花袄的姑娘随处可见,随时可见,花几个小钱把头发打理一下并不出格。但男人看不惯,那就只好按下"回车键"。

在农村,男孩就可以这般不讲理,皆因他们从小受宠溺,养成了骄横跋扈、不可一世的性格。尤其是独生子,或者有姐妹他却是唯一的男丁,更是被父母奉若掌上明珠,万事无原则地哄着依着,宠成家里的"小霸王"。上了十八岁,成年了,身强力壮,顶天立地,已是生产队里的一个壮劳力,能承担起繁重的农活,满工满分,顶起了家里的大梁,这时会被当作大人看,同时也具备了抽烟喝酒说脏话的资格,老父吸烟会扔过来一根,喝酒也给满上,甚至说说男女之事也不用忌讳。同时,也有了大事小情的决策权,甚至说一不二,对父母的话可理可不理,可听可不听,即使做出一些出格的事,两鬓渐霜的父母一般也睁只眼闭只眼,能不管尽量不管,说话音量放得比以前轻了,做事比以前小心了,因为老了得靠他养着,现在得罪,怕日后没有好果子吃。

而女孩遭嫌弃,现在是女儿,今后是亲戚,怎么得罪都翻不了天。

男人年龄小也是大男人,女子年龄大还是小女子,尽管这是明显的封建歪理,可事实上千百年颠扑不破。

其实那次烫发,我姐也是"同案犯",只不过我家比较开明,没人理会谁的头发变成什么样子,更不会将头发与职业、人性、品格好坏以及是否离经叛道等挂钩。如果我也与那二愣子一样,一拳打在我姐的鼻子上,尽管我也是男人,可即使我姐不生吞了我,我妈也肯定会活剥了我。

重男轻女,这在我家乡是普遍现象。

吃饭也有规矩,好像这规矩只针对妇人,即"糟糠之妻不上堂"。一堆客人来家,活都是女人干,杀鸡宰鸭治酒席,忙前忙后,脚后跟打屁股,吃时却不能上桌,伺候男人们推杯换盏,划拳行令,自己躲在灶间扒拉几口完事,等男人们酒足饭饱,打着嗝离开后,收拾碗筷,打扫战场。

农村的妇女地位很低,想抵"半边天",除非起来造反。而造反可能会被男人"镇压",轻的挨叱斥,重的吃一顿老拳,"天"是瓜分不成的,她们还得继续把手放进冰冷的水里,洗那永远洗不完的衣服和碗筷。

农村妇女不知道"女权"是什么,也没听说过"女权运动",习惯了逆来顺受,如果心里过不去,也只能责怪自己,谁叫自己是个女儿身?

拌嘴

水花从鸡窝里捡起鸡蛋。在农村,母鸡走起路来扭来扭去的屁股就是小银行,主妇就喜欢听到它下完蛋后咯咯咯的骄傲叫声,稻草堆上卧着的或红或白的圆状物都是碎银,长流水不断线,搞定油盐酱醋,还有孩子的书费学费。

隔壁的翠花看见水花手里的鸡蛋,一眼就认出是自家的母鸡生的,红壳尖头。农村妇女有一项特殊的本事,对自家的东西有着近乎神奇的辨识力,包括能毫不费事地认出自家鸡蛋的形状,八九不离十。翠花知道芦花鸡又犯了迷糊,把蛋下到水花家的鸡窝里了。于是,她跟水花说:"你手里的蛋是我家母鸡下的,得物归原主。"

水花当然不干,鸡窝是自己家的鸡窝,蛋当然是自己家的蛋,凭什么说是你的?是鸡蛋上印着你的私章,还是你叫它它能答应?翠花对水花连老母鸡生个蛋都"截和",本来气就不打一处来,她还有脸无理取闹?于是提高音量说:"我家的蛋我认识,你儿子生在医院里难道人就是医院的?"水花不甘示弱,也将音量拔高:"难怪你家祖宗是土匪,到你这还想当强盗,拦路打劫。"

农村婆娘的"拌嘴"开始了。书面上的"拌嘴",就是"斗嘴""争吵",程度不算激烈。而我老家所说的"拌嘴",是最厉害的吵架,也就是泼妇骂街,恶语相向,声音高亢激昂,唾沫横飞,激情四射。

"相打无好手,对骂无好口",双方的话越说越难听。邻里之间,相看不过眼的事本来就多,一时新怨旧账涌上心头,从小口角演变成大吵架,火力全开,双方像一对亢奋的斗鸡。

战斗打响不久,双方就出现缠斗,难解难分,遭遇战变成了持久战。而打持久战需要在气势、布阵以及攻击力上压倒对方,光唾沫飞溅显然不够凶猛,还需要技巧,放出大招,于是双方披散了头发,有豁出去的意思。首先双手双脚不能闲着,得有动作辅助,这种动作好像专为吵架发明。动作要领有二:一是跺脚或跳脚。跳脚是起跳时双脚离地,有些像蛤蟆,只是蛤蟆在空中吐出舌头把虫子卷进嘴里,而婆娘是在空中把脏话像痰一样吐过去。跺脚是为了制造音响效果,以跺得又响又坚决为上,增强气势,如果脚下有尘土或者水坑更好,尘土飞扬或者水花飞溅能有效增添战场气氛,像战争片电影施放烟火。我就见过一妇女发现对方的脚下有水坑,而自己没有,这样在气势上明显落于下风,此妇人在忙于应战的同时,支使儿子提来一桶水倒在脚下,终于势均力敌,极大扭转了你有我无被对方碾压的不利局面。这也说明咱们的婆娘们,有天生的战场环境判断力,知道战场环境不利时,如何制造有利态势。二是拍手。这个动作不比谁拍得响亮,而是完全为了增强语气,一句话说罢,一拍手,身体尽量前倾,上掌指向对方的面门，虽然属于武侠小说里的隔空发力，就像洪七公传授给郭靖的连欧阳锋都难以抵挡的"降龙十八掌"，但在她们看来，脱口而去的这句话是一盆脏水，能随其手势泼在对方脸上。这些肢体动作对胜负不起决定性作用，但提高了"拌嘴"的攻击性。

我在城市生活了几十年，见过吵架，最多音量高，脑门上凸起几根青筋，甩几句硬话，几分钟散伙，平淡无奇，没见过上述这一整套活灵活现的独创和弘扬于农村民间的动作，说明它被城市文明抵制和排斥，或者是因为放在车水马龙噪声严重的街道不适用。说起来，这套动作应该有着悠久的历史，一直作为"拌嘴"的传统招牌动作延续下来，相当于农村的一种非"文明"文化遗产，而且传承过程不在言传身教，而在于无师自通，自学成才，说明还需要有一定的悟性。

熟练掌握这些动作要领还不够，还要拥有词汇的丰富性、语言的生动性、事实的可恶性，共同形成强大的火力。一般的"拌嘴"，比较司空见惯，无甚可圈可点之处，而高手对决，往往精彩绝伦，高潮迭起，让人叹为观止。

决定胜负的自然是语言，唇枪舌剑，你来我往，唾沫飞溅中论高低，"弹药"库存充足，都是平时看在眼里记在心里积攒下来的对方之短，这就需要与有着"长舌妇""包打听""路透社"等"美誉"的人交朋友，做生活的有心人，善于观察，肯动脑筋，尤其需要东一耳朵西一耳朵地听风听雨，所有鸡零狗碎都牢记于心。骂战不定时，短则几十分钟，长则持续一两个钟头。这期间，话不能重复，这一点尤其要紧，如果你没啥可喷的，像车轱辘似的转着圈说，就相当于输了，高手绝不犯这样低级的错误。高手总是语言丰富，掌握的具体事实详尽，一件事扯出十件事，不会"事"到"骂"时方恨少。她们平时交头接耳，东家长西家短，谁穿的鞋跟高了，谁着的裙子短了，谁开的领口低了，一定没干什么正经营生，指指戳戳，评评点点，最好能够互相交流各种小道消息，以利于用心积累负面素材，关键时候搬出，连珠炮似的发射出去，最大限度地给对方以有效杀伤，让自己永久立于不败之地。至于情况是否属实，一点都不重要。最具杀伤力的是，手里捏着对方难以启齿的小辫子，就能直接命中对方的要害，句句锋利，刀刀见血，不但让其哑口无言，还能让其遭到羞辱，颜面尽失，脸皮稍薄者含恨而去。比如说对方没有儿女，就说"老母鸡还生蛋，你连老母鸡都不如"；如果对方生了一堆女儿,而无一男丁,也是很好的攻击材料,不能噎住对方喉咙,也能让她气得发抖,承受能力低的很可能一口气背过去。不过,此等过于恶毒的咒骂,不到万不得已基本不拿出来当武器使用。一是旁人听到会反感,可能会被背后数落,相当于杀敌一千,自损八百;二是一下戳中对方要害,往往并不能完成"绝杀",反而会迫使对方绝地反击,孤注一掷,变动口为动手,变文戏为武戏,变玉帛为干戈,最终胜负难料。当然,在事态将要发展为不可收拾之时,会有长者出来"拔解劝",也可能有一方的丈夫出来怒喝一声:"牙痛是吧? 滚回家去!"一方鸣金收兵,另一方也就无趣,乘机偃旗息鼓。躲在角落里看热闹的鸡狗,见街上已经太平无事,又出来继续觅食。

这样的骂战,双方都会累得口干舌燥,声音嘶哑,筋疲力尽。这时,问她们为啥"拌嘴",往往想不起来了。但她们会记仇,互不说话,短的十天半月,长的一年半载。转机是有的,如果出现了共同的敌人,或者什么事需要帮忙,她们会毫不犹豫地一笑泯恩仇,重新亲如姐妹,纳个鞋底都能把脑袋凑到一处。

乡村无大事,有事也是些鸡毛蒜皮。像翠花与水花,一两重的鸡蛋,却花十分的力气去争吵,根源在于家穷,越穷越不想穷,越穷人性里越能生出贪小便宜的欲念。一方想着这可是一个蛋哪,能吃有营养,能卖一毛钱,不要白不要,要了也白要,白要谁不要? 另一方也想着这可是一个蛋哪,蛋能孵小鸡,小鸡成大鸡,大鸡又生蛋,丢一个少一个,少一个吃大亏,吃亏谁愿干? 终于大动干戈。其实小到人与人、家与家,大到国与国,争的莫不就是资源与利益。

"仓廪实而知礼节。"如果家家丰衣足食,不为一个鸡蛋眼红,送你十个又何妨? "拌嘴"之类就可能销声匿迹。

农村没什么娱乐活动,也不给婆娘们提供表演舞台,穿件时髦一点的衣服,跟某个男人搭讪一下,说话声音带几分嗲,就可能成为一些人茶余饭后的谈资,甚至可能被骂作"骚货",这些都是需要极力避免的。与此相比,爱"拌嘴"的最多算个"泼妇",嘴贱舌毒,难相处,但无损清白名声,无伤风化,没有背离传统观念里对妇人的根本性评判标准,尚可原谅。因此,偶尔"拌嘴"撒泼,把储存的词汇调动起来,使用一下,防止过期作废,就成了村里时不时上演一场的保留节目。

有一位哲人说,飙脏话也是一种发泄。要我说,能不在乎什么场合都可以说真话、说自己想说的话是多么幸福!

我对这种"拌嘴"没有太多的恶感,不是因为我长在农村,习以为常就变得麻木不仁,而是觉得没有必要用孔夫子倡导的"礼"与"恕"等道德卡尺去量她们的长短。恰恰相反,自己在都市生活久了,在号称"高尚的""文明的""有知识的"的圈子里混长了,话说一半,事做七分,处处设防,才发觉这些农村妇女的想吵就吵、想骂就骂,痛痛快快,对生活充满着激情,是那么朴素和淳实。人生本色荤素齐全,该荤则荤,该素则素,接受没有心计的粗鲁比接受卑劣的阴谋与伪善要舒服得多。她们不掖不藏,不虚不假,不奉不讳,相较于深思熟虑的算计,一切的蛮横与狭隘,都不值一提。

你骂我,我就骂你;你打我,我就打你;妇女能顶半边天,也能乱了半边天。

她们是常人,正常的人。

捉纸阄

捉纸阄就是抓阄,农村决定物品与事情归属的最常用手段。

把公平交给天意,把运气交给偶然,满意不满意,都在于你的手气好不好,一切由数字做主,纸团决输赢,号码定乾坤。

生产队要分稻谷,谷粒黄澄澄地堆在队部的公房里,每家每户男女老少都拿着竹箩扁担等候在一旁,这时队长从会计的本子上"刺啦"撕下一张白纸,写上号码"1、2、3、4……",有多少户就写多少个号,然后又撕成一小条一小块,折叠起来,再揉成团,一个个扔在被汗水渍成褐色的草帽里,用手搅拌或者摇晃几下,高叫一声:"捉纸阄了。"大家一拥而上,争相伸手抓阄。如果带着孩子,一定是由孩子上前去抓,把这一小小的乐趣让给孩子,而且据说儿童的运气总比大人好。这种阄,抓的是次序,相当于排队,叫到谁的号谁上前领取属于自己的多少稻谷,用一杆巨大的秤约过后,挑着回家。

抓这种阄没多少刺激性,生产队几十户人家,抓到靠前的号,早也早不到哪里去,迟也迟不了多少时间。如果是分番薯、土豆,东西大小有差别,就需要一点运气,会被寄托更多的期望。

番薯、土豆这类农作物,即使是"一奶同胞"的兄弟,也个头不一,胖瘦有异,品相有别,挖出来装在箩筐里,沿街摆成一溜"长蛇阵",每一筐的顶端,都有一只大号的地瓜或土豆,用指甲刻出一个号码,等着抓阄后的归属。这样,谁抓到哪一筐就需要点运气,谁都想要个头大一些的。如果是番薯,个大个小口感倒差不离,但大个的除了可以当自己的吃食外,还方便切成片或条,晒干了储存起来,长久放得住。或制成淀粉,再麻烦一点制成粉条,反正比小个的更有利用价值。土豆也类似,算盘珠子大小的土豆,嫌吃起来或晒成干麻烦,不如干脆煮熟了喂猪,便宜了成天哼哼唧唧的"二师兄"。

我抓过几次阄,兴致勃勃,摩拳擦掌,有时候心里还默念几句"菩萨保佑"。可菩萨大概没听到,也许根本不肯管这种鸡毛蒜皮的事,结果运气没有眷顾,看中想要的都没抓上,有些垂头丧气。但我觉得这样的分配很公平,没有怨言,即使有些灰心丧气,也只怪自己的手气不好,有点愿赌服输的意思。

农村大到分田分地分山,小到分工分粮分柴火,一概抓阄决定,开阄无悔,约定俗成。结果公开后,没人觉得暗中会有人为因素造成谁占便宜谁吃亏,如果没达到预期,也不会找谁说理去,如果发泄不满便是无理取闹,会被人看轻。

把希望寄托于未知,带着小小的刺激,抓的时候是运,抓到手里的是命。一切都不确定,各种皆有可能,机会均等。

原始的分配方式,简单的操作流程,却是天才的发明。

把公平寄于偶然,把复杂变得简单,天下太平。

"蝴蝶将军"

大概在我上小学五年级时,一天村里突然来了不速之客,全村轰动,村民奔走相告,神色却是又惊又惧,无不顶礼膜拜。

来的是"蝴蝶将军"。"将军"我知道,领军打仗之人,威风凛凛,《三国》里猛将如云,关羽"过五关斩六将"等故事耳熟能详。至于蝴蝶里也有将军,我就不知道了,没有人给我普及过这方面的知识。

中午放学路上,我照例埋头把路上的小石子一粒粒踢过去,不承想把一粒石子踢到一个人身上,抬头准备挨骂,却看到一户门前一聚集着一大群人,摩肩接踵,大家交头接耳,议论纷纷,有人叹息,也有人忧心忡忡。我好奇,挤进人群,干吗跟开会似的?看啥好玩的西洋景?

大人说"蝴蝶将军"来了,是福不是祸,是祸躲不过。

我循着大人手指的方向看,原来屋檐下叮着一只硕大的蝴蝶,翅膀跟小扇子似的一翕一翕,花纹艳丽夺目,是我"呱呱"入世十多年来头一回所见。虽然没见过如此大个的蝴蝶,但我觉得不足为奇,不就是一只蝴蝶吗?值得这么兴师动众?驻足围观不说,还专门设立了香案,案上燃起香火,摆着水果,几名脸上皱纹纵横的老太太纳头跪拜,嘴里念念有词,不知道念的是什么经。

如果不是有这么多人在,不管它是何方神圣,蝴蝶都是我的目标靶子,举起弹弓,一粒小石子就能将其射个粉身碎骨。平时我没少去花丛中扑蝴蝶玩,不是将其放屋子里乱飞,就是夹在书里当标本。

我拉拉身边一中年男子的衣袖,问:"这蝴蝶是神吗?"好神还是坏神?对我的虚心请教,男子却有些不耐烦,也不给好声气,他说:"当然是神,不是神蝴蝶能长这么大吗?"这时一位老头开始冲着众人喊话,大意是让大家不要慌,"蝴蝶将军"到我们村里来,只是路过,歇歇脚,我们客客气气地接待,再客客气气地送走,千万不要乱说话。

听口气,好像"蝴蝶将军"专门把来意跟他私下交代过似的,我虽愧为小屁孩,也觉得可笑,心里暗骂一句:神经病!我们村不乏这样上年纪的人,倚老卖老,像个"百事通",能将连自己都不信的话说得一本正经,且斩钉截铁。

我察觉到事情荒唐,就觉得这热闹凑下去没多少意思,还是填饱肚子要紧,于是回了家。

蝴蝶的话题在村里议论了好一阵子。听邻居老婆婆说,打仗死了的士兵才会变成蝴蝶,但都是小蝴蝶,将军死了才变成大蝴蝶;"蝴蝶将军"轻易不到村里来,要打仗了才来物色灵魂,组织"阴军",去守啥打谁都没人知道,反正打仗都不是好事,人间的和阴间的都一样,被"蝴蝶将军"相中的人,灵魂会被摄走。因此,活人都怕得要命。

听完这些,我就将"蝴蝶将军"的事丢到了后脑勺,也不知道它何时飞走的,怎样飞走的,是不是真带走了几个灵魂,反正它没看中我,也没看中我家人,而且没有看中我的任何一位邻居。看来我们村的青壮年都不是打仗的料,锄头杆握得在行不一定枪杆子也握得在行,这样也挺好。

再后来,我看越剧《梁山伯与祝英台》,他俩殉情化蝶,悲剧后的浪漫,很是温馨感人,仿佛神来之笔,寄托了人们对美好爱情的祝福与期望。这时我想起"蝴蝶将军",干吗让战死沙场的军人也变成蝴蝶呢?变成鹰一样的猛禽岂不更好?至今百思不得其解。

我是忠实的唯物主义者,对迷信这东西,是不信的,哪怕说它"信则有,不信则无",我还是选择不信,把它与愚昧画等号。事实也是如此,谁也没有见过鬼,所有的撞上鬼的故事主角永远是别人,而不是自己。花塘村有许多人家的房子就建在坟址之上,也没见鬼来找茬;有些人家与坟毗邻,也没听说有鬼半夜骚扰。但是农村求神拜佛、念咒驱鬼、算命测字等迷信活动普遍存在,杜绝不了,有些神乎其神的事,的确也有几分神秘色彩。

有一晚,祠堂演戏,一邻居全家看戏去了,不想这当口家里招了贼,撬窗进来,偷走了箱底的十几枚银圆。这可是祖上传下来的有限的一点财富,损失虽说不上惨重,但毕竟值些钱,也是个对父辈的念想。主人唉声叹气,妇人哭哭啼啼,可他们并不去派出所报案,而是选择请神婆。

神婆食人间烟火,会"招魂",只要呈上一点礼,就会有求必应,她来了。我也来了,这样的热闹哪能缺席?一定会往上凑,不请自到。只见神婆头上扎块毛巾,仔细净了手,点上香烛,闭上眼嘴里念念有词,好像正与什么人沟通,过了好大一会儿,她猛一睁眼,说"来了",便在桌子上铺一层米糠,拿起一个竹编畚箕,畚箕上插着一根毛衣针,她招呼主人七八岁的孩子过来,分站两侧,和自己一起用一根手指托起畚箕,毛衣针落在米糠上。神婆开口说:"姑娘,姑娘,谁拿的银圆,把他的名字写下来。"说来也怪,不一会儿毛衣针动起来,真的在米糠上写下一个名字。

我开始觉得好玩,无非是故弄玄虚,后来目瞪口呆,写出来的名字是失主的邻人。失主气极,一把将米糠上的字迹抹去,除了神婆,我们都被赶出了屋子。贼是否真的是那人,我不知道下文,只是失主从此闭口不提失窃的事,村子里的人也为此开始防着那人。

为这事我苦苦思索过,如果主人本就怀疑那人,心中有数了,便与神婆串通,在扶乩时做手脚,一番表演无非是将信息传递出去,敲山震虎,隔空打牛,既能让那人把银圆乖乖送回来,又给足面子,不得罪人,与其说是"招魂"占卜,不如说是一个巧妙周密的计策。

长大了我读《红楼梦》,"邢岫烟道:'若说那外头测字打卦的,是不中用的。我在南边闻妙玉能扶乩,何不烦他问一问?何况我听见说这块玉原有仙机,想来问得出来。'"从而知道这在迷信中叫"扶乩",古代就有,按邢岫烟的说法比占卦灵验。

还有些现象以我的智力难以揭秘,就是如今的科学也解释不通。我一邻居婆婆某日突然发癫,一跳三尺高,家人按压不住,请神婆来瞧,说是婆婆被死去几十年的妹妹灵魂附体了。可不,婆婆吵着要吃面条,而她平时最怕吃面条,而她妹妹爱吃,婆婆一下子吃了五大碗,还嚷嚷着要,不再给。另外,婆婆说话的语气腔调突然间都与妹妹一般无二,包括妹妹自己原先不为人知的家庭糗事都被抖搂出来。还是神婆有本事,一番点香烛请菩萨叩响头等神操作,神婆将一口清水喷在婆婆身上,同时高喝一声"去"。婆婆应声倒地,昏睡三天三夜才悠悠醒转。更奇怪的是,问她知道自己都做了些啥,却摇头不知,仿佛刚做了一场白日梦。

还有更离谱的,有些人家的房梁上挂着小木盒,里面不是装着什么值钱的细软,而是家里闹了鬼,请道士捉住后镇在里边的,就像法海把白素贞镇在雷峰塔下面一样。这种小木盒不能随便打开,以免把鬼放出来祸害人。这就是纯粹的迷信了。人类从神本时代跨入文明智慧已经久远,但神汉巫婆还尚未绝迹,在农村个别地方秘密地存在着。

有个问题仍在少部分人中争论,科学的尽头是神学,还是神学的尽头是科学?公说公有理,婆说婆有理。

是人创造了神,而不是神创造了人,不言自明。我作为无神论者,相信巧合、幻觉、心理都能产生异觉幻象,法力鬼神之类,信者不懂,懂者不信,就像很多人信佛却不懂佛。不过,信仰自由,信由其信,只要不迷信。在科学尚无法揭真示源之前,那些念经拜佛、祭祀请神等行为,权当古老的文化活动,只要不害人,亦无不可。

其实,许多乡民并不是真的迷信,他们供这供那、叩此叩彼的行为已嬗变成传统的例行节日。

敲竹杠

"敲竹杠",其实就是找由头的敲诈。

此说有来头。清末,绍兴走私鸦片猖獗,贩子雇了船,将鸦片藏在竹筒里运输。官府派人前来缉私,却只看到一船的竹子。绍兴师爷以聪明狡黠名满天下,自然明察秋毫,这等小儿科的伎俩怎骗得过他的眼睛?但他不动声色,只用老烟杆敲了敲竹竿。贩子大惊,贩毒可是死罪,赶忙将师爷拉进船舱,塞上好处费。师爷银两到手,放过一马,带人离开。"敲竹杠"一词就此传开。

"竹杠"各有各的敲法。因盖房子是农民天大的事,这里就再拿李四造房子来举例。

房子有阴影,王五的菜地免不了被挡住阳光,这样地里的收成肯定不如从前。王五名正言顺地找李四要求赔偿,如果赔款公道合理,不算"敲竹杠",如果王五狮子大开口,而李四迫于对方威势或别的什么,委曲求全,花钱照办了,损失成倍地大于利益,那王五就是"敲竹杠"。

这时赵六又找上门来,说李四门口的路自己也有份,现在李四方便自己不便,得有个说法。李四着实蒙圈了,路是大家的,或者说是村里的,谁都可以走,祖祖辈辈都走几千年也没听说谁要讨个说法。现在赵六说他有份没错,可大路朝天,赵六还可以走,其他人都可以继续走。李四不吃这窝囊亏,找村干部说理,意图诉诸行政公务,让他给自己主持公道。可村干部面露难色,更愿意当缩头乌龟,不肯动用公权力来出面摆平,但不影响骂上几句,说赵六就是个无赖,一条喂不饱的狗,蚊子腿上都想割二两肉下来,比拦路打劫的土匪还不讲理,还要难缠,你李四呀不如消财免灾,当年八国联军攻下北京,清政府不也割地赔款,找谁说理去?你房子都盖起来了,不差这二两碎银,否则他一直闹下去没个头。李四无可奈何,只得掏钱买个"门头稳"。

这种"竹杠"敲得明目张胆,毫无道理,仅次于强取豪夺,在农村并不罕见,有时候可能没这么霸道,无非把索要的故事编得再真实些,把理由说得更充足些,不过都改变不了"敲竹杠"的本质。

我有个朋友开车路过一个村子时,不长眼也不小心,轧死了一只路上溜达的鸡。老百姓红口白牙,似乎数学也学得好,说这只鸡每天下蛋,农村空气新鲜,饮食都绿色无污染,无疾无病,健康长寿,再下 10 年蛋也没问题,也就是 3650 个,2 元钱一个,7300 元,加上鸡本身的钱,还有别的鸡受到惊吓,需要赔偿精神损失费,一共 8000 元,账算明白了,给钱吧,你硬说太贵了是吧?那就把车子留下,今天别走了。朋友欲哭无泪,好说歹说,降到 2000 元,掏钱自认倒霉,心里骂一句"穷山恶水出刁民",买下这只天下最贵的死鸡。

生活中被"敲竹杠"的事常有。婚车经过,几个大爷大妈拦住去路,这么喜庆的事,虽然素不相识,但你做新郎平生就这一遭,岂有不发喜烟喜糖红包的道理?不给休想走。兽走留皮,雁过拔毛,大爷可以扒住车门,大妈可以躺在马路中间打滚,摆出一副死缠烂打、天王老子来了也得服软的架势。

"竹杠"敲得哪哪响,敲乡邻的,敲路人的,敲游客的,敲公家的,市场上不小心踩烂了一根葱,也会被索去两块钱。个别坏心眼的故意把个破坛子摆路上,你一不小心踢碎了,他就找你要钱,良心未泯的坑几个子儿花花就得;碰上个难缠的主,非要说坛子是祖传的,或者是哪个朝代的文物珍品,你也得打落牙齿往肚子里咽。

我老家岭下村民风淳朴,遇事较为谦让和包容,但偶尔也会遇到精明到骨头缝里的人。20 世纪 80 年代末,我回乡探亲,正骑着自行车赶路,突然斜刺里冲出一名七八岁的小男孩,跌倒在路中间,我下车还没来得及看他摔伤了没有,小屁孩的母亲已经来到跟前了,非要说我的自行车从他儿子的身上碾过去。其实,我的轮子离他儿子还有一米多远,连个"剐蹭"都算不上。我摆事实讲道理,自行车轧过去身上会有轮胎印,你看看他衣服上有没有?可是该妇人一口咬定我轧过了,不但她亲眼看见了,而且老天爷也看见了,抓着我的自行车龙头大声哭喊,要我掏"医药费",不依不饶,声音大得能传到十里开外。我知道遇到"碰瓷"的了,有理讲不清,还招来许多路人围观,而他们不会替我作证也不会说公道话,有位老者在旁边说:"她家穷,你就给她两块钱,就当施舍讨饭人。"我赶紧扔下两块钱,夹着尾巴狼狈而逃。

人穷志短,马瘦毛长,只要能讹到钱,也就不管来路正不正了。

可见,有些"恶",只存乎一念之间,与人性关系不大,与道德也无太多联系,却与生存相攸关。

认干亲

北方人很难理解,南方人怎么如此热衷于认干亲?

北方人也有认干亲的,只是没有结义兄弟、结拜姐妹那么盛行。几条意气相投的汉子,宰一只公鸡,歃血酒碗,跪于关公像前,一饮而尽,"不求同年同月同日生……"从此肝胆相照,两肋插刀。这样的干亲是为"亲"而"义"。

认干亲不单现代有,古代就有认干亲这种风俗,关羽认了义子关平,从此一同征战南北,一同出生入死,最后一同被孙权所擒,也一同被斩于临沮。后人修关帝庙,关羽身后立两员威风凛凛的大将,便是白脸的义子关平和黑脸的扛刀周仓。这样的干亲是为"义"而"亲"。

村里认干亲的不在少数,有头有脸的人物更加积极,只为亲而亲,与义没有关系。

没有血缘关系的才认干亲,从此沾亲带故,外人变成自家人。大抵有这么几种情形:

生了儿子或女儿,请算命先生一排生辰八字,不好,运命相克,为了防止日后"互相伤害",就找一个生辰八字能平衡矛盾的孩子,由人牵线搭桥,摆上一桌酒席,认作干儿子或干女儿,充当命运的调节器。这在普通老百姓中比较常见,逢年过节互相走动,农忙时互相帮忙,不带功利色彩。

独生子女政策的实施,也为认干亲提供了由头。生了儿子,再认个女儿;生个女儿,再认个儿子,孩子有个伴儿,一起玩一起长大,绕床弄青梅,童年不再孤单,待日后长大了,也互相有个照应和帮衬,不定亲上加亲,岂不是喜上加喜?即使没这等好事,对大人自己也是精神安慰,终于儿女双全了。还有,等到垂垂老矣,亲不亲,一家人,病了床前能多个递茶送水的,死后坟前多个哭爹喊娘的,可以尽孝道。

双方父母走得近,情同手足,这也是认干亲的土壤,希望将友情转化为亲情,继续传递下去。这样的干亲,往往比真亲戚还要亲。

另有一种认干亲,则存在于官场商场名利场,基于利用价值,目的明确且动机复杂。都在官场为官,明面上是让孩子认干爹,实则是结成纽带,建造桥梁,形成互相勾连的网络,就是权力下的"关系网"。非裙带而成裙带,无关联而建关联,由远及近,由疏变密,由单成群,官与商结亲,名与利相辅,形成利益链条,各自为战的原生态,成为同呼吸、共命运的新格局。

本人认识一名商人,经人介绍,认识了县里的领导,一来二去,越走越熟络,便让儿子认了领导做干爹,从此生意风生水起,成了一方首富。认识人的层次更高了,又让儿子认了市里的一位做干爹,这下攀龙附凤,更加春风得意。儿子一个高中毕业生,本来纨绔,游手好闲,却进入公安系统当了民警,很快升迁为派出所所长、县公安局副局长,只不过才不堪任,德不配位,办错案、假案、人情案,被人告发,暴露了行贿受贿的事实,虽然早就订下了攻守同盟,但以利益为黏合剂组装起来的感情堡垒,在法律面前像积木一样脆弱,很快一击即溃,土崩瓦解,牵扯出县领导等一众官员,连退休的那位市领导都未能幸免。市领导晚节不保,身陷囹圄,面对森森铁窗,悔不当初,不禁悲从中来:"干亲干亲,干掉了亲人!"糊涂蛋还把曾经的干儿子当亲人!

老祖宗教导我们:多个朋友多条路,多个冤家多堵墙;一道篱笆三个桩,一个好汉三个帮;在家靠父母,出外靠朋友。道理本无大错,可朋友发展成构建势力范围,搞权力寻租、人身依附,官商勾结,认干亲走了偏,干爹干妈就有被围猎的危险。

当然还有极少数的"干儿子""干女儿",认下是为了掩护特殊的关系,这类事现实中并不多,大部分存在于电视剧中,非常狗血。现在的电视剧为吸引眼球,桃色与绯闻似乎必不可少,这就在胡编乱造与胡说八道方面,创造了惊人的成就,认干亲这种事,就被带进坑里。

像关平那样的义子,认上一打都不算多,鞍前马后,识体明理,有道是"打虎亲兄弟,上阵父子兵"。

我在与村民于闲聊中得知,村子里的干亲大多平淡无故事,关系也就那么回事,父母一厢情愿,子女冷若冰霜。现在的年轻人,忙起来连至亲都忘,哪里还记得干亲?自从有了抖音,虚拟的比现实的更容易接受,屏幕上手指一点,天涯若比邻,四海之内皆兄弟。

2022 年 7 月 16 日

第五章　溪流鼓瑟向远方

今天，城市仍在不断扩张，日新月异，快速发展，就是较小的城市，找一块农田，看几朵野花，也要跑出去很远的路。

农村某些方面却似乎正朝着反方向行走，人口在萎缩，学校在压减，土地使用率在降低，粮食产量也不如从前。而另一方面，农村也在脱胎换骨，农民的房屋面积增加了，村庄向周边延伸，添了许多新的设施，比如休闲广场，比如电信、移动的信号塔，比如与城市一模一样的超市等购物场所。一增一减，农村的生存状态无疑深陷于挣不脱的矛盾之中。

农村在给城市送去更丰厚的人口红利时，自己也在孜孜追求更高的生活品质。

所有的担忧或者唱衰，乐观或者看好，都没有必要，历史有自己的车辙，社会有自己的节奏和步伐，乡村也有自己可走的路。

就像山泉水，无涧处会自己寻找到出路，奔流向远方。

唧唧复唧唧

在村里，偶遇一架老式的木制织布机，兀立于墙脚。主人说它出生于20世纪四五十年代，老掉牙了。之所以没有将它大卸八块，是因为赋予了它支撑摇摇欲坠的老墙的任务。

机器身躯宠大，像一张叠架的木床，机件的组合看上去零乱复杂，但一样不少，启动、制动和传动机构都基本完整，只是部件磨损严重，机架积尘寸厚，一副蓬头垢面、老态龙钟的模样，似乎不惹它还行，一动就会散架。如果回忆过去，一百多年之前，这种织布机像龙头老大，统治着我国的纺织江湖，"天下谁人不识君"，妇孺皆知。现在风光不再，基本销声匿迹。如果不是在支撑墙上尚能发挥一下余热，估计它这一把老骨头早已荡然无存。

许多同行被当柴烧了，化作一缕青烟，跟随着一门民间手艺。

一

上中学时，念到"唧唧复唧唧，木兰当户织"这篇课文，觉得木兰会的我妈屯会，有一些小小的得意，一时忘了她织布的手能把棉纱拽老长，也能毫不犹豫地把我的耳朵拽老长。

以往江浙农村，有不少家庭小作坊，呈现农业与家庭手工业相结合的特点，最普及的便是织布。许多女子即使不是职业织女，也在娘家"待字阁中"学会织布。"耕织应手，出嫁不愁"，巧舌如簧的媒婆拿来做谈婚论嫁时的筹码，也可被婆家当作鉴定是否贤惠的重要标准，相貌的俊丑倒在其次，毕竟那时颜值还不能当饭吃，活着才是硬道理，价值观取向偏重实用主义，"美不美"必须让位于"会不会"。当然，如果能像《天仙配》里的织女那样才貌双全，男人也不会拒绝，暗自心花怒放。董永走狗屎运的神话故事，人们耳熟能详，仙女含情脉脉地对董永唱道："你耕田来我织布。"牵牛星与织女星相爱，就是对我国男耕女织的鲜活隐喻,典型的自给自足的小农生产方式,也反映了江南许多女子手巧,谓"上得机床,下得厨房"。

堂屋里摆一台织布机,一般白天闲着,晚上工作。乡村女人忙起来夜以继日,白天干活,晚上要接着干活。有人说女人活得像机器,其实比机器还要辛苦。待家人都睡下了,才是她上机的时候,全家人的衣服鞋帽都在她的手上。自然,这时候全家人不会有人陪着聊天,更没有人给她递茶送水,做伴的只有织布机。

女人端坐在机前的杌子上,边上搁一盏煤油灯,灯火如豆,身影投在墙上,一晃一晃。我有时候半夜醒来,就当没有台词的动画片看,其实更像北方的皮影戏,但我那时还没去过北方,也没见过皮影。女人聚精会神,手脚配合默契,圆锥形的梭子在左右手中间来回传递,纬线便跟着梭子从两层经线间穿过,再拉一把机杼,将交错的经线与纬线压实。手传脚蹬间,机器连续发出咔嚓咔嚓的声音,布匹就在布柱上慢慢越卷越厚。这技术需要双手双脚并用,配合默契,动作娴熟的女子做起来如行云流水,甚至举手投足间带着点优美的韵味。城里人外行,看得眼花缭乱,不由得感慨,这玩意儿操纵起来难度不比弹钢琴或打架子鼓低!机器响到凌晨,手快的能织出一二丈老粗布。

古人造词,多半源于生活,听到咔嚓一声,脑子里便蹦出一个词来,叫"日月如梭",形容时光飞快,想象天地也是织女,织出绚丽多彩的日子。

二

织布的原料苎麻,农民种植在自留地里。

苎麻的叶子宽大,像手掌,手背的一面青绿,手心的一面长白色绒毛,一阵风来,叶子翻动,像海里顶着浪花翻腾的波涛,煞是壮观。传说张献忠入川时,途中一时便急,蹲在庄稼地出恭,完事后就地取材,掰了几片麻叶当手纸,结果麻叶上的茸毛让贵腚肿痒难忍,他破口大骂,四川人都不是好东西,连叶子都算计老子!后来他在四川大开杀戒,据说与受此羞辱有关。

传说当不得真,民间演义而已,但说明我国苎麻分布广泛,种植历史悠久。明代宋应星《天工开物》记载:"凡苎麻色有青、黄两样。每岁有两刈者、有三刈者,绩为当暑衣裳、帷帐。凡苎皮剥取后,喜日燥干……"

苎麻生命力强,好侍弄,种起来不难,与种菜、栽苗没啥区别,只是要种得疏朗,初种的间距起码要保持尺余,因为它的根系十分发达,要给它留出向周边扩张的空间。麻根很快会形成一个垄块状的丰满麻蔸,蔸上发株,茂盛生长,成语"密密麻麻"就源自其植株的密不透风。阳光也很难透进来,我小时候捉迷藏,愿意往麻田里钻,踪影全无,小伙伴就很难找到。后来听大人说苎麻地里会闹鬼,就觉得的确阴森森的,加上苎麻叶摩擦发出唰唰声,教人听着恐怖,从此断了将它继续当游乐场的念头。

待麻株长得如小竹子一般,叶子发黄,麻皮紧实,就可以收割了。割倒的苎麻用竹签掠去叶子,注意不能用刀具,刀过于锋利,一不小心会拦腰斩断麻秆,价值减半。把割倒的苎麻像捆柴一样捆起来,挑回家去。这里又要注意,苎麻不能放在阳光下暴晒,最好将它扔进小池塘浸泡几小时,没有水塘,也要放在阴凉处,时不时地泼些水,让它潮湿发胀,这样揭起麻皮来能省力不少。

剥麻取皮比较简单,就是将麻骨剔除。先把麻秆从中间折断,无名指放在断茬处,把皮与骨分开,再稍使点劲一拉,一片麻皮就被完好无损地揭下来了,孩子都能干,且有点好玩。雪白的苎麻骨堆在一起,放在太阳下晒干,它是空心的,一捏就碎,可以用于灶膛引火,也可以用来当小火把照明。

取麻肉需要一点技术,更需要有熟练的手法,一手拿一把薄似刀片的三角形专用工具,另一手将麻皮置于刀片上,两指夹住,也是用巧劲一拉,吱的一声,皮肉分离,长长的玉色的纤维攥在手中,而无用的绿皮掉落脚边。这动作一气呵成,看上去简单,其实不易,做多了才熟能生巧,生手模仿着做,用力一拉,皮肉还是粘在一起。词典里又有一个词叫"麻利",也是从这套动作中来。有些姑娘不爱干这事,因为苎麻中的褐色素会浸进皮肤,女孩子的纤纤玉指,便被染得像一双鹰爪,有碍观瞻,需要十天半月才能清洗干净。

三

到织成麻布,我们叫"老粗布",中间还有几个步骤。

把晾干的麻肉扯成一缕缕粗细差不离的麻丝,蘸水软化后一根根连接起来,有些老奶奶不蘸水,而用手指从嘴里蘸唾沫,据说比蘸水更牢固。我看不是,无非图省事,我相信她们的口水历史再悠久,也成不了胶水。

别小看了接线,不是头尾打个结完事,而是将两根线的头尾放在膝盖上揉搓,接成的线要找不到结头,却粘得浑然一体。但用力拽还是拽得开的,这时就需要摇动古老的纺车,咿咿呀呀地纺成均匀有韧劲的细线。这下扯不开了,变成长线络成团,中间镂空,像一个个巨大的蚕蛹,摞在一起像小金字塔,又好像一系列烦琐的劳动终于结出了果实,令人赏心悦目。如果做蚊帐,这时可以上织布机了,要的就是粗线大眼,标准是没有一个孔眼能让四处巡逻的蚊子钻得进来。

后面的工序,是浆染后织成布,或者织成布后再染色印花,因为工序繁多又费力,要动用更多的原料和机械,需要更多的技术和工夫,一般请具有专业水平的师傅干,尤其是浆染,业余的毕竟不如专业的干得漂亮。像我妈那样会织布的,与专业师傅比,也只是三脚猫功夫,后来也是能不干就不干了。

谁家都需要布,我们走在村里的街上,经常能听到织布机在唱歌,织好的布匹沿着街道悬空铺展,长的能延伸五六十米远,两端用木马一样的架子勒紧。也经常能看到高高的竹竿上挑着染好色的布幔,花花绿绿,一般以蓝色居多,周边飘散着靛草的香味。这种芳香飘荡了几千年,《诗经》里云:"八月载绩,载玄载黄。"意思就是八月份要纺麻织布,有些染成青色,有些染成黄色,古人身上的衣服颜色比较单调。

这就是"老粗布",是我们童年的"时装",单衣是它,棉衣是它;上衣是它,裤子也是它,布鞋的鞋面还是它。因布料结实,先给老大穿簇新的衣服,不合身了便给老二穿,直到穿烂了,碎布还当纳鞋底的袼褙,反正用到用无可用。

我的童年费衣服,小伙伴们都费衣服,这是农村孩子的通病。记得有个伙伴衣服总是开满"天窗",而他特别喜欢将手指伸进肚子上的一个"破洞",扣肚脐眼儿玩,还经常能扣出黑乎乎的泥疙瘩来,然后放在鼻子上闻一闻,很让人恶心。而老粗布做成的衣服,很适合我们这些农村小屁孩穿,纤维牢固耐磨,十分抗造,随时随地可以一屁股坐下来,爬墙上树蹭不烂,摔跤时抓着不怕撕破,摔在地上还能保护肌肤,可谓好处多多。只是不太美观,色彩单一,轧花粗糙,又厚又硬,衣角总是支棱着,烫都烫不熨帖,不像轻软的洋布能将裤线熨得笔直锋利,更受姑娘的青睐,将身上的线条体现得凹凸有致。最烦人的是褪色,浸泡在盆里立即洋洋洒洒地将水洇黑,既看不见盆底,也不能折射太阳的光辉。因此,做单衣一般不染色,要不一出汗,肚皮上立马染出一片蓝色的海洋,像一幅地图,不知道的人以为我们这些乡巴佬个个胸怀世界。

如果粗布织上白色的碎花,称提花,像蓝色的天空上闪耀着星星,这布是用来做被子的,人钻在被窝里温暖舒适,粗糙感与皮肤似乎有着天然的默契,让人睡得踏实。我上高中时学校离家远,要住宿,许多学生扛着蓝色碎花棉被,寝室里十有八九,模样儿相仿,如果不记住铺位,可能分不清谁是谁的,常有人钻错被窝,确实不是故意的。

我在潜艇上当兵时,专门配有亚麻短裤,宽松舒适,其材质就是苎麻。因为它的纤维截面为空腔结构,吸入的汗液渗透到空腔内并快速挥发,有着十分优越的透气性和传热性。而且,苎麻还有强劲的吸附能力,吸收异味,富含多种天然抑菌微量元素,不易受霉菌腐蚀及虫蛀。潜艇里高温、潮湿,空气流通困难,异味浓重,穿这种短裤不但能有效防止烂裆等皮肤病,还能发挥空气清新剂的作用。这种短裤只配发潜艇上的官兵,我们平时不出海都舍不得穿,其他兵种包括水面舰艇的官兵是没有的,不是军需小气,而是它身价不菲,亚麻在国外被誉为"软黄金"。

四

说起来,纺织技术在我国延续了 4600 多个年头,古老得差不多与中华文明史同龄,说明咱们先人从身上卸下遮羞的树叶后,很快就发明了纺织术。有了它,解决了国人"温饱""衣食住行"中打头的最要紧的事,不怕天寒地冻,减少路上"冻死骨",自然在人口的增长上立下了汗马功劳。直到 20 世纪,土布才淡出了人们的视线。

土法纺织技术的悄然衰落,是历史的必然。实际上,打败我国土布土棉的是西方的洋布洋棉,跟战场上发生的一样,钢铁战胜木头。比如英国,绅士们胳肢窝里夹根文明棍,做的事却与文明无关,叩关捞钱才是他们的目的,在挑起我国第一次鸦片战争的1842年,棉布棉纱输华总值为71万镑,到1845年迅速增长到400多万镑,严重挤压了我国土布土纱的销路,垄断了市场。毋庸讳言,洋布洋棉物美价廉,对民众来说自然为第一选择。苏南原为我国棉丝纺织手工业的中心,上海开埠后,商贾多以卖洋布为主,不愿经销无利可图的土布,"蚕棉得丰年而皆不偿本"。而广东顺德一带也受到冲击,土布"贱售,女工几停其半"。丢了城市里的主要市场,我国手工棉纺织业只能躲进山区苟延残喘。

从执世界之牛耳,到被社会发展洪流所冲垮,颠覆来得突然,势不可当。当然,事物一分为二,西力东侵,也带来西学东渐,老师变成学生,重新开启民智,顺应世界近代化潮流,并非不可接受。

几千年的工艺,一朝败落,让人感慨、憋屈甚至生气。但让我们生气的不是纺织业的式微,不是历朝历代"唧唧复唧唧"唱下来的歌声突然戛然而止,而是打败我们的是西方的工业革命,纺织品是与舰船、枪炮、鸦片和野心一起登陆我们的口岸,而我们付出的却不只是银两,还有生命、鲜血和耻辱。手工业终究不能与工业匹敌,如果工业革命的旋风最早刮起于中国,领先于西方,那么纺织技术也不至于被人打得奄奄一息。科技进步的竞争也是市场的竞争,残酷而激烈,可是,挨别人的枪子与自行了断显然不是一回事,前者的结局是一蹶不振,被淘汰出局,而后者是凤凰涅槃、浴火重生。

不管我们有多么不情愿,落后总会被先进取代,社会的发展总是在推陈出新。我们祖宗不可谓不勤劳,也不可谓不聪明,但几千年传承下来的纺织技艺,中间有过改良,也只是将机器做些简化,操作更加简便,基本上换汤不换药,说到底,土布土棉的衰落是我们观念的因循守旧,是技术的止步不前,是发明、革新、创造上的无所作为。

写到这里,我们不应该忘了一个历史上名声并不显赫的人物,左宗棠的部将赖长。此人籍贯广东,在跟随左宗棠收复新疆时,主持兰州制造局。此人绝顶聪明,1877年冬,在制造出大量质量不逊西洋的枪炮火药时,触类旁通,以自行设计制造的水轮机织成一段呢片,开了我国以自主发明的工业机器制造布匹的先河,并由此创办了我国第一家织呢工厂。

军事从来都是推动科技进步的动力,航天、核电、计算机等概莫能外。我们不缺少战争，只不过我们缺少因地制宜、融会贯通，让军用向民用拓展的能力。

让人扼腕的是，清末的中国内忧外患，像左宗棠这样有眼光的军事家寥寥无几，像赖长这样的发明家更是寥若晨星。朝廷缺乏眼光，将发明创造一概视为雕虫小技，不肯投钱投物让赖长一鼓作气地施展才华，或者让他出洋深造取人所长，或者设立研究所继续集智攻关，万事不进则退，终于如一颗流星一划而过。

五

退守山区的纺织技术，尚留游丝一般的气息。这不奇怪，清末战乱频仍，苛捐杂税繁兴，山区地瘠民贫，仍被搜刮得家徒四壁，村民连买布的钱都没有，只能自己种些苎麻，织些布做衣，因祸得福，也让这一古老技术得以传承到今天。

在一些旅游景点，或者少数民族地区，这种织土布的技艺还有展示，大部分是供游客参观，充实文化内涵。国家对珍稀物种总要提供保护，一些掌握技术的人，成为非遗传承人。有些游客觉得新鲜，买件花花绿绿的土布衣裳来穿，除了向传统技艺致敬外，也为了好玩，入乡随俗，拍张照片发个朋友圈，图个开心。

说一千道一万，"唧唧复唧唧"，这种声音唱出了国人的勤劳，也唱出了国人骨子里的保守；后来"唧唧"不"唧唧"了，这种沉寂，却是进步的开始，毁灭后的新生。当下，织布都用上了数字机床，电脑控制，咱们起步慢了点，造发动机也不太行，但擅长踩油门，又一次弯道超车，仍是纺织业的大国，领跑世界。木兰如果穿越回来，可能被惊得花容失色，再次让人"不闻机杼声，唯闻女叹息"，凌乱在风中！

市场也是赛场，骑扫帚的跑不过骑驴的，骑驴的跑不过骑马的，纺织业是这样，其他这业那业的又何尝不是？

有个前提，别把马缰勒得太紧。

2022 年 8 月 10 日

阳光有多重

窝在峡谷里的村庄,山越是挤压,村庄就越要努力向外苦撑,像岩缝里生长着的树,活得委实不易。

有山峰高高地挡着,太阳就来得迟走得早,从东山顶红彤彤地冒出来,到从西山头红彤彤地落下去,光照时间短促,比之平原上少好几个钟头。

阳光有些吝啬,就需要争取,或者干脆叫抢,农忙时的"双抢",指的是抢收抢种,其实还有抢晒,尤其在收了稻谷或者小麦之后,阳光十分珍贵,分秒必争。农户家里都有一种箅,宽篾编织,有两张双人席子大,专门用来晒谷麦,虽然不是什么宝贝东西,但是必备的固定资产。每家最起码有一张,多的有两三张,平时卷成一个筒,一根绳子系紧,斜靠在屋子里的墙根上,经常有蜘蛛网坠着,无啥用场。到了田地里收谷收麦时,它的作用就发挥出来了,而且无可替代。那时,村里会专门划出日照最好的十几亩地,不种庄稼,而是分给农户做晒场,每家一块,大小刚好能铺开一张箅子,类似于网格,大家都记清哪一格是自家的。

田里水稻黄了,可以收割,但不能随性,要看看天气是否晴朗。若是好天,那就放心收割,男女老少齐出动,一时间田野里打稻机欢唱,响彻山谷。我老家没有现代化收割机,田太小,路太窄,施展不开,全凭人力用镰刀一把一把割倒,再一把一把地脱粒,劳作比较原始。脱了粒的稻谷,水淋淋的,装在箩筐里,被农民挑进晒场。

晒谷是婆娘的事,她早已在自己的晒场上铺好了箅子,四角都用石头压住,免得一阵风来,将稻谷卷上半空,那可就损失惨重。农民将稻谷倒在箅子上,小山一般,婆娘用竹笆子把稻谷笆开摊匀。稻谷上的水汽在强烈的阳光下慢慢蒸发,几十户人家一起晒,远看一片水汽氤氲,忙碌的人影都是扭曲的,像上演着动画片。晒谷不是摊开就完事,婆娘必须过个把小时就要再来一趟,用竹笆子将稻谷翻一遍,让每一粒谷子的全身上下都能受到阳光的沐浴。

如果连续几天都是阳光普照,那太好了,干透的稻谷颗粒归仓,今年的收成算是把心放在肚子里了,晚上睡觉都踏实。孩子会瞅准时机要一两角钱,去市集买几个烧饼打牙祭;也可以调皮一下,平常不敢干的事这时可以放心大胆地干,大人忙得脚后跟打屁股,顾不过来,即使被抓个现行,大多一笑了之,心情好免计较。婆娘会去村里的水磨厂舂上几十斤新米,做一大锅米饭,一揭锅盖,喷香,炒几个小菜,改善一下伙食,全家围坐,当家人喝二两老酒,眉梢上喜气洋洋,日子被阳光映得金光闪闪。

天有时候会搞些恶作剧。稻谷晒得好好的,突然,天边乌云翻滚,眼看暴雨即将来临。农户大惊失色,反应快的赶忙收拾箩筐扁担,与暴雨抢时间争速度。街上有婆娘尖着嗓子喊:"要落雨了,快收谷呀!"扛着家伙什儿一路狂奔而去。大人小孩蜂拥而出,冲向晒谷场,一时间,扛的扛,抬的抬,挑的挑,背的背,手忙脚乱,大人呼小孩叫,一片慌乱嘈杂景象。如果这时豆粒大的雨点开始砸在地上,冒出一股尘雾,那忙乱更甚,又会有人喊:"老天爷你慢点落呀,大家手脚快点呀!"老天爷却不管三七二十一,一阵雨帘降下,来不及收的稻谷又全身湿透,前功尽弃,农妇脸上也是湿漉漉的,不知道是雨水、汗水还是泪水,发梢上粘几根稻草或者谷粒,狼狈模样显得滑稽。而老天爷捉弄人至此似乎还没完,婆娘刚歇下脚,气还没喘匀,雨过了,天晴了,万里无云,太阳笑眯眯的,跟没事人似的,对刚发生过的一切似乎毫无歉意。婆娘哭笑不得,顾不上擦把脸,又扛着箩子挑起稻谷重复一遍先前的劳动过程。

靠天吃饭,意外总是难免。收割了水稻,天公却不作美,连日阴雨,那可糟糕透顶。谷子或者麦子都娇气,堆在一起它就会抱团取暖,很快热气腾腾,并迅速抽出芽来,这样收成就泡了汤。一季白忙活事小,全家挨饿事大。阳光不来,只得另谋对策,办法都是逼出来的,把稻谷铺在屋里,架一堆柴火烤,有电风扇的使劲吹,穷尽办法不能让它发芽,等天好再拉出去晾晒。

抢阳光是与时间赛跑,单是晒谷的辛苦,你若浪费粮食,脑袋上挨"爆栗子"就一点都不冤枉。

万物生长靠太阳,阳光对自然界有着养育之恩。

阳光参与庄稼的成长,光合作用举足轻重,从种子的萌发到开花结果,中间叶绿素的合成，细胞的分裂，积聚各种能量，保证健康生长，没有人比农民更珍惜阳光，他们每个人都对阳光心怀感恩。

相对于干旱，庄稼涝死才无药可救。十天半月不下雨，庄稼无精打采，蔫头耷脑，但山是大山，身体里装的东西多，包括泉水，从一些草隙岩罅处漏出来，积成一处处小潭，用一只戽斗，父子或者夫妻俩扯动两边长长的绳子，一松一紧配合默契，把水汲进地里，庄稼重新抬起头，抖擞精神。只要人勤快，熬过旱季，还是能让庄稼活下来。涝灾就不一样了，连续几天大雨不止，天空的窟窿堵都堵不上，地里一片汪洋，挖排水沟不顶用，庄稼被沤在泥水里，看叶子还是好好的，其实已经开始烂根，这时只有阳光能救它们。如果阳光迟迟不来，只能听天由命，过后补种，而季节不由人，误了农时，补上的总是长得吃力，发育不良，收获大打折扣，全因基础打得不够扎实。

尤其在稻谷或者麦子快要收割时，需要排水搁田，干至泥土开裂，但连绵雨水来得可真不是时候，无异于一场摧残，稻谷趴倒在水田里，麦子也会倒伏在地上，割又不能割，扶又扶不起来，这才叫闹心。农民披着蓑衣蹲在田头，满怀的辛酸与无奈，眼看着丰收在望，却看到果实抽出白色的芽头，庄稼废了，收成也废了，今年全家铁定要饿肚子，心里叫苦连连。

农民看重田地里的成败，不但是因为靠它养家糊口，全家老少是饿是饱全指望能否保收，还关系到农民的自尊，歉收对农民的精神打击难以言表，他们觉得这是羞耻。

因此，光芒四射的太阳在我老家被叫作"日头佛"。

既然太阳被恭认为"佛"，说明其道行高深莫测，地位至高无上。我知道他们所说的"佛"，佛教里指的是"大日佛祖"，除一切暗，普照宇宙万物，利养世间一切生物。乡亲们未必都信佛，也不知道"大日佛祖"能给凡人带来什么好处，但他们对实实在在给土地送来光明的阳光有着宗教般的虔诚，尊崇于心，朴素而真挚。在他们的心目中，庄稼就像"众生"，风调雨顺都由太阳调配，没有阳光的普照，便如没有普渡，灾害就有可能不期而降。

日出而作，日息而归；民以食为天，食从土地里来，也从天空中来，就是所谓的谋事在人、成事在天；一半劳作，一半侥幸，有时候劳作没有侥幸重要；如天不遂愿，所有的付出都是白辛苦，阳光主宰着一切，它可以让你颗粒无收，希望落空，也可以让你五谷丰登，付出得到丰厚的回报。里边的道理简单得不能再简单，没有阳光就没有饭吃。

　　世上没有哪一杆秤能称出阳光的重量，只有搁在农民心里的一杆秤能称得出来，一季节的劳作、一家人的幸福、一辈子的生计，都掌控在阳光手中。如若失去阳光，大地又何来朝气蓬勃与万象更新！

　　农民与农作物血肉相连，不能忍受暗无天日的日子。

　　阳光落在身上，带来一种灼热，这是皮肤的感受。阳光落在水面上，送来温暖，这是鱼的感受；阳光落在森林里，万物生长，这是草木的感受……整个世界因有了阳光而充满活力。

　　阳光伟大，在于伟大得并不抽象，有她乾坤光明，没有她就昏天黑地。她不像佛陀那样照耀在精神领域，比云彩还要虚无缥缈，凡夫肉眼不可见。阳光是天地间的唯一，从不亏待任何人，尤其是农民。

　　生活有多少压力，阳光就有多少重量。

　　民生有多重，阳光就有多重。

2022 年 8 月 13 日

清明为谁哀

今年的清明节，上海天空阴沉。

乌云低垂，雨却又迟迟不肯下，雾霭把整个城市罩得胀鼓鼓的，高楼大厦僵硬地杵着，空气凝重得似无法流动。既然清不得，那明一下，两头总得占上一头，好有个交代，但阳光也不露面，态度暧昧。

哪儿都去不了，街上空空如也，潮水般的车辆和行人消失，热闹和繁华消失，2500多万人响应政府号召禁足在家，禁足在办公室，禁足在各个旅馆饭店。

不清不明的清明，特别得无法再特别，天地一片迷茫，一片混浊。

如按先例，今天是与先人一年一度的团圆日，我应该去老家的山上"探亲"，问候埋骨密林中的传给我一身基因的各位"老金"，以及他们在传宗接代上不辱使命的"女客"，即不知姓甚名谁的奶奶、太奶奶们。

这里需要解释，旧时社会男尊女卑，我老家称"谁谁的老婆"为"谁谁的女客"，也就是男子的主人地位不可动摇，反映在族谱里，是不肯记载她们的名字，好像她们的一生可以忽略不计，多花写字的两秒钟都不行，故意让她们的人生一阵风似的来去无踪影。现在沧海桑田翻天覆地，提倡妇女能顶半边天，不再把男人当树女人当草，坟前也有了墓碑，夫妻名字都能刻上，公平了许多，女人不再当无名英雄。

今年清明我放了"鸽子"，他们一定会很失望。

"百善孝为先"，这是文化基因，国人尤其重视，上坟表达也是这个意思，人到即心到意到。

祭扫自家亲人，不需要像去烈士陵园那样穿戴庄重齐整，恰恰相反，打扮得花红柳绿可能更让先人们欣慰。

仪式感却是要有的，先献上一盅酒，量不足以将他们灌醉，最好是家乡本地酿造的米酒，主要考虑到要让先祖们喝得惯，茅台、五粮液他们不一定喜欢，不买贵的只要爱的。下酒菜简单,几盘产自本地园子里的小菜,应该合他们的口味,其实谁都知道,无论何处何时,亲情才是最好的下酒菜。主食是一盘青团青饼,自家亲手做的,一只只油绿韧糯的原料全部来自家乡这片田野,有荤有素,有甜有咸,想必他们也会十分喜欢。餐后不能少了水果,哪怕仅是几个苹果、橘子。

最主要的环节,点一炷香,这是招呼祖先的方式,大体相当于按门铃。不过现在山林防火,不让点香烧纸,村里的干部在通往山上的路口处把着关,检查十分仔细,上山的人如果竹篮里偷着藏了香蜡烛,发现一律没收。朴实的村民们也比较配合,知道没必要为了让亲人吃顿饭把整座山烧了,便不去惹事。不过,现代人真是聪明,电子的香蜡烛畅销,形状几可乱真,也一闪一闪的,让祖先享受现代科技的进步。只是没有了缭绕的香味,召唤先人的效果可能不是太好,只能委屈先人多留神,扒在墓门的缝隙上向外勤看两眼,看看儿孙们什么时候送吃食过来。

纸钱更不能烧了,也没找到更妥当的替代物,我觉得市面上买的冥币也不靠谱,面值动辄上亿元,一烧就是几百几千亿,就不怕造成冥界通货膨胀!还有,谁知道地下法定流通的是什么货币,烧给他们不但没有用,万一被当使用假币抓了,在阴间拘留所蹲上几天,反而是好心办坏事,给先人添乱。我从不给先人烧钱,据我家继承的老屋等固定资产看,先人生前应该属于无产阶级,本来就苦惯了,也就不要指望一夜暴富,农民翻身成资本家,却缺少经商的资质能力,当了冤大头也说不准,生活上还是继续自食其力、自力更生比较踏实。

我见到过有人给自己的祖先烧了很多的物品,美元、别墅、轿车、电视、手机,甚至还有美女。这些我也没有烧过,也不敢烧,如果烧上美女,太奶奶怒气冲冲地找上门来怎么办?如果烧手机,还得烧上卫星、基站、电信公司,甚至发电站等配套设施,晚上再来请教怎么扫码、怎么加微信朋友圈等使用方法,被吓出个三长两短来不值得。

头却是要磕的,表示晚辈对长辈的尊敬。在先人吃饭喝酒的片刻,如果要拉些家常话,就报告一下我们身体健康、阖家欢乐、生活幸福、万事如意,也让他们保佑我们今后身体健康、阖家欢乐、生活幸福、万事如意,措辞与过节发在微信朋友圈的一样。如果有什么喜事，也可以说一说，比如谁考上大学、谁娶了媳妇等，当然，只能拣好听的说，生活中不如意事常八九，跟先人汇报生活情况，与向领导汇报工作是一样的，报喜不报忧，哪怕编些谎话他们都爱听，能做到不让领导生气，也能做到不给先人添堵。

我上坟时也就做这些，说多了也是白说，主要觉得与先人有代沟。比如我说城市的房地产价格居高不下，他们想你在城里买一套的钱能在村里盖一片，脑袋被驴踢了不是?！说俄乌正打得不可开交，他们一辈子面朝黄土背朝天，喝过的墨水很少，没走出过大山，没看过报纸，没见过电视，也没上过网，岁数小的只恨过日本人，哪里知道美国政客也坏得脚底流脓？说"台独"他们可能知道一些，凡中国人对于要分裂国土的汉奸都会咬牙切齿，古往今来皆如此，说不定一生气便联合起来，去找姓蔡的姓苏的祖先算账，要求他们早点将这些数典忘祖的不肖子孙带走……

但解决实际问题还得靠我们自己。因此，不如不说。

今年让他们失望了，上海封闭管理，小区都出不去，只好让他们饿肚子。其实，我也没法准备好往年那样的食物，商店里的食品货架已被一扫而空，点心都没地方可买。而且，政府的政策我们必须遵守，大街上难得不堵车，也无车可堵，只有特许的几名外卖小哥骑着电瓶车风驰电掣。虽然，他们可以照常工作，可是我若从牙缝里省下一点，将食物快递到先人们的坟前，门牌号和电话号码没法子填写。

出现这等特殊的情况，不是我想看到的，老父亲能理解，他在世时是政府干部，虽然官不大，最多只能称为"微臣"，但也会以身作则守规矩。其他人只有奶奶在新中国成立后生活过，不过她信佛，生性和善，不会对政府的禁足令产生抵触情绪，更不会乘机惹是生非，成为社会的不稳定因素。其他的先人可能觉悟不高，难免会有这样或那样的想法，希望老父亲能多做说服解释工作。

想必很多人与我一样，今天宅在家里无计可施，束手无策。我有充分的理由这么认为，我老家在浙江乡村，平时年轻人都在外务工，乡路上空空荡荡，只有到了清明节和春节，路上才会堵车，各种车辆从四面八方回来，一家大小个个风尘仆仆，都是回来扫墓的。

坟墓是乡村的另一个村落,村民与先人依然是邻居。

我国的孝文化传承主要靠农民,慈风孝行的根还是在农村。

先人们酒足饭饱,散了筵席,像孔明先生唱的"我本是山野散淡的人"那样,伴着绿水青山,继续安息。

家人扫完墓,任务结束,也开始团聚。

乡村的饭店,平时冷冷清清,而到了清明节,便每天爆满,老板忙得额头沁汗,每天要笑逐颜开地给熟悉的客人散出好几包烟。把清明节过成团圆节,是近年来才出现的新生事物,这一定是发明清明节的先人所料未及的事。我有时会想,百花盛开、生命怒放的清明节,被古人选作祭祀日,充分体现了古人的智慧。这个仲春与暮春的交界时段,人们在享受人世间的一切美好,但不能忘了这一切美好都是祖先留下的遗产。因此,如果说春节是最隆重的新年生日,快乐地穿新衣、燃鞭炮、吃大餐,眼睛向前看,抖擞精神,大步出发,走向未来,那么清明属于拜谢和怀念的日子,拜谢天地之赐予,拜谢祖先之恩泽,珍惜当下之生活,意义更加深远。

其实古人的清明是开心地过节的,并不"凄凄惨惨戚戚",将愁云惨雾笼罩于心头。你想咱们与先人本是阴阳相隔,今日却把盏言欢,共尝人间美食,岂不快哉!上坟的人都会不由自主地设置这个虚空的场景,而感情是真实的,可以穿越时空。

如果说祭奠是清明的主题,那么踏青是副题。人间正是美景如画,鸟语花香,姹紫嫣红,春意正浓,因此,清明节又被称作踏青节,带上妻儿,携手郊外,携壶老酒,四处走走看看,最美人间四月天,不负无限春光。有文化的还吟诗作对,比如那个姓朱的理学家就写:"胜日寻芳泗水滨,无边光景一时新。等闲识得东风面,万紫千红总是春。"无限风光焕然一新,满目的风景,满心的喜悦,还不忘给你一点哲学的提示。

胜日还是胜日,可今天我们无处寻芳踪,泗水去不了,郊外也去不了,实际上连小区都出不了,看看黄浦江水都是奢望,只能在家喝喝自来水。全市人民都在防疫,政府忙着把隐藏着的病毒找出来,一遍又一遍地翻查人们的喉管。我的喉管至今清白,没有躲着流窜的病毒,何其幸也!

清明不能祭拜,只能请先人们见谅,与我们共克时艰。

也有好消息,现在阴阳颠倒了,阴的无虞,阳的有事,因此阴人不可怕,若成了"小阳人",就麻烦了。

2022 年 4 月 5 日

竹杯

老家盛产竹子,最多最粗最有用的是毛竹。

毛竹有着不分青红皂白四处拱笋野蛮生长的习性,它的根系粗壮有力,在地底下无休止扩展,突破一切障碍,就像成吉思汗率领的"蒙古铁骑",兵锋指处,无坚不摧,所向披靡。如果不是村民将其断根制止,从屋后开始,就漫山遍野地潇潇长去。其他树木对竹子的侵略性行为无能为力,就像欧洲人看见成吉思汗的大纛便恨爹妈给自己少生了两条腿,知道抵抗也是徒劳,赶紧望风而逃。植物界强手云集,谁都不软弱,可谁也无法阻止竹子近乎疯狂地占山为王。

竹子三年可成林。她在南征中可以气势如虹,排山倒海,却说什么都不肯北伐,原因是她也有软肋,天不怕地不怕却怕冷。

怕冷的竹子,北方冬天的气温动不动就钻到零下十几摄氏度,是她所不能忍受的,北方不适合安身立命做家乡。我妻子是济南人,在没认识我之前也不认识毛竹,只见过济南公园里的小竹子,都是手指粗细,做钓鱼竿都对稍大一点的鱼构不成威胁,高度也很难将叶子落在房檐上。这样的竹子自然不堪重用,只能让她充分体现草本植物的特点,与她的远亲小草为邻,委以绿化公园的重任。

我国历代爱竹人士多如雨后春笋,皆因竹子四季常青,又天生一副玉树临风的洒脱优雅的模样,更无以替代的是,竹子虚心有节,符合儒学倡导的经世哲学,让文人骚客们觉得太有君子之风了,毫不犹豫地授予其"岁寒三友"的荣誉称号,可谓溢美有加。柳宗元很有名的样子是独自坐在寒江边上钓雪,他手里的竿子很可能就是砍了根竹子做的,熟悉的东西写出来就有味道:"进箨分苦节,轻筠抱虚心。"一生都被贬来贬去的苏东坡,依靠竹杖芒鞋走天涯,更是坦率表白:"宁可食无肉,不可居无竹。"就差说出爱你千万年了。

现代人虽然眼前红尘滚滚,可也喜爱风雅,对身影清疏的竹子青睐有加,精心栽植于墙根或公园一隅，让其化身为风景。只是竹子该死该活不受外界舆论褒贬的控制，更看重气候条件是否温暖湿润，于是常常水土不服，勉强长起来也缺少潇洒气质，与人们的殷切期望相差一定距离。公园里的竹子，收起了扩张地盘的进取心，有些懒散，有些冷漠，还有些傲气，对近旁的花草树木爱答不理，实际上她地位也不算高，在公园里做些点缀或者铺垫工作。

于是，妻子在我老家见到腿肚子粗的毛竹，便觉得新鲜，尤其对竹林里大片大片的毛竹横七竖八地自生自灭觉得可惜。于是她突然灵光乍现，我以为她有什么惊人的开发倡议，原是希望能做个竹杯用来喝水。

我们岭下村的原住民，原先有许多手艺不错的篾匠，师承有序，竹子到了他们手里，只需一把刀一堆火，就可以让她变成各种各样的器具来体现实用价值，大的如衣橱、桌椅、凉席、篾垫、箩筐、簸箕、团箕、竹罩等；小的如箧盒、竹篮、筷子、刷子、热水瓶罩、筛子、笆子、斗笠等；玩的如鱼篓、蛐蛐笼子、鱼竿、弓箭、水枪等；还有做起来简单的如扁担、竹杠、晾衣竿、两头弯等，反正是林林总总，千变万化，不一而足，在我们生活中无处不在，随处可见。手巧的篾匠，想象力也丰富，自由发挥，无所不能，凉席上能编出各式鲜花山川的图案，竹罩上能拼出"丰衣足食""吉祥如意"之类的字样，箧盒暗藏机关，娃娃的摇篮能装知了、蚂蚱……只有想不到，没有做不到，美观精致，异彩纷呈。

妻子想做个竹杯，自然容易得很，锯一节竹子，箨环作底，用机器打磨掉青皮，齐活。对专业篾匠来说，这活不叫活，手到擒来，小菜一碟，分分钟解决问题。可是，老主任金仁机说现在村里篾匠都老了，基本已洗手不干，有时想补个篾箩都找不着人接活儿，而年轻人看不上这种要辛辛苦苦拜师学艺，而且一天挣不了几个钱的手工行当，不肯当衣钵传人，今后老篾匠们撒手而去，装在他们肚子里技艺也将随之消失。不单是篾匠，村里其他五行八作的手艺也逐渐成为绝响。俗话说"家有良田千顷，不如一技在身"，现如今还没有任何说服力。当然，做个不雕花不刻字的素杯，没啥技术含量，更不需要高超的手艺，找个木器厂加工一下即可。老主任效率很高，不一会儿就拿回五六个竹杯。我一看，乐坏了，简单得不能再简单，一节竹子，刨去竹青，磨薄口沿，如此而已，无论如何都找不到一点"匠心制作"的影子，想动用个把形容词赞美一下都显得奢侈。即使在我小时候,也不屑一顾,养蛐蛐都嫌它简陋,激不起玩它的兴致。当然,也不是一无是处,因有原始的风味,倒也笨拙敦厚得有趣。妻子爱不释手,大概觉得只要是竹子做的就行,越素朴越好。当即洗刷干净,泡了茶水,抿一口,直呼有竹子的清香。

我没这么少见多怪,平时喜欢用紫砂壶泡茶,再讲究一点,用龙泉青瓷大师亲制的茶具,一杯在手,细品慢饮,觉得自己得到了茶文化的浸润,享受一种闲情逸致,有些喜不自禁的自得与满足。而现在手里拿着个粗陋的竹杯喝茶,我觉得有些滑稽,甚至有些许调皮。喝了一口,发觉的确有竹子的清香,与茶香混合,别有一番滋味,这是玻璃、紫砂以及龙泉青瓷都不能提供的。

其实说来说去,杯子只是杯子,即使是金杯银盏,也只是盛水的容器,我们喝的是茶水,而不是杯子,杯子好,不是真的好;茶水好,才是真的好,如果喧宾夺主,就是主次颠倒,包装代替了内容,外在取代了实质。

可惜很多时候,我们过于苛求生活的华丽,而忽略了生命的本质。比如身边来来往往的人,长得靓俊,却腹内空空,骨头架子撑着一副皮囊,绣花枕头稻草包;或者话说得漂亮,事做得阴晦,心如毒蝎,怎么也算不上好人。

我不知道拿竹杯喝口水,会喝出这许多念头,兴许是遇见过的人与喝过的水一样多,而水人畜无害,不免无端生出感慨来。

人生就是个杯子,装着各种滋味,或软或硬,或甜或苦,或香或臭,晃荡来晃荡去,最后杯子一倒,空无一物。

2022 年 6 月 19 日

淡秋

今年的"地球村",热爆了。

太阳精力充沛,喷着耀眼的光芒,不肯歇上一天。

在我老家的院子里,两棵海棠都受不了热,把叶子卷起来,竭力保留水分,这是她唯一能采取的自保措施。台门口,还植有两棵红豆杉和一棵罗汉松,松针没这能耐,只能任凭烤焦,像被阳光焗了发,顶着一头黄毛,一簇簇的无精打采。娇生惯养的罗汉松,渴得像要冒烟,似乎连活下去的勇气和信心都没有了。

从夏入秋,本来风由热烘烘变得凉丝丝,带着丝绸冰爽的质感拂过人们的肌肤,连同夏天盛产的烦恼,秋风一吹,就被刮跑了。可眼下没有这种感觉,气温将季节叠加,行走在阳光或者绿荫下,风都会滚烫地掠过肌肤,像有小火苗快速地舔过去,留下一片涔涔汗液。

好久不看央视新闻联播的天气预报了,因为手机里能即时查阅,精确到此时此地头顶的云彩是否会下雨,重新看央视预报是看全国各地的天气状况。今年高温酷暑作妖,很多时候"祖国山河一片红",尤其江浙沪,网友幽默,说已烤成"工折户"了。

中央气象台发布史上首个高温红色预警,到我今天写文章时已是连续5天发布,橙色预警一个月来基本没有中断。重庆闷头发热,能给她降温的长江提前进入枯水期,杭州大汗淋漓,如果西湖水尝出咸味来都毫不奇怪……微信微博上大家议论纷纷,调侃"上有天堂"不如让我"下有水塘",担心地球从此不再凉快下来,更有西方的悲观者断定大旱之年必有大灾,世界末日的到来恐怕来日无多,他们总是危言耸听!

地球的西边也发起了"高烧",到了40多摄氏度,个别气焰更加嚣张的地方可在海滩上蒸桑拿,马路上煎鸡蛋,引擎盖上烤牛排,亟须物理降温,可天上还是没有雨,多瑙河、莱茵河的水位跌破历史纪录,河道干裂,船和鱼一起搁浅。

西班牙的森林大火还在燃烧，无处可逃的不只是动物，报道说已有上千人因热浪遇难。有着地球"空调"美称的格陵兰岛冰山，居然一天融冰60亿吨，这样下去，恐怕消失的不只是壮观景象，海水上涨，一些太平洋岛国也会消失，遭受灭顶之灾。欧洲人说这是他们正在遭遇500年来最严重的干旱，法国多个城市滚烫的自来水龙头已放不出水来；英国一些地区发布"限水令"，谁要是用自来水浇花浇草，将被罚款1000英镑，花花草草气数将尽，大概已熬不到深秋再枯萎。美国也好不到哪里去，加州的"死亡谷"气温打破了百年历史纪录，超过了50度，多地最高气温屡屡突破40摄氏度。

捷克易北河有一块"饥饿之石"，平常埋在水下，今年的高温和干旱让它冒出头来，身上的铭文警示天下：如果你看到我，那就哭泣吧！历史上它的现身，都是因为河道干涸，大地变成焦土，预示着饥荒时代即将到来，让人不寒而栗。

最辛苦的是空调，夜以继日地工作，平常舍不得让它工作的大爷大妈也豁出去了，不管被蒸得几成熟都是难受的事。

不用说，我们又遇上了个专家信誓旦旦所说的五十年、百年不遇的高温气候，现在活在世上的人，大概遇上极端气候比以前任何时期的生命都要多，不知道是幸运还是倒霉。

皮肤晒得像油焖大虾的我们，这时不再盼星星盼月亮，而是盼滚滚乌云、道道闪电和隆隆雷声。

我原本很喜欢这个季节。

每个人都有自己喜欢的季节。我喜欢秋天，秋天里又喜欢初秋与中秋之间的时段，一年过半，暑气渐消，金风徐来，"双燕欲归时节，银屏昨夜微寒"，就像人生刚跨过天命，阅尽了世间沧桑，看透了世态炎凉，懂得了云淡风轻，顿悟人生的际遇都不过是出现在生命中的一场场风景。于是，删繁就简，虚荣、烦躁、轻浮、纠结、忧伤落叶般离开，生命的枝头如释重负。

以往此时，人们还身着夏装，但已不觉得热，阳光似乎降低了些许温度，空气当然还是热烘烘的，但不再是那种似乎一点就能着的干燥，有了一丝丝的湿润，让鼻子感到通畅。我小时候的一个玩伴，每到夏天，清鼻涕就一天到晚挂在唇沟两边，还不停吹泡泡，我看着恶心，会埋汰他几句，他也不恼，迅速抬手抹一下,揩在鞋帮上,在阳光下闪闪发光。说来也怪,天气一入秋,他的清鼻涕就自动断流,像落下闸门,不知道是何原因。也许秋天这个季节本身就是一味药,也就是中医所说"人与天地相参,与日月相应""人以天地之气生,四时之法成"的理论。

秋阳温暖,爱美的女士仍打着伞走路,提防着紫外线在脸上乱涂胡画。操心的主妇在家里翻箱倒柜,开始给家人准备秋衣,该浆洗的浆洗,该晾晒的晾晒,该熨烫的熨烫,都说"一场秋雨一场寒",预防降温不期而至,季节变化最容易引发感冒。这个时候,我大抵逃不掉感冒一场,脑门烫得能熨衣服,用三四天的鼻塞与头疼来适应气候的变化,我把它当作一种身体的调节,直到来年春暖花开,都能保持健康,就像用一次小小磨难换取半年的平安。我也曾听取医生的劝告,打一针预防感冒,身体却不领情,似乎被某种东西压抑着,得不到释放,真不如痛痛快快地感冒一场。此后,我不再打这种针。能顺其自然时,就不要去试图改变自然,相信身体的能力,过多地用药物施以援手,会让人体的免疫系统变得懒惰。就像我们总是用电脑写作,变成习惯,再用笔写字时,发觉字都陌生得变形了。

在夏与秋的交界处,大自然似乎没有变化,但在人们的不知不觉中发生了变化,细致如宋人刘翰的诗:"乳鸦啼散玉屏空,一枕新凉一扇风。睡起秋声无觅处,满阶梧叶月明中。"

草木虫豸最能响应季节的翻页。

知了在我老家叫"沙竹龟",大概是它幼虫时在沙土里潜伏成长,一长就是三五年甚至十几年,等到要羽化时,便像龟一样爬上竹梢树枝,蜕去一层皮,凸眼黑背,敛着薄而透明的翅膀,精神抖擞。接着就拼命"吊嗓子",让它保持安静显然是天方夜谭,它生命的所有能量似乎就是用来歌唱,能吵闹一个夏天。其实这个"流浪歌手"的寿命很短,入秋它就完成了产卵,一只只从树梢栽落到地上,尸体横陈,很快被鸟吃了或被蚂蚁拖走,世界寂寞了许多。

蜻蜓这时候还活跃着,直升机桨叶一样的四张翅膀与蝉一样薄而透明,在大雨来临前成群结队地出现在水塘上方,飞升降落都像跳着集体舞。它们要到冬天才死去,聚集起来不是在作最后的告别,大概此时水塘里的幼虫都浮在水面上,正是它们大快朵颐的好时机。其实它们匆匆忙忙的样子,另有一项任务,我们称为"蜻蜓点水",不是它们讲卫生,要清洗漂亮的长尾巴,而是急着把卵产在水中,水塘是它们理想的产房。育于水中而活在空中,这是蜻蜓的本领。

沐着一身秋光走着,突然碰了一鼻子香味,知道遇着桂花了。

桂花的形象谈不上美丽绝伦,花瓣米粒般大小,一团一团地开得蓬勃,因而要欣赏它的美,不能一朵一朵地看,要一树一树地看,丹桂火红,金桂热烈,银桂高洁,秋风里风姿绰约。我想象着老家有一小院,桂花树不必多,一两棵便已足够,树下摆一壶老酒,沐浴在秋天的满月之下,这时夜风徐来,抬头看月宫里长着的桂花树,想此刻吴刚是否也在树下饮酒,旁边坐着妖娆的嫦娥,不时给他添酒,酒杯里掉进一两朵桂花,和着空气里泼泼洒洒的香味,他一饮而尽。

这样的秋天,老家的吃食里就多了桂花味,汤圆里的芝麻够香了,可还要在出锅时撒一撮鲜桂花。专门有一种桂花糕点,将桂花与米粉掺在一起做成。还有最著名也最传统的桂花糯米藕,不但南方人好这一口,现在北方也有很多饭店会做。藕未入口,一股清香已突入鼻腔,沁入心脾。

我喜欢将桂花与茶叶一起泡,春的蕙质与秋的灵魂相逢,一起在杯子里翻滚,像热恋中的情侣那样欢快地舞蹈,升腾的香味充满活力。

虽然今年的天气热于往常,但世间所有的猖狂都有时日,都会成为过去式,就像这天空,还是开始高远了起来,预示溽暑气数将尽。民间说"七月八月看巧云",天空宽阔深邃,云就多姿多彩起来,像瞬息万变的布景。蚂蚱还在蹦跶,渐感力不从心,知道留给自己的时间不多了,它相信秋天或许会迟到,但不会缺席。

秋天的虫鸣,可当音乐听,天籁响于耳边,丝丝缕缕的旋律,充满禅意,有些已是绝唱,给天地献上最后的嘹亮。如果此时有一阵豪迈的秋雨来,"滴滴答答"若送行的急促步履,三分温情五分凉意,还有两分是清欢。

岁月不居,季节轮回,时序往复,是天律。

2022 年 8 月 18 日

第二故乡

军人脚下有块地,叫驻地,亦称"第二故乡"。

在乡亲们将我披红挂彩、敲锣打鼓地送出村口之前,还不知道有这个"故乡"的存在。

17岁那年,我脸上的青春痘欲露还藏,下巴的胡子尚未破土,口袋里揣两块砖体重勉强凑够50公斤,穿上了没有领章的军装。一路舟车劳顿,两天两夜后终于到达目的地。驻地是个"岛",一眼望去,不见石头和茅草,而是霓虹和高楼,还有车水马龙。我很幸运,她是半城鲜花半城浪花的海滨城市青岛。

我到的时候,青岛已经繁华了很久。有意思的是,城市不是一马平川,密集的房屋依地势而建,随丘陵连绵起伏,像被黄海的强风吹皱了一样,一簇簇如同凝固的海浪。走在街上,都像在波涛里冲浪,偶尔头顶有一道银光划过,以为是白鹭,却是海鸥。更有意思的是,青岛不是青色的岛,而是彩色的岛,青砖黛瓦映衬碧海蓝天,让人难以搞清楚这座城市是按油画建的,还是建成了油画,连海边的礁石,都像是绘画大师精心放置的,奇形怪状,错落有致,美得夺人心魄。

新兵连的第一次集合点名,指导员个头矮小,面对我们一大片理成青皮萝卜的脑袋,嗓音洪亮、底气十足,他讲话更像喊话,声音震动耳膜,他说:"你们出校门进营门,在这里将实现由民到兵的转变,学好军事本领,百炼成钢,当一名合格军人。从现在开始,青岛就是你们的第二故乡,你们要热爱她、建设她、保卫她。大家有没有决心?"我们齐声喊:"有!"耳膜嗡嗡作响。

我挺着尚在拔节的身体,血液在燃烧,觉得少年的梦想开始闪闪发光,也明白自己从此不一样了,不再是不谙世事的孩子,也不再是青葱的学生,而是个要对什么东西负责的成人了。也就是说,以前在第一故乡能干的事,比如调皮捣蛋、摸鱼掏鸟、散漫拖拉、一觉睡到太阳晒屁股,在第二故乡都不可以任性而为。而且家族的根系没有延伸到这里,举目无亲,凡事独立,身边的众多"青皮萝卜"

还有待日后结成兄弟。虽然,心里有些许失落与惶遽,但有了责任感,人立即就像从懵懂少年变成了顶天立地的男子汉。

我身体素质不错,当的是潜艇兵。潜艇这个圆滚滚黑乎乎的铁家伙,被称作"水下幽灵",隐身在海里游弋,擅长神不知鬼不觉地搞伏击,让八面威风的水面舰艇提心吊胆,二战时出尽风头。它的肚子里像装着一座"科技堡垒",集各种仪器、机械、通讯、电磁、火力于一身,如果不熟练掌握驾驭技能,根本玩不转。于是,我们在当艇员前要先当学员,接受近一年的训练,包括思想、体能、专业等,紧张艰苦还要勤奋努力,潜艇部队流传着一句话:"刮不完的铁锈,学不完的潜构。"

一切都从头开始。入伍训练是脱胎换骨的第一步,从立正、走路、跑步、吃饭、睡觉,到说话、叠被子、礼节礼貌,我之前积攒的杂乱无章的生活习惯几乎被全部清零,一切都推倒重来,连小屁孩时在村边河沟里自学成才的泳姿"狗刨",都被纠正为标准的蛙泳和自由泳。指导员几乎每天都给我们鼓劲:部队是座大熔炉,训练和纪律都是一种"重塑"。我想岂止是"重塑"?分明在"塑"成后还要动刀雕刻。在大操场上一站三小时不动,青岛锋利的海风在割掉我们的耳朵之前,一刀一凿地将我们雕刻成"站如松,坐如钟,行如风"的军人形象。我们身上日渐的改变印证着指导员喊得有理,从前算是长大,现在才是成长,严格的训练和养成重新构建起我们井井有条的生命秩序。

一天上午,我正在操场上练军姿,寒风把我冻得咬牙切齿,指导员突然命令我去队部,他交代的任务莫名其妙:看报纸和喝水,不把两暖瓶开水全部干掉不准出门。我十分纳闷,自己一个新兵蛋子,不用训练却享受机关干部一样的待遇,是何道理?看指导员眼睛笑成一条缝,全然一副不怀好意的模样,我捉摸不透这算惩罚还是奖励,但嘴上仍然保证坚决完成任务。两个多小时后,我把一摞《人民海军报》从头版的日期看到报屁股的印刷厂,喝水这个任务却十分艰巨,怎么努力都无法将两暖瓶开水灌进胃里,而发胀的已不光是肚子。当我急得团团转,终于盼星星盼月亮把指导员盼来,说"你可以走了"时,我如蒙大赦,一溜烟窜进厕所。后来我才知道,那一年天安门广场要举行新中国成立35周年国庆大阅兵,按惯例潜艇学院训练团组成一支400人的水兵方队,指导员把我关进队部,是不想让受阅方队的头儿们将我挑走,送去北京集训。原因很奇葩,我平时喜欢把文字排得跟搓衣板一样,当作诗歌填在黑板报上,有一"豆腐块"还有幸填在《人民海军报》的角落里,在他看来我是个小人才,有点"老九不能走"的意思,用他的话说:革命分工不同。这就让我与大阅兵失之交臂。当我把欢欣鼓舞的受阅战友送上去北京的专列时,心里五味杂陈,委屈得要命,我错失了一次正步走过天安门广场的机会。

出了潜艇学院训练团的门,分配到潜艇部队,仍在第二故乡青岛。第一次出海,我极其兴奋,终于能见到不是直挺挺地躺在大排档里的鱼了。到了海上,却发现大海一点都不浪漫,也不友好,波涛汹涌,巨浪滔天,根本不能指望海风会轻轻地吹海浪能轻轻地摇,而且她还毫不留情地给了我一个"下马威",我被晕得天旋地转七荤八素。班长早我两年上艇,看我吐得天翻地覆,关怀备至,把垃圾桶挂在我的脖子上,递过一个午餐肉罐头,并神神秘秘地传授给我战胜晕船的秘诀,要想着自己是在公园里荡秋千,荡一下吃一块吐一口。我依言而行,却发现这哪是什么秘诀,更像是馊主意,可怜的胃增加了重量,似乎被荡得更高更来劲,直接撞在喉咙口,刚吃进去的午餐肉伴着苦汁倾泻在垃圾桶里。军士长厚道,也比较靠谱,说班长的经验是他自创的,不一定谁都适用,战胜晕船没有秘诀也没有特效药,唯一的方法是意志,越怕越过不去,挺住才能过关。意志的确是一种力量,当我打起精神,认为巨浪没什么了不起时,身体似乎立即舒服了许多。

我是报务兵,军士长命令我出升降口上舰桥检查一下天线。天线好端端的,不用检查,但我明白军士长的用意,他是让我上去呼吸几口新鲜空气,放松身心。站在潜艇的制高点舰桥上,身边军旗猎猎,眼前大海浩瀚,浪花飞卷,天空白云横渡,浪像是落到海的云,云像是卷上天空的浪,壮美景象震撼人心。艇长也在,他四十多岁,下巴壳刮得锃亮,举止儒雅,一点都不像指挥"水下杀手"的老大。他见我看得入迷,问我大海美吗?我说美极了。艇长说作为海军,陆地是第一故乡,大海是第二故乡,日后你会越来越喜欢的,还会舍得为她献身。他说得轻描淡写,我却犯迷糊,说好的青岛是我的第二故乡,现在大海咋又成了我的第二故乡?

后来,我再次踏进潜院进行从战士到干部的升级改造,毕业后辗转于宁波、北京、上海、舟山等地履职,可谓走南闯北,四海为家。漂泊的行踪中,我认清了一个理儿,军人的驻守之地都可称为第二故乡,都要渗进自己的热爱与忠诚,没必要第三第四地排下去,时间有次序,而排名不分先后。

苏轼说:"此身安处是吾乡。"对军人来说,职责在身,使命在肩,哪里都是驻地,哪里都可安心,神州何处不故乡?

2022 年 7 月 16 日

小溪坑的苦乐年华

江河是哺育人类文明的母亲。从这个意义上说,哺育我的故乡花塘村的小溪坑,是一位说话轻声慢语、外表其貌不扬、性格低调纯朴的母亲。若是枯水时节,看上去更是既单薄又瘦弱,涓涓细流似断非断,好像这个母亲"话"不多。

我刻骨铭心地爱着这条绕村而过的潺潺小溪流。

花塘村人不叫她"河",也不叫"溪",而是称"溪坑"。百姓的口语总是十分准确,平时水势不大,缓处深不过膝,水面像一条展开的白色缎带,轻轻地颤动着;湍急处形成几米落差的小瀑布,哗哗水声如浅吟低唱,惊动不了十米开外的树上麻雀。溪水流量小,便没有足够的力量冲击成潭,只能碰撞出些坑坑洼洼,最深的也只有两米多,大鱼不生,蛟龙难居,更招引不来风云际会,不过水质清澈凛冽,一滴滴都是从深山泉眼里咕噜出来的精华。

莫看溪坑浅,小到不起眼,却储满了我童年的快乐与笑声。那个时候,水流比现在湍急,带点小浪花翻滚着往前走,遇石崖倾泻而下,形成一个接一个真正的水潭,碧绿透明,风乍起,波光粼粼。

夏日天气燥热,面对玩水的诱惑,儿童没有丝毫免疫力。即使在父母的眼皮底下,小伙伴们也只需一个眼神,便心领神会,假装去给猪打草,待身子仄出家门,便迫不及待地冲向水潭。到了岸边,把竹篮随手一扔,脱下短裤藏进草丛里,只听扑通、扑通几声水响,淘气包们已一个个赤条条地跃进水里,比憋气、摸小鱼、扎猛子、打水仗……忘乎所以,乐不可支,不待日薄西山坚决不上岸。姜还是老的辣,父母何等精明,虽然短裤是干燥的,脸上也一副无辜的表情,但竹篮诚实,空空如也,便抓过我们的小胳膊用指甲一划,皮肤上出现一条白道,证据确凿,岂容抵赖?没"划划水"才怪!因常有邻村或哪儿孩子溺水事件的发生,挨顿骂是免不了的,吃顿胖揍也有可能。卧在栏里的"二师兄"更可怜,饿得一夜哼哼唧唧不睡觉,第二天看人的眼神都满是怨恨,有给大人火上浇油的嫌疑。我等熊孩子光长身体不长记性,消停几天后,便忘了汲取教训,看见溪水又是心痒难忍,遂故技重演。我学会游泳,就是在小水潭里得到启蒙教育,并自学成才,只是直到当了潜艇兵,得到正规训练,才改掉了狗刨的姿势。当然,也知道了男人该有的难堪和害臊,不再"裸泳"。

那时候,村里还没有通自来水,溪坑是天然的"洗衣机",每天都会聚集着许多"浣衣女",每人找块岸边平坦的石头蹲下,把竹篮或者木桶里的衣服倒出来,放在水里浸湿,铺在石头上打好肥皂,再团成一团,举起手臂粗的木槌,使劲捶打,噼噼啪啪的声音在山谷回荡。这种声音会吓跑胆小的鸟雀,却能招来某些热切的目光,在附近田里忙活的小伙子,这会儿挂着锄头傻乎乎地盯着看,忘了手头还有许多农活要干。有时候,会有女子把长长的头发披散开来,放在水里清洗,花衣、碧水、长发,加上倒映在水里的清秀面容,组成一幅图画。小伙子只恨自己的脖子太短,伸不到溪坑上空去,哈喇子流了三尺长。

每年冬天,农村家家户户要做豆面,自己要吃,走亲访友当礼物,也可以卖点儿小钱。我们说的做豆面,实际上是制作番薯粉条,老辈把番薯粉条称为"豆面",实际上跟"豆"没有一毛钱关系,后辈明知道是错的,也将错就错接着叫。正宗的临海名小吃"豆面碎",它是主角。外地人看不懂,走进小吃店,说来一碗粉条,临海老板娘要么说没有,要么理解错误,端上一碗麦面。

做豆面有两道工序要在溪水里完成,一道是把番薯放在水里清洗,一满筐番薯,用笤帚使劲洗刷,番薯在筐里翻滚,流水正好把洗下来的泥和皮冲走;另一道工序比较复杂,必须在水里搭起三脚架,再将两根木棍扎成十字架,把一块滤布绑在木棍的四端,做成一个巨大的筛子,悬挂在三脚架上,再将提前磨成粉末的番薯粉加水倒进滤布,人站在旁边,抓住木棍的两端不停地摇晃;经过过滤的番薯粉流进下面的大木桶,成为番薯浆;沉淀数日后,倒掉上面的水,留下的便是做"豆面"用的淀粉。干这活能把骨头累散架,最难以忍受的是溪水,冰冷刺骨,像有无数的钢针扎进皮肉,家境好的穿一双胶筒靴,家里穷的就只能赤脚泡在水里,不一会儿双脚也被冻成"红薯",脚趾要掉下来的感觉,钻心地疼。大人也冷,但他会给嘴唇乌紫、直打哆嗦的孩子传授宝贵的经验:冻麻木就不觉得冷了!

如果遇到下雪天,空中雪花纷飞,三脚架、大木桶、不停晃动的白色滤布,在溪水里一字排开,大人呼小孩叫,蔚为壮观。可谁又能体会到,这幅美丽的画面背后,隐藏着多少生活的艰难困苦?

溪坑的上游,原先修有水坝,村民称之为"大坝",水面开阔,水深七八米,养着许多鲫鱼,成群结队地游来游去;若是中午,还经常能看到大如斗笠的鳖,浮在水面上晒太阳。调皮是孩子的本性,捡起小石子打它,大鳖仍无动于衷,只有偶尔被击中,它才懒洋洋地潜回水下。这个水坝让下游的溪坑从不枯竭,也让周边的农田高产丰收。

后来,全国掀起"农业学大寨"的高潮,好不容易修筑起来的梯田被排山倒海的洪水冲了个乱七八糟、一塌糊涂,大坝被夷为平地,泥沙让溪不成溪,坑亦无坑。至此,"浣衣女"这幅美丽的图画消失了,男孩子们的"水上乐园"消失了,做"豆面"的情景消失了……一个善意但鲁莽的举动,好心办了坏事,给溪流造成了无可挽回的创伤。

一晃几十年过去,溪坑的水还在静静地流淌,又逐渐把泥沙荡涤,河道露出了部分本来的面目,溪草萋萋,怪石嶙峋,成群的野鱼在水里游动,不时翻一翻银亮的肚皮,小鸟扑着翅膀站在溪边饮水,掀开一块石头,小小的螃蟹四散奔逃。往昔的生机,正在慢慢恢复。可是有些失去的,可能永远都不能回归。

经历劫难的溪坑,如大病初愈,但仍显得羸弱消瘦,让人心痛。不过,大难不死,后福总会在人们的期待中到来。

浙江启动"五水共治",是个好主意。河是大地的母亲,也是滋养万物与人类的母亲,无论是出于感恩,还是造福子孙后代,我们都有责任和义务,用自己的双手,把母亲打扮得清新靓丽、丰姿绰约、仪态万方。

有一个好消息,临海市水利局把花塘村的溪坑列入了改造计划。我也见到了设计图纸,有人工坝体,清泉石上流;溪边有茵茵草坪,绿树成行;还有漂亮的游步道,通到山上,也仿佛通向未来。

一条青春的溪水,将缓缓流过花塘村。

2020 年 3 月 8 日

溪坑今昔

花塘村的溪坑，如一根银色绶带从村边飘逸而过。

原本取名"兰溪"，有点儿讲头，由于村民一概姓金，为金华兰溪金氏后裔，不知道当年先祖是为了躲避战乱还是纯粹为了替家族开枝散叶，有一脉迁居此地，繁衍生息，故刻意让溪流与祖居地重名，以示纪念。因此，这条小溪承载着浓厚朴素的怀乡情感和一段悠远的历史，还有那个先祖为何来此的谜。

现在"兰溪"成了小名，年轻一点的人都不知道溪坑还有这名字，注册在档案里的大名叫"五村溪"，盖因溪涧源于百罗山，起于五村村，不知哪个工作人员是马大哈还是大马哈，大笔一挥，就把村民的念想一笔勾销了，既定事实。名字说到底只是个符号，注销不了的是兰溪流域有五座资深的石拱桥，虹卧于涧水之上，模样大同小异，全以石头砌筑成半月形，桥面揿着密密麻麻的鹅卵石，桥下面胡子一样倒挂着长长的青藤，何其相似乃尔，像一奶同胞的"亲兄弟"。

要说这些桥的最大特色，就是古老得无人知道其年龄，但也有蛛丝马迹可寻，从上游依次往下游排，末座"老五"是兰桥村的一座石拱桥，它的缝隙处长出一棵骨瘦如柴的梅树，生于隋朝，称"隋梅"，与国清寺那棵著名的隋梅出生于同一个乱哄哄的朝代，生命力也同样顽强，只是身形无法企及，毕竟生于豪门还是诞于寒家不可同日而语，条件悬殊，营养不足，石头缝穷得连土都少得寒碜。这样掐指推算，老桥起码寿高1400多岁，沐浴过十几个朝代的风雨。当然，古时候造桥是大工程，限于人力物力财力，五座桥不一定是同时期建成的，但前后也不会相差几个世纪。这么老的资格，别说它们称得上周围后建桥梁的祖师爷，若论资排辈，岭下村已没有任何固定建筑可以在它们面前摆谱。

沧海桑田，老桥送走了多少个季节交替、岁月轮回，陪伴过多少茬村民走过春夏秋冬，包括从它身下淌走了多少流水，就不是掐指能计算出来的了。诚然，我们中华文化有着崇老敬尊的传统，就凭它千年默默造福路人的这份功劳，风雨不动坚守使命，每个从它身上踩过的人都要恭行瞻礼。

老桥的周边，山以永恒的姿态站立着，草绿树茂，雨雾中不断吐故纳新，却因个头不高，多岩少土，涵水量有限，能保证送下山来的每一滴水都是新鲜的，但不能保证四季长流不息，也就是说能保质却保不了量。当然，山泉流量随雨季和旱季的变化而变化，但大致保持着同等规模，只有那么一小股，落崖过坎就像一群蹦蹦跳跳、活泼欢快的山里娃，似乎对将要去的远方充满渴望。作为溪流，就像老实人也有发怒的时候，那就是来了一场倾盆大雨，山洪暴发，短暂地显示一下排山倒海的狂野气势。

溪涧是我小时候与伙伴们心驰神往的地方，冲击出来的水潭，足够娱乐我们的童心，光着屁股比赛水下憋气，石缝里摸鱼，打水仗，从高处往下跳，在水里翻跟斗，以及在陆地上做不了的各种杂技，一潭水让我们搅得水花飞溅，泥沙泛起，像一锅沸腾的浊汤。

大人不会像我们这般淘气，他们视水为生命之源，指望它养育村里的几千亩土地。早在20世纪30年代初，毛泽东高瞻远瞩，就在江西瑞金指出"水利是农业的命脉"。伟人之所以为伟人，既有高屋建瓴的战略思想，又有调度全局的指挥艺术，言简意赅的几个字，一针见血，直指要害。新中国成立后，各地掀起了兴修水利的热潮，我们村也不肯落后，选了一处山与山夹面最窄的地方，村里男女老少齐上阵，肩挑背扛，钎撬锄刨，筑起了一道大坝，拦截了水流。大坝不大，库容只有十几万立方米，可也算作微型的"高峡出平湖"，碧水微澜，汪洸荡漾。村民继续开沟挖渠，引水入农田。水真是好东西，不让它们立即奔向远方，就能在眼前创造价值，不但让旱地变成水田，番薯换种水稻，还让许多事物或从无到有，或鸟枪换炮，村里电通了，灯亮了，电机唱起来，石磨咿咿呀呀响了几千年的声音终于歇下来，像曲子停在休止符上，历史翻开了新的一页。我家原本种蔬菜甚至苎麻的几分自留地也种上了水稻，虽然遇到干旱水库里的水还是不能敞开用，有时候得等到半夜去放水，但毕竟基本上旱涝保收，村民碗里的粗粮杂粮变成了白花花的米饭。

不承想，历史走了回头路。20世纪70年代初，"农业学大寨"的红旗迎风飘扬，到处都是改天换地、气壮山河的生动画面，山上造出了层层梯田，蔚为壮观。可好景不长，大自然的惩罚来得突然又毫不留情。某天夜里，暴雨如注，第二天村民起来一瞧，"大寨田"像遭受了一次"空袭"，狂轰滥炸之后满目疮痍，山洪将梯田冲了个稀里哗啦，泥沙席卷而下，让大坝遭受灭顶之灾，淤平坝顶，可当操场用。水库里倒霉的鱼怎么也想不到，"城门失火，殃及池鱼"，被火殃及也就罢了，水也会殃及自己，真是没有天理！鱼们纷纷向旁边的田地和下游夺围，心理脆弱的投岸自尽，反应迟钝的被埋在泥沙下，可能要到亿万年后才会以化石的形态重见天日。无水可用的农民欲哭无泪，水田又变回旱地，水稻换回番薯，电断了，灯灭了，电机成哑巴，石磨倒是没有起死回生，村民要舂米研粉，挑到外村的水磨厂去。

一条不起眼的小溪却承担着民生的重任。

"逝者如斯夫"，时光如水流淌，一晃送来了新世纪。

通过溪流经年累月的冲刷，除了瘫痪的大坝仍残在原地，溪坑逐渐显露出原来的模样，嶙峋的溪石和人工汀步重现，身上自带斑马线的小石斑鱼又出现在水里，似乎各种动物都在纷纷"返乡"，生态有了好转。但是，遭受过浩劫的溪坑已被毁容，乱石遍布，垃圾堆积，杂草丛生，没有孩子愿意下水扑腾，不堪之态着实让人扼腕叹息。还有河床下切，局部石砌护岸基脚被掏空，部分简易堰坝被冲毁，再有洪水突至，可能危及周边农地。

浙江实施"五水共治"策略，其中一项是"防洪水"，临海市水利部门专家到溪坑考察，觉得无论从溪坑的源头性治污，还是从防洪排涝的安全性考虑，都是关系到民生以及环境治理的大事。于是，改造计划和方案很快出炉，工程立项，资金落实到位，2022年春天推土机隆隆开进溪坑。

溪坑要扩展，两岸都是村民的田地，各种农作物郁郁葱葱，涉及土地征用与青苗赔偿问题，村干部觉得可能会费上一番口舌，如果农户要价太高，而村里家底薄，矛盾不好解决。可没想到事情出奇地顺利，绝大多数村民觉得这是功在子孙后代的大事好事，举双手同意，并有义务有责任倾力支持。就这样，溪坑改造按计划按时顺利推进。

走了一个夏天又一个秋天，焕然一新的溪坑已成为花塘村一景。护岸基脚得到整体修葺，提升了抗冲击能力，岸边人家不用再提心吊胆。新建的堰坝追求造型新颖美观,近年特别受人追捧,叠叠而上,形成层层小瀑布,既让人耳目一新,又改善了溪道的自然生态环境。溪岸上也有许多亮点,新建了曲折回廊,游步道平坦悠长。路上遇到一位老村民,他说"以后可以到这里散步了",我知道村民原先没有散步的习惯,吃不饱时没东西消耗,吃得饱时舍不得消耗,现在吃得饱又吃得好,就必须消耗,但没有地方可供他们消耗,溪坑的改变,就有可能同时让他们的生活习惯变得更加健康。步道旁种植了绿草、山茶和桂花,有了"岸芷汀兰,郁郁青青"的景象,洁白的大理石护栏站立如整装的卫士。不只这些,还有亲水石阶,孩子们可以下去嬉水,已有成群的小鱼游来游去,堰坝能够留住这些水中的小精灵,提升了溪流的观赏和娱乐功能,初步实现了镇里提出的"水清、河畅、岸绿、景美"的要求。

　　一座新建的小巧休闲凉亭伫立在溪畔路旁,传统风格,六角攒尖,檐牙高啄,亭内放置着一张石桌与四只石凳,桌面刻有棋盘,老人坐在这里不但可以歇脚闲聊,兴起时还可以捉对厮杀几局。的确是恰到好处的布设,对弈起来,耳边溪流鼓瑟,三面青山观棋不语,想必别有一番情趣。村里几位长者提出,这么漂亮的亭子一定要起个好听的名字,光秃秃的柱子上也要镌刻上几副对联装点,显示审美追求与文化内涵,鼓励我撰写。撰联作对非我所长,但谁让我搞了半辈子的文字工作呢?盛情难却,只好勉为其难。说来也巧,一只白鹭从远处飞来,落在溪石上,身姿绰约,动作曼妙,可在溪坑重修之前,是很难看到这种生灵光临的,说明它也是受到了水清溪美的吸引。于是,触景生情,脑子里灵光一闪,起名"栖鹭亭",希望今后能有更多的白鹭慕水而来。而撰联却颇费脑筋,考虑到抬头可见巍峨玉峰山,而村里有一片池塘,名叫"花塘",村以塘名,就叫"花塘村",一山一水是本村的标志性景观,遂成一联,上联为"花塘承雨露泽善涵芳猷",下联为"玉峰昭日月立德曜华章",有借山借水劝引后辈以善待人、以德行事的意思。凉亭有六根柱子,觉得意犹未尽,主要是四周环境景色宜人,对联应与之相谐,情景交融,于是再撰一联,上联为"青山不老重峦耸翠千秋画",下联为"绿水有情层流叠韵万古琴"。对仗还算工整,文意也算粗通,但算不上精妙,不足为奇,亦不足为训,只能算是给了村民们一个交代。恰好村里在临海市内有位写得一手好行书的书法家金峰,写字的任务就交给了他。金峰专程赶到凉亭丈量尺寸,回去后展纸挥毫,笔走蛟龙。我看到他发在朋友圈的字体,潇洒遒劲,张弛有度,笔力纵横,酣畅淋漓,立马给他点赞。

  溪流仍像银色绶带从村边飘逸而过,半月形的古桥也依旧卧于其上。溪还是这条溪,桥还是这座桥,就像"今人不见古时月,今月曾经照古人",我们见过旧溪老坑,但古人未见过它崭新的面貌。

2022 年 11 月 6 日

民谣如歌

在家乡的文化绿洲上，有一丛花开得特别烂漫，就是民谣，传唱于乡间，如一朵野花，摇曳生姿，馨香怡人。

朋友陈洪秀先生在老家当了一辈子教师，退休后笔耕不辍，时常写点回忆小文，放在朋友圈里娱友和自娱。我最喜欢他搜集整理的流传在大石地区的民谣，他有时一次发几条，多时发出十几条，读着既让人觉着很是亲切，还能勾起我童年时的美好回忆，老乡聚会甚至可以用来佐酒。而且，我认为这是很有意义的事，记录下来，流传下去，免得这些精彩的口头文学湮没于街巷。

民谣都有出处，有自己根植的土壤，有自己的受众，带着浓厚的本乡本土本方言的独特色彩，像长在石板街缝隙处的野草一样自然贴切。虽然进不了教科书，但她是民众从生活中采集、总结、提炼、创作出来的精华，属于古老的民间文化，也就是乡土文化的根。有些精彩的词句，与《诗经》一样，讲究节奏和韵律，注重内涵和意象，以文明的方式，传达与生活的种种感受。她每一首都受一方水土的滋养，也带着一方水土独有的风味与气息，朗朗上口，幽默风趣，生动活泼，颇耐寻味与咀嚼。

有些民谣我儿时也会当作儿歌那样唱，与小伙伴一起，唱得十分带劲，因为她贴近我们的生活。基本忘了是谁教的，其实根本没有人专门教授，反正大家都这么唱，听得多了，相当于口口相传，也就学会了。至于谁创作的，没人在意，反正不是我辈，而是上辈，或者是上辈的上辈，就像诗歌的祖宗《诗经》，辈分越高，诗作者越难以寻找。

大石的民谣很多，题材丰富，涵盖了农耕生产、文化娱乐、家庭生活、职业技艺等方方面面，恐怕连陈洪秀先生也难以尽收。这里挑选几首，撷英咀华，权作回味。

因方言与普通话的发音像大石与北京一样相距遥远，加上方言土语千差万别,单是小小的一个大石山区,就三里不同音,十里不同俗,甚至此村讲不了那村的话,同一个字不发同一个音,比如说"我",本村的发音"我",翻过一座山,他们的发音"何",而跨过一条河,他们的发音与"俺"差不多,说得地道的连拼音都拼不出来。于是,就出现了这种情况,很多自创的语言,有音无字,字典里根本找不到这个字或词,就像粤语中有许多以发音造字。

因此,我在尽量保持其原汁原味的基础上,对个别的确无法查找的字或词,将其做书面化处理,用基本相同的语气词或语义词来代替,希望通俗易懂,更容易理解其中的精髓。

一

在电视机、录音机等尚未普及的年月,民谣是我们童年的流行歌曲,挂在嘴边,走到哪唱到哪,没有伴奏,只有清唱。

每年收割完水稻或者麦子后,如果缺肥,农民会将部分稻秆、麦秸或者秋天衰黄的枯草堆在田间地头焚烧,积攒草木灰,作为下一季农作物的天然养料,且能有效减少田地里的病虫害,是保证丰收的关键。火点燃之后,风一吹,烟火冲天,浓烟滚滚,四处弥漫,呛得大人小孩涕泗滂沱。大人躲得远远的,而孩童天性调皮,倒觉得很好玩,纵是眼睛都快被熏得睁不开了,仍迈开粘满泥巴的双脚,冲到火堆旁,手舞足蹈,神气活现,山谷里回荡快乐的童音:

火烟火烟,
莫焜大人边,
莫焜小人边,
垂垂直直升上天。

"焜"即"熏",意思明白无误,希望烟能听从自己的指挥,形成一根烟柱直直地升上天去,别熏了大人熏小孩,在这里捣乱。烟雾当然不听人的话,它听风的,该往那边去还往那边去。田里的农活是繁重辛苦的,但有孩子在一旁无忧无虑地又唱又跳,农民劳累似乎能减轻了一半。民谣的天真与浪漫,在这里表现无遗,同时描述了劳动者在田间地头的劳作场景,表达了农民苦中作乐、苦中有乐的乐观态度,朴素而真切。

不只"烧荒",凡有烟火处,都适合唱这首民谣。

二

下面的这首民谣,则有几分悲凉。

可怜可怜实可怜,
后门山角种冷田。
脚水牛栏慢慢担,
邋遢屋里吃冷面。

这就有点儿感叹自己生活的辛苦、穷困与无奈了,相当于叹息一声,对自己不堪的境况由衷地发几句牢骚。

门是后门,开门见山,而在山的角落里有自己的几分冷田。所谓"冷田",就是依靠山泉浇灌的农田,偏僻而贫瘠。"脚水"不是洗脚水,人畜粪水的统称,显得文雅。"牛栏"就是牛棚猪窝里沤的肥料。"冷田"再偏远冷坳,也不能让其荒芜,便挑着这些沉重而又臭气冲天的肥料,循着崎岖陡峭的山路,一步一个脚印地慢慢往上爬,气喘吁吁,又大又沉的汗珠摔在石阶上都叭叭带响,汗味儿与粪味儿很上头,连绵不断地飘到数十米开外,就这样一趟又一趟地把肥料全部运送到田里。担"脚水"在农村是重活累活,每个山民的腿肚子都青筋暴凸,肩上老茧隆起有一寸厚,腰弯背驼,都是挑担时留下的印记。好不容易干完活,收工回家,饥肠辘辘,还不能大碗喝酒、大块吃肉的,更没有山珍海味犒劳他,肮脏杂乱的家里,只有一碗凉了的面条等着他,也只能拿它聊以充饥了。

说是牢骚,叫人想起那句"遍身罗绮者,不是养蚕人";说是自嘲,也许更准确,两肩挑起全家的生活,干的是重活,吃的却是粗食。农民的负担之沉重,生存的不易与艰难,由此可见一斑。

三

民谣是生活的真实写照,有时候它对生活细节的撷取,信手拈来;对口语生动的运用,不加雕饰,不做任何刻意的渲染,像是在不经意中,便将赋、比、兴的手法运用到了炉火纯青的程度。

推磨"嘤盎",
磨粉搞羹,
吃肚里尪浜。
尪浜狗,翻跟斗,
一翻翻到外婆门扇后,
外婆连忙烧点心,
尪浜狗吃得肚皮饱墩墩。

"嘤盎",这里做象声词用,指推磨发出的声音。这种石磨在农村很多,谁都不陌生,凿出来的磨道按规律排列,中间留一孔,将需要研磨的食物从孔中填进去,上下两片对合,磨边装一根木柄,北方人一般就一手抓着这根木柄带动石磨旋转,而南方人更多的是在木柄上再按一个丁字形木架,两头用绳子固定在屋顶的横梁上,人推木架上的横杆,带动石磨旋转,横杆三尺长,可以一人推,也可以两人一起推。这种推磨法利用的是杠杆原理,能省不少劲,只是需要一些技巧,也就是用巧劲,否则出了蛮力,石磨仍然纹丝不动,再一使劲,猛不丁的木架榫头脱离凹槽,力道收不住,跌人一趔趄。我儿时家里做豆腐,要先将黄豆磨成浆,就得与哥哥或者姐姐一起推,得费不少力气。推磨很能锻炼人的臂力,一推就是一两个钟头,不比现代人去健身房埋头拉铁块轻松,可能还要累,因为时间还要长。因此,经常推磨的人的胳膊格外强壮,农民都知道不跟专业做豆腐的男女比臂力,我小时候连跟他们的孩子都不掰手腕。

一片"嘎吱嘎吱"的石磨声中,农妇将磨好的面粉用来做菜羹,孩子吃得肚皮圆滚滚的,"尪"意为弯曲,凸起的肚子让身材都变了形。"尪浜"是土语,"尪浜狗"是孩子像挺着肚皮的小狗,土语中对孩子的昵称。吃饱的孩子自然闲不住,躬着身子翻跟头,结果翻到了外婆的家里,外婆见外甥来了,喜出望外,连忙给心肝宝贝烧点心,馋嘴的孩子不拒绝美食,结果又吃了一顿,撑得肚皮饱墩墩、鼓囊囊。

母亲的勤劳,孩子的顽皮,外婆对外甥的宠爱,跃然纸上。

四

民谣有时候会包含着谚语,有节气,有农事,有时甚至该做什么家务都用顺口溜的形式表达出来。比如:

廿四掸棚壅,
廿五赶长工,
廿六做馒头,
廿七落河头,
廿八斫担柴,
廿九请老爷,
三十由你嗟。

这是对腊月里何日做何事的安排。二十四日要大扫除,把角角落落里的灰尘都掸干净,还包括彻底地洗个澡。二十五日给长工们放假,结算工钱,让他们也回家团圆。二十六日家家户户开始蒸馒头、包子、花卷,留待春节吃。二十七日是河头村大集的日子,去采购年货,这一天把春节要用到的物资全部置办齐全,包括给当家的换套新行头,给儿子买双新棉鞋,给女儿扯身新褂子,还有鸡肉、羊肉、猪头肉、春联、炮仗、红灯笼等。二十八日上山砍一担柴火,春节来客多,烧饭煮茶频繁,用柴量大,以备不时之需。二十九日是请神的日子,感谢各路神灵的保佑,比如分管一应家庭事务的灶王爷、主持农业生产的土地爷、负责财政收入的财神爷,以及原先虽然是老外,但办了东土常住户口后一直罩着世间所有人和事的观音菩萨等;列祖列宗当然不能落下,过年了要让他们吃顿好的,以表孝心;今年即将过去,在大家的共同努力下,诸事和顺,人畜平安,希望来年再接再厉,各负其责,积极工作,让明天更美好。大年三十是除夕,旧年的最后一天,终于可以休息了,神要慰劳,人也要犒劳,不能亏了嘴,这一天全村的烟囱都烧得通红,炊烟不熄,空气中香味缭绕。这一顿年夜饭美食无数,平时舍不得吃的都上桌,全家人团聚一起,放开肚皮招呼。

有些主妇不记得哪天该做什么,让孩子唱一下,就想起来了。我妈有一次在廿五那天不知道要干啥,就问我,我像背唐诗般朗诵了一遍,她恍然大悟,说民谣一定是新中国成立之前编的,当今社会已没有了长工。但她说完就让我打短工,把鱼剖了鳞刨了,我照办,小手冻得通红,挣到一毛钱,当了一回打工仔。

五

有些民谣反映的是一些生活现状,非常具有代表性,特别是一些村子相对贫穷,婚姻问题成了"老大难"。

> 有因莫嫁五景岙,
> 青松毛丝满锅灶。
> 松花麦糕吃勿要,
> 眼泪焜得嗒嗒掉。

这首民谣有点儿损!五景岙是一个村子名,农村靠山吃山,但他们山少树稀,做饭缺柴火,灶膛里用来引火的松针,还是湿漉漉的,当柴烧会冒出滚滚浓烟,人被呛得眼泪横流;连烧火都没有木块,还指望能吃到像样的食物吗?更别说美味佳肴了。紧接着,民谣揭秘了,这里的老百姓吃松花掺面做成的麦糕,顿顿如此,吃到难以下咽。

本人在五景岙有亲戚,时常走动,这几户人家儿子少则两三个,多则四五个,虽然生活过得窘迫,日子紧巴巴的,但不至于揭不开锅,也不至于柴火不够做不成饭,当然更不会顿顿都吃麦糕,后来他们也接二连三地娶了媳妇,让我对这支民谣所反映的真实性存疑。有道是无风不起浪,也许,民谣里的光景,是以前遥远年代的景况,咱没经历过,不便置评。编这民谣的人,如此嘲笑村里的小伙子们,我担心他会被五景岙村的光棍汉们痛扁一顿。好在民谣的作者都是无名氏,无法详考,更没地儿寻去,也就逃了被臭揍的命运。

六

还有一个也是民谣劝姑娘们不要嫁的地方,不是地方偏僻,而是经常发大水。

于是,民谣如泣如诉。

> 有因莫嫁溪西洋,
> 金瓜梗豆鬓打鬓。
> 大水退去没的吃,
> 大儿小因哭当央。

溪西是一个村,在始丰溪的西边,故称溪西,地势低,又没有像样的拦洪坝,是发大水容易被淹的高风险区。据说,洪水来袭时,树杈、屋脊上都是人,场景着实好笑又可怜。大水给他们逼出一个习惯,将地里收来的南瓜、豆角等都腌在鬓里,密封,一个挨一个摆着,尽量保证食物的安全,免得被不期而至的洪水浸泡了没法吃。

我没去过溪西村,有老师和同学来自该村,只知道他们水性都很好,虽然姿势也属于狗刨,但四脚倒腾的频率比我们都要快。还有,按照此民谣的说法,他们爬树上房的动作也应该比我们麻溜,这也难怪,熟练掌握几项避险的技能可不是闹着玩儿的,攸关大水退去后是否要到水底或者下游寻找他们的大问题,是赖以保命的本钱。至于食物是否像民谣里描述的那样把南瓜、豆角都腌在鬓里,本人没有询问和考证过,但民谣走的都是现实主义路线,想来也不会离谱得太多。水灾是天灾,到人间闯祸,防不胜防,村民止损的办法再多,也基本无济于事,大水一来不是被冲走,就是将物品变成废品,家里像遭了劫,满地狼藉,本来物资就不多,一贫如洗,这下被洗得更彻底,小偷强盗进门都没这么恶劣。孩子们饿得天昏地暗,叫天天不应,叫地地不灵,只能哭作一团!

民谣不是瞎编,是生活的一面镜子,映照出某一地的某一特点,有感而发,记录着民风民情民意以及生存环境,也让我们体味到先人生活的艰难,以及生命在天灾面前的无助与弱小。

七

民谣里的童谣占了很大的比重,大人可以被生活重压,为油盐酱醋没有着落而忧心忡忡,为明天的生计而愁眉不展,但必须让孩子开心快乐地成长,这是十分要紧的事。因此,街头巷尾、地角田边就有了童稚的笑声,当然不是绝对的撒手"放羊",也有严厉的管教。

>锣鼓响,
>脚底痒。
>我想去,
>姆要打。
>偷偷摸摸跑去看,
>打屁股等天亮。

祠堂开戏的锣鼓敲起来了,儿童听到脚底发痒,迫不及待想去一睹为快,看戏自然不是目的,舞台上的戏剧根本看不懂,主要是去凑热闹,与小伙伴们一起狼奔豕突,闹腾个天翻地覆。知儿莫若娘,她当然明白儿子的这点小心思,也许是禁止他去捣乱,也许该干的事没有干,威胁说去了就要挨打。孩子可不管这一套,趁娘一个不注意,朝祠堂方向溜之乎也,要打屁股是吗?那就等明天吧。

很有意思的童谣,你不让去,我偏要去,偷着也要去,气死你也阻挡不了行动的脚步,这就是儿童的天性和童年的任性。我小时候有过这样的体会,作业没写完,而祠堂的锣鼓响了,母亲说作业不做完休想去,我的心思早飞到祠堂里去了,一分钟都坐不住,可母亲虎视眈眈地监督着,我心里像猫挠似的难受,趁母亲回头干别的事的工夫,甩开"飞毛腿",以超音速的速度一溜烟地跑了。也许回来会挨顿骂,更严重的会吃个"爆栗子",可那都是明天的事,今朝有戏今朝看,不管明天骂与揍。

这支童谣能将儿童的小心思细致入微而又活灵活现地刻画出来,真是诙谐有趣,妙不可言。

  一二一,
  洋枪扛背脊。
  操练我不识,
  吃饭我第一。

扛着洋枪操练,这大概是旧军队的训练场上的情景,当兵不是为了打仗,而是为了填饱肚子,一副酒囊饭袋的样子。旧军队没有了,民谣变成了童谣,调侃小屁孩啥事不会干,只知吃饭,不再有讽刺的含义。

但也有例外。一次,村里一个年轻人高中刚毕业不久,跟着父亲去给菜地锄草,因尚不熟悉田间劳作,锄头不应手,锄了杂草也锄了不少菜苗。父亲看到气得脸色铁青,他却不是劈头盖脸地训斥,而是唱上了上面的童谣,语气里满是奚落。小伙子面红耳赤,一言不发,我想他的心头是非常难过的。

当士兵要会打仗,做农民要会农活,这是起码的道理。

八

游戏的乐趣当然在游戏,可当游戏有民谣的加盟,趣味大增。

  藏子藏葡萄,
  藏在手里捏捏牢。
  莫听天上猫咪叫,
  莫听地上狗在嚎,
  哪去哪去了?

这个游戏叫"猜石子"。一人把小石子或者其他小玩意儿藏在一只手里，藏的时候让对方抬头看看天，低头看看地，自己趁这工夫把小玩意儿倒来倒去，然后伸出双手，才让对方猜藏在哪只手里，二选一。也有作弊的，将小玩意儿藏在帽子、衣服口袋里，无论猜哪只手里都没有。我喜欢猜，他如果藏在手里，我就说在你长痦子的这只手里；如果知道他藏在口袋里，我就说藏在你开线的那个口袋里，他会立即看手，哪有痦子呀？或者立即查看口袋哪里开线了？此地无银三百两，暴露了藏子的所在，还一脸蒙圈，以为我不是会算就是能透视，佩服得不得了。此招屡试不爽，但在一个人身上不能多用，否则就露馅了，最笨的人也会发现是你诈他。

一个小小的、简单得不能再简单的游戏，都有人为此编出一支天真烂漫的童谣来，让游戏变得十分有趣味。这也说明，劳动者对待生活中的每一个片段，都充满着激情和热爱，散发着一股子精气神。不能不说，童谣虽为街巷俚语，却也折射着智慧的光芒。

儿时好游戏，边游戏边嚷嚷，跳皮筋、翻花线、踢毽子、丢沙包、抢房子等，有些有相应的童谣，有些没有，有些我已记不清了。在电子产品普及的当下，孩子们宁可唱流行歌曲，也已不愿再吟诵这些土得掉渣的童谣了。

民谣内容丰富，有些甚至有着一定的史料价值与文化价值，是散落在民间的民族文化遗产，要想遗而不失，做一些挖掘和整理是十分必要的。

民谣如花，虽然是开在山旮旯里的野花，也莫让其于风中白白凋零，留些种子才好。

2022 年 11 月 9 日

后　　记

对于故乡,离开她才会爱上她。

这本书,就是爱上她才回过头来写她。

家乡那个村子,直系至亲都已埋骨青山,没有碑也没有头像,只有郁郁葱葱的青松翠柏。除了爷爷奶奶,其他更高的长辈我连名字都叫不上来,要到族谱里查。但我知道有他们生活过的地方就是我的根,于是,只要没有特殊或重要的事情羁绊,我每年清明都要去上坟,点一炷香,摆几盘吃食,替他们除一除周围的杂草,也不知道要跟他们说些什么话,最多自报一下姓名,否则他们也不知道我是谁,如此而已。

毕竟,家乡的山水哺育我长大,有一种情愫深入骨髓。回去时,满脑子都是儿时的记忆,尤其是看到自己熟悉的一草一木、一石一水、一屋一瓦,一切都显得那么美好,同时回忆被触动,好些青少年时期的陈年旧事,瞬间被一一打开,就像春天的土地被暖风一吹,藏在泥土里的种子纷纷露芽一样。于是决定写几篇文章。恰巧自己在《钱江晚报》开了个《小炉煮茶》专栏,就把写的文章有选择地先放在专栏上发,没想到许多篇在家乡引起了反响,在微信朋友圈里流传,跟帖基本上是积极的声音,有些乡邻还会帮我回忆,或者补充些素材,或者替我厘清个别模糊了的经历。

有人鼓励我以故乡为题材专门写一部书,我觉得这个主意不错。毕竟那片土地只成长过庄稼,还没有正儿八经地长出过一本专门描述她的书来。

其实,我在故乡生活的时间并不算很长,满打满算17年,而儿时懵懂,又得删掉几年忽略不计,留下深刻印象的也就10年左右,但她对我的影响是巨大的,不但养育了我的躯体,启蒙了我的心智,也塑造了我的性格,如此多的受恩,拎出一件来都可以写一篇文章,因此觉得故乡这本书永远写不完。

可当我动笔写这本书的时候,脑海里的故乡先是清晰的,后来却越写越糊涂,许多回忆交织在一起,人物与事件、风俗与规矩、语言与乡音、善恶与对错、朴实与狡黠,像一堆杂乱无章的菜,我只能一根根、一棵棵地择出来,又因要顾及许多人和事,各有各的理由,各有各的标准,不能擅做评判,只好带着泥和水。

在文章里,我展示的基本上是青少年时期的家乡,也就20世纪七八十年代的家乡,落后闭塞,贫穷艰苦,老百姓恨不得一分钱掰开了花,生存境况窘迫而又无奈,这是当时国内绝大多数乡村的真实状况。当然,我也与当前的景况做一些比对,社会在进步,生活在改善,其发展速度即使缓慢如牛车,与城市的一日千里无法比拟,但还是物是人非,是一段急遽变化着的历史。

书中,我努力在共性中展示自己家乡的个性,从衣食住行上描绘与众不同的一面,也就是所谓的特色,提炼出一些不一样的地域文化,有些只存在于浙东南,有些只存在于浙东南的乡下,有些只存在于浙东南乡下的一个村庄,在中华文化的百花园里,在姹紫嫣红的万千色泽中,她可能只是卑微的一朵、暗淡的一抹,但最不起眼,也是土生土长的于天地间抱着一片春光的一员。

有人出去久了,对农村的真实状态已经淡忘,或者只记得美好的部分,喜欢说:"城市套路深,我要回农村。"其实,没有绝对纯净的土地,也没有绝对纯净的人心,哪儿都有"套路",世上不存在所谓的"君子国"或者"世外桃源"。乡村也一样,并不单纯,有些问题和矛盾,甚至复杂和激烈到无法调和。文中我并不想为家乡粉饰什么,也无意针对一些现象去谴责什么,既不是护短也不是揭丑,更不是爱屋及乌的无原则颂扬,只是真实地描述出来,所阐发的一些思考和议论,也并不是就事论事,而是针对社会普遍现象的有感而发。因为,书不能只为写一本书而写,就像人不仅仅只为心跳活着,而是心脏要为生命的意义跳动。

在此,我要衷心感谢现任国家桥牌协会主席、海军原政委刘晓江上将!我在北京工作18年,其中有7年任他的秘书,也就是军衔从少校晋升到大校期间。今年5月,我借桥协在宁波举办以他名字命名的亚太青年桥牌锦标赛之机,请首长到我老家河头镇考察,他欣然前往,到了羊岩山茶文化园,实地察看了茶场的发展情况，品尝了"勾青"茶，对茶场的党支部建设提出了希望；随后又到花塘村，观赏了古色古香的老宅祠堂，与我的父老乡亲聊天，他认为老村充满文化和历史气息，有进一步向深处挖掘的潜力。我将这部书稿呈给他看后，首长写了一段热情的话，给了我更多的鞭策和鼓励(见封底)。

还要感谢复旦大学有"哲学王子"美誉的王德峰教授！我去年以前还只闻其名，在网络上听过他的课，在视频上刷到过他的人，在一次偶然的场合与他相遇，对方果然名不虚传，谈吐妙语连珠，幽默风趣，才华横溢，对事物有着独到而精辟的见解，让人心生"胜读十年书"的敬佩和诚服。我试着将书稿给他看，如果合适或者值得，希望他能写一两句话。没想到王教授看完拙作，竟写满了一张纸，而且完全是手写，中间还有涂改，说明王教授十分认真，是用心写的。既然如此，我就将此作为独立的一篇《序》，放于书本的开头，以表敬意。

书名是著名书法家、篆刻家陆康先生题写的。我们认识近两年，相处甚欢，他虽然七十有几，却精神矍铄，保持着一颗童心，有他在就有笑声，这样的年轻状态，我想是他洞明世事、淡泊名利的心相。我请他题写书名，其时正好他在上海举办个人书展，120幅作品，一天便被人买走80多幅，书展还要继续，他得在家伏案创作，将空白处补上，就是在这样的"赶工"状态中，仍将我所求的书名写好，第二天就交给了我。当然，没有报酬，唯有情谊。

最后必须感谢安徽文艺出版社的汪爱武主任，这是她为我编辑出版的第二本书，字里行间有她付出的大量劳动和心血。

2022 年 11 月 3 日于上海